作家小说
典藏

周大新 著

周大新小说

作家出版社

目 录

1　　左朱雀右白虎

52　　香魂女

87　　银饰

150　　世事

181　　紫雾

217　　汉家女

227　　屠户

252　　泉涸

279　　暮霭

288　　登基前夜

299　　释放

311　　病例

左朱雀右白虎

这是一座汉墓的大门。

左门上端刻的是朱雀,右门上端刻的是白虎。

这汉墓是我父亲在民国二十五年秋发现的,墓址在南阳城西十二里的栖凤岗阳坡。

走进这座大门,你会看到九十四幅精美绝伦的汉代画像石刻。

走进去吧,开开眼界!

孩子,你不知道我多么感激你!是的,感激你!你还没有真正意识到你发现了什么,一件珍宝!珍宝啊!孩子!小楠、涵儿,你们过来,我跟你们说,这座独特而华贵的画像石墓,该是出自汉代画像石墓最盛行的时期,时间大约在刘秀建立东汉王朝至顺帝年间。这是"回"字形墓,这里是前室,这里是北侧室,这里是南侧室,这里是后侧室,中间是两个主室。看,这墓门、主室门、侧室门的壁间和墓顶上部刻有画像,用的是浅浮雕,兼阴线刻和横斜纹的浅浮雕的雕刻技法,而且有彩绘痕迹。看,这里,用朱色勾画出画像的边线及斑纹,既保持了石刻浑朴的特点,又具有绘画的色彩,使画像更加突出。它承袭和发展了前代的塑形和雕刻艺术,又受了同时代的壁画、帛画等形式的影响,绘画艺术辉煌啊,孩子……

父亲说，他为寻找这座汉墓，从研究历史资料到实地勘测再到最后发现，一共费了五个月。

父亲说，有一段日子他已完全绝望，他估计自己不可能完成他最钦敬的老师王莹质交给他的这桩任务——寻找一座未遭破坏的完整的汉墓，将墓内的画像石刻一幅不留地全部拓印下来，当作他进行汉代史研究的一份资料。

他说他已经在准备借口，打算说服王莹质老师放弃这个希望：一两千年的时间过去，地表不断变化，凡露痕迹的墓园早已被挖被盗，剩下的多已深埋在地下，一个人实在无法找到。

但他迟迟没有去说也没有停止寻找，他害怕面对王莹质老师那双信任的眼睛。王老师是他的恩师，一直视他为高足，恩师把寻找汉墓和拓印汉画像石刻这样的大事交给他，足见他对自己的看重，他实在不愿让恩师失望。他知道王老师一家对汉画像石刻很早就十分关注。王老师出身书香门第，乃父、乃祖都是南阳城有名的饱学之士，他祖父是清末南阳县学的教谕，父亲在宛南书院任教至去世。早在民国十七年，王老师的父亲发现南阳城附近有些人家的墙基系汉代画像后，遂拓数十幅，于民国十九年整理后，交上海一家书局印制成《南阳汉画像集》一书，印数虽少，但那是第一次让世人知道南阳有汉画像石刻。王老师从北京大学历史系毕业后，回家在省立南阳师范学校任教，边教历史课边继续搜集汉画像石刻。王老师在课堂上反复强调：汉代，是中国历史上一个强盛的王朝，当时繁荣的经济、发达的文化和强大的国家，为艺术的发展提供了丰厚的土壤。而南阳汉画像石刻艺术，正是生成于这块沃土之上的一株万古不朽的生命之树，这些石刻图像，质朴而雄奇，豪放且飘逸，绝无半点明清以来图画的纤弱、呆滞和猥琐之态，一派泱泱大国之风，推诸世界，当是不可多得之瑰宝。他还特别指出：汉代的南阳，是中原经济、政治、文化的一个中心，曾作为南都和西都长安、东都洛阳鼎足中国。同时，南阳又是东汉开国皇帝刘秀的故乡，辅佐其成就帝业的著名的二十八宿，多为南阳人氏，所以，当时的南阳皇亲国戚数不胜数，可谓富室如云。而汉代又是中国历史上厚葬之风最盛的一个朝代，特别是富室，生前的骄奢生活，死后也要如法炮制带至墓中。石刻壁画有久远留世和形象记述作用，故这种艺术表现方式便成了富豪之家营墓造坟的首选之法，这就给汉代石刻艺术造就了一个发展的大好机会，并达到了一个旷世未有的境界。

父亲说，他更加知道恩师是多么迫切地想找到一个完整的汉墓。这两年特别是近半年来，王老师带着他在南阳城乡四处奔走寻找汉画像石刻，找到的都是零散的：砌在墙上的，扔在田埂旁的，摆在院子里当饭桌的，垒在桥墩上的，滚在河边的，这里一块，那里两块，确切的出处不知道，哪几块同出一墓不清楚。当然，王老师对这些石刻都非常珍视，每一块石刻都极细心地拓印了两份拓片，而且出钱把石头买下雇车拉回，存放在后院。但每当王老师翻看那些拓片时，兴奋之余，总要遗憾地叹息一声："嗐，可惜没有一套完整的出自同一个汉墓的石刻拓片，要是有，将会给研究提供多么大的方便啊！"常在那一刻，王老师会扭头半开玩笑地问父亲："古楠，有没有信心找到一座汉墓？"

父亲说他过去每次都回答：有！所以如今实在无颜再改口。

父亲那时在绝望中之所以仍坚持寻找，还有另一个原因是王老师有一个叫王涵的女儿！父亲在说到这点时把混浊的双眸垂下让目光触地。我估计他眼里有一丝长辈在晚辈面前提起这种事时的难为情。王涵那时还在南阳女师读书。因为父亲在师范就读时就是王老师家中的常客，毕业后又因恩师举荐被校方留校任教，所以很早就和王涵相熟。大概是父亲先爱上王涵的，因为父亲说他所以没敢向恩师说他找不到且没停止寻找汉墓，是因为害怕王涵说他"真没能耐"！几十年后我从那张发黄的旧照片上知道，父亲当时那么在乎王涵的态度甚至害怕她，不是没有原因，那王涵长得惊人地漂亮，在相貌上起码比父亲高出五个百分点！

父亲说，这座汉墓就是在那段绝望的日子里，在他认为完全无望的沮丧情况下，无意中发现的！

发现那座汉墓的时间，是暮秋时节的一个黄昏！

小楠、涵儿，你们看出了没有，这座墓内的画像石刻和我们平日搜集到的那些石刻画像相比，一个最大的不同点是它们每幅不是孤立存在，而是互相连贯的！是的，互相连贯！它们连在一起讲述的是墓中男女主人公的生平故事。看，这幅建筑图，有门阙，有楼阁；楼阁下有粗壮的立柱，上有对称的望亭，斗拱硕大，厅堂轩敞；阁顶栖鹤，两旁饰羽人；门外还有执笏小吏躬身侍立，厅内有执灯的高髻奴婢，小主人抚几而坐，悠然自得。这大概是说墓中男主人幼时就住在这样豪华的宅第里，"坊宇显敞，高门纳驷"。小主人旁边这个执杖跽坐的人，大概是他的父亲。瞧瞧这小少爷的排场，坐在铺有茵褥的榻上，后有奴仆打扇，前有三个穿短裤的童奴戏弄儿事为其逗乐，真是豪门娇儿呀……

父亲说，发现汉墓的那个黄昏与以往的那些黄昏有一点不同，就是有风。风不大，只能摇动栖凤岗上的荒草，但不要小看这股微风。父亲说，若没有这股微风，也许就没有那个发现。他说他怀疑那微风是上帝特意派来成全他的！当时，父亲坐在岗半坡的一小丛灌木前，神情沮丧地望着西坠的落日，看着它一点一点地把光线缩短，一只手愤恨地敲砸着他搞探察用的一把小锄头和一根铁钎，疲累的双腿懒散地摊放在荒草上。他那阵在心里想，明天再不来这栖凤岗了，再不来了！他当初之所以决定把寻找汉墓的范围缩小到这栖凤岗上，一是因为曾在岗上发现两块破损的汉画像石刻；二是因为他在图书馆曾找到一本宋时的方志，上边在记述一些地名的来历时，曾说到栖凤岗这一名字乃汉时所起，因其状似凤凰居风水宝地而为人知。父亲想，既然"栖凤岗"之名是汉代人起的，又被视为风水宝地，就不会没有人利用它！这里离汉代古城遗址较远，显然不宜于起房盖屋，而且这里也确无起房盖屋的记载和传说，知道它是风水宝地又不做阳宅，很可能便要做阴宅了。当时南阳城富室如云，这栖凤岗又出城即可看见，不会没有富人把墓地选在此处！他就是按此推测判断来到栖凤岗进行探察的。几个月来，他每天把自己担负的课讲完，便拿上探察用具来到这座长五里宽两里的岗上，装作割草打柴进行探察。到今天为止，全岗已反复探察了三遍，所有可疑的地方都探了看了，但未发现一点汉墓的蛛丝马迹。看来自己当初的判断是错的，也许自己做出判断的依据本身就是假的，为什么要相信那本宋时的方志？或许那方志上的那段话是无聊文人杜撰的！真他妈的傻，竟然依据那本不足为信的烂方志瞎忙活了近半年。憨货！二！父亲说就在他坐在那儿这样狠狠责骂自己的时候，一股香味，一股非常好闻的花香，被微风送了过来。他起初并没留意，因为他当时的心情实在糟糕，但那股香味持续不断地被风推进他的鼻孔，终于引起了他的注意。他耸了耸鼻子，把那香味吸进了肺里，顿时感到了一丝舒服，心中的那股沮丧暂被压了下去。他开始张大鼻子寻找那香味飘来的方向，什么花这样香？摘两朵花吧，回去送给王涵，先让她高兴高兴！他特别爱看王涵高兴时拍手蹦跳的样子，再说，有了花，也可以转移她的注意力，别让她见面就又嬉笑着叫："又是空手而返吧，古先生？"那会令他特感尴尬。

他顺着风来的方向走了五六十步，看见在荒草丛中有两朵野菊花，一朵红，一朵黄，花朵挺大。红菊花他还很少见过，他当时心想，送给王涵，她一定会拍着手叫："哟，真漂亮！"他快走几步，弯腰就去折那花茎。他一扯那茂密的菊身，花还未折下，眼却一瞪：原来那蓬野菊的根部长在一个不大的洞口上，菊身一动，洞口露出，他探头一看，洞内隐约可见一块石板。父亲说他当时模糊意识到了什么，折掉菊花后，用脚在洞口踹了一下，"轰"的一声，大块的土落下，洞口变大，一块石板的轮廓更清楚地显了出来。什么性质的石板？得弄清楚！他飞身回到刚才的歇息处拿来锄头和铁钎，弯腰很快地挖起来，不大时辰，便挖出了眉目，那石板原来不是一块，而是一排。是墓？是墓！是墓！父亲说他当时心跳得很急，他奋力用铁钎撬起其中的一块石板，只看一眼，便高兴地跳起来，天呀，真是一座汉墓！那阵子太阳虽然坠地，但天光尚有，石板下的墓穴看得很清，几只陪葬的汉代陶狗陶鸡使人一眼就可辨出这墓葬的年代。他揭起的那块石板是墓的顶盖石之一，石板背面就刻有北斗星和苍龙星座！父亲说他放下石板后高兴得跪在石墓上连连磕头。随后他便急忙又用土把石板埋起，扯些荒草放在土上，他怕别人发现又来盗墓。那时的盗墓贼多如牛毛。盖好后天已变黑，荒岗上空寂无人，父亲四顾后才放心地撒腿回奔，到城里的十几里地他几乎是一口气跑完的。到王老师家时王老师正在灯下边咳嗽边读书——王老师因患痨病常年咳嗽；王涵则已脱衣就寝。父亲敲门时敲得又响又急，女仆陈婶刚把门拉开，他便上气不接下气地踉跄着向上房跑。王家父女被他急骤的敲门声和足音惊住，以为出了什么大事！王老师咳嗾着迎到门口扶住父亲的肩头说:"别慌,别怕!"王涵则只穿着粉红的贴身内衣奔到了外间,用一双受惊的眼睛盯着父亲。父亲因为跑得太急喜得太狠,一时竟说不出话,喘了半晌才叫出一句:"找到了,老师!""找到什么了?"王老师一时不知所云,喃喃问。"汉墓,汉墓!完整的!"父亲到底把要说的话说出来了。"哦,我的孩子!"王老师一把揽过父亲那汗气腾腾的身子,感动得拍着他的后背。父亲把头搁在王老师的肩上,双眼却直直盯着站在不远处的王涵——几十年后我从父亲的日记中知道,那刻王涵几乎是半裸着身子,那是父亲第一次在近距离上看见美女的玉体,他被那美惊呆吓愣弄傻了,目光如钩盯在王涵身上不放。王涵先也在为父亲的发现高兴,直到她感到了肌肤被父亲的目光所烫,她才蓦然意识到自己穿得是多么少,才脸腾红云倏然走进屋里……

你们看,这幅画像,是说墓中的主人公已快长成,正和一群人跽坐静听一老者坐榻讲论。汉代在京师设有太学,郡县立有学校,设置经师,讲授"五经"。看来,这墓中的男主人受过正规教育。接着这一幅,则表明他已长成一个青年,且升了官,你看他戴三梁进贤冠,跪于一老者面前,门外拴着马,这大约是在他加冠以后,骑马归来,正叩见父母。《后汉书·礼仪志》载:"正月甲子若丙子为吉日,可加元服,仪从《冠礼》。"刘昭注引《献帝起居注》云:"建安十八年正月壬子,济北王加冠户外,以见父母。"他所戴冠式三梁进贤冠的身份,据《后汉书·明帝纪》李贤注引《汉宫仪》云:"诸侯冠三梁。"看来,这年轻人做的官不小啊……

父亲说,王老师在听他详细讲完了发现经过之后,非要在当晚去现场看看不可。父亲知道恩师的身体不好,再三劝止,但他执意要去,没法,父亲只好和王涵一起,搀他出门。临出门时,一直在旁静听发现经过的王涵忽然问:"你刚刚说到的那一红一黄两朵花呢?"父亲这才想起忘记拿花了。"到了那里我找给你,花肯定没有枯萎,你可以闻闻它的香味,那香味浓得令人惊奇!"父亲当时这样回答王涵。

父亲说,他们三个人走到时已近半夜。那晚月光很好,父亲一到便开始重新刨土。这次是从墓门位置刨开的,刨了两个时辰,总算让墓门露出来了。王涵点上随身带来的一个小灯笼,父亲搀着他的恩师,三个人一起趋前看那墓门。"左朱雀右白虎!"王老师激动地伸手去摸那石刻图案,"看来造墓人想靠朱雀、白虎来保护墓中人!"王老师在朱雀和白虎的身上抚摸良久,之后,才又喃喃道:"这下好了,可以让他看到一墓完整的拓片了!"父亲说当时他听了这话很是惊讶,便问:"王老师,你说要给谁看?"王老师摇摇头说:"别问,孩子,以后你会知道的!现在让我们想想下一步怎么办吧。"心中疑惑的父亲又问:"要不要现在打开墓门?"王老师说:"今晚打开怕来不及了,如果天亮前我们不重新把墓恢复原状,就容易被人看出,一旦外人知道这是一座汉墓,不论是官府还是附近居民,都可能会来盗陪葬品拆砌墓石,那我们就很难保住画像石刻了。这样吧,明天,你带着木棍来,在这墓地上边搭个草棚,做出一副要在这岗上割草拾柴的架势,然后我们再打开墓门进去,那样,外边有棚子遮挡,也无人知道我们在干什么,又安全又牢靠。"父亲点头称是,然后便又开始重新填土,父亲说他那晚真是累得腰疼腿疼臂肿,好在王涵还能不时替换他一下,让他喘喘气。

当一切复原之后三个人要走时,王涵又想起了那一红一黄两朵菊花，便问父亲放在哪里。父亲急忙去找。他记得很清楚他当初把花朵放在墓地左边，奇怪的是竟找不着了，无论父亲怎样扩大寻找范围，也根本不见花的踪影。父亲说他当初离开墓地时天已擦黑，根本不会有人再来这荒岗上，而且四周也没发现有外人的脚印！有野兽来把花朵吃了？很少有吃花朵的野兽，即使有，吃了花朵会把茎留下，叼走了也会有野兽蹄印，但周围什么痕迹也没有！

"你故意编了瞎话骗我！"王涵把丰润的双唇撇撇，"小心以后我也骗你！"父亲无言辩解，只能在心里暗暗诧异。

那晚回到家天已将亮，王老师虽累却仍兴致勃勃，进屋便让陈婶立时去温黄酒。酒端上来时，王老师双手先擎一碗酒递到父亲面前："小楠，来，为了你今日的发现我敬你一碗！"父亲面红耳赤地推辞一阵方把那碗酒喝了。他刚把酒碗放下，王涵笑着叫："咱也奖功臣一碗，表表心意！"说罢，就盛了满满一碗直递过来。父亲平日不大喝酒，刚才那一碗已令他觉出地在变软，实在不敢再喝。"怎么？喝了我爹敬的不喝我敬的，是瞧不起我们在校学生？"王涵边说边把酒碗碰到了父亲的唇边，父亲只好喝下去，结果酩酊大醉，最后晕得连宿舍也回不去，就睡在王家的客室里，连鞋都是王涵替他脱的。父亲说第二天王涵见了他笑叫："天呀，你那双脚出汗出得味儿真大，以后每天都该记着洗洗，要不，倘有姑娘跟你过日子，非被你熏晕不可！"结果羞得父亲满面红云，脖子里都出了汗……

孩子，这是幅出行畋猎图。你看，一辆辆辎车，骖驾驷马，高撑华盖，前有导骑，后有驺从，还伴有鼓车，真是耀武扬威！汉代骑射畋猎，上自帝王下至官宦、豪门，习为风尚。看来，墓中主人年轻时也好这个,中间这辆车上坐着的便是他了。据《续汉书·舆服志》云:"长安、雒阳令及王国都县加前后兵车、亭长,设右骑,驾两。璅弩车前伍伯;公八人;中二千石、二千石、六百石,皆四人;自四百石以下至二百石,皆二人。"韩延寿出行时"驾四马,傅总,建幢棨,植羽葆,鼓车歌车"。对于这种出行畋猎风尚,仲长统曾指责他们是"入则耽于妇人而不返,出则驰于畋猎而不还"。现在我要你们特别注意这幅画像的右下角,看清了吗?这里有一个一手挽篮一手持弯弯用具的女子,她在干什么?她的背后没有任何房舍,这显然是在田野里。一个女人提篮在田野里,不是在剜菜采桑就是在拾柴或是侍弄什么庄稼。忙着这样事体的女子,显然不会是上流社会的人,只能是平民之女!一个平民之女出现在一个达官的出行图上,绝不会无缘无故!你们看这位民女的身姿刻得多么飘逸柔美,我们虽然看不清她的面孔,但可以判断出,这是一位美女。这下一幅画像也证实了我们的判断。你们看,这位年轻的官人站在自己的车旁,正凝眸注视那民女。请注意雕刻家的高明,将官人的官服一角还扯挂在车帮上,这表明年轻的官人下车时是如何匆忙。一个正在田间做活的民女能使一个出行畋猎的达官中途停车匆忙下来凝视,这中间不可能有别的原因,只能是因为她的容貌姣美得惊人!民女在这幅图上的姿态是放篮垂首,显然是被这位不认识的官人看得羞赧无比……

父亲说,发现汉墓的第二天中午时分,他扛了一些木棍到栖凤岗上,在岗上又砍了树枝割了些荒草,然后在王涵的帮助下搭了个草棚,那草棚刚好把汉墓的大门和前半部分遮住。随后,他又真的割了半晌荒草堆放在棚前,目的是让偶尔从岗上过的人知道,这人在此处搭棚是为了打草拾柴。王涵那天特意请假来帮忙，来前还专门换了一身女佣陈婶的旧衣服，怕的是穿了学生服让行人看见怀疑她的身份。父亲那天穿的也是旧衣，两个人把草棚搭好后曾有过一段对话——这是几十年后我从父亲的日记中知道的。

父亲说："小涵，如果待会儿有人看见我们，问我俩是什么关系，我该怎么回答？"

"兄妹呗。"王涵答得很快。

"咱俩的面相相差太远，我这么丑你那样美，这样说人家肯定不信。"父亲笑道。

"你甭在我面前净说好听的！"王涵眉梢扬起杏眼一飞，"那依你说该怎么回答？"

"我说出了怕你不愿意。"

"说吧，说出我听听！"

"不敢。"父亲仍然摆头。

"我要你说嘛！"王涵跺脚道。

"那好，我就说我俩是结婚三载的夫妻！"

"哟——你！"王涵捂了脸顿脚却并没有发火生气……

原来父亲年轻时为了求爱也很有心机！

父亲说，草棚搭好的当天晚饭后，王老师拄着拐杖一个人摸黑赶了来，父亲和王涵则都没回去，只啃了点他们来时带的干粮。接着父亲便重新挖开墓门前的土，在王涵手提的灯笼的照耀下，父亲用力推开了沉重的雕着朱雀、白虎的两扇墓门。墓门一推开，父亲就急着抬脚要进，王老师一把扯住他的手说："等等！一般的墓室里都有防盗的装置，小心伤了身子。再就是墓室封闭太久，常有一种窒人的气体，让它们散散再说。"三个人在墓门前站了一刻，而后由父亲在前，用铁钎探着一步步进了墓门。墓门后果然有道机关，有块石头一加重力便下陷，同时带动两旁的两把铜剑直刺过来，好在父亲是用铁钎触动那块石头的，这机关并没起作用。

三个人缓缓在墓道里移步，沿前室、西侧室、后侧室、东侧室走了一圈。墓道很高很宽，走时根本不用弯腰低头，这给他们欣赏墓道两侧的画像石刻提供了方便。这些画像石刻未遭任何破坏，完好如初，王莹质老师边看边连连惊叹："这本身就是一个汉画像石刻展览馆，太好了！太棒了！小楠，你这功劳太大了。"

父亲说，墓道里摆着很多陪葬品，多是靠墓道一侧摆的，有陶鼎、陶壶、陶奁、陶俑、陶瓮、陶罐、陶盘、陶方案；有陶牛、陶狗、陶猪、陶鸡、陶鸭；有陶磨、陶大仓、陶仓房、陶厕所、陶臼盘；有铜剑柄、铁等。王莹质老师一再嘱咐父亲和王涵，不要碰这些陪葬品，先让它们原样放在那里。

三个人是最后走到前室去推两扇放棺的主室门的。在推主室门之前，父亲说他意外地注意到，在北主室和南主室中间的一块石头上，刻着两朵菊花。两朵菊花紧紧相挨，花萼的模样和他昨天摘下的那两朵真菊花几乎一样，他说他当时惊讶了一刻。

两个主室里的棺帮都已成灰，所能分辨出的只是何为男尸何为女尸。主室和墓道里不同的一点是气味，主室里的气味本该难闻一些，但反常的是里边却沁满了香味。估计是当初在主室里放有什么香料，父亲说他当时模糊地觉出，那香味有点近似菊香……

这幅画像石刻表示得越发清楚。看，那民女提篮扭身欲走，年轻官人欲拉又止。我猜，大约是这年轻官人对那民女说了什么不敬的话，或提了什么不正当的要求，民女着恼，扭身就想走开。接下来这幅叫"虎吃女魃"，看，画像中有两只翼虎将一个瘦弱的女子在地上扑而唉之。远古时代,自然灾害往往给人们以极大的威胁,尤其旱灾,赤地千里,颗粒不收,人们无法抗御便认为是旱魃作祟,于是便和女魃联系起来。女魃原是天女,因协助黄帝战败蚩尤解数用尽而不能上天,她到哪里,哪里就久旱不雨,遂遭到人们的唾弃。《山海经·大荒北经》云:"(大荒之中,)有系昆之山者,有共工之台,射者不敢北乡(向)。有人衣青衣,名曰黄帝女妭(魃)。蚩尤作兵伐黄帝,黄帝乃令应龙攻之冀州之野。应龙蓄水,蚩尤请风伯雨师,纵大风雨。黄帝乃下天女曰妭(魃),雨止,遂杀蚩尤,妭(魃)不得复上,所居不雨。"人们为了驱走致旱的女魃,便借助于虎。虎,当时被人们认为是驱逐邪祟的神物,《风俗通义》云:"虎者阳物,百兽之长也,能执搏挫锐,噬食鬼魅。"张衡《东京赋》云:"囚耕父于清泠,溺女魃于神潢。"《后汉书·礼仪中》引此文注曰:"耕父、女魃皆旱鬼,恶水,故囚溺于水中,使不能为害。"这里突然出现这幅"虎吃女魃"的画像石刻,使原来记叙的故事中断,大概有两种可能:一种是故意让原来的故事在此处停止,标明事情在此告一段落;另一种则是那年轻官人或官人的随从,用"虎吃女魃"这个远古神话故事来吓唬扭身要走的那个美丽的民女,你胆敢违令要走,你的下场就会像女魃那样,葬身虎口……

父亲说,王老师那晚因走路出汗,内衣湿透,后入得墓中看石刻时间又长,身子受了凉,第二日早晨开始发烧,咳嗽也变重了,所以第二天拓印拓片时,便不能来,拓印拓片的事,便由父亲一个人来办。王老师因为知道即使在白天,墓中光线也很暗,需要灯笼照明,而且要随时应付来草棚前的人,便叫女儿王涵又去学校请了假,来帮助父亲干。

父亲拓印的本领也是跟王老师学的。父亲说他刚开始跟王老师搜集那些零散的汉画像石刻时，拓印的本领还不行，每次费了不少纸，王老师看了仍不满意。后来他专门买了一本讲拓印技法的书，又细心观察王老师平日的操作，才算渐渐入门。那天的拓印还算顺利，王涵提了灯笼拿了纸，父亲拿了墨和刷墨的笔，进到墓内便开始干。进墓前，他们俩先打了一阵草，砍了两捆杂树枝放在棚门口，以遮偶尔从棚前过的人的视线，然后把棚门半掩，进了墓。

　　因为王老师预先交代，这些拓片是准备供制版印刷用的，所以父亲拓印时十分仔细，拓得很慢。大约是拓到第五幅时，棚外突然传来人的脚步声和牛叫声，父亲和王涵一惊，决不能让外人此时进棚来！父亲放下墨和笔，几乎是连滚带爬地跑出墓门跑出草棚。父亲说他刚出棚门，一个放牛的中年人便已走到了门口，好险！那人笑嘻嘻地先开口招呼："打草拾柴呢，兄弟？"父亲急忙抹掉脸上的慌张应道："是哩，为过冬做点准备。""有火吗，借个火？"那放牛的人大方地在棚前的草捆上坐下，掏出旱烟袋。幸好父亲口袋里装有一个火镰，预备点灯笼用的，这时就急忙掏出来打着火给他把烟袋点上。"兄弟是哪个庄的？"那人继续悠闲地提问，父亲心中暗暗叫苦，只好胡诌说是张家的。见那人有要慢慢攀谈下去的样子，父亲便拿起砍刀说要去砍树枝了，那人见主人要去干活，只好起身，不过临走前他竟多管闲事地向棚门走去，边走边问："你夜里睡在这儿冷吗？"父亲这时想上前拉又不敢，恐那样他更起疑，犹豫时，那人已到棚门前要去推门了。只要棚门一开，里边扒出的那些土和开的墓门便会出现在他的眼里。"完了，秘密保不住了！"父亲绝望地在心里叫。不想那人把棚门一推却火烫面孔似的又立刻回过头来，在那一瞬间父亲看到，敞开上衣的王涵正站在棚门口，粉红的紧身胸衣和雪白的颈项晃人眼睛，而且她在棚门推开的同时尖叫一声复又把棚门关了。"哦，哦，原来你们两口子一块儿出来干活。"那人讪讪地红了脸边说边向远处走。父亲断定那人根本没有看清棚里有什么，父亲当时高兴得真想大声为王涵的这个主意叫好！当那中年人赶着牛走远之后，父亲奔进草棚朝王涵伸出大拇指叫："这主意真妙！"王涵当时边扣上衣边羞红着脸朝父亲嗔道："去，谁要你夸赞……"

孩子，在这幅石刻中，这位佩剑的小吏和持棨戟的随从把那个民女挟持其间，则表明他们是要把她抢回府了！看见了没，那民女身体呈挣扎状。请注意，这幅石刻不仅构图用线，而且图像的细部也用线勾勒。在这儿，工匠艺术家利用了中国绘画的"骨法"，与浮雕艺术有机地结合在一块，浮雕的边缘用线，增强图像的立体感；细部施线，增强画面的起伏层次。尽管这些不是用毛笔描绘的，但这里的铁笔线条具有伸屈自如、劲健生动、各尽其妙的韵味。这位佩剑的小吏刻得多威风！汉代佩剑者很多，刘邦当亭长时送徒骊山，途遇大蛇，曰："壮士行何畏，乃前，仗剑斩蛇。"《汉书·韩信传》云："（信）至城下钓，有一漂母哀之，饭信……淮阴少年又侮信曰：虽长大好带剑，怯耳……及项梁渡淮，信乃杖剑从之。"《后汉书·舆服志》云："公卿以下至县三百石长导从，置门下五吏，贼曹、督盗贼、功曹，皆带剑。"画像中这位持棨戟者，是随从，但面孔颇凶狠。棨戟，官吏出行以为前驱。《汉书·周勃传》载："皇帝入未央宫，有谒者十人持戟卫端门。"又《汉书·韩延寿传》云："功曹引车皆驾四马，载棨戟。"《古今注》载："棨，前驱之器也，以木为之，后世滋伪，无复典刑，以赤油韬之，亦谓之油戟，亦谓之棨戟，王公以下通用之以前驱。"《后汉书·舆服志》载："公以下至二千石骑吏四人，千石以下至三百石县长二人，皆带剑持槊戟为前列……"

父亲说，他和王涵用了将近十天的时间，把汉墓内的所有石刻全部拓印了下来。这十来天的拓印进行得很顺利。大概因为秋深了，荒岗上再无人来，他们便没多受打搅。父亲那些天就在草棚里过夜，王涵则是早晨由城里跑来，黄昏时再走回城去。父亲的三餐干粮都由王涵带来。几十年后，我从父亲的日记中知道，在那十来天中，由于朝夕相处，父亲和王涵的感情发生了质的变化。最后一天的黄昏，因为只剩三幅未拓，他们想在当天全部结束工作，便决定熬夜拓完封墓作罢。这三幅石刻都在后侧室里，正拓时，一块顶盖石缝里的泥土突然掉下来砸灭了灯笼，这儿离墓门很远，又是夜里，灯一灭，后侧室里一片漆黑。在灯灭的那一刻，王涵吓得低叫一声，一下子扑到父亲怀里。我从父亲的日记中知道，父亲当时先是一惊后是一喜，他故意没去打着火镰点亮灯笼，而是紧紧把王涵搂在怀里说："别怕，有我！"同时便试探着去抚她的头发、脖颈、后背，最后小心而胆怯地把手放在她的两乳之间。王涵没挣也没吭，这种默允鼓励着父亲，使他终于敢俯首去找王涵的丰唇，那是父亲第一次和王涵接吻，也是他第一次吻女人。父亲在日记中写了许多他在瞬间的感受，那些用语作为儿子我不能也不好意思转述。父亲的日记中还记载着一个细节：他和王涵吻后拓印完石刻走回到前室时，蓦然发现那块刻有两朵菊花的石板亮光灿灿，一红一黄两朵菊花如真的一样凸现在石板上边。这种现象只是一霎间的事。父亲在日记中说他当时和王涵都吃了一惊，怀疑是自己起了幻觉。

父亲说，拓印完全部画像石刻之后，王涵和他又重新把刻有朱雀和白虎的两扇墓门关上。墓门关好，父亲和王涵还对着朱雀和白虎开玩笑地各施一礼说:"恭请二位守好大门,把墓中的画像石刻保护到我们可以掘开的日子!"

父亲说,当晚,他和王涵拆了草棚,把墓门用土封好,又到远处用铁锹铲来草皮放在那些土上,把当初搭过草棚的痕迹全部除掉……

这是幅酒宴图,喏,这位年轻官人坐主位,这位民女坐这儿,她垂首扭身,显然还在生气。这大概是官人把民女抢进府里后,一则为了庆贺,二则为了向这个民间美女显示自己的豪侈生活,以征服其心,遂摆了酒宴。看,上方是舞乐,下方有一案,案上有烹调好的鸭、鱼、肉串,还有羽觞。这里是投壶图,投壶是一种酒令赌具,这二人执矢投射正兴,壶旁放一酒樽,有一人似为司射,备酒为输者灌饮,一人似大醉,被侍者搀扶离席。投壶之礼见《礼记·投壶》:"投壶之礼:主人奉矢,司射奉中,使人执壶……顺投为入,比投不释,胜饮不胜者。正爵既行,请为胜者立马,一马从二马,三马既立,请庆多马,请主人亦如之。"汉代投壶之法见《西京杂记》云:"武帝时,郭舍人善投壶,以竹为矢,不用棘也。古之投壶,取中而不求还,故实小豆于中,恶其矢跃而出也。郭舍人则激矢令还,一矢百余反。"这儿是六博图,六博也是一种酒令赌具,瞧,这二人对坐,手执箸引棋。《楚辞》王逸注云:"投六箸,行六棋,故为六博也。"汉代宴饮往往投壶、六博并用,古诗云:"玉樽延贵客,入门黄金堂。东厨具肴膳,椎牛烹猪羊。主人前进酒,琴瑟为清商。投壶对弹棋,博弈并复行。"

孩子,这两边的拥彗图和执盾图,也是在显示着一种排场。拥彗的多是小吏和奴婢。《史记·孟子荀卿列传》:"昭王拥彗先驱,请列弟子之座而受业。"司马贞索隐:"彗,帚也,谓为之扫地,以衣袂拥帚而却行,恐尘埃之及长者,所以为敬也。"《史记·高祖本纪》云:"后高祖朝,太公拥彗迎门却行。"李奇注云:"为恭也,如今卒持帚者也。"执盾者的身份也较低下,《后汉书·蓬萌传》:蓬萌"家贫,给事县为亭长。时尉行过亭,萌候迎拜谒,既而掷盾……遂去长安学"。李贤注曰:"亭长主捕盗贼,故执盾也。"

如此豪华排场的官府生活,是足以软化诱捉一个民间姑娘的心的,每个人尤其是妙龄姑娘,内心都有一份对舒适生活的向往,这位民间美女会不会同意就做这位抢她入府的官人的妻或妾呢?……

父亲说,封好墓的第二天上午,他把那一摞拓片捧放到了王莹质老师的病榻前,王老师拥被坐起,边咳嗽边欣喜地翻看着。王老师看得很细,一张一张审视琢磨品评,然后再给父亲和王涵讲解。王老师看完一遍之后,说:"小楠、涵儿,这些拓片我们不久将寄给一个人,这个人会把它们编成精美的画册出版,人们势必要问到汉墓墓址,为了防止这座汉墓里的画像石刻被毁,我们对它的地址要绝对保密,直到有一个懂得保护文物的政府出现。这个政府何时出现我们不知道,反正不论时间多长,墓址只能记在我们三个人的心里!"父亲和王涵当时都点头说是。从那天以后,父亲每隔几日总要借拾柴之名去一趟栖凤岗,观察它是否平安。

父亲说王老师翻看拓片的那天中午,王家的女佣陈婶奉王老师之命包了羊肉水饺。水饺端上来时,王老师亲自接过一碗递到父亲手里含了慈爱说:"小楠,这是专为犒劳你做的,吃吧,一气吃它三大碗!"父亲那时正是能吃的年龄,加上那些天拓画像饥一顿饱一顿,肚里早需要油水,那一顿他果然吞完了三碗。三碗之后,王涵又把自己碗里的水饺给他拨了七个,他又一个不剩地吃了。

　　父亲说吃罢水饺之后，王老师笑望着他说："为了纪念今天这个令人高兴的日子，我要送你一件礼物，但因我不知道你喜欢什么，这件礼物由你自己在我屋里挑，挑着什么我都愿意！看见了吗？那是书，那其中有不少珍版书；那儿是笔和砚，湖笔、端砚都有；这儿是古玩，这边是字画，你愿要什么就拿什么！"父亲当时望一眼恩师的收藏，急忙摇头说："不，我不要，我什么也不要！"但王莹质老师不允，说："今天我高兴，我说过送你一件礼物就要送出，你必须挑一件，要不然我会生气的！"父亲说他看恩师真心诚意，只好用目光去巡看恩师的那些宝物，预备挑一件作罢，他最后看中了一方砚台，正要回过头来对恩师说出，目光无意中触到了站在里间门口的王涵，那王涵的一对黑眸正向他使着眼色，同时轻轻抬手用一根手指指了指自己的胸口。父亲说他在那一刹那根本没有明白王涵的用意，以为她是提醒他张口要她胸口前的纽扣做纪念，他甚至还在心里笑了一下。但转瞬间他明白了她的心意，一个巨大的热浪顿时从他胸中汹涌而起，那热浪撞击得他的胸腔发疼双耳轰鸣。他说他因为激动双腿甚至开始发抖。他是又停了半响才能够开口说话的。他的声音颤得厉害，他说："王老师，我是看中了你的一件宝物，但我不敢张口，我怕你舍不得，怕你生气。"王莹质听完便呵呵笑了，说："小楠，你我师生交往这么多年，你还把我看得那么吝啬？我说过的，这屋里的东西你挑什么都行，说吧，你究竟想要什么？""我要王涵！"父亲说他一说完这四个字就深深垂下了头，他不敢抬头去看恩师的面孔。寂静，静寂，屋里霎时没了半点声音，父亲估计恩师脸上一定满是惊愕。可怕的寂静在持续，这寂静终于威压得父亲的双腿弯下去，他"扑通"一声跪下了，但寂静仍在持续。父亲害怕了，他认定恩师恼了，是的，王涵是恩师的宝贝，你怎么敢在他面前说这种话？这不是亵渎了恩师的一番美意？那一刻，父亲甚至想到了自己的出身，你一个乡下农人的孩子，怎么敢对一个书香门第的千金求婚？你太不自量力！恩师固然喜欢你，但那是在学术上、事业上，而这是什么事情？你竟敢以儿戏的方式提出这个问题？正当父亲在心里责骂自己时，一直弥漫屋中的寂静突然终止，王老师低而温和充满慈爱地开口说："孩子，你说的这件事，尽管突然一点，我还是同意的，但这种事，你知道，不应该由我一人完全做主，该问问涵儿本人。""涵儿，你过来！"王老师扭脸向里间喊，"小楠刚才的话估计你也听见了，我想听听你的想法，在你没开口之前，爹想对你说一句，小楠是一个值得你信赖和依托终身的人！好了，现在你说吧，你是师范的学生，是二十世纪三十年代的女性，在这事上不要扭捏！"王涵没有扭捏，王涵也只说了四个字："我听爹的！"王莹质老师一定是从女儿的声音中听出了欢喜，所以便立刻说："那我祝愿你们幸福！"父亲一听到这话，头还没抬起，大团的喜泪便奔涌而出，向胸前倾去……

小楠、涵儿，这是一组舞乐百戏图。这组图大概还是记叙那年轻官人向那位民间美女显示自己豪华、排场生活的情景。看，年轻官人坐这里，面前摆有酒觞；那民女坐这儿，依旧是半扭身子，显示出仍然在生气。这边是混合乐队，其中鼓占据着重要位置，它的作用是控制节奏，即所谓"蹋节鼓陈"。汉代的鼓常用的有三种：建鼓、鞞鼓、鼗鼓。这个是建鼓，侧立，下有连展兽，鼓的上面有飘荡的羽葆，两名鼓员站在两面，两手各执鼓桴且鼓且舞。宋高承《事物纪原》"建鼓"条云："建鼓，商人柱贯之，谓之楹鼓。近代相承，植而贯之，谓之建鼓，盖商所作也。又栖翔鹭于上，不知何代所加，或曰鹄，取其声扬而远闻。"这是铙，也是一种打击乐器，这位乐人左手持铙柄，右手握铙槌击之。铙这种乐器商代即有，它在乐队中也起着重要作用。《周礼·地官司徒》云："以金铙止鼓。"郑玄注云："铙如铃无舌，有柄，执而鸣之，以止击鼓。"铙鸣表明演奏一曲乐章的完毕。这是镈钟，也是一种打击乐器，悬于簨簴之上，二人击之。《周礼·春官宗伯》郑玄注云："镈与钟同类，大小异耳。"它主要是起合乐作用。这是埙，这种乐器原始社会晚期就有，商以前的陶埙一般只有三至四个音孔，这幅图上的陶埙虽然看不出音孔的数量，但双手捧吹，音孔不会很少。《说文》云："埙，乐器也，以土为之，六孔。"《尔雅》注云：埙"烧土为之，大者如鹅子，锐上平底，形如秤锤，六孔，小者如鸡子"。《风俗通义》说："埙，烧土为也，围五寸半，长三寸半，有四孔，其二通，凡为六孔。"这个是籥，管乐器中的一种，类似竖笛。《毛诗》曰："左手执籥（龠），右手秉翟。"《说文解字正义》云："籥有吹舞之异，施于吹以和乐，则三孔；施以舞以合羽，则六孔或七孔。"这是篪，也是管乐器之一，有立吹和坐吹两种，两手执管横于唇下。《汉书·礼乐志》记载，汉宫廷乐队设有篪员二人，颜师古注云："篪以竹为之，七孔，亦笛之类也。音池。"这是竽，这是排箫，这两种乐器你们都熟悉，我不说了。这个是瑟，瑟是汉代非常流行的一种弦乐器，因为刻得粗略，我们看不出瑟的弦数，但长方的形体放置在膝上以手拨弦的姿态是比较清楚的。《汉书·郊祀志》云："泰帝使素女鼓五十弦瑟，悲，帝禁不止；故破其瑟为二十五弦。"汉代的瑟大概是二十五根弦，它和排箫都属于发音悲凉的乐器。

涵儿，你不是喜欢舞蹈吗，你仔细看看这画像石刻中的舞蹈图，从中会受到很多启发。这是长袖舞图。汉代的长袖舞是一种有伴歌的女子舞蹈，从画像上看，舞者高髻，大衣，腰如束素。两条特长的袖帛随着伎人变换的动作飘绕缠绵，翩翩多姿。《西京杂记》说，刘邦的爱妾戚夫人不仅"善鼓瑟击筑"，而且是"善为翘袖折腰之舞"的舞蹈家。这里是七盘舞图。舞者为一女子，高髻、大衣、长袖、束腰，在覆盘上踏跃雀跳，长袖飞扬，舞姿飘逸。这种舞蹈不仅向观众敬献优美的舞姿，而且有难度较大的盘上平衡造型技巧。因此，古代文学家对七盘舞的描写很多。陆机《日出东南隅行》说："丹唇含九秋，妍迹陵七盘。"这个是踏鼓舞图。这女子广舒长袖，足下踏一个像鞞鼓似的东西做旋转动作，表明是以旋为特点的女子独舞。其足下之物叫作鼓，实际是一种形状像鼓，外面围皮、里面实糠的道具，叫作"柎"。关于踏鼓舞的艺术特点，卞兰在《许昌宫赋》里曾写得很清楚："振华足以却蹈，若将绝而复连；鼓震动而不乱，足相续而不并；婉转鼓侧，蜲蛇丹庭。"

这儿刻的是杂技、角抵、幻术、游戏等图像，这些总称叫百戏。这幅画面叫"冲狭"，中间为一狭圈，下有支座，狭圈上似插有尖刀，右一女使，高髻，身穿紧身衣裤，体轻似燕，纵身跃起，冲向狭圈。这叫"飞剑跳丸"，这个艺人袒胸露腹双手上举，空中有二剑四丸抛接自如，形象生动。那叫"弄壶"，那表演者粗壮有力，头上戴帻，赤膊着裤，左手摇一鼗鼓，右臂平伸，臂上置一壶，弄壶是显示一种技巧。这儿是幻术表演，叫"吐火"。这位艺人头戴帻，髻上饰有羽毛，穿长衣踞坐，口中喷火。汉代由于丝绸之路的开辟，古罗马的幻术表演家纷纷来到中国献技，这种吐火幻术大概是由古罗马传来的。这最后一幅图叫角抵戏，又叫曼延之戏，是汉代百戏中蓬勃发展的一种艺术形式。看，这些伎人戴有假面具，扮出凶悍勇猛的形象，或二人相斗，或与牛斗，或与虎斗，显示出一种勇武美。

那位年轻的官人是要用这些精美的表演，向这位民间美女炫耀自己生活的美好，进而虏获她的心，只不知这能否奏效……

父亲说，王莹质老师在对那些拓片进行了几天的鉴赏并做了详细笔记之后，让父亲把它们包裹好，准备交给当时宛南皮货行的杨掌柜带往上海。杨掌柜因为做皮货生意常来往于上海、南阳之间，父亲以为恩师是让杨掌柜直接交给上海的哪家出版商，便也没有细问，只按照恩师的要求，把那些拓片里三层外三层地包裹妥当。

父亲说，在那个令人心碎的消息传来的上午，恰好师范的第四节课是他任教的课时，他讲完课回到宿舍放下教案和粉笔盒，便向王莹质老师家走去，想问问那位杨掌柜何日动身，什么时候把那些拓片送给杨掌柜。刚进王老师家院门，便听到正房里传来一阵抑得很低的男人的抽泣声，父亲一惊：谁在这里哭？哭什么？他紧走几步奔进正房，方看清原来是恩师正伏在桌上抽咽，陈婶和刚放学的王涵正不知所措地站在一旁。父亲惊愣了一刹那，他知道恩师是一个刚强的文人，还从不曾见他流过泪，为何事如此伤心？难道他的病情恶化了？父亲上前刚喊了一句："王老师，你——"王莹质老师便抬起沾满泪水的脸，把肘下压着的一张《国民时报》推到了父亲面前，那报纸的一版上赫然写着：一代文坛巨匠四方青年挚友——鲁迅先生不幸逝世，上海各界人士前往万国殡仪馆悼念。父亲霎时知道了恩师伤心的原因，自己的眼圈也顿时红了。鲁迅先生在中国文化人的心里分量很重，父亲当时只是从这方面去理解恩师的悲伤，他还不知道，先生的去世，还将直接影响到南阳汉画像石刻向世人的宣传。直到那天傍晚，父亲向情绪已趋平静的王老师问起什么时候把拓片包裹送给杨掌柜时，才知道了事情真相。王老师当时把父亲和王涵叫到床边，边咳嗽边哑声说："小楠、涵儿，有些事该给你们说明白了，我们这一年来零星拓下的汉画像石刻拓片，其实是都寄给了鲁迅先生，我是受鲁迅先生的托付，来抓紧搜集这些拓片的。先生对南阳汉画像石刻的保存和宣传十分挂念和重视。本世纪初，日本一些学者，不知从哪里弄到一些汉画图像，学得一鳞半爪，改头换面，公之于世，引得西洋人羡慕非常。可世人不知它的故乡在中国。正是在这样一种情况下，鲁迅先生产生了搜集南阳汉画像石刻拓片并印制成大型画册的念头。先生通过他另外的朋友和我联系，我听说后当然高兴，先不说我们王家几代人都关注汉画像石刻艺术，单是完成先生交办的任务，也是一种荣幸。所以这一年来我领着你们抓紧搜集，并特别想找到一座完整的汉墓，以便拓一套完整的拓片让先生高兴。未料拓片拓成还未送上，先生便已走了。唉，现在不用送了。眼下，我们无钱出面去印行大型画册，拓片只好先存起来，留待将来再说，我们要先筹钱，筹足了钱先印画册，下一步再想法建汉画像馆……"

父亲说，直到1973年，他才从国家文物局局长王冶秋先生为《中华人民共和国河南省碑刻画像石拓片展览》去日本展出时写的一篇文章中知道，鲁迅先生为收集南阳汉画像石刻拓片，曾先后给王冶秋并通过王冶秋给几位南阳籍人士亲笔写过几封信，一封信上写道："……另外，作为南阳石刻拓片的代价，送去三十元，请你交付如何？愿早回音。"有一封信上写道："……十一月八日信和十张拓片都收到了，另外寄去三十元汇票一张，请你在商务印书馆分馆领取,请在里面签名盖章(印章必须是签名人的才行)。如果听到送交的消息,请你作为所有者的资格写信给他。这些钱是作为石刻拓片的费用,必须请拓字的工人搞才行。所以这样说是因为外行无论如何也赶不上内行的拓字工人。关于所有的纸张,必须使用中国连史纸(并不是绝对不许使用西洋纸)。西洋纸可占十分之一。其余的都用连史纸。在这请先看看样本(但是若看不惯,恐怕是分辨不协调也不可知)。"还有一封信上写道:"……这些石画像,仍然是古代有钱人墓室中有的,有神话有手工艺品。也有乐队、车马、仪仗。无论如何也不能想象这是地主能办到的……在石屋子里面,本该有瓦器铜镜之类,大约早被人拣去了……"最后一封信上写道:"……知一切近况。拓片一包六十七张,同日一点不错的收到了。桥根脚的画像石,晚一点拓取不要紧,等水消之后,切望你能搞下来……"不幸在写这封信两个月后,鲁迅先生便与世长辞了。

父亲说,就在知道鲁迅先生去世噩耗的当天晚上,他和王涵在王老师的书房布置了一个简易灵堂,墙上挂了一张从报纸上剪下的鲁迅先生遗像,先生像前的桌子上,就摆着那套从栖凤岗汉墓里拓来的画像石刻拓片。王老师在先生遗像前三鞠躬后,用低而坚定的声音说:"先生,请您安息,剩下的事让我和我的孩子们来做吧……"

小楠、涵儿,看来那民女并没有为那年轻官人的炫耀所动,因为接下来这幅是施笞图。看,这人头裹平帻,身着长衣,一手举起,一手执物,执笞刑;这位受刑者裸身匍匐于地受刑。左边这二人,一人执棒,一人袖手,大约是监刑者。《汉书·刑法志》载:"笞者,棰长五尺,其本大一寸,其竹也;末薄半寸,皆平其节。"颜注："棰，策也，所以击者也。"这幅施笞图放在这里，我认为是表示，那位官人见炫耀不能诱惑美女的心，便用了恐吓手段想使她就范。但下边这幅画像又表明，那民女也未被这恐吓骇住。仔细看看，这似乎是一间卧房，这里有帐帷，这位官人仿佛是刚走进门，但站在帐帷旁的这位民女已把剑放在了自己脖子上，她这是想以死抗议这即将到来的凌辱。这位官人令侍从把民女拉进自己的卧房，显然是想施暴，而这民女想以自刎来保护自己身子的贞洁，也着实可敬！这位官人大概被这民女的举止吓慌了，瞧他那副摆手欲退的姿势！小楠、涵儿，你们还要注意这所卧房廊柱上刻的表示祥瑞、辟邪的画图。这是飞廉，类龙而躯短，是一种乘驾飞升的神兽。《楚辞·离骚》云："前望舒使先驱兮，后飞廉使奔属。"王逸注曰："飞廉，风伯也。"《淮南子·俶真训》云："若夫真人则动溶于至虚……骑蜚廉而从敦圄。"高诱注："蜚（飞）廉，兽名，长毛，有翼。"这是麒麟，是一种似鹿非鹿、似牛非牛的动物，汉代把它神化为一种瑞兽。《太平御览》引《说文》云："麒麟，仁兽也，马身牛尾，肉角。"这是人面兽，一个为虎身人面，一个为龙首人面，都是辟邪用的。汉代的统治者既想羽化成仙，又担心鬼蜮作祟，并且认为疾病、灾难就是鬼蜮作祟的结果，于是想出了这种驱除邪祟的办法。

　　这些画像石刻记叙的故事到此为止进入一个高潮，官人恃权要施暴，民女宁死要守身。事情将会怎样发展……

　　父亲说，自鲁迅先生去世后，王老师带着他和王涵，一方面继续在南阳城乡搜集零星出土的汉画像石刻，一方面开始筹集印制大型汉画像石刻画册和修建汉画馆的资金。搜集零星石刻的任务主要由父亲和王涵担负，父亲因为要教课，王涵因为要上课，外出搜集的事便都放在星期日和节假日来做。往往一逢这种日子，两个人就早早起来，带上陈婶预先为他们准备的干粮，徒步向城外走去。他们先后以南阳城为圆心，三里、六里、九里、十二里、十五里、十八里、二十一里为半径，绕着走了七圈。还分别去了方城、唐河、佘店、桐柏、新野、邓县、镇平、内乡、南召等城镇。父亲说这段日子还是有不少收获，找到了不少零星出土的石刻，他们见到石刻后，一般都是先拓下拓片，然后出钱雇牛车把石刻拉回南阳城王家后院。我从父亲的日记中知道，这段日子虽然苦累，但因有王涵陪着，他心情愉快。常常是中午，他们在野地吃罢干粮歇过气来的时候，王涵会模仿着汉画像石刻上那些伎人舞姿，嬉笑着给父亲跳几步舞，乐得父亲上前抱着她转了几圈，而后便双双摔倒在地上，接下来是你死我活的亲吻。有几次，父亲的笔下已经暗示，他们因为亲吻得太久都冲动得不能自抑，差点要越过那条红色的界线。在那种危险的时候，总是父亲害怕恩师知道后生气，而自动把心中的火焰扑熄。

筹集资金的事，主要由王老师来办。王老师先是卖字。莹质老师的汉隶字写得很棒，在南阳城是闻了名的，这时便买了纸，写了诸如："鹊噪梅花香索句，鸳啼柳色绿开樽"的春联；"紫荆花下兄宜弟，彩服堂前子悦亲"的门联；"择里仁为美，安居德有邻"的迁居联；"兴隆同旭日，发达胜阳春"的生意联；"鹿鸣初荐天仙客，燕尔新成博议书"的婚娶联；"六十年度似芙蓉出水，二回甲子如桃花初开"的贺寿联，让陈婶在门外摆了卖。一开始卖了点钱，但因城不大，字就渐渐卖不出了。有时父亲和王涵没课，便把这些字联拿到繁华街市摆摊来卖，却终是卖不动。王老师边咳嗽边抱头思索了半响，最后决定在课余时间把写字桌搬到街上，在桌后悬一布幌，上书：写字匠王莹质为您效劳！并贴一告示于身后墙上，言明：凡书信、讼状、红白帖子皆可为之，让写什么就写什么，让怎样写就怎样写，让什么时候写毕就什么时候写毕。

一日午后，父亲、王涵把写字桌搬到闹市烙花街口，父亲在一旁照料摆了字联的摊子，王涵则在桌旁磨墨展纸帮助王老师书写。这时，一帮国民政府第六督察专员公署的浪荡子弟踱到书桌前，其中为首的一个一边色眯眯地盯着丰胸翘臀的王涵，一边荡笑着对王老师说："老头，给我写一首诗在红纸上，头一句是：妙龄女郎在身旁；第二句是：竟然卖字大街上；第三句是：何不把她送给我；第四句是：包你荣华享一场！"那小子话未说完，王老师便愤然掷笔桌上站起吼道："给我滚开！"那小子胆大包天，竟然一手掀翻书桌一手趁势来摸王涵的脸颊，翻倒的书桌砸倒了王老师，早已怒极的父亲这时猛扑过去，一拳将那小子砸趴在地，其余几个家伙便都来打父亲。父亲虽是读书人，但因平日搜集汉画像石刻常同石头打交道，又是农家出身，从小练了好臂力，虽一人同几个人对打，最后终也占了上风，硬是将那几个小子揍得满脸是血狼狈而逃。但父亲说，王老师就是从这天起，因又气又恨，病情加重，从此卧床不起的。

看见了吧，孩子，在这幅石刻上，那民女重又走入了田间，这是一个侧影，刻得虽然简洁，那副重获自由的快乐却已透了出来。而这位年轻官人站在府邸门上，正怅怅地望着那女子。这种结局有点出人意料，一般说，高官猎艳，若目的不达，很难令其生还，这一是"吾不得世人也休得"的心理使然，二是他们恐女方生还后诋毁自己的名声，可这位官人竟放女方走了。这里有两种可能：其一，这官人是真心爱上了这民女，不忍强辱和加害；

其二，抢民女进府时知者太多，这官人担心引起民怨。紧接着的这幅画像值得注意，看，这是一只飞翔的金乌，金乌在汉代象征太阳。在金乌背上的日轮中又有一只象征月亮的蟾蜍，这应是日月交食的图像。日月交食，在汉代被认为日月合璧，并视为祥瑞之兆。《后汉书·天文志》云："三皇迈化，协神醇朴，谓五星如连珠，日月若合璧。"日月合璧是指月球运行到黄道、黑道交叉点附近，与太阳重叠，造成日环食，形若玉璧。这幅图像如果单独看，是一幅天文图像。但如果与前面的画图联系起来看，似乎还另有深意。会不会有表明那年轻官人此刻心绪的意思？但愿我们将来还能像这日月合璧一样重聚一起！但愿我们的这次分离是我们生活中的一个祥瑞之兆！会不会是这样我说不准，但在叙事的画像中突然出现一幅天文图像确实有些令人奇怪！我是有些相信前面那个假设的……

父亲说，王老师的病体到民国二十八年秋，虚弱得连说话也困难了。这期间，父亲和王涵不断地找中医为他看病，但他拒绝吃药，他说："我这病终也是治不好的，不必再枉花钱了，有点钱存起来，用作将来出画册吧。"有一次听说从开封来了一个名中医，父亲和王涵花钱去把医生请到家里，但王老师执意不让医生把脉看病，医生无奈，只好站在远处面视之后开了药方，未料父亲和王涵把药抓来煎好端到王老师面前时，王老师竟伸手一下子把药碗推翻。当时父亲和王涵都委屈得哭了，王老师也含着眼泪抓住他俩的手说："孩子们，你们的心意我明白，可我得的是不治之症，再舍得花钱也没办法治好，何不干脆把钱省下来办点正事？"父亲说，王老师当年其实才四十一岁，正值壮年。他的病实际上是王涵的母亲传染给他的。王涵的母亲也是书香门第出身，长得非常标致，可惜体弱多病，十六岁时与十八岁的王莹质老师成婚，第四年生了王涵，九年后去世，去世前把肺痨病传染给了王老师。

父亲说，王老师是民国二十八年阴历十一月初三上午去世的。他似乎知道自己西去的时辰，在前一天晚上，他特意把父亲和王涵叫到床前，说："孩子们，我的日子恐怕只剩一两天了，现在我把一些事给你们交代交代。小楠，你拿张纸记记。第一，要记住护好栖凤岗上的那座汉墓。那是后人研究汉代画像石刻以及整个汉代历史的重要依据。要常去看看，严防盗墓贼把它毁了。对于别处出土的汉画像石刻，知道了就去把它拓下，把石头也买了拉回来。第二，一定要把汉画像石刻画册出版出来。将来钱筹足之后，要找一家可靠的印刷技术好的出版商出版，画册要印制精美一些。画册要分文字和图片两部分。文字部分，至少要有三个内容：一是汉画像石刻产生的背景；二是画像石刻墓的分期和墓葬资料；三是画像内容与艺术风格。图片部分，要把我们搜集到的都印出来，要分分类，每一幅画像下要加注说明。文字部分和画像下的说明，要印上中文和英文两种文字，目的是方便向西方发行，要让西方知道，这些辉煌的艺术品，是中国的汉代人创造的，要把当初日本学者改头换面印出的画像石刻图册所造成的影响，纠正过来！第三，将来想法把汉画像馆建起来。这要在等有了大笔的钱之后才能办，要盖一座很大很大的房子，把我们搜集的汉画像石刻全部陈列出来，这座房子最好就盖在栖凤岗上，把那座汉墓放在房子里边，然后把墓门打开，让人们直接进去看。要让每一个看到的人都能感觉到，我们的祖先曾经是多么伟大，作为祖先的后人，我们该让我们的民族更强大更伟大，而不是像现在这样，让日本兵打进国门来。你们俩若是能做成这三件事，鲁迅先生、涵儿的爷爷和我,还有我们的祖先,都会高兴于九泉……"

父亲说,王老师这段话断断续续用了整整两顿饭工夫才说完,他的话不时被剧烈的咳嗽打断,每一阵咳嗽结束之后,嘴角都有鲜红的血沫涌出来,王涵就坐在床边含了泪用手绢替他擦,一连擦红了四块手绢。

父亲说,王老师说完这段话后,闭眼歇息了一阵,重又睁开眼时,对父亲和王涵说:"小楠、涵儿,如今只剩下一件事要办了,就是你俩的婚事!我希望活着看看你俩成婚,这样吧,婚礼就简化一点,今晚就办,你们喝一杯交臂酒,就算是成了亲了!陈婶,你给他们一人倒杯酒吧!"父亲说,他和王涵闻言后都觉得有些突然,但他们知道不能违了老人的心愿,便默默对望一眼,接过陈婶递上的酒杯,按照陈婶的指点,交臂把酒喝了,而后一齐含泪在床前朝老人跪下。王老师脸上露出一个放心的笑容,先抓了父亲的一只手微弱地说:"小楠,涵儿是我的独女,平日娇惯她太多,有些任性,你们生活在一起后,对她的毛病要多多原谅!"接着,又抓了涵儿的手放在父亲手里说:"涵儿,从今以后,要热爱、关心、尊敬自己的丈夫,做一个好妻子……"

父亲说,那晚王老师执意不让他和王涵守在床头,非要他们去休息不可,还特意关照陈婶把一间厢房收拾成新房,把他平日早为这天准备好的新被新褥搬过去。几十年后我从父亲的日记中知道,父亲和王涵那晚只在那临时收拾成的洞房里相拥了一霎,然后便悄悄坐在王老师卧房门后看着,直到老人最后时刻的到来:一阵可怕的咳血之后,他瞪大眼睛,紧抓住父亲和王涵的手,呼吸慢慢停止了……

看见了吧,孩子,这位官人闷头坐在房内,对放在旁边几上的酒菜看也不看，这是在表明官人心事重重。他的心事是什么？我们联系前面的那幅画像可以猜出，他在思念那位离去的民间美女。紧连着的这幅牛郎、织女星宿图，可以给我们的这个判断以证明。瞧，这左上角刻三个相连的星，旁边有一头牛，牛前还有一人扯缰，显然是牛郎星；这右下角，刻相连四星，内有一女子，显然是织女星。这幅牛郎、织女星宿图放在这里，恐怕也不是一幅单独的天文图像，而是表明这位官人此刻的内心思绪：我和那位民间美女就像这牛郎织女一样，如今被天河生生隔开。在他们二人之间，天河是什么？他似乎是悟明白了，因为接下来这幅画像上，他不坐车不骑马不要一个随从，单独一人着平民服，注意，他在这幅图上着的衣服和官服有很大不同，来到了那民女的家门前。那位民女和一位老者出来相迎，民女的神态刻得很妙：意外而吃惊。那老者显然是民女的父亲，而且似乎知道来者是谁，神态显得诚惶诚恐。汉代，由于神学和谶纬迷信的泛滥，有些画工脱离现实生活，去描绘所谓山神海灵，坠入虚无缥缈的神秘幻想之中。张衡曾说过："画工恶画犬马而好作鬼魅，诚以实事难形而虚伪不穷也。"而这座汉墓中的画像，集中描绘现实的社会生活，以写实为主要倾向，实在是难能可贵！

　　看来，这位年轻官人已从最初的即时猎艳转入了对民女的真心爱慕，他敢于微服探访民女的家庭，这在当时是一个很大胆的举动。如此说来，一见钟情的事早已有之……

　　父亲说，王老师去世后，他和王涵都留在师范教书，这期间，他们过了一段恩爱无比的新婚生活。父亲这些日子的日记写得很细。其中有一则这样写道：昨夜因与王涵欢闹，疲极，晨竟不闻鸡啼，后被涵凉凉的手指抚醒，她鲜润的双唇边在我颊上热吻边说：" 蛋羹已炖好了，请起来用吧，我的相公！"我含笑起身穿衣。上午前两节有我的课，讲得颇顺！回宿舍后替涵批改学生作业。后两节课是她的，我做午饭，是她爱吃的绿豆面煎饼，捣蒜汁一碟，烧白菜豆腐汤两碗。午后去栖凤岗，佯作拾柴汉，远远朝汉墓址望去，无异状，遂返。下午读《史记》一小时，开始草拟汉代画像石刻画册前言，打算先将画册稿子整理编纂好。晚饭后，涵说想洗澡，便下厨房烧热水两大盆，端入卧房，闩好门，让涵脱衣入盆，替她搓洗周身。涵裸身站盆中，真如天仙下凡，柔肌玉肤，触之光滑如缎，观之心旌飘摇，未待她洗完，便三两下替她擦干，抱到床上，吻不能止……

我便是在这段日子里被孕育出来的！

父亲说，母亲最初知道了我要来这人世的征兆时，欣喜若狂，曾和父亲举行了一个小小的庆贺仪式：包了一顿水饺，放了一挂鞭炮。母亲从此改变了她爱跳爱闹的习惯，走路、讲课、上街都变得小心翼翼。父亲说母亲怀我六个月的时候，还曾带着我去栖凤岗看了一次汉墓。平日，每隔半月十天，父亲总要去栖凤岗上一趟，看看那座汉墓是否平安。那段时间他脚上长了个大疮，不能走路，母亲便说她去看看。父亲先是不同意，说你身子那么重，路又不近，万一出点事咋办？母亲说，不碍事，我走慢点，多歇几次就是了，再说孕妇活动活动身子也好！母亲换了农村妇女穿的带大襟的衣裳，在脸上抹了些锅底灰，提一个旧柴筐，向栖凤岗艰难地走去。那是我第一次靠近那座被外公、父亲、母亲视为珍宝的汉墓。母亲那天回来时虽累得筋疲力尽，但一进门就朝父亲高兴地叫："楠，看来几年前你没有骗我，你说你当时是在为我折一红一黄两朵菊花时发现那座汉墓的，我当时不信，可我今天亲眼在那汉墓坟头看见了一红一黄紧相依傍的菊花！"父亲听后还追问了一句:"真是两朵?"母亲点头后父亲很愣了一刻:"又是两朵?"

父亲说,他其实早知道我是一个男孩,因为我出世前两个月,曾把母亲折磨得死去活来。一般女孩不会有那么坏的脾性!常常因为我的胡蹬乱踹,而使母亲捂腹在床上疼得滚来滚去大汗淋漓。有时父亲见母亲太难忍受,就说:咱干脆想法不要这东西算了!逢这种时刻,母亲就忍疼伸出煞白的手掌急捂住父亲的嘴叫:"想找打呀?!"

父亲说我出生那天显出有点懂事,没有太为难母亲。那是一九四〇年阴历十一月二十七的晚饭后,母亲拥被坐在床上,父亲坐在床头的桌前继续为汉画像石刻画册上的图版写着说明文字,室内烛光昏黄,窗外雪花悠悠。那一刻我大概因为在集聚入世的力量而没有乱动,母亲显得平静安详。父亲在为一幅"二桃杀三士"的画像石刻写说明时,还扭脸问母亲这个历史故事的出处。聪慧过人熟读史书的母亲立时轻声为父亲背起《晏子春秋·内篇谏下》:"公孙接、田开疆、古冶子事景公,以勇力搏虎闻。晏子过而趋,三子者不起,晏子入见公曰:'臣闻明君之蓄勇力之士也,上有君臣之义,下有长率之伦;内可以禁暴,外可以威敌;上利其功,下服其勇,故尊其位,重其禄。今君之蓄勇力之士也,上无君臣之义,下无长率之伦;内不以禁暴,外不可威敌。此危国之器也,不若去之。'公曰:'三子者,搏之恐不得,刺之恐不中也。'晏子曰:'此皆力攻勍敌之人也,无长幼之礼。'因请公使人少馈之二桃,曰三子何不计功而食——"

父亲说,母亲还未把这篇古文背完,阵痛突然暴发,来势凶猛。他估计是时候到了,便慌忙奔出门去叫产婆,当产婆在父亲的搀扶下跌跌撞撞地奔进屋时,我的头部已迫不及待地伸进了这个世界。

父亲说,三天后,从极度疲劳中恢复过来的母亲把我搂到怀里,长久地亲吻着我那嫩极了的脸蛋。我从父亲的日记中知道,我吃奶一向是口中噙着一个奶头,一只手攥住母亲的另一个奶头,仿佛唯恐别人来偷吃似的。有一天晚上,父亲为了逗我,当我噙住一个奶头时,他便扯开我的手用双唇噙着母亲的另一个奶头,结果气得我哇哇大哭。

在我出生后的那一个月里,我们家除了我的哭声外便都是笑声,那是我们家庭生活中最幸福的一段日子。那时父亲、母亲和我都不知道,一场巨大的灾难正飞快地向我们逼近……

小楠、涵儿,看清了没,这是两株柏树,这位着便服的官人和那民女相向站在树间,民女一副温柔之态。这大概是官人的又一次微服来访,从民女的身姿神态上看,她已被那年轻官人表达爱情的行为所感动,开始向对方回报柔情。接下来这幅楼阁人物图,表明这位年轻官人又已回到了自家的豪华府邸,看,这楼阁下层有一厅堂,厅有双柱,柱头均有斗拱,为一斗三升。厅内有一老者抚几而坐,老者身子两边环坐四人,年轻官人拱手跪着。那老者正抬手向年轻官人指斥着什么,其余的四人也着了官服,正不屑地看那年轻官人。我们把这幅图与开头的那幅加冠图一对照便可看出,这老者是年轻官人的父亲。父亲斥责儿子,不会无缘无故,一定是儿子的言行令老人不满。是年轻官人微服悄悄去会民女的行动被父亲发现了?抑或是那年轻官人干脆向父亲说明要娶那民女为妻?汉代的等级贵贱观念已很严重,男婚女嫁当然要求门当户对,不论是这年轻官人的"行"或是他的"言",都必然会引起也在做官的父亲的反对。他父亲身边环坐的四个人,大约是他们的族亲,或是堂哥或是胞弟。东汉统治集团是以南阳人为主体的豪强集团,公元三十五年,郭伋曾上书请求改变这种只用南阳人做官的做法,应该是"选补众职,当简天下贤俊,不宜专用南阳人"。但是,无济于事。常常是一人做了官,便宗亲都成官,这个家族可能就是这样!

孩子们,接下来这幅雷公图,和前边几幅天文图像一样,怕也另有含义!瞧,三虎驾一车飞奔,车上树鼓,鼓上饰羽葆,舆下云气簇拥,舆中所乘便是雷公。雷公也称雷师,是古代传说中的司雷之神,《楚辞·离骚》云:"鸾皇为余先戒兮,雷师告余以未具。"雷从何来?古人认为是由天鼓发出的响声,故《云仙杂记》云:"雷曰天鼓,神曰雷公。"《易》曰:"鼓之以雷霆。"《事物纪原》卷九引《黄帝内传》曰:"玄女请帝制鼓,蘷以当雷霆。"《论衡·雷虚篇》说当时画工"图雷之状,累累如连鼓之形",并认为风随虎来,故《易》曰:"云从龙,风从虎。"所以,此画树鼓以像雷,驾虎以生风,当是雷公。这幅雷公图放在这里,我认为是想表明:那为父的曾以雷公来威胁儿子,若不听我的话,雷公会来找你算账!雷公会来劈死你!

父亲说,在我还没满月时,就传来了日本兵已到信阳的消息,他估计鬼子早晚也要来攻南阳,怕打起仗来,炮弹会炸坏石刻,便开始在夜晚把放在后院的那些汉画像石刻,扛到院墙后的荒地里埋下。他先后在院墙后的荒地里挖了三个深一丈多的土坑,把能扛动的画像石刻都悄悄埋了进去。最后剩下七八块大的他一个人实在扛不动,叫外人帮忙又恐露了底,便在后院里就地挖坑,把它们埋在了院里。外公留下的古玩、字画、笔砚和珍版书,父亲则把它们都移到了乡下奶奶家。

父亲说，在他把那些石刻扛去埋时，因为石头太重常需要人帮一下手上肩，却又不敢叫别人，没法，还坐月子的母亲便来帮忙，为此母亲落下了腰疼病，月子过后还常常叫腰疼。

父亲说他虽然估计到日本兵要来打南阳，但没想到会来得那么快，更没想到攻陷城池的日本兵会有专人来找汉画像石刻。城陷是在一九四一年二月四日夜十一点。枪炮打得激烈时，父亲为防不测，曾把所有的汉画像石刻拓片叠好，一块裹进我的褴褓里。父亲认为这样保险些，即使日本兵来家搜查，也不会想到去婴儿的褴褓里找什么东西。母亲当时反对父亲这样做，母亲说，依我看还不如把这些拓片都烧了，反正那座汉墓和那些石刻都在，过后咱再拓印一遍不就行了？无非是费点事！但父亲没理会，父亲尽管知道母亲说得有道理，可他实在舍不得把这些辛辛苦苦拓来的拓片烧掉，光是钻一次汉墓就不容易。再说，这些拓片父亲已经把它们分类整理过还写了说明文字！父亲说，他当时没把这些拓片烧掉的根本原因，是他认为日本兵即使把城攻陷，掠夺抢劫的只可能是财物，不会有人想到这些纸——汉画像石刻拓片。父亲终生为自己的这个判断后悔！父亲说，枪炮声最初稀落下来时，躲在墙角的他和母亲还以为日本兵被打跑了，高兴地站起身想出门看看，恰这当儿，街上传来了鬼子呜里哇啦的叫喊，母亲急忙把奶头塞到我的嘴里禁止我出声，和父亲重又在墙角蹲下。

父亲说天亮前他们还算平安，只是听到远远近近有人的哭声和人的叫声，他和母亲紧紧偎在墙角。父亲那一刻有些后悔，当初不该不同学校的大多数教职工一起出城躲躲，他是因为担心母亲刚满月身子经不起折腾，加上对守城部队存有幻想而决定留下的。

那日的白昼仿佛也害怕目睹城市的惨景，来得犹豫而迟缓。

父亲和母亲坐在墙角,不安地看着天光渐渐踅进屋里,两个人都没动,也没去啃预先准备好的干粮,只把两眼望定门口,仿佛等待着什么。只有我仍如往常一样,双唇随意地吮着母亲的奶头,两脚在襁褓里自在地踢着。

最先传过来的是脚步声,一群人,步伐很齐,由远而近,直向门口响来。父亲说他从来没听过那么可怕沉重的脚步声。他和母亲对望一眼,他的脸上一定有惊惶,因为母亲的杏眼瞪他一下,母亲同时伸手在地上抓了一把灰,朝自己的脸上飞快地抹起来。

敲门声是温文尔雅的:咚咚咚。父亲说,听到那敲门声的一刹那,他真以为是学校里教书的那些同事来找他。母亲从墙角起身走到椅上坐好,而后用目光示意父亲去开门。

门开了。父亲最先看到的是一个穿便服的日本人的脸,那人的身后,站着一个日本军官和六个日本兵。"你好!"那着便服的日本人躬身含笑说了一句。父亲一时愣在那里,他没料到会有这番礼貌。这当儿,那一群人便已走进了屋里。

"你就是古楠先生吧?鄙人叫吉平正夫,也是搞历史研究的。"那便服日本人的中国话说得十分地道,"我打听到古楠先生对汉代史很有研究,且常搜集汉代画像石刻。我从书上知道,南阳这个地方在汉代非常繁荣,很想看看这些石刻,一饱眼福,不知古先生可否允许?"

父亲说,他听了那吉平正夫的话后几乎呆住,他没想到他们会偏偏来找汉画像石刻,而且对情况了解得如此清楚。父亲当时不可能知道吉平正夫的身份,几十年后我方从历史资料上查明这个吉平正夫是当年东京一历史研究机构的人员,一心想在历史研究中建大成就,出名发财,他专攻中国汉代史,已出过一本专著,内容是关于一世纪时的日本文化与中国汉代文化之比较,曾为自己赢得了不少声誉和金钱。日本发动侵华战争后，他迫不及待地要求当了一名随军记者，目的是来中国搜集他进行研究所需要的史料和文物。他倒没有看到我外公的父亲印的那本《南阳汉画像集》，而是从公之于世的山东武梁祠汉画像石刻断定，作为汉代三大都城之一的南阳，一定会有汉代画像石刻出土。身为历史研究人员，他知道若能搜集到这些石刻，把拓片整理加注后出一大型画册，他这个日本学者也必将会和这些汉代画像一样，引起世人的广泛注目，从而给他带来巨大的声誉和财富。所以，他一直在打听部队何日向南阳进攻。这次进攻南阳的日军第三师团司令部里刚好有他的朋友，他得知攻城消息后连夜从正在采访的另一师团赶来。南阳城破他便随先头部队进城，又连夜查找国民党政府的文化官员，企图通过他们弄清谁搜集保管有汉画像石刻。据说，最后是宛城中学的一个教师供述，说他有几次看见我父亲雇了毛驴车往家拉刻有画像的石头。吉平正夫因此找到了我们家里。

"很抱歉，我只是一个教书匠，根本不懂得什么石刻，更没有收藏那种东西！"父亲说他当时从最初的呆怔中清醒过来后，忙开口回答，倒没露出什么破绽。

"古楠先生看来有些顾虑。"吉平正夫平和地笑笑，"我只是看看，我想你能理解一个学者的心情，我们研究历史的很想看到一些保留下来的实物！怎么样，告诉我放在哪里？"

"我确实没有那种东西，倘是有，给你看看有什么了不得的，你又不会拿走。"父亲继续装着糊涂。

吉平正夫依旧没变脸色，他仍是笑笑，声调照旧温和："既然古楠先生不愿动手，那我们只好自己动手找了！"说罢，朝身后的那个日本军官一偏头，那军官吼了一声什么，六个日本兵立刻散开，在院里、屋里搜起来……

看这儿，小楠、涵儿，这几上放着进贤冠，这年轻官人正怒扯着身上的官服，这幅画像是要表明什么？表明这官人生了气？为什么生气？为何事竟气到要扯掉官服？我猜，一定是他父亲和族亲们刚才做了什么关于他和那民间美女的决定！是的，决定，这决定中很可能有这样的话：你既是朝廷命官，你就不能和这个低贱的民女来往，更不能娶她为妻！大概就是这话惹恼了深深爱着那民女的年轻官人。罢，老子宁可不当这官，也要娶这姑娘！我们仿佛听到他在画中吼。真挚而热烈的爱使他敢于反抗父亲，敢于扯下象征荣华富贵的官服，可见爱能蓄积多大的力量！当然，从这幅画像上我们还看不出他这样做是一时冲动还是永久决定。好笑的是这两位奴婢，瞧她们被主人扯服举动所惊吓的模样，这位执灯的使女手中的灯几乎倾倒，这位端盒的使女手中的盒子已经掉地。两人都抬起一手欲去捂嘴，分明把一声惊呼捂了回去。汉代虽然早已废除了奴隶制，但贵族显宦之家仍然继续使用着奴婢。王莽时，"徒隶殷积，数十万人，工匠饥死，长安皆臭"。东汉后期外戚、宦官横行，仅窦融一家就有"奴婢千数"。这位端盒的奴婢头上插有羽毛，这是一种装饰。司马相如《子虚赋》云："于是郑女曼姬，被阿缟，揄纻缟……错翡翠之葳蕤，缪绕玉绥。"翡翠是鸟的羽毛，葳蕤是形容头饰羽毛的样子……

父亲说，几个日本兵尽管很下劲地在屋里院里搜查了一番，却到底也没找到画像石刻。吉平正夫脸上的笑容便开始变淡，院里霎时变得很静。也是巧，我偏偏这时在母亲的怀里哭了。现在已经说不清当时自己为什么会哭，反正我的哭声嘹亮，顿时把笼在院里的寂静一下子击得粉碎，把所有日本鬼子的目光都引到了母亲和我身上。几十年后父亲在忆起这一细节时还对我充满抱怨:你当时哭得真不是时候!可我有什么办法?也许当时我觉得母亲没像往常那样逗我而生了气,也许是我觉得院里太静没有意思,也许是因为想吃点东西而母亲没把奶头塞到我嘴里,反正我哭了,哭得响亮而无所顾忌。于是下面的一切便由此而开始了!

先是站得离母亲最近的一个日本兵向母亲身边走去,母亲原来站在墙角,脸上抹满黑灰,并没引起日本兵的注意,是我的哭声把她推到了日本兵的目光焦点里。走近母亲的那个日本兵先是拍了一下我的褙褓,而后在母亲脸上摸了一把,母亲后退了一步,大概是因为受惊,我的哭声停了。但此时停下已经太晚,因为吉平正夫也已走到了母亲身旁,伸手抓住我的褙褓就拉,母亲慌忙抱紧我哀声求道:"先生,他是个孩子!"吉平正夫笑容灿烂地说:"夫人,不要怕,我只是要这个孩子帮我劝劝他的父亲!"边说边又要扯我,母亲大概一方面怕他们害我,一方面怕裹在褙褓里的汉画像拓片露出,慌忙中说道:"你们是不是要找刻有人像的石头?"那吉平正夫一听这话立时住手问:"是的,你知道哪有?"母亲指了一下后院中父亲埋那几块搬不动的大石刻的地方,说:"那儿埋了几块,原预备以后盖房子做墙基用的,又不是什么宝贝,你们拿走!"

挖!吉平正夫立时向那几个日本兵下令。片刻之后,几块大石刻便被挖出抬放到了院中,吉平正夫高兴地扑上前,一边抚摸着笑叫:"可找到了!"一边扭身朝母亲伸出大拇指说:"很好!"随后,吉平正夫熟练地从挂包里掏出刷子、墨和纸,开始拓印。拓片一拓完,他便朝那几个日本兵示意:在每块石刻下放一包炸药把石刻炸了!父亲、母亲甚至连跟随吉平正夫的那个日本军官都吃惊地看着他,他得意地笑着说:"你们不懂,把石刻炸毁,我手中的拓片便是唯一的了,这就像书籍中的孤本一样,越是唯一的价值越高!"父亲、母亲被推出院门外,爆炸声使院墙晃了几晃。父亲说他再进后院时那几块石刻已变成一堆碎石,尽管他知道母亲说出这几块石刻的埋藏地是想丢卒保车,但此刻心疼万分的他还是狠狠剜了母亲一眼。

父亲说,他原以为吉平正夫得了这几张拓片会就此罢手走开,没想到他立刻又朝父亲笑道:"古楠先生,你没有像你夫人那样与我合作,你欺骗了我,但我不计较,我只希望你戴罪立功,把你另外收藏的那些汉画像石刻献出来!你不要摇头,我绝不相信你仅搜集到这几块,瞧,这里!"他边说边展开他刚才拓下的一幅拓片。"这是一幅画像的一大半,还有一小半一定刻在一块小石头上!大石头尚且出土并被你保管起来,那块小石头你绝不会让它丢失,只是因为它小,易搬动,你把它放在了另外的地方!"

父亲说,他当时真有点佩服那小子的分析,看来内行欺骗内行是有些困难。但他依旧摇头说:"我确实再没有了!"

吉平正夫脸上的笑容依然好看,他说:"看来还需要另一个人来劝劝你!"言毕,猛伸手从母亲怀里把裹我的襁褓夺走,我于是在哇哇大哭中被放到院中的地上,母亲和父亲见状都往我身边冲但均被刺刀挡住,吉平正夫此时笑望着那军官说:"请你帮忙用刀把孩子襁褓上的带子打开,让我们看看这孩子的父亲能忍心让儿子受多长时间的冻!"那日本军官闻声嗖地抽出军刀,"啪"一下挑断了缠在我襁褓上的绳子,正哇哇大哭的我立时把裹缠的襁褓踢开,露出只穿一件红肚兜的身子,在襁褓上滚动,二月的寒风顷刻便把我的身子吹红。母亲此时已晕倒在墙角里,父亲也已把双眼死死捂上,我只顾拼命地想靠滚动和哭声唤醒母亲,哪知道会把父亲藏在我襁褓里的那些拓片踢腾了出来。吉平正夫开始只微笑着观察我父亲的反应,及至看到有拓片在我的襁褓里翻动,立时扑到我面前,他拿起那摞拓片只看一眼,就狂喜至极地叫道:"我成功了!"

父亲说,他听到吉平正夫那声快活的高叫时,因气、因恨、因悔也几乎晕倒:完了,恩师、涵儿和自己的心血竟被他窃走,当初真应该把它们烧了!

父亲说,吉平正夫随后把我抱起,一边替我小心地裹上襁褓一边说:"谢谢你,小兄弟!是你帮助了我成功,我该报答你!"接着,他把快冻僵的我又塞回到母亲怀里,昏厥中的母亲被我的嘶哑哭声唤醒,急忙解开衣襟把我裹进去。

父亲说,他当时就估计到,内行的吉平正夫看到那套完整的汉墓画像石刻拓片后,一定会追问汉墓在哪里。果然,吉平正夫翻看一遍拓片后,又含笑走到父亲面前说:"你的夫人和孩子都帮了我的大忙,我真诚地希望你也做我的朋友!怎么样,现在帮我一下吧,告诉我,那座保存完好的汉墓在哪里?那些零散搜集起来的石刻又埋在哪里?"

父亲说,他明白吉平正夫探问的目的是要把汉墓和石刻统统炸毁,好让自己成为这些汉画像唯一的发现者和整理者,成为这些石刻和拓片的唯一拥有者,从而在世界上炫耀,名垂青史!父亲说他当时已在心里做好了死的准备,他相信吉平正夫不达目的不会罢休,他知道他只能这样做,否则就是对恩师、对一个学者良心的背叛。他那刻唯一担心的,就是如何让母亲和我活下来。

吉平正夫见父亲沉默不答,便朝那日本军官点点头说:"只好请你帮我劝劝古先生了!"那军官拔出军刀一挥,两个日本兵立时上前把父亲的上衣脱掉并把他绑在院门的树上。父亲被绑好后,那军官用军刀在父亲的右臂上一旋一剜,一块肉便唰地掉在地上,父亲"呀"地大叫一声，冒着热气的血立时顺臂而下，在冰冻的土地上滋出一股白烟。

"说吧，古先生，何必受这份罪？为一座两千年前的坟墓和几块石头，值得吗？"吉平正夫满脸是笑声音亲切地劝。父亲说他那刻气得真想上去咬死这个坏种，他不顾一切地叫："吉平正夫，那是我们的东西，你凭什么要毁掉？凭什么？！你这个杂种！"

"你不该骂人，我们都是做学问的，不该使用脏字！"吉平正夫笑得仍旧亲切，"你刚才有句话应该纠正，你说那些画像石刻是你们的，不，应该是谁占有这块土地，它们就是谁的！告诉你，要不了多久，我们两个国家就要合二为一了，说吧，看着你流血我真不忍心！"言毕，他斜了那军官一眼，军官手中的刀便又在父亲的右臂上一剜，又一块肉噗地掉到了地上。

父亲说，大概是第四块肉被剜下的时候，正向昏迷境地沉去的他忽然听见了母亲的声音。"我知道那座汉墓在什么地方！"震惊使他从昏迷的边缘又挣了回来，他睁大双眼瞪着母亲，但母亲没看他，母亲只望着吉平正夫平静地说："我可以领你们去！"

"太好了！"吉平正夫高兴得双手相握又相拍，"我真没想到你也知道墓址，你对我帮助真是太大了！"他眉开眼笑地对母亲说："我要报答你！我除了要保护你丈夫和你的孩子安全之外，我还要送给你们面粉和衣服！"说罢，便挥手让日本兵从树上解下父亲。父亲说他当时万没想到母亲会这样做，短促的惊愕之后便是对母亲深深的恨：你刚刚把那些大石刻的埋藏点说出来让他们炸毁，如今又要领他们去毁那汉墓，你真是傻女人、憨女人、软女人、贱女人！天呀，当初我为什么要让她知道墓址？！女人的心终究经不起折腾，我该明白这道理！恩师呀，毁墓的原来是她呀！父亲说他当时嘶声朝母亲吼了一句："王涵，你该想想你父亲!"但母亲平静地说:"不就是一座死人的墓吗!我们犯得着为它受罪?!我领他们去,你抱好孩子!"当母亲把我向父亲的怀中递时,父亲摇摆着身子抬起他的左臂,狠狠向母亲打了一耳光,父亲说那一耳光打得母亲在原地转了半圈,他看见血立时顺母亲嘴角流了出来。母亲当时什么话也没说,只是把我往父亲面前的地上一放,扭身就走……

小楠、涵儿,看,这位弃官不做的年轻人坐在石板前,那民女端了什么东西来到他身边,倾斜的身姿里明显含着挚爱,而且她的发式变成已婚妇女的了。这旁边站着一头牛,牛的臀部画得粗壮丰满,蹄子刻得细小,使人感到牛的健壮有力和活动灵巧。这幅画像显然是在表明,这年轻人已和民女成了相敬相爱的夫妻,开始了平静的乡居生活。接下来这幅刻的是应龙和鱼,应龙有角,卷曲的尾上有一鱼。龙是祥物,这点你们已知道,其实鱼在古人的心目中也是一种瑞物。《史记·周本纪》上说周有鸟、鱼之瑞。又《太平御览》卷九三五引《风俗通》曰:"伯鱼之生,适有馈孔子鱼者,嘉以为瑞,故名鲤,字伯鱼。"这幅画像放在这里,大约也是在表明这对新婚夫妻的一种心绪和向往:但愿我们今后的生活有祥瑞之物保佑,平静安宁,恩爱幸福,不受外界干扰……

父亲说,当母亲领着吉平正夫和那伙日本兵出门走时,他左手抱起我还向前追了几步,边追边愤恨至极地喊:"王涵!"随后,他便因流血过多和气极恨极而昏倒了。躲藏在附近一家染坊地窖里的几个邻居,见日本人走远,急步跑过来把我和父亲抱进了地窖。当时我已被冻得不会哭叫不会动弹了,一个叫云兰的姑娘当众解开怀,把我裸身紧贴在她的胸膛上,硬是把我暖醒过来。

二十四年后的那个傍晚，已成了解放军军官的我，正与一个苗条漂亮的姑娘坐在军官宿舍里商量第二天婚礼应邀请的客人名单，一封报告云兰姑姑病危的电报就在这时来了，我看完电报二话不说便去请假，跟着向火车站跑，我到底赶回南阳见了云兰姑姑最后一面。我永远记住这个叫云兰的同我毫无血缘关系的姑姑，她在那个不大的窑里，当着躲难的其他人的面，敞开她那处女的胸脯，把我暖活过来，要不然，今天这个故事便不会由我讲了。

父亲说，母亲领着吉平正夫和那伙日本兵走到护城河边时，停住了脚步。——这情景和随后发生的事，父亲都是听当时躲在护城河边一个城墙破洞里的人们说的。母亲转身对吉平正夫说："你翻开第四十八张拓片，看看是从张庄村东走还是从村西走，我也是几年前去过一次，记不太清了，那张拓片上画有路线图！"吉平正夫闻言急忙把手中的那摞拓片展开，边展边喜不自禁地说："嗬，原来还有路线图！"但翻到第四十八张时却又叫："怎么没有？"母亲说："不会没有，我见过的，是用淡墨水写的，在一个角上。"母亲边说边走，大概是母亲此前指明大石刻藏处的举动起了作用，吉平正夫和那些日本官兵谁也没对母亲的举动起疑，吉平正夫甚至把手中的那摞拓片往母亲脸前凑凑以让她辨认，就在这时，只见母亲突然伸手猛从吉平正夫手上夺过那摞拓片，迅疾地向护城河下跑去。吉平正夫和那些日本兵都被母亲这个出其不意的举动惊呆了，待他们从一刹那的呆怔中明白过来时，母亲已奔跑到了水中，她站在半人深的水里奋力撕着那些拓片，顷刻间水面上漂满了白色碎纸。"天哪——！"吉平正夫痛心至极飞奔下护城河，来到水边捞那些碎纸，可他哪里捞得起？拓印拓片的纸本来就薄，一见水便变成了稀软的东西，一碰就破。"打死她！打死她！"吉平正夫气极地跳着脚叫，几排枪响后母亲倒向水中。

吉平正夫又发疯似的捶着自己的头仰天大呼:"我真蠢哪!蠢哪!哦——"

父亲说,吉平正夫随后又领着人来找他和我,所幸那家染坊的地窖口十分隐秘,他们没有找到。最后气得用手榴弹把我们的房子全部炸倒。两天后,因为抗日部队围城的态势已快形成,守城的日军便仓皇撤走了。父亲说,他是敌人撤走的当天早上下护城河打捞母亲尸体的。母亲身中七弹,泡得发胀的手里还攥着一团碎拓片。父亲把母亲遗体放在护城河堤上时,扑通跪下,边打自己耳光边放声哭叫:"王涵——我该死,我竟然一点也没看出你的心意,在你临死之前还打你,我该死呀——!"

这是一幅敬酒图。看见了吗,小楠、涵儿,这两个侍女,一个捧壶,一个端杯,正向那新婚民女敬酒。这两个侍女大约来自那新郎的家里,因为这对新婚夫妇不大可能用上侍女,即使用上,侍女也很少这样郑重地向女主人敬酒。如果这对敬酒的侍女来自男方家庭,原因就可能是两种:或是公公婆婆接受了既成事实,承认这民女为自己的儿媳妇,以敬酒举动来修好;或是公公婆婆另有居心。我们往下看,接下来这幅画像表明:那新娘并没喝下敬上的这杯酒,而是又转身弓腰敬给了自己的丈夫。由此可见,这民女对丈夫的尊敬和热爱是何等深挚。当然,涵儿,你也可以把这举动理解为民女不会喝酒,想让丈夫替自己喝了。不过汉代南阳酿造的酒,据史料记载,和我们今天的黄酒有些近似,妇女大约是可以喝的。我们继续往下看,在这幅画像上,男主人已倒地而死,酒杯扔在身旁,女主人和敬酒的侍女都惊骇无比,侍女手中的酒壶已惊落在地摔碎。很明显,那酒里有毒!而毒酒原是献给民女的!我们现在完全可以这样判断:那公公婆婆见儿子真同民女结了婚，木已成舟，为不在贵族中间继续遭到耻笑，便决心毒死这个平民出身的儿媳，以使儿子彻底绝了和这民女生活下去的希望，重返上流社会。于是，便生了让侍女给新娘敬毒酒的计谋，未料反毒死了自己的儿子……

父亲说，他借钱为母亲买了一口薄薄的棺材，回乡下叫来了他的弟弟也就是我的叔叔，用一辆牛车，把母亲的棺材径直拉到了栖凤岗上，在离那汉墓几百米的地方，亲自掘坑埋下了母亲。父亲说，母亲是为保护汉墓中那对夫妇的安宁而死的，把母亲埋在那儿，一来母亲的魂灵见汉墓完好会心安；二来那对早死的夫妇也许会出于感恩而常过来照料母亲。父亲说，埋葬完毕他让叔叔赶着牛车先走，自己在母亲的坟前一直坐到天黑。天黑后他起身要走时，忽然又闻到了一股浓烈的熟悉的菊花香，那不是菊花开花的时节，他有些意外，他循着香味踽踽走去，没有几步，在一片草丛里，他分明看到有一红一黄两朵菊花在那里摇晃，他想折下插到母亲坟头，但刚一弯腰，那花却又蓦地没了……

父亲说，那之后不久，他把我送回乡间我奶奶身边，他自己则通过师范里的另一个教师，参加了共产党领导的抗日游击队。父亲说，他那时就是想找一个日本人砍砍，把憋在心中的那股气出出。父亲在游击队里刻苦地练习打枪，枪法练准以后，他又违反纪律私自在夜里出去寻找日本人袭击，为此他受了批评。有一天晚上，上级领导带着两个日本人来到游击队驻地，他一听是日语的哇哇声，当即放下饭碗就去摸枪，幸亏他身边的人眼疾手快推开了他的胳膊，要不他非把那两位日本反战朋友打死不可。

父亲说，在那些日子里，游击队只要回到南阳附近，他总要拎枪在夜里去母亲坟头坐坐，默默地朝那座隐在荒草下的汉墓看看，在心里无声地叹道：什么时候，那墓中的汉画像石刻才能让人知道……

　　小楠、涵儿，这是墓中男女主人公的结局图，看到了吧，那位新娘子悲泣之后，毅然抽刀向自己的胸口戳去。新娘的这一举动，可以理解为对自己向丈夫敬酒之行为的不尽追悔，也可以理解为对公公婆婆狠心之举的壮烈抗争。生不可以做幸福夫妻，那就让我们去另一世界做吧！夫君，等等俺，俺来了！我们从这幅画上不是分明听到了这位新娘的带血呼喊？！你们都没想到吧？两千年前的南阳已发生过这样的故事，这对男女爱得多么真挚！孩子，一个民族的人们爱的质量，也是应该作为衡量这个民族素质的一个参数的！你哭了吗涵儿？为古人流泪了？来吧，我们接着看下一幅。这是一幅拦驾图。看，左下刻两辆轺车，一车乘一驭者和一尊者，一车乘一驭者；车前刻三导骑，一骑已转弯行进，一骑正在转移中；骑士前刻一导车，车上乘一驭者、一尊者。图左刻一长袍男子，执笏拦驾，马受惊嘶鸣。这拦驾的人是谁？被拦的官人又是谁？拦驾为何？我们无从知道。但这幅画像放在这里，就一定与上边的故事有联系，我这样猜测：那拦驾人是那去世的新郎、新娘的朋友，他深深同情那对新人的遭遇，便舍身拦驾，请求出行的高官为这死去的新人申冤。不知那高官闻知此事后如何处理，但我们通过这幅画像已经知道，就是在当时，这对男女也有同情者！孩子们，我甚至还这样判断：就连这座坟墓，可能也是那个拦驾人修的！因为新郎的父母显然不会出钱为他们营造如此气派的阴宅，请人刻如此内容的画像。而新娘的父母即使想修，恐也无钱。你们注意了没有，整个墓内没刻一个字，而刻字在当时本是比刻画像更容易的事，这是一个谜，也许围绕着修这座墓，还有另外一个不愿为后人知道的故事……

父亲说，解放后他一直在文物管理部门工作。他说政府对保护发掘汉画像石刻十分重视，曾几次拨付专款搜集汉画像石刻。1956年田汉先生来宛，对南阳汉画像石刻更是关注非常，提出了许多重要建议。并亲自探察了南阳市七孔桥基上的汉画像石刻，当他听说方城的博望桥亦有汉画像石刻时，即驱车前往。因适逢大雪，道路不通，田汉先生扼腕叹惜，竟朝博望桥方向恭恭敬敬地三鞠躬。1957年，根据田汉先生的建议，河南省人民政府拨专款改建了南阳市的七孔桥和魏公桥，拆出汉画像石刻一百余块。这之后不久，政府组织人对栖凤岗上的那座汉墓进行了仔细的发掘。1958年，南阳市政府修建了汉画馆。翌年，郭沫若先生亲笔为南阳汉画馆题写了馆名。

父亲说，对栖凤岗上的那座汉墓进行发掘时，他在母亲坟头上放了一挂一千响的鞭炮，他是想借此告诉母亲：放心吧，你舍命保护的汉画像石刻，如今永远平安了！

父亲是1980年秋天病逝的。父亲死前，对我一遍又一遍地重复当年外公给他和母亲讲解那座汉墓中的石刻画像时说的话，他说他永远不会忘记老人对那些画像石刻的理解。

我朝父亲点头，我说："我也不会忘记，永远不会！"

父亲咽气前对我提出一个要求，把他的骨灰盒和母亲的骨殖埋在一起，我点头答应。父亲死后，我抱着他的骨灰盒，领着我的儿子和女儿向栖凤岗母亲的坟墓走去，我按照通常合墓的规矩，把母亲埋在左边把父亲埋在右边。

那天，我们在两位老人坟前直坐到傍晚，我起身领着两个孩子要走时起了晚风，晚风中飘过来一阵浓极了的花香。我循着花香走去,在那座汉墓和父母坟墓之间的一片草丛里,我看见了两朵并立的菊花,一朵淡红,一朵淡黄,女儿弯腰要去折时,我急忙按下了她的小手……

香魂女

序　一

　　香油，是我们南阳这地方有名的土特产品。据史书载，早在清朝光绪年间，就经汉口"邓帮商行"销往东南亚、日本和德国。在香油中，又以小磨香油最负盛名，如今每年销往京、津、沪三市和日、美诸国的几百万斤香油，就是小磨香油。南阳的小磨香油出名，其一是因为此地的芝麻奇异。这地方属暖温带气候，土壤、水质中含有多种矿物质，芝麻籽粒饱满，千粒平均重达三克以上，油脂中富含人体必需的不饱和脂肪酸；而且部分芝麻籽粒形状很怪，其尖端歪向一方，出油率高达百分之五十七。其二是因为榨制工艺独特。先将芝麻炒到将煳未煳，而后用石磨磨成糊状，接着加水、搅拌，最后澄清、舀盛，原汁原味。

　　南阳榨制小磨香油的油坊、油厂很多，但你若想尝到小磨香油中的最精最优最上之品，则须出南阳城南行，问：香魂油坊在哪？会立刻有人指给你。

　　那原是郜家营郜二嫂私人开的一座油坊，两年前日本经营粮油的女商人新洋贞子来油坊参观后，自愿提出投资扩建，如今变成了中日合资经营，不过油坊的一应事务仍由郜二嫂主持。二嫂的大名叫银娥，很好听，只是她使用这名字的机会很少，村人多称她二嫂，连新洋贞子也对她这样叫。

序　二

做香油和做啤酒一样，讲究水！

没有崂山矿泉水，青岛啤酒就不会享誉国际。同样，没有香魂塘里的水，郜二嫂的油坊也不会让那么多人着迷。

香魂塘里的水是有些奇！

这水塘坐落在郜家营村南，方形，百米宽窄，最深处不过一丈，然而即使是再大的旱年，塘水也不见稍减，据说塘底通着什么暗河。塘中夏日长满荷叶，花开时香裹全村，然水凉得怕人，很少有人愿下去摸藕，偶有人敢试，也是下水片刻便牙齿发颤嘴唇乌青地慌慌爬上来。塘水颇清，却无鱼无虾无鳖等生存，且喝到嘴里又有一股苦涩味，极像是放了种什么草药。村里的牛羊猪狗再渴，从不喜喝这塘里的水。可就是这塘水用来做小磨香油，特别好。会使油色橙黄微红，味甜润，入口清香醇爽。用这油来煎炸食品和调制凉拌菜肴，可去腥臊而生奇香，使人口生津液食欲大增；若用来配制中药，可滋阴清热解毒、壮精髓、润脾胃；若用来熬膏外敷，具有凉血、润燥、消肿、止痛、生肌等功效。

发现这塘水可做香油，据说是在宋朝，这水塘从那时起便起名叫香塘。又据说在乾隆年间的一个秋天，村人突然在一个早上发现，村东头拥有四百二十五亩土地的郜中雄的千金小姐和村西铁匠林家的小闺女同时投塘自尽，两姑娘时年都十七岁，死因一直无人能说清楚。于是从那以后，人们又在香字后面加了一个"魂"。

郜二嫂的香魂油坊就坐落在香魂塘畔，油坊大门面南，出门五十步即是塘岸。

两年前，新洋贞子所以下决心给郜二嫂的香魂油坊投资，很大程度上也因了这香魂塘。那天，新洋贞子在仔细地品尝了香魂小磨香油之后，特意到香魂塘边用勺子舀了点塘水尝尝，然后又让随行的人带了一壶香魂塘水回去化验，化验后立即拍来电报：愿投资四十万美元扩建香魂油坊。至于新洋贞子的经历以及而后两家如何谈判，如何分配利润，如何外销产品，如何定下仍由郜二嫂主持经营等事，不是本文要介绍的内容，本文只说有关郜二嫂的一桩家事，那桩事开始于一个早晨……

一

六月的那个空气潮润东天泗红的清晨，郜二嫂像往常一样，一边扣着衬衣纽扣一边匆匆出院门向隔壁的油坊走去。每天的这个时辰，香魂油坊要开始它的第一道工序：炒芝麻。二嫂进去时，偌大的油坊炒棚里已是热气滚动白烟飞腾，三十八口铁锅里全已倒上了芝麻，锅灶里都已有火苗乱爬，每口铁锅前都站着一个短裤赤膊的男人，手拿一柄大铁铲在锅里翻炒。随着铲起铲落，先是有缕缕白色水汽蹿出锅沿，渐渐便有一股熟芝麻的香味开始在棚里飘溢。身着短袖衫的二嫂在那些铁锅前巡视，这口锅前叮嘱一句烧火的：火小点！那口锅前催促一下掌铲的：翻快点！炒芝麻是做香油的重要工序，炒得不够和炒得太过都会影响油的颜色和香味，所以每天的这个时辰，作为老板的二嫂不管因算账、筹划熬夜多乏，也决不睡懒觉，总要亲自到炒棚里巡看。天本来就热，三十八口铁锅散发出的热量聚起来更是怕人，尽管有散热器嗡嗡转动，但二嫂的衬衫很快便被汗水湿透，然而二嫂浑然不觉，她的心思全在芝麻上：要正到火候！昨日就有一锅炒得过煳，结果香味不正！正当她从一口锅内抓一把芝麻查看时，炒棚门口突然响起闺女芝儿的尖声急叫："娘，娘！快，快来！"二嫂闻声一惊，女儿是她心尖上的肉，她慌慌张张朝棚门口跑："怎么了，芝儿？"十三岁的芝儿见娘出来，并不说话，上前拉了娘的手就往香魂塘边跑。"出什么事了？"二嫂心中愈发慌，女儿仍不答，直到跑近塘岸，二嫂才明白女儿拉她来的原因：

二十二岁的儿子——那个因得了癫痫病智力不全的墩墩，正站在塘水边上攥住一个洗菜姑娘的两只手腕，嘿嘿地傻笑着往自己身边拉。那姑娘恐骇至极地挣拒着，盛菜的竹筛子正缓缓向塘里漂。"墩子，放手！"二嫂一声断喝，惊得那墩墩一个激灵，手松了，他扭头看定他娘，一丝口水在嘴角上极悠闲地晃荡。

"你想招打呀？还不快滚！"二嫂朝儿子斥道。但墩子不走，又歪头咧嘴笑盯着旁边双手捂脸仍在嘤嘤低泣的姑娘。直到二嫂扬起巴掌朝他肩上打了一下，他才扭头跳上塘岸跑开了。

"娘，环环姐和我同时来这塘边洗菜，我俩正边洗边说着话，哥拎个毛巾来洗脸了，他到塘边先是嬉皮笑脸地直盯着环环姐，后来就上来攥人家的手腕！"芝儿在一旁气咻咻地告状。

"哦，噢，"二嫂扶住那叫环环的姑娘，一边理顺她的头发，抻平她的衣襟，一边柔声劝慰，"好闺女，别哭，看我晚点打他给你出气！"过了好一阵，那环环才停了抽泣。"芝儿，送送你环环姐！"二嫂支使道。芝儿急忙把环环盛菜的竹筛捞起，扶环环上了塘岸。看着芝儿同环环走远，二嫂才重重往塘岸上一坐，望望碧青碧青的塘水，长长叹了一口气：唉，这个儿子，可拿他怎么办？他是因为癫痫连续复发引起的智力下降，男女间的事看来也懂，以后说不定还会去惹别的姑娘，怎么办？二嫂望着空旷的塘岸，坐那里默想。这当儿，一阵喜庆的唢呐声忽由村东飘来，二嫂蓦然记起，今天是村长家娶儿媳妇，村里人都要去送贺礼，自家也该送一份去。唉，人家在为儿子高兴，我却在为儿子发愁，什么时候我也能——倏地，她脑中一亮：娶个儿媳！这些年她把心思全放在办油坊上，加上总以为墩子不懂事，给墩子娶媳妇的念头还一直没有动过。就是，只要给墩子说个媳妇，两人一结婚，事情不就结了？不仅不用再为类似今早上的事操心，也会有人照顾儿子的饮食起居，岂不两全其美？墩子智力上差一点，无非是多花几个钱罢了！花钱怕啥？

对，就娶一个和环环的相貌年纪差不多的姑娘做儿媳！

就在这个早上，就在香魂塘边，二嫂娶儿媳的决心下了。

二

别看二嫂平日寡言少语不苟言笑，却是那种拿了主意就要按主意办的女人。她当初所以能办成油坊，且引得日本的新洋贞子自愿投资，也得益于这一点。她早上动了娶儿媳的念头，午后取水时，便向媒公五叔做了嘱咐。

每天的午后，是油坊去塘中取水的时候。这时，炒熟的芝麻已经磨成了芝麻糊糊，接下来的工序就是去塘里取水，然后把水用锅炉煮开，往芝麻糊糊里兑。按比例兑好之后，一沉淀，油便出了。因为是做油的水，来不得半点马虎，混不得一点脏东西，所以每天午后油坊的小型抽水机开始去塘中抽水时，二嫂总要拿一根细长竹竿，在竿头上绑一块白净纱布，站在塘岸上让纱布在取水处的塘水水面上轻拂，仔细拂走水面上漂着的浮萍、荷叶碎片、草屑和灰尘。郤二嫂这日就是正干这事时瞥见五叔拎一只水桶向塘边走来，便立时停了手中竹竿，急急喊住五叔，跑过去把要给墩子娶媳妇的事说了一遍。

一辈子在媒场上混的五叔,看到这个富得流油的油坊主人来求自己,自然高兴,就眯了眼,拈着下巴上的短须说道:"放心,她二嫂,你交代的事儿我还能不办?你只管在屋里等,不出三天,我就领上姑娘到屋里让你相看!"

"五叔,事成之后,我不会亏着你!"二嫂知道对五叔该有个许诺。

"瞧你说到哪里去了?"五叔抑住欢喜急忙摆手,"墩子好歹是管我叫爷的,替他操心还不应该?"

五叔倒是说到做到,第三天接近晌午时,便领了一个长得标致漂亮的姑娘来到油坊门前。二嫂被从油坊里喊出,看见那姑娘,觉着貌相与村中的环环不相上下,十分入眼,就急忙把两人往自家的院子里让,进屋又忙不迭地倒茶让糖。姑娘的高挑身个和银盘圆脸让二嫂很是满意:能娶上这样的儿媳妇,也是郜家的幸运。但二嫂是那种办事三思而行很有心计的女人,并不立刻在脸上露出什么,只淡淡地问些女方本人和家庭的情况。在得知姑娘高中毕业,父亲是柳镇上开茶馆的傅一延之后,二嫂心中生起一丝不安:姑娘这么好的条件,能看上我的墩墩?是不是五叔向她隐了墩儿的情况?得弄清她图的究竟是什么。于是便说:"闺女,你既是来到我家,我就想把实话给你说了。俺墩儿其他方面都好,就是因为得过癫痫病,智力上略略低些——""这个我知道,"那姑娘立时把二嫂的话拦住,"五爷爷已经都给我说了,我不在乎这个,智力上弱一点我可以照顾他!"二嫂听了这话,心中便已明白,这姑娘图的是钱,这倒使二嫂心安了不少。二嫂知道,一个女人跟一个男人成家,无非是四种情况:一个是图人,二个是图钱,三个是良心上舒展,再一个是图自己事业上有个靠头。这姑娘既是知道了墩儿的真实情况还愿意,显然是图钱。图钱二嫂不怕,一样东西不图来当你儿媳妇的姑娘没有,只要她不是那种大手大脚能喝能赌能挥霍的人就行。接下来二嫂就又不动声色地开口:"我这墩儿平日好玩,我也并不指望他干活,你将来到家,怕要常陪他玩乐。不知你平日会哪些玩法,打牌?玩麻将?""要说玩,不瞒你说,哪种玩法我都会!"姑娘听到二嫂这话,竟有些眉飞色舞起来,"光麻将,我就会五种打法!而且连打一天都行!""输赢呢?一天能赢个多少?"二嫂脸上现出极感兴趣的笑容。"说不准,"姑娘身上原有的那点不多的拘束彻底消失,"有时一夜能赢个几十块钱。"语气中充满了自豪。

一丝冰冷的东西极快地在二嫂眼中一闪,但她脸上仍有笑容,她又同那姑娘说了一阵,便装作忽然想起什么似的站起身,笑对五叔说:"五叔,油坊那边有桩急事,我先去办办,你陪傅姑娘在这里坐,晌午在这儿吃饭。"长期做媒的五叔,自然听得出这是逐客令,他其实早听出傅姑娘语失何处,只是因为这是给精明的油坊老板说儿媳,他不敢巧语代姑娘掩饰,于是就也站起来含了笑说:"她二嫂你快去忙吧,我领傅姑娘去我家坐坐,我们改日再来。"可怜傅姑娘临出门还没看出二嫂的真实态度,还在娇声说:"我也能陪墩子下跳棋、象棋、军棋!而且我也爱学日语!"

二嫂努力让浮上眼中的鄙夷隐去……

三

二嫂原准备在晚饭时把要给儿子说媳妇的事讲给男人听。二嫂虽极不愿想起自己那个独腿丈夫,可娶儿媳是家中的一件大事,好歹他是做父亲的,应该让他知道。但直到她吃完晚饭,还不见男人郜二东的影子。二嫂估计他又在村中的祥凤酒馆里泡着听坠子书，便愤愤地扔下碗，去油坊里装油。每天晚上，香魂油坊都要把当日出的几千斤香油分装在各种型号的瓶子和塑料桶里，然后贴上商标，装入纸箱包好，好在第二日凌晨用汽车运走，这是油坊的最后一道工序。二嫂在油坊里和几个包装工足足干了两个小时，才拖着疲惫的身子往家走，进屋一看，仍不见男人郜二东，心里的火禁不住就蹿了上来，就忍不住咬牙骂了一句："这个只知道玩的杂种！""娘，你骂谁？"正给她端来一杯开水的女儿芝儿瞪着凤眼诧异地问。"哦，我骂那个偷懒的炒工。"二嫂这才意识到自己的失态，慌忙掩饰道。待女儿去自己的睡屋睡下之后，二嫂扯一条毛巾拎手上去香魂塘擦身，边走边又恨恨地低声骂男人："挨刀的，为什么还不快死？"

她恨！一想起男人就恨！

这恨自从她被郜家买来当童养媳时就生出了，一直积在心里。

二嫂现在还记得清清楚楚，那一年她才几岁！是一个春荒的头晌，妈把她从剜菜的地里喊回来，一把把她揽在怀里，声音颤着说："闺女，家里没吃的了，不能让你和你弟弟妹妹们饿死，你爹和我想了个主意，送你去郜家营老郜家，给他家当童养媳。"这时候她看见了郜二东的父亲把一袋苞谷和一沓钱放到了桌上，她心中一喜：有吃的了！她记得她当时还问了一句："啥叫童养媳？"妈说："就是先给人家当闺女，长大了再当媳妇。"她虽没听懂后半句话，但前半句已够让她吃惊，她摇头叫："不，我不去给人家当闺女！我给你们当闺女，我天天去地里剜菜，不会让弟弟妹妹们饿着……"她死死抱紧妈的脖子，但最后爹还是把她的手掰开，抱着她递到了郜二东的父亲怀里。她记得她在二东父亲怀里挣扎着哭叫，还照他的肩头咬了一口，一直哭喊到郜家营郜二东家里，直到郜二东的母亲过来抽她一个耳光，她才吓得噎住了哭声。郜二东那阵竟也嬉笑着走过来，使劲地揪了一下她的头发叫："哭啥？"对郜二东的恨，就是从那时生了根。

这恨，在此后的日子里逐渐膨大、增加。郜二东家富，她在这里可以吃饱，但每顿饭其实都有代价，她必须不停地在厨房、碾屋、牛棚干活，稍有一点不顺二东妈的心就有可能招来一顿打骂。幸亏时间不长就解放了，郜二东家被划成了富农，这一来她的地位起了根本变化，二东的爹妈怕再打骂会惹她像同村其他几个童养媳一样跑回老家，对她的态度一变而为十分亲昵，闺女长闺女短地叫得如糖似蜜，时不时还额外关心地给她买这买那，使得她竟感动得忘记去探听"童养媳"三字的含义。殊不知这所有的关心其实都是为了那日子的来临！她十三岁的那年秋天的一个傍晚，二东妈拉过她悄声说："闺女呀，如今咱这样人家办什么事都是不张扬为好，今晚就给你们把房圆了算了！""圆什么房呀？"她茫然不解地问。二东妈眨眨眼睛，说："待会儿你就知道了！"她饭后还去找邻院的女伴玩了一会儿，回自己的睡屋睡觉时，才意外地发现自己的床上铺了新的蓝印花床单，放了一床红色的洋布面新被子，正在她惊奇的当儿，二十岁的独腿二东拄着他的拐杖咔嗒咔嗒地走进房来，进房后大方地把门插上，而后径直向床边走。"你干什么？我要睡觉了，还不出去！"她生气地叫。她每每看见二东那条生下来就小得惊人的左腿便在心里生出一种害怕和厌恶。她已听村里人说这叫遗传病，郜家每一辈都有一个得这种怪病的人，二东他祖父辈是他三爷爷生下来两耳都无耳轮，到父辈是他大伯生下来右胳膊只有半截，轮到二东，生下来左腿短得只有几寸，且细小得惊人，只能单腿走路。二东当时听到她的话后只是轻轻一笑，说："妈不是已经告诉你今晚咱俩圆房?""圆什么房?"她有些惊疑。二东没有再用话语解释,而是把拐杖往床帮上一靠,伸手抱起她就往床上放。她惊骇无比地喊爹喊妈你们快来!她听见二东爹妈的脚步在门外响却并无人推门,她在床上挣扎反抗了许久,但结果是衣服差不多全被二东撕碎,随着那阵可怕的疼痛的到来,她心中对二东的恨达到了极点。

那天晚上,当二东舒服地放平身子睡熟之后,她曾拉开门向这香魂塘跑来,要不是二东妈尾随着赶来拖住了她,她就要跳进这水味苦涩的池塘。倘是那晚跳进这塘里死了,如今自己在哪里?

二嫂手拎着毛巾站在塘边默想,淡淡的月光将她的身影斜放在水上,不大的夜风把水面叠出许多微波,使水中的月亮也变得像一个老皱的果子在枝上摆动,荷叶们在微风中轻轻碰撞嬉戏,发出的声音极像是有人在耳语。假若那年跳进水里,会不会见到乾隆年间跳进去的那两个姑娘?二嫂慢慢地弯腰撩水擦身,原本就凉的塘水在夜晚温度更低,水珠触身时她打了个寒噤,燥热的身子顿时觉到了一阵森森的凉意,她仔细看了看自己在水中的倒影,那是一个胖胖的女人的身形,唉,老了,到郜二东家已经几十年了!

擦洗后她回到屋里躺下不久,院门外响起了丈夫那夹着拐杖捣地的独特脚步声,她听到他走进屋走近床,跟他说说墩子的事吧!她睁开眼睛刚要开腔,不想裹着酒气的丈夫已向她的胸口伸出手来。"干什么?"她厌恶地将他的手拨开。"嘿嘿,你又不是不晓得,人一喝点酒就想这个——""都半夜了,你还叫人歇歇不?"她用抑得极低的声音叫,把那双伸到腹上的手狠狠地打开。"怎么?"郜二东生气了,声音一下子提得很高,"你还是不是我的老婆?"二嫂一听慌忙伸手捂了他的嘴,天呀!隔壁睡的就是女儿,不远处的小楼上还躺着两个日本技工,让他们听见明儿还怎么见人？她不敢再拨开他那双手，听凭他在身上肆意折腾，二东已经摸准了二嫂极要脸面害怕丢人的弱点，常用提高嗓音捅出家丑的办法来把她吓服，尤其是当着日本人的面。

当丈夫终于忙完之后，她才总算把要给墩子娶个媳妇的话说了一遍，但二东只含混地答了一句：你看着办吧。就打起了呼噜……

四

每天的早饭后，香魂油坊要开始它的第二道工序：磨芝麻。就是将清晨炒熟的芝麻，一律用小石磨磨成糊糊。这是最用力气的工序，也是做油过程中最值得一看的地方。香魂油坊有四十九盘小石磨，在磨棚里排成七排，四十九盘石磨被电动机带动着一齐转动时，轰轰声如敲大鼓；七个女工在石磨中往返添续芝麻，似扭一种独特的秧歌。熟芝麻被磨碎后，发出沁人的香气。开磨时倘外人走进磨棚，差不多都会被这幅劳动的景致吸引住，那天上午五叔探头朝磨棚内喊二嫂时，也极有兴味地看起来而忘了开口。倒是二嫂先看见了他，走出来招呼。二嫂出门一看磨棚外还站着一个姑娘，当即明白了这又是一个相看对象，便急忙把两人往自家院子里让。

姑娘的身个脸相都还不错，但让进屋内细瞧之后才注意到，原来那姑娘的一只眼珠不动，一问，方知姑娘的眼是先天就有的毛病，这一来二嫂心中一咯噔，原有的那份欢喜散得无影无踪。二嫂如今最怕这种先天就有的病。她在有墩子之前，曾怀过两次身孕，结果生下来都是葡萄胎，她知道这是郜家的遗传在起作用。怀墩子时，心中整日不安不宁，多少次腆着肚子在黑夜中去村西的娘娘庙里烧香磕头，恳求娘娘保佑，没想到生下来的儿子还是有癫痫病。她知道遗传的厉害，儿子已经有病，倘若娶个儿媳也有遗传病，那将来生下的孩子还能好了？她使个眼色和五叔一块儿走到厢房，摇了摇头说："五叔的心意俺知道，这样的姑娘跟墩子过日子可以久长，只是我担心将来的孙子孙女身体会出毛病。"五叔听了这话，也不敢再坚持，怕惹了这个财神发怒，便说："那就罢了，这姑娘我待会儿领走就是，我看最好是你看中了哪个姑娘，告诉我，我再去说合，这样兴许就快些。"

二嫂沉吟了一霎，在脑中把认识的本村和邻村以及在油坊做工的姑娘们想了一遍，最后不由自主就又想到了环环身上，说："要说可心如意的姑娘，我觉着还是咱村的环环，那姑娘勤快文静，爹妈也不是那种多事的人，娶这样的姑娘做媳妇，我也放心。"

五叔听了急忙点头："环环那姑娘貌相不错，不是那种胆大泼辣会算计的人，又上过初中，要真是来到你家，会是一个好媳妇！这样吧，我后晌就去找她爹妈说说，今晚就来给你回话。"

送走五叔和那姑娘之后，整整一天，环环的面影就老在二嫂脑中转悠，二嫂知道环环家的家境不好，估计环环爹妈见五叔去为墩子提媒准会赞成，他们会为能攀上她这个坊主做亲家感到荣幸。她已开始在脑中计划着什么时候为墩子和环环举行婚礼，越早越好，早办早省心！新洋贞子秋末要来，她来后自己要同她商量生意上的好多事，那时就忙了，最好是在这之前办，她万万没有料到傍黑五叔来回话时会说一句："嗨，不识好歹，环环和她爹妈都不愿意！"二嫂有些意外地瞪大眼："为什么？""还不是嫌——"五叔擦着汗，把后半句也擦去了。

二嫂的脸阴沉了下来。这是她的疼处，她最怕别人捅！她自己可以在家里大骂墩子傻，但在外边，只要听见别人议论墩子一句，她的脸总要红涨半天，上次连新洋贞子摸着墩子的头叹了一口气，二嫂就一天对她爱搭不理。

自从二嫂办起香魂油坊尤其是新洋贞子投资以来，她办事已很少遭人拒绝。因此，今天这个意料之外的拒绝便格外刺心，她眼皮下耷，将眸子中的冷光盖住，咬牙在心中叫了一句：环环，你这个丫头，你敢跟我别扭，咱们走着瞧，只要我看好了你，你就得做我的儿媳！……

五

西斜的阳光透过油坊的西窗，照在二嫂那张心不在焉的脸上，她正和几个工人一起在往芝麻糊糊里兑水，这也是做油的一道工序，这道工序的关键是掌握好兑塘水的比例。比例适当，用木棍在水和糊糊中搅拌一阵，上边即浮一层清油；比例不当，兑水少了，出油率低，兑水多了，又会油水分离，减少香味。往日二嫂干这活都是全神贯注，兑一盆准一盆，今日却因为脑子里总想着环环家拒绝提亲的事，兑了两盆都不准，以致不得不重新加水加糊糊来调整比例，气得她连连拍着自己的额头，脸上现出恼怒之色，同干的工人们知道，照惯例，二嫂快要找个借口发火了。正在几个工人提心吊胆的当儿，外边响了三声短促的汽车喇叭，二嫂一听那喇叭响，先是双眸一跳，继而身子极轻地一颤，便疾步向门口走去。

棚里的几个工人松了一口气。

油坊外，一辆装满芝麻的卡车刚刚熄火停下，村中早先的小货郎如今的个体运输户任实忠正晃着宽大的身架从驾驶室里走出来。看见任实忠，二嫂眼瞳中分明地漾出一股欢喜，两腿显出少有的敏捷，很快地向车前奔去，那样子仿佛是要扑过去，但转眼间她的神态变了，脸上布了一层冷淡，脚步变得十分徐缓，打招呼的声音不带任何感情："回来了，老任，这趟拉的芝麻咋样？啥价钱？""质量没说的，价钱还是老样，就是你得加点运费，"那任实忠瞥一眼围拢来的油坊工人，不容置辩地提出要求，"这两天，汽油的价钱又涨了，再说，这趟跑的山路多，油耗得太厉害！""嘀，你可真会巧立名目要钱呀！"二嫂用的也是绝不肯让步的语气，"谁不知道你早把汽油买到家了，汽油现在涨价你又吃不了亏，告诉你，想多要一分也没门！不想卖给我，可以拉走！"

空气一时变得很僵。

没有人能够看出，二嫂和任实忠这其实是在演戏！

更没有人知道，二嫂最初之所以能办起香魂油坊，就是因了任实忠的暗中支持。不过倘是聪明人，还是能看出一点蛛丝马迹的，香魂油坊如今是中外合资企业，县里保证其芝麻供应，为什么郜二嫂还要单单同任实忠签订芝麻供应合同？

两人的逼真表演瞒住了工人们的眼睛，工人们纷纷开口帮二嫂说话想解这僵局。有的叫：你老任也是，运费是原先就讲好的，现在变卦太不讲信用！有的喊：老任，多要点运费就发财了？有的讲：老任，你收芝麻卖给油坊的生意既是常做就该讲点交情！任实忠这时便苦着脸不耐烦地摆手说："罢了，罢了，就让你们香魂油坊沾点光吧！快给我结账、卸车！"二嫂这时就朝工人们招一下手说："来，你们把车卸了，一袋一袋地在磅上过过，哪一袋斤两不够，先码到一边，我去给老任结账。"老任就带了不甚满意的神情，随二嫂往院子里走，两人一前一后，一副公事公办的面孔，但刚一进空寂无人的堂屋，二嫂突然回过身来，喜极地朝老任怀里扑去，那老任咧开大嘴一笑，伸臂便把她抱了起来，两张嘴转瞬便胶在了一处，一阵吮吸声立刻响遍全屋。一对黑老鼠从梁上探头，一点也不惊异地看着这一幕。

两人每次的相见，差不多都是从这幕开始！

连二嫂自己也说不清，类似这样的相见已经有了多少次。

这么多年来，正是由于和实忠的这份恋情，才使她对生活还怀着希望，才使她有了去开油坊挣钱的兴趣。差不多从她一到郜家起，她就注意到了住在这个村中的小货郎任实忠。他那时常挑一个不大的货郎担在本村和邻村间转悠，担子上有糖人、有头绳、有顶针、有她喜欢的许多小东西，但她无钱买，她只能跟在他的担子后看。他自然也注意到了她，有时，他会在无人的时候，从自己的货担上拣一块糖或一截头绳扔给她这个可怜的童养媳。他向她表示关切，她向他表示感激，两人的友谊就从那时悄悄建立，这友谊继续发展，终于在若干年后越过了那个界限。不过这份爱恋不可能有一个美好的结果，她不是那种敢于不要名誉的女人，他也没有可以养活一个女人的家产，于是这爱便必须在极秘密的状态下存在。为了掩盖这份爱，两人都费尽了心机，有时为了获得一次见面的机会，不得不忍痛去演互相仇恨的戏。那个酷热的秋天，两人夜间的来往有些频繁，为了不使人起疑，他们精心策划了一个"阴谋"：任实忠故意在一个午后去她家的菜园里偷拔了两个萝卜，她看见后大叫大喊，立即告诉了丈夫，并和丈夫一起骂上实忠的门前，把实忠"贼呀！""小偷呀！""不要脸呀！"狗血淋头地骂一顿。在丈夫郜二东挥着拐杖上前抡了实忠一杖的同时，她也上前抓破了实忠的胳膊，以此在村人面前造成一种两家有冤有仇的印象，巧妙地蒙住了村人的眼睛。那日过去几天后的一个夜里，当她重又躺在实忠怀里时，又心疼至极地去抚他胳膊上的伤口。当她怀上实忠的女儿——芝儿时，因为知道这孩子不会再得什么遗传病，可又要把这孩子说成是郜二东的，她苦想了多少办法,在村里和家里编了多少谎话!先说算命先生算卦讲,正月怀胎的孩子,老天爷正是高兴的时候,不让他们带残带病出生;又说城里的名医讲了,老辈人的遗传病,并不是要传给所有的后代,有的子女照样正常;再说夜里做了一梦,梦见送子娘娘讲,既然郜家已有一个得癫痫病的儿子,下一个孩子该让他聪明伶俐了!正是由于做了这些舆论准备,当好模好样的芝儿出生后,才没引起村人和二东的怀疑,人们才称赞这是她守妇道的回报和福气……

当两人的舌尖尖终于分开之后,二嫂轻声说:"我这两天正忙着想给墩子定个媳妇,你说行吗?"

"有人愿跟?"实忠在椅上坐下,把一块卷着的衣料在桌上放好,"给你和芝儿买的。"

"我看中了村里的环环姑娘,她不愿,可我想我能把这事办成!"二嫂理齐被弄乱的鬓发,语气中满是自信。

实忠没再说话,只深深地吸了一口烟。

"我已经知道有关环环家的两桩事:一桩,环环想跟村西头老周家的二儿子金海,"二嫂汇报似的开口说,"金海家对这事还没上心;另一桩,环环爹去年想靠烤烟叶发财,从信用社贷款六千块修个烤烟炉,谁知第一炉就失火把炉子毁了,收的青烟叶大部分被沤烂,把六千块全赔了进去,前些天信用社在催贷款——"

"这些你别给我说,"实忠笑着把她的话截断,"墩子不是我的儿子,他的事我不便插言,将来给芝儿找女婿时我再拿主意。"说罢起身,走一步又嬉笑着回头,"我夜里来?"

二嫂的脸红了一下,低低地答:"你记着先看院门外的笤帚!"

那天的晚饭吃完时,二嫂装作随口对丈夫提起似的说:"听说今晚南边范庄的汇丰酒馆里来了帮说坠子书的,说'樊梨花'说得好极了!""真的?"二东一听兴致来了,急忙问。二嫂此时又眉头一皱:"我也是听人说的,真不真不知道,反正你不能去!三里来地,你挂个拐杖能去成?""哟!"郜二东一顿拐杖,"别说三里地,就是十里我也不怕!""要是这消息不准的话,你可要快去快回,不能又在那里喝开了!"二嫂假装生气地交代。"给我点钱吧。"郜二东笑着向二嫂伸手。自油坊办成后,家里的钱从来都是二嫂管,郜二东每次出门喝酒听戏,都是先要零钱。二嫂从口袋里摸出一张十元的票子朝他一扔:"没零钱了,就拿这张去,可不能都喝光!"

郜二东捏起钱就兴高采烈地往外晃。

二嫂安顿好儿子和女儿睡下后,伸手在院门外放了个笤帚。不久,一个黑影熟练地推开院门,溜进了二嫂的睡屋……

六

当落日把香魂塘水浸成红色的时候,香魂油坊一天的主要工作算是基本做完,十几缸新出的香油正放在棚里做最后的澄清沉淀,预备晚饭后进行包装。这时,工人们边在晚风中歇息边为第二天的活路作准备:整理芝麻。这时辰,二嫂总要人在塘边的平地上铺几块帆布,把几十袋芝麻倒在上边,让人们脱光双脚上去,先用手把其中看得见的土粒石块拣出,再用微风机筛去芝麻上的微尘。这活儿很轻,人们可以边干边说笑,倒也惬意。平日,二嫂和大伙在一起干这活时,少不了同大伙说笑几句,活跃活跃气氛,联络一下同工人们的感情。但今儿个二嫂一声没吭,一边心不在焉拨弄着脸前的芝麻,一边用双眼不停地朝香魂塘西头那条田野通村庄的小路瞅。

她在等待那个叫金海的小伙。她已经观察到了,每天的这个时候,在地里干活的金海要经由这条小路回家。她要在这里拦住他,要同他进行一次不像是有意安排的谈话,这是她整个计划中的第一步!

风从塘那边刮来,大约是添了几分水汽,显得湿润而清凉;天光在缓缓变暗,像只马翼雀从远处的田野飞来,落在香魂塘边的杨树棵里;做活的人们开始返村,有人边走边含含糊糊地唱。二嫂终于看见那个叫金海的小伙出现在塘边小路上,双眼顿时一亮,随即起身,装着去塘边洗手时看见金海,亲热地招呼:"收工了?"

"嗯,二婶。"那金海听见招呼,忙抬头答应。

二嫂走前几步,打量着这个平日不太留意的小伙。嘀,这小伙是长得不错,平头、方脸、大眼、偏高的身个、黑红的肤色,给人一种健壮机灵的感觉,环环看中了他,是有几分眼力。"做地里活累吗?"二嫂关切地问。

"没啥,"他笑笑,"就是种的粮食卖价低,挣钱少。"

"愿不愿找一个挣钱多又很轻的活儿干?"二嫂抓住他这个话头,问。

"哪有?"他又笑了。

"香魂油坊在城里新设了个零售店,需要一个人常驻那里负责经营,你要愿去的话,我可以考虑,工资一月先定一百三。"

"真的?"金海脸上露出惊喜。

"你愿去?"二嫂不动声色地问。

"愿!"金海果断地一拍腿。

"不过,我有个条件!"二嫂调调儿很慢。

"啥条件?"他迫不及待。

"因为生意上的事讲究经验,我不想让零售店的人三天两头换,只要定下干,就要一干几年,而且两年内不能谈对象结婚。年轻人一有这事,心思就容易不在生意上;就是将来找对象,我也希望他能在城边的那些村里找一个姑娘,免得来回跑。"二嫂边说边看他的脸。

"噢——"他直望着二嫂的脸,有些怔。

"你怕不会答应这个条件吧?"二嫂嘴角挑起,露出一丝笑意。

"我——干!"他虽然迟疑了一阵,到底还是下了决心。

"这是一桩大事,我看你还是回去同你爹妈商量商量。我听说已有人在给你介绍对象了,是吧?"

他有些不好意思地笑了:"只是说说,还没定下。"

"这样吧,我明天晚上等你的口信儿!"二嫂说罢,无所谓地笑笑,转身去水塘洗手。当她在清澈的水边蹲下时,水面上映出了一张得意的笑脸。她知道,金海已在她的主意面前动了心,她的这步棋已经可以说走成了!

果然,第二天晚饭后,那金海就来告诉说:我愿去,按你的条件办。第三天,村中便有消息传开说韩家的环环姑娘不知何故哭得双眼发红。二嫂听罢,微微地笑了一下。

几天后的一个上午,二嫂又差一个人用塑料桶提十斤刚出的小磨香油,去了乡上把一个姓侯的信贷员叫了来。那侯信贷员过去同鄙二嫂打过交道,知道她如今是有名的香魂油坊的老板,听说她叫自己有事,也不敢怠慢,骑着自行车赶到,一进二嫂家就笑着高声问:"嫂子叫我有何吩咐?你总不会是要贷款吧?"二嫂就笑着摇头,让座让茶之后,低了声问:"听说我们村韩环环家欠了你们贷款?""是的,是的,怎么,她家又找了你来求情想拖欠?"侯信贷员见二嫂问起这事有些意外。二嫂摇摇头又问:"欠款到期是不是该还?""那是自然。只是她家确实倒霉,无钱归还,只好容他们再拖一段日子。"信贷员一时不明白二嫂何以会关心这个。"要我说嘛,你应该照原则坚决要回!倘是贷款的人家都照他们这样拖欠,你那信贷所还开不开了?"二嫂仍旧笑着问。"二嫂的意思是?"侯信贷员听出了点眉目。"他们家要没钱的话可以借嘛!再说,人家也不会就没有积蓄,你真要一吓唬,譬如说要用房子抵什么的,他们还能不慌着凑钱?"二嫂边喝水边笑得极是自然。那侯信贷员不是傻瓜,这几句听过自然明白了二嫂的心意,只是猜不出原因,但心下琢磨,去催要贷款既合乎原则又能讨这香魂油坊主人喜欢,何乐而不为?于是在二嫂家吃罢丰盛的午饭后便径直去了环环家。

环环的爹和妈一见信贷员上门,立时就明白了来意,急忙让烟让茶。几句寒暄过后,那姓侯的便神色肃穆一本正经地提出了三天内归还贷款的要求。环环的爹妈听了连声叫苦,说眼下手中实在没有,求再拖一段日子,待秋季收成下来就力争还齐。原本坐在缝纫机前缝衣的环环此时呆立在那里,看着爹和妈的惊慌和低三下四的模样,眼眶里就有泪水在旋。她是长女,又快二十岁了,已经知道该为爹妈分忧,可有什么办法?去外边找人借?哪里能借到这么多钱?如今家家都在想法把资金投到能挣钱的地方,谁肯把这么多现金借给你?"如果三天内还不出钱,你们恐怕得想法找个抵押物,譬如这房子——"侯信贷员住口点一支烟,环环和爹妈的心却一下子提到了嗓子眼:天哪!抵押?

这之后,侯信贷员就没再说什么,喝一阵茶便走了。他走后,环环爹妈和环环都抱头默坐那里,一直坐到环环的两个弟弟放学回家。最小的弟弟没有发现屋里的异样气氛,进屋就喊:"妈,我饿!"话未落音,爹的巴掌就呼啸而来抡到了他的屁股上:"饿死你个杂种！滚，给我快滚！"小弟不知爹何以突然发这么大的火，委屈地哭了。环环悄步上前，无言地撩起衣襟为弟弟擦泪。晚饭除两个弟弟吃了一点之外，环环和爹妈都没动筷。眼看着爹脸前的旱烟灰越堆越高，环环的牙突然一咬，用低哑的声音说："妈，你去村里把五爷爷喊来！"

"喊五爷爷干啥？"妈抬起红肿的眼。

"你去把他叫来！"环环的声音执拗而坚决。当妈的知道女儿柔中带倔的脾性，只好起身出门去喊。有两袋烟工夫，五叔来了。他并不知道环环家发生了什么事，进门还开玩笑地喊："环环，找五爷有啥事？是买酒了想请五爷喝几盅？"及至看见环环爹的那副愁态，才意识到出了什么事，刚要问，环环却已开口："五爷爷，你前些日子不是讲，香魂油坊的郜二婶愿娶我当她的儿媳妇吗？"

"是呀，她对你做她的儿媳可是一百个中意！"五叔恍然猜到了什么，笑答。

"要是我答应了这门亲事，她能给多少钱？"环环的声音有些抖。

"你郜二婶说过，钱上她不在乎，你可以先说个数！"

"一万二！"环环伸手扶住一把椅子，借以支撑自己开始哆嗦的身子。

"中！我估摸她能同意，我这就去找她，今夜里就给你们回话！"五叔有些喜出望外地急急往外走，他没料到这桩原本已经不成的亲事忽然有了转机。这下子有酒喝了。

"环儿！"一直待在一边听着这场对话的环环爹惊叫，"你——"

"爹，五爷爷要是把钱拿来，还了人家的贷款后，剩下的钱你今年再修个烤烟炉！"

"环儿……"爹开始哽咽,妈早撩起了衣襟。

环环没再开口,只是转过身,一步一步向自己的睡屋走……

七

五叔进入二嫂的堂屋时,二嫂正在本子上记着第二天要做的几桩事儿。五叔高兴得挥着烟袋喊:"她二嫂,环环同意了,墩子的婚事成了!成了!"二嫂的眉心一耸一松,把要写的几行字写完,才慢慢扭过头来,淡然地问:"怎么,当初不是说过不愿意了吗?"

"我也不知她怎么又改变了主意,"五叔摊手笑道,"好呀,这回你有了可心的儿媳了!"

"她提了什么条件?"二嫂似乎早有所料。

"她想要一万二千块钱,她家里太穷,我就替你答应了,我想这点儿钱你也不会在乎!"五叔笑说。

"好吧,给她!不过我想最近就择个日子为他们把事情办了,怎么样?"二嫂边说边去开小保险柜的柜门。

"既是已经答应了,定日子的事她不会再说别的。"五叔直盯着二嫂的手。

"喏,这是给环环家的,"二嫂将一张活期存折递到五叔手上,"她去县银行取出就行,一万两千五,比她要的还多一点。喏,这三百块,你留下买两瓶酒喝!"

"给我钱做啥?为墩子操心还不应该?"五叔嘴上推着,却已眉开眼笑地把存折和现金接了过来……

婚礼定在十天后。一切由二嫂安排,十分隆重。

尽管两家相距仅几百米,二嫂还是让人把新洋贞子当初带来的两辆轿车都开上，绕村一周把环环娶进了屋。

新房里的家具是从城里买的，村里无人能比；婚宴摆了四十二桌，规模在村里也是空前的。

墩子那日经二嫂精心打扮，头发梳得一丝不乱，一身毛料中山服十分笔挺，皮鞋乌光黑亮，除了脸上眼中有一股呆气滞留外，整个人倒也说得过去。到每桌敬酒时，严格照娘教他的三句话说：请喝好！来，我敬三杯！你请坐！倒也没显出什么傻气。环环那日并无刻意打扮，只穿着一身蓝底带碎花的素色衣裤，式样大方而合体；乌发剪得齐颈，随意梳成；着一双绣有粉蝶的浅色布鞋和肉色袜子，浑身有一种淡雅的美，加上那日她脸上不露半点笑意，双唇轻抿眼瞳仿佛浸在水里，越发透出一股端庄清丽来。她随在墩子身后出来敬酒时，酒桌上响起男女宾客们的一片赞叹声，坐在主席上的二嫂，在这赞叹声中高兴得把两颊喝成了一片酡红。

整个婚礼进行得十分顺利，只是到了傍晚时分才出了点意外。当时，来贺喜的客人还没全走，有几个女客仍在新房欣赏参观那全套高级家具，环环默默坐在椅上不语，这当儿墩子从外面疾步进来，不由分说地就叫客人出去。几个女客有些愕然，却也不能不向门外走。她们刚出门槛，墩子就哐一声把门关了。几个女客互相挤挤眼睛，就把耳朵贴在了门上，听见墩子说了一声：快上床去！却不见环环应声。几个女客就在门外窃笑。恰在这时，二嫂从院门外送客回来，瞥见新房门口几个女客的神态，就知道是墩子办了什么傻事，便佯作不知极热情地唤那几个女客到前屋喝茶，自己瞅了个机会走到新房门口，刚要推门，门缝里已冲出婚床嘎嘎吱吱的沉重响声，二嫂脸一红，心里骂一句：傻东西！急急转身走开了。

那晚例行的闹新房仪式没法举行，新房门墩子一直不开。二嫂在前院用大量的糖果和巧妙的借口，把来闹房的村人支走了。

第二天早上，墩子两眼浮肿欢天喜地地出门，到了前院坐下就要饭吃，环环却没起床，二嫂做了饭菜让闺女芝儿送上，环环不吃也不看。直到晚上，她才慢腾腾起床，端了脸盆拿了毛巾去香魂塘擦洗。那也是个有月的晚上，二嫂站在门口观察着，环环擦洗完，在塘边定定地站了，月光把她的身影清晰地映在地上，许久之后才又默默端了脸盆往回走。二嫂在心里说：你开始可能像我当初一样不习惯，慢慢就好了……

八

日子很快便把墩子和环环的婚礼变成了过去，香魂油坊又像旧日一样，在二嫂的指挥下，平静地按既定工序运转：整理芝麻、炒、磨、取水、兑、沉淀、取油、包装、运。墩子和环环相处也很平静，一块儿起床，一块儿吃饭，没有争执，没有吵闹。

一切都很安宁。

但二嫂的心里却安宁不下，她知道，早晚家里要出事，起因还是墩子的病！

她十分注意观察墩子的神色变化，每天督促着他吃药，但药物不能把墩子的病根治，二嫂担心的事还是发生了！

那是一个无月的晚上。半夜时分，二嫂因为和两个日本技工试用刚安上的新型计油器，上床晚。刚睡下不久，后院蓦然传出环环恐骇至极的喊叫。二嫂一听，知道不好，上衣没穿就往后院跑，撞开墩子和环环的睡屋门，拉开灯一看，只见环环和墩子都赤身相对侧躺在床上，墩子两只手死死掐住环环的两个肩头，口吐白沫，牙关紧咬，双眼翻白，环环早被吓得浑身乱抖面无血色。

二嫂知道墩子这是在正做那事儿时犯病的,所以有死抠环环肩头的举动。她跑上前,一边狠掐墩子的人中穴,一边去掰他掐环环双肩的手指头。待把他的两手掰开,环环的双肩已淌出血来。环环啜泣着慌慌穿起衣服。这时郜二东拄着拐杖进来,和二嫂一块儿进行例行的急救。待把墩子用凉水喷得吐出一口长气,二嫂转眼去看环环时,已经不见了她的影子。二嫂奔出大门,听见一阵踉跄的脚步声向村中响去,知道环环是向娘家跑,不好再去喊去追,便慢慢返回屋里。

　　墩子是第二天早上恢复过来的。吃早饭时,没见环环,便瞪了痴呆的眼睛问:"她呢?"二嫂说:"环环回娘家看看,待会儿就回来!"但直到天黑,仍不见环环的影子,墩子就又呆声问娘:"环环呢?"此时二嫂便有些生环环的气:在娘家一天了,怎么还不回来?吃过晚饭,差芝儿去韩家叫嫂子。芝儿去了一阵回来告诉娘:我环环嫂不回来。二嫂听罢就愈加生气,你明明知道墩子这是病态,值得这样赌气住娘家不回吗?不过后来一想,也罢,她可能是被吓住了,明日买点礼物让五叔送过去,劝说劝说她,让她早日回来。

　　第二日中午,二嫂让人从镇上买来几盒点心,喊来五叔,作了番交代,五叔便去了环环家。半后晌五叔来回话:环环只是哭,不说回来不回来。

　　二嫂把眼一瞪,哼了一声,说:"我再等她一天。"

　　第四天中午,仍不见环环回返,墩子又不住地问:"她哩?她哩?"二嫂便把头发向后一掠,抻抻衣襟,径直去了韩家。

　　进了韩家门,二嫂没理会环环爹妈的招呼,径直进了环环睡觉的屋里,对躺在床上的环环冷冷地说:"你可是我郜家的儿媳,老住在这儿算什么?我来提醒你,你是我花一万二千五百块钱娶来的，你当初就知道我家墩子有病，你是自愿同意的！如今后悔也可以，把我花的那些钱和利息都拿来！"

环环没说一句话，只慢慢地坐起身，抹一把眼泪，抖抖地穿上鞋，一步一步地挪出门，向香魂油坊走。

二嫂迈着重重的脚步跟在身后。

进了院门，二嫂又严厉地在环环背后说："以后不给我讲，不准随便往娘家跑！做媳妇就该有做媳妇的规矩！"

环环没有吭声，只慢步向卧房去。

你休想在我面前摆什么小姐架子，我早晚会把你治得服服帖帖！你生是我郜家的人，死是我郜家的鬼！二嫂扶着门框在心里叫……

九

新芝麻上市，是香魂油坊最忙的时候。每天一大早，四乡八村种芝麻的农民或拎或扛或挑，在香魂油坊前排起长队，等待着用芝麻换油或卖钱。一则因为香魂油坊的油好，一则因为二嫂把收购价钱定得略高于其他油厂油坊，所以到这里的卖主就格外多。开油坊芝麻是原料，二嫂对原料一向抓得很紧，见到就收，存得越多越好！

二嫂在油坊前摆起两张条桌，一张桌上放一根木杆大秤和一个小磅秤，让环环负责给卖主们称芝麻，另一张桌上放一个算盘和几沓各种面额的现金和一本账，她坐在桌前负责按质计价付钱；二嫂的桌旁又放一只盛了小磨香油的油桶，桶上摆了一斤、半斤、一两、半两四个用白铁皮做的油提子。有想用芝麻换油的，二嫂就按比例用油提给他们往瓶里、桶里量油。郜二东和墩子按照二嫂的吩咐,负责把买过来的芝麻往口袋里装。油坊里边的工人们则按照平日的分工,正常做油。两个日本技工稀奇地站在不远处看,他们大约是第一次见这场面。

环环默默给卖主们过秤,称完一宗,便低而简洁地报给二嫂,她做得麻利而认真,自从上次由娘家回来之后,她便开始顺从地按照二嫂的吩咐干活,似乎已习惯了郜家的一切,只是很少说话。

郜二东和墩子父子俩倒芝麻的活原本不重,但没干到晌午,先是墩子回屋喝水再不出来,再是二东喊叫着太累,看见芝儿放学到家,又急忙喊芝儿来干,自己拄拐杖去树荫下歇息。

二嫂扭头狠狠瞪了一眼在近处树荫下吸烟打盹的丈夫,但转身去给卖主们付款量油时又是笑容满面,她不愿让外人看出她对郜二东反感,多少年来她在人们面前对郜二东一直是百依百顺关心体贴,好不容易才赢得贤妻良母的称号,才使人们没有对她和任实忠的关系起疑。如今她和日本人合资做生意,闲话原本就多,对丈夫的厌恶她更是只能压在心里! 二嫂最累,一会儿要坐下记账、算账、付款,一会儿又要起身用油提量油,一会儿又因为心疼女儿赶过去帮芝儿装芝麻。一天下来,真是头昏脑涨腰酸腿疼坐下就不想动。

那日因为是来红的前一天,二嫂早晨起来就觉浑身乏力,想到是收购新芝麻的紧要时节,她不敢歇,仍坚持着干,到晚上收秤,竟累得一步都不想挪。晚饭由环环做好,芝儿端到她面前,她只草草吃了几口就脱衣上床睡了。睡了没有多久,下午就出去到酒馆听坠子书的二东带一身酒气回屋。上床后,竟然又去扯她的衣服,她气极地摔开他的手,他又执拗地要来脱,她实在抑不住心中的恼怒,就照他光裸的胳膊上打了一掌,未想到这一下把郜二东惹恼了,他仗着酒气发起了疯。一边高叫着"我揍死你这个婆娘！"，一边没头没脑地打她撕她。这厮打的声响和郜二东的叫喊以及二嫂抑低的哭音，早把环环惊醒。环环跑到爹娘的屋里无言地看了一眼公公，郜二东这才气哼哼地在一把椅子上坐了。环环去扶二嫂，她刚喊了一声"娘，起来"，二嫂就止住了哭声，抬起泪脸望定儿媳，眼中先是闪过一丝羞愧——她没想到让儿媳看见了这个场面，随即便恶狠狠地说："你来干啥？我不过是跟你爹拌几句嘴！"环环没吭声，只掏出一块手绢要去包二嫂胳膊上的伤口，未料二嫂把她的手忽地推开叫："你别管，回屋睡觉去！"

环环抿紧嘴，慢慢起身向门口走，快到门口时，二嫂在身后压低声音冷冷地交代："把你看到的烂到眼里，说出去小心我撕你的嘴！"

环环拉开门，无声地移出去……

十

第二日早晨，二嫂仍然穿戴得整整齐齐地到油坊派活检查，而后在门前收购芝麻，不时还同来卖芝麻的熟人开一两句玩笑，俨然昨晚什么事也没发生一样。只有环环能够听出，她那说笑声里含有多少勉强；也只有环环能够看出，她那闪烁不定的眸子深处，隐有多少苦楚。

收芝麻的忙季终于过去。

那天黄昏，二嫂在室内审看刚从省城印刷厂拿回来的新式商标，商标是用中文、日文两种文字印成的，中间是一行大字："香魂小磨香油"；上边是一行小字："世上美味，烹调佳品"；下边是一行地址："中国南阳香魂油坊产"；左面是一盘黄澄澄的芝麻；右面是一盘机摇石磨。用色构图都不错。二嫂唯一不满意的是没有再写上一句："荣获中华人民共和国香油评选一等奖"。她正琢磨下次重印该把这行字加在何处时，院门外响起三声短促的汽车喇叭，几乎在听到那声音的同时，她便忽地起身，几步奔到了门口，哦，实忠，你可回来了！一看到实忠的身影，她就觉得鼻子发酸。她多想立刻扑到他的怀里诉说她心里的苦楚，但是不能，她知道周围有眼睛，她必须先演戏。她不冷不热地招呼："回来了，老任？"实忠一本正经地点头并立刻用生意人的口气说话："我这次在南阳给人拉完水泥，回来时按咱们的合同要求，给你拉了一车空塑料桶和空瓶子，质量没说的，就是颠烂了一箱瓶子。这是运输时的正常消耗。你可不能少给我钱！""哟，"二嫂撇起了嘴，"我要的是装油的好瓶子而不是玻璃碎片，拿些碎玻璃让我付款，想得倒好！""那你说怎么办？""颠烂的自己认倒霉！"……

眼看已成僵局，油坊的工人们便又过来打圆场，最后又是实忠承认倒霉，很不满意地随二嫂进屋去结账。两人一前一后进院门时，刚好遇见环环端一盆衣服出来，环环抬头招呼："任叔回来了？"实忠笑笑回问："环环，忙着洗衣服？"两人都是礼节性地说句话，并没有想别的，他们都没料到，当晚他们还会见面，而且是在那种尴尬的场合！

当晚，因为墩子去外婆家走亲戚未回，饭桌上就只剩下了四口人，饭快吃完时，二嫂对丈夫巧妙地试探着说："你今晚去酒馆听戏，十点钟前一定要回来，要不我可不起来给你开门。明早上我还要起床招呼工人炒芝麻，陪不起你熬夜！""嗨，你这女人真不通情理！"郜二东立刻抗议，"唱坠子的哪晚不唱到十二点？大伙都在那里听，你叫我半途回来，我回得来吗？""好了，好了，我不管！"二嫂嘴上不耐烦，心中却在暗喜知道了他回家的确切时刻。

　　二嫂家的院子挺大，进了头道院门，两边各是两间厢房，四间厢房全是仓库；三间正屋里，二嫂和丈夫住东间，芝儿住西间，中间是一个穿堂。过了穿堂是后院，后院是两间厢房和三间堂屋，厢房依旧做仓库，环环和墩子住三间堂屋。吃罢饭丈夫出门之后，二嫂待后院环环和西间芝儿的灯都熄了，就轻轻拉开院门，在门槛外放了一把笤帚，接着把院门虚掩了，回到自己的卧房。几袋烟工夫之后，一个黑影轻步走到院门外，看一眼那笤帚，便轻推院门，门"吱扭"一响，闪身进到院内。

　　环环那阵其实还没睡，熄灯之后在床上躺了一阵，忽然记起白天洗的两件衣服还在后院的铁丝上搭着没收，因怕明晨露水再把它们打湿，就穿了鞋披了衣出门，走到铁丝前刚要收衣服，听见头道院门"吱扭"一响。那晚是个有月的阴天，月不甚亮但能见度还好。环环隔着穿堂门缝瞥见，门响之后有一个黑影闪进院子，顿时一惊：不是公公！她几乎立即作出了判断。那黑影蹑手蹑脚向婆婆睡屋走时，环环马上断定：是贼！一定是去偷钱！环环知道，家里的保险柜就放在公公婆婆的卧房里。

　　她的双唇不由自主地张开，一声"抓贼呀"的呼喊马上就要冲出喉咙，就在这时，她的耳朵又捕捉到一句极低的招呼："快呀！"与此同时，婆婆的房门轻微地一响。尽管那句招呼低微得几乎立刻就融散在夜空里，但环环还是辨出了那是婆婆的声音。环环的身子骇然一震，婆婆这是干什么？那黑影是谁？惊疑和好奇使她不知不觉间悄步走到了公公婆婆睡屋的后窗前，窗帘拉得严丝合缝，屋内无灯，窗隙里飘出的声音隐约模糊，迫切想弄清根由的环环，差不多把耳朵贴在窗框上了。听到了，一种轻而单调的吱嘎声。什么东西在响？环环一开始没辨出那声音的性质，但转瞬之后，一股血就泼上脸颊，滚热得烫人，她知道自己脸红了，她下意识地抬起双手想去捂脸，但手至半空又慢慢放了下去。她明白了。结过婚的环环知道床那样响意味着什么！被云层滤暗了的月光照着环环的脸孔，她的双唇愕然张开，久久未曾合上。婆婆的一声呢喃和一句男人的低语从窗缝里钻出来，为环环的判断作了最后的证明。

环环知道她发现了什么，她不能再在这里听下去，她唯恐惊动了屋里的婆婆，悄步向后退着。恰这当儿，头道院门外突然响起了公公那特有的伴着拐杖捣地的脚步声，随之大门咣当一响被推开，门开时响起了公公那嘎哑的抱怨声："娘的，睡下了也不把大门插上，想招贼呀！"边抱怨边插着门闩。

环环陡然停止步子：公公怎么这么快就回来了？她的心倏然一提，不知怎么的，她莫名其妙地感到恐惧和着急。

二嫂和实忠太欢乐了！短暂的倾诉之后便坠入了彻底的欢乐。由于沉入欢乐太深，他们的听觉差不多丧失殆尽，根本没听到那由远而近的拐杖捣地的声音，直到院门咣当一声被推开，两人的身子蓦地一抖，二嫂惊恐地问："你怎么没有插门？""我忘了。"实忠慌慌地去抓衣服。"嗨呀，你，快！快从后窗跳出去，快！这是鞋！快！"二嫂飞快地撩开窗帘推开了窗户，但就在窗户推开的瞬间她骇极地低叫了一声："呀？！"

实忠没有理会她的那声低叫，纵身跃上了窗台，直到他跳到地上时，他才猛地发现，面前不远处站着环环！

他呆在了那里！

室内的二嫂只来得及把内裤穿好，丈夫就已把屋门推开了。

后窗还没来得及关上，窗帘撩在一旁。

二嫂僵了似的呆坐在床上，绝望地在心中叫：完了！

郜二东啪地拉亮电灯,电灯拉亮后,他没有注意到妻子的神态异样,只是发现后窗大开,于是埋怨了一句:"睡了,怎么也不把窗户关上?"说着,就往窗前走。血全部从二嫂的脸上退去,双颊白得如纸,她知道,后院的两间厢房也都是仓库,门上有锁,除了儿媳的住屋,就别无他处可让实忠藏身,如今这室内的电灯一亮,会把不大的后院照得清清楚楚,不论实忠躲到哪里都会让丈夫看见,全完了!让他发现了!他会怎样?大骂?大打?大闹?村人们会怎么笑?儿女们会怎么看?合作的新洋贞子知道了会怎么说?生意还做不做?这里还能住下去?天呀!⋯⋯可令二嫂奇怪的是,郜二东隔窗向后院望了一刻后,却只说:"睡时要把窗户关上!"二嫂一愣,他没发现?她战战兢兢地借帮拉窗帘在丈夫身后向窗外望去,不大的后院每个角落都在眼前,里边空无一人。

她的心倏然一松。

二东坐在床沿上边脱衣服边骂骂咧咧地说道:"娘的,今晚坠子书本来听得好好的,二楔子他们几个去酒馆里胡闹,非叫人家唱豫剧不可,结果人家把弦一夹,走了,弄得大伙儿都只好回家睡觉⋯⋯"

二嫂含混地应了一句:"天呀⋯⋯"她一动不动地躺在床上,轻轻用手抹去额头上的冷汗。她在黑暗中侧耳倾听后院的声音,十几分钟后,当丈夫的呼噜渐高时,她听到儿媳住屋的后窗户响了一声⋯⋯

十一

二嫂第二天早上推说头疼没有起床。她的头也的确又闷又重,昨晚她一夜没睡着，那事瞒过丈夫只让她感觉到了短时间的轻松，很快又生出了新的恐惧：她保守了半辈子的秘密因为一时大意全部暴露在了儿媳妇面前，她担心说不定一起床环环就会把这事传开去，让全村人和邻村人都知道！会的，环环会的！她明白环环内心里对她有气，那次环环因为墩子发病跑回娘家，自己去逼她回来时说的那些话，环环心里不可能不生气，不可能不恨她。她平日不敢同她犟嘴，是因为她怕她，如今她不怕了！她会借这事报复的！会的！

二嫂躺在床上恐惧地想象着：环环如何匆匆起床，起床后如何强忍鄙夷的笑意跑回娘家，对着她娘家妈的耳朵把那事描说一遍；她妈又怎样传给他们的邻居；他们的邻居又怎样在全村传扬给女人、男人们……到不了晌午，全村人就都会知道，堂堂的香魂油坊的女主人原来是个养野汉子的破鞋！她多少年来辛辛苦苦小小心心在人们眼中造成的贤妻良母能干女人的印象顷刻便会瓦解，从今以后人们再不会尊敬自己。她捂住脸，想象着她在村中走过时人人翻着白眼指点脊梁的情景，一股寒气在周身弥漫。

她在床上一直躺到后响，要不是芝儿说要去叫医生来给她看病，她担心在医生面前露出破绽更加难堪，她真还想躺下去。她起来走进油坊时一开始脸都不敢抬，她以为人们都已经知道了那事，后来见人们跟她问这儿说那儿口气仍如往常一样，她才略略平静下来。但她心里仍充满恐惧，她坚信儿媳迟早会作为报复武器把那事传出去，她不安地等待着那一天的到来，她在苦思苦想着对策，却终于什么对策也没想出来。

也就是从那天起，她对儿媳产生了一种害怕心理，十分担心单独面对她，只要一听见她的声音，她的脸就会倏然变红。但环环似乎是把那件事忘了，见了她仍像以往一样尊敬地叫"娘"，叫得二嫂不知所措，心惊胆战直发慌。

日子就这样在二嫂的不安中缓缓过去，一切都没有发生，渐渐地，二嫂的心归于平静。但二嫂平静之后还是有些惊奇：环环为什么不利用这个机会？

一天晚饭后，丈夫和墩子、芝儿都去村里玩了，环环在刷碗。二嫂过去帮忙刷锅，她手拿一柄铁铲铲去锅巴时，环环把碗已洗完，二嫂低低地叫了一声："环环。"环环扭过脸："有事？""你没有把那件事说出去我会记在心里！""为什么要说出去？"环环的脸一红，头垂下。二嫂一愣，她没料到环环会这样反问。这当儿，环环又抬头望望她，急切而低微地说："娘，我懂得，你这辈子心里也苦。"说罢，转身出了厨房。

"哐！"二嫂手中的铁铲跌落在锅沿上，锅沿被打碎了一块，崩飞到了什么地方。铁铲与锅沿相触的声响久久在厨房回荡。

二嫂手按锅台一动不动站在那里，她觉出有一股暖而热的东西在胸中弥漫，一阵轻微的震颤在向四肢伸延。她知道有泪水开始溢出眼眶，她想抬手去抹时，它们已经砸向了锅中，她静静地听着泪珠砸下去的声响。

她久久站在锅前……

十二

墩子又犯病了。这次犯病是在睡觉之前，当时他正拿一瓶红墨水用毛笔在纸上胡乱涂着玩。他倒下去的时候，墨水瓶跌地，溅了在一旁打毛衣的环环和二嫂一身一脸。环环最先奔过去用手指掐住了他的人中穴，她已经有了经验。二嫂无言地用毛巾揩着儿子嘴边的白沫。当墩子终于醒过来把痴呆的双眼睁开时，环环和二嫂都已满头大汗。她们吃力地把墩子抬上床后,便一前一后地去香魂塘边擦洗。那夜月明星稀,塘水微波不起,婆媳二人默默地在水边蹲下,将水面弄碎。油坊的工人们大都已睡下,只有一盘加班的石磨在响,四周挺静,塘边只有两人撩水的声音。

"环儿。"二嫂轻轻地喊。

"嗯。"环环扭过脸。

"你和墩子离了吧!"

"啪。"环环手中的毛巾跌落水面。

"一辈子太长了……"二嫂的声音像呻吟。

环环的毛巾在水中荡开,慢慢地向远处游去。

"再找个人,娘给你准备嫁妆。"

一阵清风轻拂那漂在水面的毛巾,于是便生出一圈一圈的涟漪。

"过年过节了,回来看看我,等于我还有个儿媳。"

"娘!"环环哽咽着扭身,抱住了二嫂的肩膀。

水中的月亮默望着水边抱在一起的两个女人,意外地眨着眼睛。

轰隆轰隆,加班的石磨还在轻声转动,一股夜风从油坊那边刮来,裹着一股浓浓的小磨油香。

扑通,一只青蛙从荷叶上跳下,钻进清澈的水中。

月亮仍在水中移,缓缓地……

银　饰

　　故事的源头如今是一片废墟。

　　像墓地里的白骨当年曾是健壮的小伙和水灵的姑娘一样，所有的废墟也都有过风华正茂的时候。当我站在那片扔满鸡毛、碎纸、烂菜叶和用过的避孕套的废墟上，向八十七年前的那个早晨凝望时，我最先看到的是那条弯弯曲曲轻笼在晨雾中的西关小街；跟着看到了青砖绿瓦屋脊上蹲有两个小兽，门面不大却有气势的银饰铺；看到了黑底白字的店牌：富恒银饰；随后我听到了"吱吱呀呀"一声门响——

戌

0

　　在那个薄雾飘绕的春天的早晨，富恒银饰铺的银匠郑少恒去开铺子门时，并不知道一桩大事的开端要在那天显露出来，而且那开端正以不紧不慢的速度向他的门边蠕动着爬近。他仍如往常那样精赤着上身，趿拉着鞋，一只手去抹睡意犹存夹了眼屎的眼睛，另一只手抬起带动胳膊上举打了一个带了长长呵声的哈欠。两条粗黑的腿一前一后向门口移动。他抽掉那根壮实的枣木门闩，刚把哼哼唧唧吱吱呀呀的两扇门拉开一道小缝,早晨的凉气就迫不及待亲亲热热挤进来搂住了他。他身子一个激灵,打了个响亮的喷嚏,喷嚏声在石板铺前的街道上打了几个滚才算站起跑远。这当儿,一只尖嘴长尾黑羽毛的雀儿落在了对面街边的那棵槐树上,那雀儿响亮地拍了几下翅膀,头对着他连连叫了三声,叫声嘎哑、短促,少恒不由得一怔:这鸟儿莫不是有病?

他开始做开门做活的准备。把化银子的灯具,把盛了各种模具的木箱,把砧子,把放了锤子、锉子、钳子等的工具台,把用来称银两的"戥子"和给首饰上光的白矾水,把让顾客们坐的两条长板凳在铺子里一一摆好……

吃饭!用高粱秸隔成的铺子里间,传来了老银匠郑恒良的一声喊。

每天早晨,都是爹在后边做饭,他来前边做开门的准备。爹老了,爹如今只能干一点烧火做饭和给做好的首饰锉去毛刺的轻活,南阳城有名的富恒银饰铺,实际上已由郑少恒在掌持着。

少恒进里间吃饭,父子俩面对面响亮地喝着红薯面稀粥,啃着窝窝头。两人虽然每日手上捏的都是白晃晃的银子,吃的饭食却是黑乌乌的。做首饰这活儿虽有一点赚头,可税太重,加上又一心想积点银两扩建铺子,嘴上自然就不能不苦点了。

少恒的最后一碗饭还没有吃完,外边就有脚步声向门口响来,他知道今天的第一个顾客已经上门,紧忙放粗喉咙吞了几口,扔下碗,抓起了做活的老蓝布围裙向腰上勒。

我要打一个大横簪子!进来的是一个小脚老太。少恒依稀记得她是做烟叶生意的郝掌柜的老娘,他一边接过银块一边躬身说:老人家先坐,我这就做。

他点上了化银的灯,当他嘴噙吹管把灯光巧妙地吹成一道细线去化银块时，又有几个要打首饰的人相继走进了铺子在板凳上落座。郑家几代人都当银匠，做银饰的手艺远近闻名，所以每日的顾客总是络绎不绝，排队相候。郑家的银饰出品大致可分两类，一类是童饰，一类是女饰。童饰中有虎头、狮子钱、八仙人、罗汉人、帽坠、大凤牌子、压金牌、麒麟牌、和合二仙牌。此外还有挑式、钟式、筐式等各种铃铛，这些铃铛系于小孩头部，偶一摇摆，叮当哐啷，极有风趣。女饰中又分八类，一类是戴在头上的银冠，上嵌龙凤、花卉、虫鱼等物，绚丽堂皇，雍容华贵，是姑娘们婚嫁的上乘装饰品；另一类是插在发髻上、卡在辫子上、系在两鬓上的簪子、麻花针、纽丝针、栀子针、大横簪子、围绺花等；再一类是银耳环、银耳坠，耳环、耳坠的品样极多，尤以动物形象的最为精致美观；第四类是银项链，包括梅花链、长虫链和四瓣花链等；第五类是银手镯、银脚镯，分龙头镯、竹节镯、绣花镯、素空镯、纽丝镯、蒜梗镯等十几种；第六类是银戒指，有各种花鸟虫鱼的式样，着以蓝、绿等各种色彩，极为俏丽好看；第七类是银纽扣，分藕莲种、梅花、桃花、樱桃和金瓜等品种；最后一类是为高龄妇女或去世妇女的鞋上专制的鞋花，左蟾右蛾，寓意长寿升天。

少恒把银子化完，从模具中取出粗坯正要举锤去敲砸时，一股淡淡幽幽的香味忽然飘进鼻孔，他深吸了一口，立刻辨出是"明德府"的长媳碧兰到了。明德府是当任南阳知府吕敬仁的私邸，因吕大人向以德高、行美、政廉闻名河南全境，故河南巡抚特亲笔书赠他的府邸这个称号，以示褒奖。这位明德府的长媳因不断来铺子里定做银饰，所以少恒的鼻子对她的体味也已熟悉。他抬头看时，果然是明眸皓齿年轻秀气的碧兰夫人站在门口。

夫人是来试脚镯的吧？昨夜我已加班做好，请进来试。少恒慌忙站起让道。他意外地注意到这位夫人一脸冷色,眉眼间没有了往常惯有的那副笑意。

碧兰夫人没有应声,只是移步进屋径向里间走去。因为有女人不在男人面前脱鞋露脚的规矩,所以富恒银饰铺让女人试脚镯时一向都在里间。当然试戴时银匠得在跟前,以便发现尺寸是否合适,试戴的女人和银匠,这时刻有点像病人和郎中,不忌讳银匠把自己的鞋脱掉,在自己的脚腕上摸摸弄弄。

碧兰夫人在少恒平日坐着吃饭的那只独凳上坐下,穿了粉红缎鞋的两只脚稍稍并拢向前伸出。少恒拿着一对银脚镯在夫人的脚前蹲下,这时候钻进少恒鼻孔的香味开始变浓,他忍不住深吸了一下,两股香味立时像两只带了茸毛的小虫沿鼻道向肺里爬去,他觉得精神一振且还有点莫名其妙的兴奋。他按照惯常的做法,先伸手提起她的左脚,脱下了她的缎鞋,把脚放在自己下蹲的膝盖上。缎鞋脱下时,没有一般人脱鞋后发出的那股怪味,倒有一股类似干菊花的气味开始弥漫,他估计是碧兰夫人在自己的鞋垫里放有晒干了的菊花,要不就是有什么香料被缝进了鞋帮里。他这时无暇去寻找这香味的出处,他只是在注意自己的手,两只手触到夫人的脚背、脚腕时的那种滑腻柔软的感觉真是太妙,让人心里又痒又麻又酥。他觉出有一股欲望骤然从心底生出且在飞快变强,那就是顺着脚腕摸上去,摸摸她那裹在裤子里的小腿和大腿。他用牙狠咬了一下自己的舌尖,倏然而起的尖锐的疼痛才算暂时把那股欲望压下去。他定了定心把一只带扣的纽丝银脚镯朝夫人左脚腕上戴去,为了不妨碍试戴动作,他稍稍把夫人的裤腿向上提了一下,这一提让他双眼一下子瞪大,惊得轻"啊"了一声:原来碧兰夫人的脚腕靠上一点有一道长而深的血痕,血痕显然出现不久,很可能就在昨天夜里,因为血痂还新鲜发红。他估摸那血痕不是带长指甲的手抓的就是被什么东西划的。这样的血痕出现在少恒那粗糙黝黑的腿上也许算不了什么，可出现在这白皙细腻如凝脂般的肌肤上却不能不令人心疼心惊。碧兰并没理会少恒的惊讶之态，仍旧冷脸坐在那儿，只是身子略微一颤。左脚镯大小正好。碧兰夫人的冷肃样儿使少恒不敢再耽误时间，急忙去试右脚镯，当他照刚才的动作稍稍提起夫人右侧的裤腿时，他的眼再一次惊愕地瞪大：夫人右脚腕靠上一点也有一道长而深的血痕。受伤的部位相同，血痕的形状相同，致伤的手段似乎也相同。如果说少恒刚才是吃惊的话，这会儿简直是震惊了：哪会有如此巧妙的对称性受伤？他自然不敢开口问什么，只是更加小心地去试镯子，唯恐触疼了她。还好，右脚镯大小也挺合适。

夫人，脚镯大小合适，是这会儿就不再取下，还是先取下包好你带回去自己戴上？少恒仰了脸问。他这一刻才注意到碧兰两个眼圈有些发青。

取下包好，晌饭后给我送去。碧兰的话音淡然，似乎带了点颤，手上捏着一块银子朝少恒递来。

夫人的工钱已经付过了，你这是还要打啥子饰物？

不打。她的话音很低，目光却忽然奇怪起来。我想请你帮我买样东西！

啥？他觉出自己的心一跳，他极愿为这个漂亮的女人做点什么。

砒霜。她的话音极轻极微，两眼也变得异常明亮，眨也不眨地盯住他。

像躲避迎头击来的石块，他的身子向左一偏，你为啥不自己去买？他本能地把声音放小。

不方便。

我……

不想帮忙就算了。她拿银子的手开始回收。我还以为你这个老实人会帮忙的。

给我。话未落地，他的手已伸了出去……

1

那天上午余下的时间少恒差不多没有做成几件活，他的心被砒霜两个字搅得翻上翻下，手中的锤子也敲得纷乱发飘，顾客们自然从那锤声里听不出什么名堂，可这哪能瞒了老银匠的耳朵？尽管他仍旧低头坐在儿子旁边，一言不发、目不斜视地为银饰锉着毛刺，可他心里明白，一定是有什么事发生了。所以午饭后当儿子要出门时，他开了口问：干啥去？

给明德府的碧兰夫人送脚镯去。

还干啥？

不干啥。

真的不干啥？老银匠的两只老眼锥子一样扎在儿子脸上。

碧兰夫人让帮她一点忙。少恒不自然地扭过脸去。

啥忙？

帮她去药店买点药。少恒有点不高兴，你问那样清楚做啥？人老了真是。

啥药？砒霜。你答应了？嗯。

知道砒霜是啥吗？毒药呗。

她买毒药做啥？不知道，兴许是毒老鼠。

不知道你就去帮她买？她要拿这去毒人了咋办？你不就成了帮凶？你想让咱这富恒银饰铺关门吗？想让人把你的头砍了？

少恒身子一个激灵，扭过脸慌慌地盯住爹的眼：可我已经答应了她，再说，她那样的人还会——

那就把这个给她！老人边说边弯腰从墙根处抓了一撮灰土，扯过一张包银饰的纸三下五去二地包好塞到了少恒手里。

这——

用这个就能知道她要干啥了，去吧。

少恒犹犹豫豫地挪出了门。一顿饭工夫，又心神不定地回了屋。

给她了？

少恒点点头。那东西药不死老鼠，她知道我骗了她肯定会骂我的，会的，她日后是不会再找我给她做首饰了。声音里满是自责和后悔。

少她一个主顾饿不死你！当爹的扔下一句扭身要走，却又回了头问：看出她要砒霜干啥了吗？

问了，她说：你别管！

父子俩又开始坐下干后晌的活，但少恒的心思显然不在活路上，无论做什么都无精打采，而且频频出错，一个蝶式银耳坠，竟打了五遍才算打成，吹气化银时，还险些烧伤了手。

好容易挨到天黑，打发几个顾客走了，老银匠进后边做饭，剩下少恒一个人，点了蜡烛慢腾腾地收拾着工具。就在这刻，已经虚掩上了的铺子门，突然"吱呀"一声被推开，碧兰夫人的贴身丫鬟——一个身材娇小的姑娘气喘吁吁地出现在门口。

少恒一惊，他只看了对方一眼，就急忙低了头，他估计会有一顿责骂砸过来，不想丫鬟只轻轻说了一句：小银匠，我们夫人让你去一趟！

少恒嗫嗫嚅嚅地应了一声。那当儿老银匠也已闻声站到了里间门口，少恒向爹怨恨地投去一瞥，而后上刑场似的向门外挪步。

记住，那药是在耿家药铺买的！老银匠对着儿子的背影交代了一句。

2

　　少恒跟在丫鬟的身后走进明德府碧兰夫人的房子，一看见碧兰夫人端坐椅上两只明亮亮的眼睛朝他看过来时，脑袋里就嗡一下刮起了大风，他想赶在碧兰夫人开口责骂之前做番解释，忙吭吭哧哧地说道：那药是在耿家药铺——碧兰摆了一下手，少恒吓得赶紧噤了口。这时他注意到丫鬟已经出去并随手关上了门，屋里只剩下了他和碧兰夫人，他的心越发慌张，他看见碧兰向他身边走来，双手本能地抬起护住了自己的脸。打吧，你打吧，这事反正不怨我！他在心里叫。他已做好了她巴掌抡过来的准备，但那个巴掌却轻轻地落到了他的肩上，那不是打，是拍，是很轻很轻的一拍。与此同时他听到了一声叹息似的带了一点颤音的低语：谢谢你，谢谢你又让我活了一回。

　　少恒一愣，他先是放下捂脸的手后是抬起了眼，他吃惊而茫然地望着碧兰，望着她那晶亮的眼。

　　知道我让你买砒霜是干啥吗？杀人！我要杀死他和我自己！就在后晌，我把你帮我买的砒霜同时放进了他的和我的茶碗，我想死，我要和他一块儿死！可我没想到当我喝下了那碗茶知道自己要死之后，又会生出那么大的后悔。那一刻，我想起了我的爹娘，他们都已年迈，为养活我长大吃了那么多的苦，在他们正需要我供养的时候，我却去死了；我想起了我的小弟，他正在韩家塾馆读书，他读书的花销都靠我供，我死了之后他还咋读下去？我想起了我才二十五岁，我来这世上还什么事都没做成，连一男半女都没养出来，这阵儿就死实在太亏！尤其想到我是和他这个狗男人一块儿死的，死了还要和他同埋一坟，在阴间还要和他缠在一处,我真是后悔害怕至极,我恨自己没有忍耐力,办成了这样和他同死的傻事,我那刻气得悔得直扇自己的脸。我真真没有想到,那砒霜竟会是失效的!当我断定那砒霜无效,我又能在世上活下去之后,我是多么多么地高兴啊!我真感谢你,你又让我活了一回。当然,他也活着,就让他活着吧,让他活吧……

少恒听得目瞪口呆。

我要报答你!碧兰的声音变得更低,脸上现出一股狂热的神情。我要送给你一样东西,一样东西!她的眼中有火苗在跳,他看见她的嘴唇在哆嗦。明天夜里,你悄悄来这府里的后花园,从东偏门进,我把东西给你!记住了吗?不要给任何人说!

少恒刚要张嘴,门外响起了脚步声,碧兰的神色突然变为冷肃,跟着就听她冷淡地说道:你送来的这个戒指还好,工银我们晚点付,你回去吧!她使了个请他快走的眼色,上前一下子拉开门,朝少恒挥了挥手。

少恒糊里糊涂地出了碧兰的屋门和明德府的府门,又糊里糊涂地走进了自己的家门。

爹还没睡,爹没说话,爹只用眼睛看他。

少恒叹了口气,在自己的床沿上坐下,慢腾腾给爹说了事情的经过。

我们不要她的东西!老银匠的声音硬如铁块。

少恒没吭,他的眼前还晃着碧兰的面影,鼻子里还满是碧兰身上的香味。

要离这个女人远点!老银匠的声音像石块一样敲到床帮上。

少恒没再理会爹,他胡乱地脱掉衣服钻进被窝,他用被子蒙住头,他要想想今天这一连串的事情,他最后想到了碧兰的那句话:我要杀死他和我自己!那个他是谁?

是谁?

他的头皮一紧……

他在不安的思索中慢慢沉入睡乡,在寂静的睡乡里他看见一只大鸟,那大鸟的翅膀乌黑如墨,正缓缓地由头顶掠过……

3

第二天整整一个白天,少恒虽然照样在做着银饰,脑子里却总被那个问号缠住:晚上要不要去明德府后花园取碧兰夫人给的东西?按爹说的不去?那有点对不起碧兰了,人家是好心,给你东西你不要可以,但你总不能不去!去?黑夜里去和一个女人见面让别人看见可是不好,不过这是碧兰夫人要我去的,遇见别人我可以做点解释,就说是去送银饰的;再说,天黑,也不一定就能碰上人。

晚饭后他扔下碗时看一眼爹,讷讷地说了一句:我去看看。

看啥?爹瞪他一眼。她给啥好东西咱都不要!

不要咱也得去给人家说一声,好歹也讲个礼数。

讲你娘的屁礼数!跟一个要买毒药杀人的女人还讲礼数?

她不是没有杀嘛?!

老银匠气哼哼的,不再说话,踢过一个凳子到灯下,噌噌地拿起一个锉子去锉一个项圈上的毛刺。他听见儿子蹑脚走出了门,他没有回头,只是恨恨用锉子敲了下项圈,闷声骂了一句:狗东西,鬼迷了心窍!

老银匠锉得心绪烦乱,到最后干脆扔了锉子坐那里吸烟,两只耳朵却仄起去听门外的动静。

不知过了多久,门外响起了儿子的脚步声,老银匠呼的一下站起身,儿子的一只脚刚踏进门,老人的两只眼就搜了上去。

她给了你啥？

没啥。小银匠有些疲倦地答。

没啥？

真没啥。

是她给了你啥你没要还是——

她啥也没给。我从后花园的东偏门那里进去，就看见她在一棵白果树影里站着，她轻声喊我过去。我在她身边站下，后花园里很静，我听见她喘气声很急。我说，夫人不用给我啥，俺们啥东西也都有。

她咋说？

她没吭，她好长时间都没说话，我有点奇怪，后来她开口了，她说小银匠你信不信那句话：人们做的事上天都能看见？我说我不知道，我没想过这事。

她后来咋说？

她说小银匠你觉着一个人要是想要啥了，他是不是就该去要啥？我说我说不明白，我说一个人要是想要啥了，他要不来也是白搭。

后来哩？

后来她又停了好长时间才说，小银匠，要是那件东西一个人能要来，可世上人又不允许他要咋办？我说那就别要了，要不人家会说你是偷。

后来哩？

后来她叹了口气，她把额头抵在树干上，我模糊看见她还把额头在树干上碰了一下，上边的树叶子一晃。她末后说：小银匠你走吧。我就转身往东偏门那儿走，快走到门口时，她又轻步追了上来，声音很低又很急地说：对不住，我给你的东西忘了带来，你最好明晚再来。

老银匠有些迷惘地看着儿子,随后又把迷惘的目光移向了墙角,很长一阵之后他才嘟囔了一句:这个女人是咋着回事?

小银匠已经上床躺下,他没有去理会爹的自言自语,他只是在回想着刚才见到碧兰夫人的那些情景,她为啥子把头抵到树干上,而且要往上边碰?他觉出自己的心里生了一股疼痛,她的额头不会碰出血吧?……

一大片碧绿碧绿的草地慢慢移到他的眼前,碧兰就由那碧绿的草地上款款向他走来,他闻到了风从碧兰身上带过来的香味,他看见了她在向他招手,他快步迎了上去,他已经看清了她脸上的笑纹。就在他要走近碧兰的那一刻,头顶突然响起一声尖厉的鸟叫,那瘆人的鸟叫声将他吓得睁开了眼睛,他看见爹还没睡,爹还怔怔地坐在灯下……

4

春天是人们打饰物的旺季,准备脱去冬装摘掉头巾的富人家的小姐、夫人们,都开始忙着准备新添或更换别在头发上,坠在耳朵上,挂在脖子里,戴在手腕、脚腕上的银饰物,所以富恒银饰铺的白天便人声喧嚷,分外热闹。少恒这一天几乎是手不离锤地忙活。不过只要稍一停锤,碧兰夫人把额头抵在树干上的影像就会在脑子里显现出来。每当那影像显出来时,他便急忙摇头把它赶开,他怕影响自己干活,他注意到爹一直面色阴沉,他怕爹发火。

好不容易干到天黑顾客散尽,少恒伸伸懒腰开始坐下吃饭,饭还没吃完,爹就又开始安排晚饭后的活路:我又琢磨了一种项链的打法,叫豌豆链,我已经试做了一截,你晚上也做一截试试——

坐了一天，我吃罢饭想出去转转。少恒不高兴地打断了爹的安排。

去哪里转？老人生气地斜过眼。

去街上随便转转，腿坐得酸。

不准再去明德府见那个女人！

不过她说了让再——

再去干啥？你是不是想去要个大祸？

说那样吓人干啥？不让去就不去呗！少恒脖子一拧，摔门出去了。

老银匠在屋里站了一阵，而后又不放心地开门出去，在黑暗中盯着儿子远去的背影，看见儿子最后还是向明德府那边走去，气得抬脚恨恨朝地上跺了一下。

妈那个×！真真是迷了心窍！迷了！

他反身进了屋，烦躁不安地在屋里踱步……

少恒回来时已近半夜。

他的神态有些奇异：双颊出奇地红，眼珠子晶亮晶亮，头上冒着热气，两只手好像没地方放，目光有些发慌。看见爹还坐在烛光下等他，说了声：爹还没睡？就急忙去铺自己的床。

去了？老银匠的目光刀一样向儿子砍去。

去了，我怕人家总等……少恒的声音如断了一个翅膀的蚊子。

她给了你啥东西？

没啥。他好像被烫住耳朵似的向爹扭过了脸，却又迅疾地扭了回去。

真没啥？

真没啥。

没啥会用这大时辰？老人的声音加了厉色。

她，她叫我——

叫你咋？

叫我……在花园的那片树丛里藏着。

藏那儿干啥？

等她。

等她？

府里人都睡下后她才又来。

来了干啥？

没干啥。

又是没干啥？

她一下子抱住我。

老人的眼闭了，却仍在问：就这？

她亲我。嗯？摸我。嗯？

她说，我不怕了，我啥都不怕了，说反正我也算死过一回的人了，说我再不忍了，说我忍不住了。

老银匠的眼闭得更紧了。

她说，老天爷要是有眼，他能看明白。

后来？

她让我把衣服脱了。哦？

她让我把衣服在地上铺开，睡到上边。嗯？

她也脱了衣裳。

天哪！

是她先动手的，她要我弄，我害怕。

弄了？

弄了。

老银匠惊得张开了口,却一时无声。

她一边做还一边低了声喊:吕道景,你看见了吧,我要让你当王八、当肉头!

吕道景——

你忘了?是知府老爷大儿子的名。

老银匠打了个寒噤,没有再问。

屋子里一时静了下来,只有蜡烛头上的火苗在跳动,噼噼啪啪响。

唉——富恒银饰铺要败在你这孽种手上了!许久之后,老银匠发出了一声深长浊重的叹息。

爹,这事不怨我。

不怨你怨谁?你这个呆子、憨货、杂种!老子执掌铺子打银饰打了几十年,也没有哪个女人敢来缠我,你倒好,主事才多少日子,就出这事?!也怨我,只想着攒银扩建铺子,没有早给你说上个媳妇。

我今后不再跟她来往不就行了?

这种事像吸鸦片,一旦尝了味能戒得了?我能戒!哼!

我能!……

5

少恒如今没法让自己不去回忆,回忆那天晚上和碧兰夫人在一起时所做的那桩事的全部细节。这种回忆常常使得他脸红筋涨兴奋异常,勾起他想重见碧兰的强烈愿望。有时这种愿望强烈到他真想立刻夺门而出径到明德府去见碧兰。但他又本能地感到这是一件可怕的事情,也从心里认为这是为世人所不容的邪恶,可那件事的美妙和带来的那种迷人心魄的快乐又使他实在无法忘记。

他的心再也不能平静。随着这种心境的纷乱,他的银活也做得越来越糟,以至于不少饰物都需要爹戴上老花镜重做一遍。他看见爹的脸色越来越阴,他知道这种情况不能再继续下去。他开始琢磨自己究竟怎样才能不去回忆那个晚上和不去思念碧兰,他从他有限的知识中最后找到了一个答案:自己一定是因为身子壮精力旺盛才去思念女人。有了这个答案也就有了对策:只要使自己身子虚弱下来,目的可能就会达到!怎样才能使自己身子虚弱下来?少吃饭!一个人只要饭吃得少他当然就不可能强壮。

从想起了这个对策起,他开始找各种借口和理由少吃饭。十来天下来,他果然就见出消瘦并明显感到了浑身无力。老银匠忧虑地看着儿子。可少恒心里却有些高兴。如今再坐到工具台前举锤敲砸时虽然感到锤子沉重,但心里那股躁动的欲望果然就轻了不少。

少恒心里暗暗祈祷:但愿再过一段日子,那桩事就会被我彻底忘记。

一个来月后的一个头晌,明显消瘦的少恒刚做了两件首饰,那股熟悉的香味又飘进了鼻孔,不用抬头,他就知道是她来了。他心里骤然像被拉紧了的弓一样感到难受,他立时觉出嗓子里没有唾沫,干得很。他很想立刻抬眼,想看看在经过那晚之后她会有些什么变化,可他没敢,他害怕自己脸上的表情会泄露什么,铺子里还坐有顾客。他假装没有闻到那味没有听到她的脚步响,直到顾客有人向她招呼,他才抬起眼,才看见她那装成平静淡漠的脸。她抓住了他的目光,给他意味深长的一瞥。他的目光像兔子一样急忙向下逃开,却又碰上了她的胸,碰上了她胸前那两坨高高颤颤的东西,于是那天晚上抓住它们时的那种快活感觉又一下子从心里涌了出来,他觉出自己的身子因那回忆而颤了一下。

小银匠，你给我做的这副脚镯可是有些毛病，紧，走起路来勒脚腕，你得再给我多少放一放，来，给我戴上，我告诉你放多大合适！她平平静静地说着，径直进了铺子向里间走去，手上拿着前些天他送去的那副银脚镯。

少恒飞快地看了爹一眼，爹像根本没听见碧兰的话音一样，照旧低头专心锉着一个银戒指上的毛刺。少恒知道碧兰让放脚镯是个幌子，可有顾客们在那儿看着，他不能不也装得一本正经地站起身说：好吧。

一进里间，一没了众人的眼，少恒的目光竟胆大起来，他把她从头到脚看了一遍，他注意到她的两个眼圈有些发乌且脸颊也有些消瘦，碧兰这时猛抓住他的手，把它们放到自己的胸口上。他感到了她的心跳也听到了自己的心开始狂跳的声音，他感到那股被饥饿压下去的对碧兰身子的渴望迅速胀大了。他记起了自己对爹做的保证，但他分明看见那个保证像暴露在阳光下的雪堆一样，正在飞快地融化变低。

今晚，老时辰，老地方。她附了他的耳朵说，声音如米粒一样地向他耳道里滚。之后，她的舌头在他脸上舔了一下。

他还没有来得及做出回答，她已突然高了声说：好，就放一麦叶宽。

他被这声音骇得一怔，顷刻之后，明白了自己该答什么：行吧，就放一麦叶宽。

她一如来时那样，声色不动地走了出去。

他把脸上她留下的那些甜香的唾液抹去，也向外间走。

那天傍晚，送走最后一个顾客关上铺门之后，少恒朝正坐在那里抽烟的爹怯怯看了一眼，讷讷地说：爹，她要我去。

老人没有应声，只是吧嗒着烟袋，很响。

我想就再去一回。

依旧是烟嘴在响：吧嗒、吧嗒。

就一回。他俨然是在向爹发誓。

老人像聋子一样，照旧吸自己的烟，烟缕如绳，一道一道地在屋里缠绕。

一回。他说罢，小心地把门拉开一道缝，闪了出去……

老人这时才从口中取下了烟袋，扔到了地上，随后颤巍巍地起身，把遮在神龛上的一块红布扯开，面朝龛里那个白瓷的面孔慈祥的观世音，缓缓跪了下去。

保佑我的儿子，菩萨……

亥

0

夜如网一般罩下来，牌坊式的吕家门楼差不多全被黑暗遮没，独有门楼上镀了银粉的"明德府"三个字，还能挺清楚地显现出自己的模样。已是子初时分了，整个明德府都已被寂静所笼，府外的市声早已灭定，丫鬟已打着哈欠三次过来催吕道景去卧室歇息，可他还是赖在他的书房里不动——他并没有看书，他现在没有心绪看书，他只是在小心翼翼珍贵万分地摆弄着他的那些收藏品：各式各样各种质地的女子饰物。

吕道景虽然不过二十五六岁的年纪，可他的饰物藏品却极是丰富。他收藏的全是女饰，这些女饰有木质的、竹质的、骨角质的、象牙质的、玉石质的、银质的、金质的，差不多可以显示女饰物不断演变的历史轨迹。

吕道景作为一个男人喜欢收藏女饰物多少有点让人不解。他的这个嗜好是在七八岁就开始了的。最初发现他有这嗜好的是他的两个姐姐。两个姐姐经常发现自己的饰物被偷,她们怀疑是仆人或窃贼所为,对仆人住屋的突然搜剿和对盗贼的着意防备都没有奏效,一个偶然的机会,两位姐姐发现弟弟道景在一个房间里对镜顾盼,头上、脖子里、手腕、脚腕上戴满了她们丢失的那些饰物。两位姐姐又好笑又生气,便把这发现告诉了父亲,她们的父亲吕敬仁那时还是一个知县。吕知县听罢骂了一声:这个小子太贱!拎起家教的皮鞭就过去在儿子的屁股上揍了一顿。这一顿鞭子打得吕道景哇哇乱哭,却没有打掉他对女饰的喜欢。此后,逐渐长大的吕道景对女饰物的获得便在更加保密的情况下进行。他主要是用钱买——爹娘给他的零用钱,亲友们给他的压岁钱,他都悄悄地用来买了饰物。当然,有时他也偷偷地用家里的贵重物品换。如今藏在两只小箱子里的这些饰物,差不多都是他靠这两个法子搜集而来的。

此刻,他在烛光下望着那些形状不一质地各异的饰物,一颗心又浸在了一种又甜又酥的感觉之中。全南阳城没有哪个女人会有这么多的饰物,包括那些最富有的女人!当然,在这些饰物中银饰的种类和数量还不是很多,不过不要紧,如今正是银饰时兴的时候,我早晚会把所有品种的银饰都搜集到手,主要是没有银子,爹和娘给我零花的银子太少,只要有了银子,我就可以去富恒银饰铺打制,我要一类一类、一种一种地打制,直到把所有的品种都打齐……

他的手指和目光在摆弄那些银饰收藏品的时候,他觉出一股极熟悉的欲望又从胸中一个神秘的地方钻了出来:戴上这些女子饰物,穿上碧兰的旗袍,在这屋里做一会儿女人!这个欲望在逐渐变强,迫使他拿起一条银项链去往脖子上挂,拿起两个银发卡去往头发上别,他做着这些动作时,一种晕眩似的快乐攫住了他。但也就在这时,一个巨大的黑字倏然闪来眼前:贱!父亲的吼声也同时在耳边炸响:贱种!他脸上的笑容随之开始减少。他的一只手哆嗦着伸进上衣口袋,从里边摸出了一个吸烟打火的火镰,他的两只手抖颤着敲打火镰点着了纸煤,纸煤在他的吹晃下开始变红放出小小的火苗。他慢慢弯下腰,捋起自己左腿上的裤子,当他的小腿露出时,他把正燃着的纸煤朝小腿上按去,立时,一股皮肉被烧的焦味开始在屋里弥漫,他的脸上开始出现汗粒。随着脸上汗粒的增多和腿上疼痛的加剧,他开始觉出原先鼓胀在心里想做女人的那股欲望,慢慢开始变小并最终又缩回了它原来躲藏的一个角落。他叹了一口气,瘫坐在了地上。他又一次打败了那个可怕的要他变作女人的欲望,他常常用这个办法去和那个欲望搏斗,以致他的两个小腿上满是被纸煤烧伤后留下的疤痕。老天啊,你为什么要把我造成这样一个人?

　　你究竟还睡不睡了?随着屋门的"哐当"一响,门缝里挤进了妻子碧兰的一声怒喝。吕道景一惊,慌忙起身,摘下脖子上的项链和头发上的银发卡,迅疾地放进藏有银饰的箱子并合上箱盖,直到把两只铜锁挂上了箱子的锁扣之后,他才起身去开了门。门外站着身穿睡裙满脸怒气的碧兰。你还要磨蹭到啥时候,非要等我睡着了你再咚咚地进去把我惊醒不可,你还要人活不活了?

　　好,好,我这就去睡。吕道景脸露讨好的笑容,不过待碧兰刚一转身,厌恶便立时把笑容挤走。他厌恶碧兰,他从心底里厌恶。他厌恶她不是因为她长得不好,他明白她长得漂亮,这只要一看周围那些男人看她的目光就知道。再说,长得不漂亮的女人怎能来做知府家的儿媳?他厌恶她也不是因为她的脾性不好,他知道她刚来时是如何的羞涩和柔顺,她后来的变凶变恶是因为自己对她的态度。他所以厌恶她是因为她是女人,是因为到夜里她常要求他做那事。而他早就不喜欢和女人在一起了,更不喜欢和女人在一起做那种游戏。

是从什么时候开始对女人反感的,吕道景自己也记不清了。反正从懂事起,他就愿意和男孩子在一起玩,十五六岁时,他常将他的那群男伙伴领进自己的卧房,把自己搜集到的那些饰物戴在身上让他们看,每当他们边观看边哈哈爆起笑声时,他就感到无比地快活。听说爹娘要给他娶媳妇那天,他曾坚决地表示他不要妻子。爹最后把眼一瞪:混说,男大当婚,哪有不要妻之理?不要妻子这吕家的香火怎续?面对爹的威压他不敢不从,于是碧兰便被花轿抬进了明德府门。

自从碧兰进门后,他开始对夜晚也产生了厌恶,因为到夜晚就要上床和碧兰睡在一起。一看见碧兰那白嫩娇艳的身体,他心里就烦,就感到一种压迫一种妒忌,他根本不愿意去亲近触摸她,更不愿和她做那种事情。他对自己的这种心情也曾感到惊异:男人是应该喜欢女人的呀!再说那么多男人包括那些男仆一看见碧兰就两眼放光,可我为什么这样烦她呢?他曾努力压抑自己心中的厌恶而去和她亲密相处。他和她并不是做不成那事,但做时他需要把她想象成另外一个面目模糊长着胡须的怪人。这种对厌恶的压抑使他感到很痛苦,这种痛苦加深了他对黑夜的厌恶。因此每到晚上他都要躲到自己的书房实际上是收藏室里,直到他以为她已经睡着了再回去悄悄躺下。他曾试着和她分床而睡,但只分睡了两晚娘就过来干涉:你这样做一旦传出去就会让外人以为我们家中不和,就会影响你爹和我们这个家的声誉……

他对自己成为现在这个样子感到迷惑不解,他想查出原因并期望用药来治好。他瞒着父母瞒着碧兰悄悄去过南阳书院，把书院藏书楼上几乎所有的医书翻了一遍，从《黄帝内经》中的房中学论述到华佗的结毒科秘传，从巢元方论阴阳易及梦与鬼交到金礼蒙《医方类聚·房中补益》，从张介宾的《宜麟策》到岳甫嘉的《种子篇》，他都仔细读了，但最后也没明白自己究竟为什么一心想做女人。他也曾悄悄去过几家药铺，不敢给大夫说明情况，只根据从药书上查来的方子，买些五味子、山茱萸、鹿角胶、人参、杜仲、何首乌、枸杞子、龟板等回来配着熬了喝，可不管怎么喝也不见效，想做女人的愿望终是不灭。他最后绝望地把药锅扔了，把头撞在墙上无可奈何地哭叫：我这是怎么了？……

今晚，他又像过去无数个夜晚一样，硬着头皮向卧室里走去。进门时他看见碧兰又已躺在了床上，而且把他的枕头放到了她的枕边——平日，他们是各睡一头的——立时心中一慌：她又要强迫我去做那事了！因为厌恶和害怕，他身上霎时起了一层鸡皮疙瘩。他站在床边抗议道：我们不是已经做过了？

离今儿个已经有多少日子？碧兰躺在那儿没动，只睁开眼睛带了讪笑问。

几十天了。他闭眼算了一阵。

长不长？她把睡裙脱去扔到了一旁的椅上，于是一片雪白晃得他的眼睛不得不眯上。

他觉出有些理屈，隔的日子是有点多了，但他带了一股气恨咬紧牙答：不长！他此刻对这个女人真是怀了气恨：弄弄弄，没完没了，总不满足，总要逼迫人，天下有这样不知羞的女人？他记起了那个晚上，他被她逼急了，就提出了一个吓人的条件：要我做可以，可我得用银簪子把你的两个脚腕划道血印！他根据自己打退那可怕欲望的经验，也想用疼痛来使碧兰打退她心里的欲望。他原来估计她会被这个条件吓倒,未料她还真的咬牙伸出了两个脚腕,而且在被划伤后忍着疼痛仍要他做。这个女人哪!他如今真有些怀念新婚时的日子了,那时她多么害羞多么温顺,害羞得都不敢在灯下脱衣服,一上床就一动不动,连翻身都是轻轻轻轻的。那些夜晚多好啊,两个人静静地躺在床上,谁也不朝谁伸手,互不打扰互不接触互不侵犯。可后来这些好日子没了。她渐渐变得胆大了,执拗了。最初的一些夜晚,她只是朝我伸过手来,后来她就假过了身子,再后来她就执意地要我做一些动作,发展下来,她竟越发胆大,动不动就逼我,有时不做就到了不行的地步,老天啊!

好,你说不长就不长,给你的枕头,睡下吧你!她像扔砖头那样把他的枕头朝他扔过来。

他为她的不再坚持感到有些意外,过去,倘是他不愿做,她总要想方设法过来缠磨直到把他缠得无可奈何满头是火,今夜她这是咋着了?

他把枕头在床的另一头放下,疑疑惑惑地去脱衣服,他不过是刚刚脱衣躺下,床那头便传来了她轻缓安恬的鼾声。他不由得又是一怔:过去,若是事情最终没有做成,她会在床上翻来覆去地叹息、啜泣、生气,久久地睡不着,害得他也只好睁眼相陪,今晚她怎会睡得这样香?

但愿能长久这样下去……

1

吕道景白天的日子过得很自在。父亲让他在粮厅做事,粮厅的头儿知道他是知府大人的公子,便拿他来当爷敬,很少分派他做什么公事。常常是点罢卯之后,他问头儿今日做什么事,头儿就说：没啥急事，你出去逛逛吧，到粮市上看看今日的行情，若见有以次充好坑害百姓的，把他押来粮厅就行。他于是便高高兴兴地往街上走。

他对粮市的检查倒是认真负责，对每个粮商的摊子，他都要仔细地查看，倘是发现有人以坏麦充好麦，在小米里拌沙子，他必要训斥一顿。不过他很少骂人，只是语调很柔和地训责对方不讲良心，坑害百姓，让对方在这种柔和的训责声里面红耳赤点头认错。他很少把这些不轨的粮商押回粮厅，他担心他们进了粮厅要皮肉受苦，他不忍看人挨打。大多数粮商因为他的好心肠而对他很是敬重。他从粮市上检查出来，并不去一般男人常去的地方：酒店、茶馆、戏院、赌场和花柳街。他不爱喝酒，不爱喝茶，不爱看戏，更不爱赌爱嫖。他常去的地方是三个：一个是大西关的杂货市场，那儿常有人因急等钱用而贱价出售家传的女人饰物，他的好多饰物藏品都是由这儿买来的；另一个是福顺来绸缎洋布店，那儿有各种各样色彩鲜艳的绸缎和洋布，他进到那店里倒不是为了买，而是看，他常让店伙计把那些最鲜艳的绸缎洋布拿过来，他把它们披到身上左看右看，这样做时他觉得心里非常舒坦；再一个是德华街北头的大杂院，那院里住的全是当挑夫、轿夫、马夫、伙夫等做苦力的人家，他家原先的挑水夫铁团也住在这儿，他常要到铁团家坐坐。铁团大他几岁，当初在吕府挑水时常和他在一起玩闹。这铁团长得又高又黑又壮，肩胛处、胳膊上的肌肉像鸡蛋一样地向外凸着。他爱看铁团这模样，尤其爱看他半裸着身子的样儿，每当看见铁团心里就有一种难以言说的快乐。此外，他也爱去富恒银饰铺走走，但他又常常强令自己不去，因为一看见郑家父子手中做着的那些精巧银饰，他都恨不得上前夺过来自己戴。可做银饰是要银子的，吕府的家规很严，他在粮厅的俸银要按数交回娘的手中，经爹允许由娘发给他的那点零用银子，哪够来银饰铺打制银饰？而且他也不敢，倘使爹娘知道他一个男人家来打制女人饰物，那不是又要挨一顿责骂？

今儿他由粮市上出来，照例地先去了西关杂货市场。一边往杂货市场上走，他一边在心里为自己辩护：我来市场上转转看看，偶尔买一件两件银饰，只是为了收藏，并不是为了别的。如今，对于自己想做而一般男人又不做的事情，他总要在心里找出一点理由为自己辩护。

今天的杂货市场上人不多，而且转了两圈也没见一个出卖首饰的，这使他有些兴味索然。于是，便只好向福顺来绸缎洋布店走去。绸缎洋布店里买货的人挺多，不过几乎全是些太太、小姐，因此道景走进店中就有些显眼。他注意到一些女人的目光向他射来，他有些不自在，可他立刻在心里为自己辩护：我只是来看看店里进了什么新货，回去好给碧兰透个消息，并不是为给自己买。

他在货架上看见一匹素底白碎花的缎子，这个花色的过去倒是没有。他招手让伙计算了过来，先是在手中摩挲了一阵，随后又忍不住把它披到了身上，这缎子要是做成旗袍穿在身上该多好！他仿佛已经看见自己穿上旗袍袅娜行走的俊俏模样，心中顿时滚过一阵由衷的欢乐。不过他一看见旁边几个女人在定眼望他时，便慌忙将脸上的快乐收起，一边从身上取下缎子一边对店伙计说：我回去告诉内人，这匹缎料倒是挺好。说罢，恋恋不舍地离了店堂，开始向德华街大杂院挑水夫铁团的家走去。一进大杂院，就听见铁团洪亮的笑声从他的屋里跳出来，道景被那熟悉而有吸引力的笑声弄得心一晃悠，脸无端地有些红了，他加快了步子，渴望立刻见到铁团。心中也同时开始为自己进行例行的辩护：我见铁团是因为他过去在我家挑水，我来看他只是为了聊天，并不是为了别的。

快走到铁团家门口时,那破旧的屋门"哗啦"一响,只见铁团和一个老头先后从屋里出来,铁团肩上照旧挑着他那两个大水桶。他看见道景,立刻笑叫:我的吕少爷,今儿个我可没有闲工夫陪你坐这儿闲磕牙,我要出去挑水挣钱了,我真不明白,你为啥偏爱往我这狗窝似的家里跑!道景于是尴尬地笑笑:好,好,我改日再来。目光却已黏到铁团那两个油光结实的光膀子上舍不得放下。

出了德华街,他便向富恒银饰铺走去,也只剩这一个地方,他有兴趣走走了。离着银饰铺还有几十步远,他忽然听到了一阵笑声,一阵他熟悉的清脆圆润的笑声。碧兰?她也在这儿?她准是又来打银饰了!娘每月给她的零花银子要比给我的多得多,所以她才能来这儿打首饰,她其实比我富!一想到这点,一股妒忌就又从心里升起膨胀变大,使得胸口一时有些堵起来。他停下了脚步,犹豫着是不是还走进铺子。进去后碧兰肯定要问我来干啥,回家说不定她会把我进银饰铺的事告诉娘,那样八成就又要遭娘骂一顿贱了。

伴随着又一阵脆甜的笑声,碧兰出了银饰铺的门,在她看见自己丈夫的时候,他注意到她脸上闪过一丝惊慌。

慌什么呢?是害怕我看见你做的新银饰吗?做吧,既然你有银子你就做吧,我不会干涉,只是在适当时候你该送我一件才对。

又做了啥子东西?他开了口问,他心里实在想看看她又做了什么。

你来这儿干啥?她也问,声音里还有一点慌张。

看看。从粮市上出来顺道走走看看。你又做了啥首饰?能不能让我开开眼?

开眼当然行,但那得等到晚上,她的话音已经平静,嘴角上又出现了他熟悉的讪笑。

他的身子一紧,立刻明白她这话的意思,她晚上上了床一定又要拿这个逼我去做那事。这个女人,就没有吃饱的时候,我宁可不看你做的银饰也不去弄。

可她今日究竟又做了啥样银饰?

2

晚饭后不大时辰,吕道景就向自己的书房走去,他害怕碧兰催他早睡。果然,没走多远,她就在后边喊:天这样黑了,你又去哪儿?早烫烫脚上床歇息吧,你忙了一天不累?

不累。我得练练字!他说出自己的借口,逃也似的跑进了书房。每每要躲避碧兰时,他总说要去练字,他的毛笔字写得是有几分功夫,但他到书房后练字的时候并不多。他的兴趣不在书法。这会儿他在书房里喘息刚定,便又打开了那两只小木箱上的锁,把它们一一掀开,让满足、自豪、快乐的目光在那些饰物上睃巡。随后,他拿起了一条玉石项链、一条木珠项链和一条银项链,把它们分别摊放在箱盖上仔细地对比审看。

如今,戴木珠和玉石项链真是不如戴银项链好看了,木珠项链黑乌乌,玉石项链沉甸甸,而银项链戴在脖子上亮灿灿光闪闪,既轻巧又惹眼。看来,随着时光的流转,女人们的饰物也得不断更换,过去好看时髦的,今日就未必了。唉,要紧的还是要多弄点银饰品。

躺在箱盖上的梅花形银项链渐渐朝道景施出了它的魅惑力,使得他慢慢拿起并把它挂上了脖子。这时他恍然记起小时候两个姐姐和丫鬟、使女们常把他当一个小姑娘打扮起来,让他穿上女服，给他编上发辫抹上胭脂，让他羞答答学女孩们走路的往事。那时候，每当我穿了姐姐们的衣裙学姑娘们在院中走路时，不是已经惹得那些轿夫来摸我的脸了？他们不是笑着赞道：瞧瞧这丫头多漂亮！对往事的回忆在不知不觉间打开了他心中对那股欲望的禁闭，只见他急急转身，去书桌的抽屉里扯出了一件早些日子他悄悄从碧兰的衣柜中拿来的那件淡绿旗袍，并三下五除二地脱去自己的衣服穿上了它。他用他早就学会的女人步态，袅娜娉婷地向镜前走去。看看怎么样，我穿上旗袍就是好看！配上这亮灿灿的银项链，我比哪家的太太、夫人逊色？看看我这身个，又细又长，难道算不上苗条？我这两腮，不也是又圆又白？倘是再抹点胭脂，男人们会不喜欢？若是今儿个让我以女人面目出现，我敢说我照样会引起男人们的注意，尤其是铁团！铁团，我要以这样的穿戴站在你面前，你敢说你不喜欢我？他目不转睛地看着镜中的那个"女人"，沉浸在一种遐想里，脸上漾满幸福的笑意，但当他的目光无意中瞥见镜中"女人"的下体时，双颊唰一下白了，脸上的笑容也像受惊的鸟一样"呼啦"一声飞走。他这才清醒地意识到，他刚才放纵了原本被关押起来的那个邪恶欲望，他急忙哆嗦着手去摸自己衣袋里的那个火镰，他颤着手打响火镰燃着纸煤，而后弯下腰将燃旺的纸煤朝右小腿上按去，一股皮肉被烧的焦味儿立刻弥漫开来，他的脸上又出现了汗粒。在剧烈的灼疼中，他看见心中原先膨大了的那个欲望，像挨打的刺猬一样，迅速缩小了身子，并最终又退回到关押它的那个笼子里。

他双手捂脸，又一次软在了地上。

老天爷，宽恕我！我不知道我是怎么回事，我就是想做女人。我知道我这是违了人间常规，我这是犯了邪恶之罪，可我常常又控制不住自己，你惩罚我吧！或是干脆就让我死！我活得苦啊！

我夜晚的时光苦得简直没法过！而且不单单是我苦，碧兰也苦呀！你不知道她在夜里已经流了多少眼泪，救救我们吧，老天爷，求你了，为我们想个办法吧，我上一辈子是不是做了什么恶事？要不你凭啥给我一个男儿身却又给一颗女儿心，这样活活来折磨我？为啥不让我要么干脆做一个男人要么干脆做一个女人？为啥呀……

他抬起头去脱身上的旗袍时，已经满脸是泪。

当他神情沮丧地重又在书桌前坐下时，他感到了一阵口渴，可他不想出去叫丫鬟拎壶来倒开水，那样说不定又要惊动碧兰，使得她又来催人去睡。他忍了一阵，可越忍竟越渴起来，也罢，就轻手轻脚出去，径去厨房倒一碗水来喝。

明德府的面积很大，去倒开水却恰恰需要从自己的卧房后边过去，卧房里还亮着灯光，碧兰肯定还没睡，于是他更加小心地抬脚放脚。就在他转过屋角要往卧房后走时，他忽然一惊，卧房后窗那儿站着一个男人。贼！这是他在一刹那就做出的判断，他几乎立刻就要张嘴大喊了，但他张开的嘴又跟着慢慢合上，因为这时他分明看见，那人抬手在窗框上轻敲了两下。贼还敢敲窗？一定是个熟人！他刚才提上去的心又慢慢复归原位，是谁这时候敲窗呢？他又向前挪了两步，就着从窗隙漏出的灯光，他认出站在后窗那儿的是富恒银饰铺的小银匠郑少恒。

哦，原来是来送银饰的小银匠！他做出这个判断后苦笑了一下，黑暗中，他脸上那带了苦味的笑纹像涟漪那样一圈一圈漫开。好一个碧兰哪，你倒是真精，打制了银饰怕我看见，竟交代银匠夜里送来。今日偏巧让我撞见，我倒要看看你一共打制了几件！他感觉到心里那股对银饰的喜爱翻腾起来，他紧盯着银匠郑少恒的手，想看看他会隔窗向碧兰递过去些什么。

后窗几乎是无声地开了,可奇怪的是小银匠并没有抬手向里边递什么,相反倒是碧兰从里边探出了身子,随后便见她由窗台上轻轻跳下,又反身将窗子关了,跟着就拉了小银匠的手向黑暗里悄步走去。他们这是要干啥?吕道景怔在那儿,难道送几件银饰还要如此诡秘?一种要看个究竟的心理使得他蹑脚跟了过去。

在花园一角的一株芭蕉树下,他看到那两个人影停下了,他缩身于一棵树影里,侧耳去听。他估计会听到银饰交到手上的哐啷声或叮当声,但是没有,传到耳里的却是一阵吧唧声。一开始他没弄清那是什么东西响,后来他才明白:那是两个人亲嘴的声音。他一愣:原来是干这个?可他只是一愣,他并没有生气和恼怒。这当儿,那两个人影已由原来的黑色变成了淡白,衣服扯去时的声响越来越小而终至于没有。他们竟然在这露天里脱衣,也不嫌冷?他的眼睛这时已经完全适应了黑暗,他看清了肤色稍暗的是那个小银匠,他正蹲下去把自己的衣服在地上铺好,随后白色的碧兰就在那层衣服上躺了下去,姿势是吕道景所熟悉的。四周的秋虫渐渐恢复了原来的鸣叫,花园里的秋虫可真是不少,领头的是蟋蟀,叫声柔细欢快,仿佛在为那两个人的动作做着伴奏。吕道景屏息了瞪大眼睛,他的双眼瞪大不是因为愤怒也不是因为嫉恨,而是因为新奇,男女之间做这事竟可以做到如此忘情如此激烈如此不顾一切的地步?有两次他差一点想开口提醒那两人:他们已远离了铺在地上的那层衣服。实际上他们已经滚到了草地上,就在那草叶稀薄的地上翻腾。他估计他们的身上一定沾了不少草叶和土粒。一阵阵喘息和一声声轻呻压倒了秋虫们的鸣叫,并最终使它们感到了不快而停止了伴奏。四周更静,两人的响动也愈加清晰,就在这清晰的响动里,吕道景感受到了一种从未体验过的轻松,仿佛有一双手突然从他的肩上把压得他喘不过气来的担子一下子拿走,他感到舒服极了。从今往后,我再不用受碧兰这个女人的逼迫了,我再不用怕她了,再不用忧愁夜晚来临了。小银匠,我真该谢谢你,你把这个女人无休止索要的东西替我付了。当然,我看出你从这个女人身上也得到了快乐,而这个女人是我们吕家的,为此你总也得付出点什么,付什么呢?你想想吧,你是一个银匠,你应该想想……

吕道景悄步离开花园,先回到了卧房里。卧房的门虚掩着,蜡烛还亮得很旺,他走进门时,第一次没有了畏缩之态。他重手重脚地从包了棉布的大铁壶里倒了一杯开水,咕咚咕咚地喝了,而后堂堂正正地在床沿上坐下,静等着碧兰回来,他决定吓一吓她,同她开个玩笑。

他侧了耳朵,他听到她的双脚轻得像猫一样挨近了门边,门推开时他清楚地看见她一惊,两个明亮的眸子像兔子躲枪似的一跳。但很快她就变得若无其事了,她淡了声说:我去了一趟茅厕,随后去书房里叫你,没想到你今夜里倒回来得早。

你去了哪个茅厕?他想逼问一下她,像以往那些夜晚她逼他做那事一样,话音里并无气恼。

还有哪个茅厕?她显然是吃了一惊,为了他问这话和问这话时那种不慌不忙的口气。

我刚从茅厕里出来。他直直地看着她说。

噢,我是从茅厕里出来又去了一趟下房,看看丫鬟——

丫鬟刚刚还在这儿给我倒水!他说得不慌不忙,他忍住心中的暗笑,想看看她还要怎么应对。

我——

你的头发上沾有草叶,裤子上也有!

是吗?那准是傍黑那阵我躺在草地上玩时沾上的。她一边说一边去照镜子，镜子里的那两个晕红的脸蛋上分明地浮上了惊慌。

恐怕不是傍黑那阵沾上的。

那你说是在啥时候？她做了恼状，但眼里的惊慌已变得更多更浓。

刚才。

刚才？你胡说什么？刚才我咋着会去躺在草地上？她问得很快很急，脸孔也唰地变得苍白。

这就不用我说了，来吧，把你脖子上的银项链取了先给我保管，还有银耳环、银脚镯！

这是我的饰物，凭啥要给你？碧兰还想保持镇静，眉竖了起来。

因为我喜欢这些银饰，况且你又不愁没有，有人会自动送给你的！

你今夜是不是喝醉了酒说胡话？谁会自动送给我银饰？

小银匠！

这话像一只拳头猛捣出去，准确地击中了碧兰的胸口，她不由自主地后退了两步。

他……他咋着会愿给我银饰？她意识到事情已经败露，但她却本能地还想再掩饰下去。双颊上的最后一点血色也被惊慌吸走，整个地布满了惊恐。

他要不给，你就在花园的芭蕉树下朝他要！

这句话像一把砍刀，轰然砍断了碧兰想继续否认下去的信心，她一下子被恐惧压垮，唰地朝吕道景跪了下去：我们就这一次，你饶了我们吧……

吕道景这才收了脸上的冷色，叹一口气说：看把你吓的。

我保证以后再不会去找他——

不去找他可不行！吕道景断然打断了碧兰的保证。你不去找他，最后还不是要来折磨我？告诉你，你啥时候想做那事了你尽管去找他，只是别让爹娘知道，他们脾气不好。

碧兰愕然地抬起了脸。

当然，我也有一个小小的条件，那就是每过些日子，比如十天二十天，你让他给我打件银饰。还有，你戴的这些银项链、银手镯、银脚镯，能不能让我替你保管？他又一次感觉到心中那股对银饰的喜爱在翻腾。

无限惊愕的碧兰，哆嗦着手去取颈上的项链和腕上的银镯，因为恐骇心跳得如擂鼓一般。

这副银镯真漂亮！吕道景凑到蜡烛前，一边翻看着银镯一边喜极地赞叹……

子

0

碧兰在床上躺了三天。

她虽然一直害怕和少恒的事被人发现，不过内心里总还存着一丝侥幸：我们的来往很隐秘！没想到还是败露了，而且看见的又恰恰是自己的丈夫。

她知道眼下这事并没有传播开去的危险，但她感到一直压在她头上的那团耻辱，正在迅速地变大变重，压得她几乎喘不过来气。

那团名叫耻辱的东西，是婚后不久就压来头顶的吧？对于自十六岁嫁进明德府以来所过的那些日子，碧兰简直不敢回首。

当初她坐上花轿被抬进明德府时，曾对婚后生活怀了多少美好的想象，她根本没料到会有差不多九年的守寡生活在等着她。出嫁那天临上花轿时，妈还特意附在她的耳边红了脸交代：今夜里吕家姑爷要是想动你，不管他咋动，也不论他叫你咋动，你可都要顺着他。那一夜，她怀着一点恐惧但更多的是甜蜜的期待，等着他的手伸过来，可直到天亮，他连碰都没碰她一下。她以为他和自己一样胆怯、害羞，于是就耐心地等，直直地等了半年，竟仍然没有任何一个接触举动。那次她回娘家，邻居一个嫂子开玩笑地附在她耳边问：他一夜上去几回？她被问得面红耳赤，急忙摇头：一次也没有。那位嫂子绝不相信地叫道：骗鬼去吧！有你这样漂亮的媳妇，新婚的男人还不要疯了？！她自己也感到了不解：是自己生得太丑惹他厌烦？直到她发现他爱戴首饰甚至把自己的一些饰物也偷了去戴时，她才有些吃惊。她借回娘家的机会，红着脸把这些都给妈说了。妈也有些惊奇和意外，妈判断道，他戴首饰兴许是想同你笑闹，他八成是个害羞心特重的男人，你再等等。

她于是又耐下心来等。又是半年过去了，他仍然规规矩矩地上床，规规矩矩地睡觉，甚至连看也很少朝她看。她觉出自己的耐性在变小。接下来的等待就夹杂了痛苦，她那成熟起来的身体有了渴求，过去她只是模糊地希望他能伸过手抚摸自己，现在她开始清楚地明白她要求的还不仅是这个。这种等待中的痛苦程度随着时日的延长而不断加大。她开始对自己体内那股欲望的力量之大感到吃惊。夜晚变得越来越难熬，尤其是看见他平静地脱下衣服平静地躺在自己身边，那个男性的身体吸引得她真想伸过手去。她把自己的这种心理视为不知羞耻，她为自己的欲求感到脸红，她拼命地压抑自己。她向来认为这种欲求来自乳房的饱胀，是这两坨东西在作怪，因为她感觉到了它们每时每刻都希望被触摸，于是她便用宽宽的一条布带把它们紧紧缠住，有时紧得呼吸都有些困难。但是不行，乳房的被缠并没有消灭那股渴求。她后来又认为这股渴求是来自两个大腿，是它们的希望张开在捣鬼。于是她悄悄搓了一条线绳，每到晚上躺下之后，她在被子下用那条细绳把两条大腿绑在一起，她想用这种难受的办法禁止它们张开。但目的依旧没有达到，那股渴求仍在一日甚一日地增加，她没办法了。她跑回娘家向邻居嫂子哭诉了一场，那位嫂子在吃惊之余告诉她：他不朝你动手，你就不会朝他动手？！

她于是按这位嫂嫂的交代，试探着让自己变得主动。她至今还记得那个春天的下着细雨的晚上，当她第一次朝他伸过手去时，他仿佛是吃了一惊，他先是往床边躲了一下，随后就气冲冲地斥责道：你干啥？羞不羞？屈辱和耻辱感就是由此开始咬啮着她的心的。那天晚上她红着脸把手缩了回来。但第二天晚上，她又伸了过去，他又开始责斥，但她不再理会。她变得胆大和顽强起来，开始不顾一切，对压在头顶的那团耻辱佯作不见。她使出了许多连她自己也没有想到过的手段，坚决要让自己变成一个妻子，也坚持要让对方成为一个名副其实的丈夫。那些个夜晚，他们的卧房简直就成了战场。终于有一次，她制服了他，迫使他履行了丈夫的义务，望着自己也可以像无数个新娘那样把处女的血洒向床褥时，她心酸而痛快地哭了——早在她出嫁前，她就从女伴们和嫂嫂们嘴里知道洒这血的必然、快乐和光荣，可自己的血竟是这样洒的！这不是耻辱？！

那之后，她对黑夜也渐生了厌恶，因为一到黑夜，那潜藏在体内的欲望之鬼就出来捣乱，就搅得她神魂不安难以安眠。她常常在暗中诅咒那欲望，祈祷上天让她体内的欲望死掉，这样她就不必低声下气去求吕道景。可那欲望似乎偏要看她的笑话,不仅没有死去,反而更旺盛更蓬勃地长了起来。没有法子,她只有向欲望投降,只有咬了牙厚了脸皮向吕道景求,求不应就变着法子逼他,把黑夜也变成他受苦的场所。就在那张刷了红漆的楠木婚床上,胜利和失败交替来临,当然是失败的次数多,而且有时竟伴着可怕的伤害。那次她让郑少恒代买砒霜,就是这种伤害的一个结果。耻辱感伴着疼痛,使得她那次差一点决定离开这个折磨人的世界。

那一回死亡的虚惊使她对自己的活法有了新的决定,她决心不再像过去那样可怜地打发日子,她要放胆让自己去亲近富恒银饰铺的小银匠,她要用不贞来回报吕道景对自己的折磨,她要放纵自己的欲望。

当然,这决定来得也不轻松。她一开始对小银匠根本谈不上感情,她只是觉着他是一个老实人。和这样一个不是自己丈夫的并没有多少了解的男人做那种事情,一种负罪感始终坠在她的心上。她也分明觉出原本就罩在她头上的那团耻辱,变大变重了。

不过随着和小银匠来往时间的增多,她渐渐对他生出了真诚的依恋之意。她从他身上,才慢慢真正体验到了男人的全部可贵和可爱。他那种粗鲁的爱抚,他那种让人喘不过气来的搂抱,他那种威猛的对人的压揉,让她感受到了一种骨软身酥的迷醉。一个女人对一个男人的爱,原来也可以由做这种事引发出来。

就是这种快乐多少冲淡了她心中的那种负罪感,让她觉出压在头顶上的那团耻辱有些变轻。可丈夫吕道景对她和少恒私通的发现,使她原本得到的那点欢乐顷刻飞散,耻辱感又如磨盘一样压了过来。

这件事眼下虽不会传播开来,但只要吕道景知道了,传开的可能性就随时存在。他眼下以为他打制银饰为默许的条件，谁知道以后他还会提出别的什么条件？自己的名声和少恒的平安在随时受着威胁，这件事不能再延续下去。

罢了，少恒，我们就此断了吧……

1

碧兰的生活又恢复了过去的样子。白天，静静地坐在屋里绣花；黄昏，默默地去院里散步；夜晚，早早地上床躺下。很少出屋门，不再出院门，绝少同人说话。与过去不同的是，她不再向吕道景要求什么，两个人睡在床上她也避免任何一点同他的碰触。她想从此做一个无欲无念的女人。

但这种生活没能维持多久。

仅仅是十来天之后，对少恒的思念就开始如泥鳅一样在心里先是蠕动继是滚动后是窜动，弄得她心神不宁坐立不安了。

她想把这种思念掐灭。

她记起"人闲起邪念"这句俗语，认为自己总想少恒是因为自己太闲逸的缘故，于是决定用忙碌、用劳累来把这种思念驱走。她先是到厨房里帮助女仆们濯菜、洗碗、和面、擀面条，甚至扫地，但只要一停下手，那种思念又恢复如初。她后来到后花园里帮助花匠们修剪花枝、搬弄花盆、拔除杂草，但仍然无效，尤其是一看到花园中的那棵白果树和那棵芭蕉树，就会让她更真切地忆起当初和少恒相会的那些细节，反会让思念更为炽烈。她后来又让丫鬟找来一把锹头，硬把院中的一块空地挖了一遍，把土翻起要种白菜。在翻地的过程中，她累得气喘吁吁鬓发湿透，腿和胳膊酸得都不想抬动一下，以至于婆婆都来劝她：这是何必？想种菜让仆人们去干！她对婆婆笑笑说：我想活动活动身子。但这种累极了的活动仍然不能把少恒的身影从她心里挤走,有时只需休息一阵,少恒的面孔就又会在她脑子里活灵活现地晃动起来。

她想到了靳岗教堂里的那些终生不结婚的修女。也许应该去问问她们,应该怎样终止这种可怕的思念?碧兰的奶奶信天主,碧兰本人虽不信,但小时候曾随奶奶去过几次教堂,见过那些外国和中国的修女。于是她以回娘家为由,专门去了趟南阳城西北十五里的靳岗教堂。她不知道天主教堂的规矩,怕触犯什么没敢进教堂,只在教堂大门外转悠,好不容易看见一个修女出来,急忙迎了上去。那修女是个中国人,很客气地问她可是有事?她便红了脸吭吭哧哧吞吞吐吐地问道:如果一个人总是思念另一个人,你可知道用什么办法才能掐灭这种思念?那修女沉默了一刹,而后轻轻地开口:如果我没有猜错的话,那个思念者是你,而且你思念的是一个男人。碧兰急忙红了脸把头点点。那修女说:这种思念很难止息,不过圣母玛利亚会给我们力量,让我们来祈求她吧!说罢,就拉她进了教堂,跪在了圣母像前。那修女口中念念有词,碧兰只是茫然无措地跪望着圣母。不知是因为自己当初没有受洗还是因为自己信仰不诚,反正离开教堂回家的当晚,少恒就又笑着走进了她的梦中。

她在焦躁和惶急中又想到了一个可怕的方法——每当那种思念起来的时候,她都用一根白色的细鹅毛朝自己的咽喉部位轻轻伸去,鹅毛对咽喉的轻触会引发她干呕甚至呕吐,而干呕和呕吐所急剧带来的胸部、腹部和头部的难受,会使她暂时把一切包括对少恒的思念都忘记。她所以会想起这个可怕的办法,是因为少年时有一次她吃了过量的蚕豆,妈怕她胀肚用鹅毛来催吐,对那次催吐的难受记忆,使她想出了这个掐灭思念的法子。但这个法子生效的时间并不长,它的效力维持在每次呕吐和呕吐后半天,一待那种难受消失，少恒的身影仍会鲜明地出现在她心里。

她长长地叹一口气，她又一次束手无策了。

她剩下的只有一条路可走：向这种思念投降！

在经过连续两个夜晚在床上辗转反侧不眠之后，她在心里叫道：少恒，我一切都不要了，我只要你！为了要你，我什么也不怕了……

一个阳光灿烂的上午，她又以打制银饰为由，走进了富恒银饰铺，恢复了同少恒的约会……

2

十一月的阳光还带着暖意，把几颗晶亮的汗粒缀上了碧兰那嫩白的两鬓。她顺着街道向富恒银饰铺走，走得安闲、自在和镇静。自从她下定决心不顾一切和少恒恢复往来之后，她发现事情反而变得很轻松。她只要什么时候想见少恒，干脆直白坦率地对吕道景说：我去让他给你打件银饰。随之便包上银子，问清他打什么样的，便堂而皇之地走进富恒银饰铺，把写有约会时间、地点的纸条和银子一块儿递到少恒手中。

活活守寡的苦日子总算又一次结束。

富恒银饰铺里照样响着乓乓的铁锤声，等待做饰物的人们在店内的长木凳上坐成一排，碧兰不声不响地走进去，挨在排尾的一个姑娘身边坐下，默默地看着少恒忙活。

她双眼直直地盯着他，看他吹气化银，看他扬锤敲砸，看他给戒指镶嵌宝石。她喜欢这样静静地看他。他们的相会通常都是在晚上，她可以摸他身上的每一个部位，看却没有机会。瞧他那结实的粗粗壮壮凸着筋肉的胳膊，握锤下砸时是那样有劲；瞧他胡茬粗短的嘴唇，随着手的动作绷得一松一紧；瞧他那两条垫了衬布的腿,承受着上半身的劳作显得那样有力……

她那专注的目光里又渐渐加上了热度和爱意。

我有了一个真正的男人!

我也成了一个真正的妻子!

少恒,我的亲亲。

是你,让我知道了做女人其实是多么美好;是你,给了我从未体验过的快乐。我该怎么报答你?我只有一个法子,就是给你生个娃娃。你不是想要个儿子来承继银饰铺吗?我给你生,要是第一胎生个女娃娃,我就再生一胎,一定给你生个儿子,要让你们郑家后继有人,让你老了做银活时有个帮手!我曾听见你爹叹气说没有给你娶个媳妇,难道我不是吗?我名义上不是,可我实际上是呀!如果吕敬仁有朝一日不再做官,如果我又死在吕道景的后头,那时候不管多大年纪,我也要再嫁到你们郑家来,堂堂正正做你的媳妇……

夫人,你要做点啥子饰物?少恒这时朝她扭过眼来,问得一本正经。一丝讪笑在碧兰眼里如鱼鹰在水面叼鱼一样一掠而过:你装得不错!

我要做一对银手镯。她把包在纸里的银子朝他递去。

啥子花样?二龙相缠。要多重?一个一两。

那样重?人戴上受得了?少恒瞪大了眼睛。

我喜欢这样沉的。她无可奈何地答。这式样和重量都是吕道景定的,她不敢改变,万一惹恼了他岂不糟糕?把整整二两银子花在一对手镯上,确实让人心疼,可又有什么办法?她最初以为吕道景把十天二十天送他一件银饰作为允许她和少恒来往的条件,并没有什么,凭着少恒的银活手艺,做件银饰有啥大不了的?可随着时间的累积增多,她慢慢感到了这条件的沉重:工费银少恒是不会要的，可打制银饰的银子呢？吕道景有时指名要打的银饰，在重量上都是最大号的，凭婆婆每月给自己的那点零花银子，怎能够？去娘家要？娘家哪有？！给少恒说明白——她至今还没让少恒知道吕道景已发现他俩私通的事，她害怕这会吓住少恒。再说，她也不忍心给他说明白，她知道他和他爹挣点工费银是多么不易，她亲眼看见他们父子俩为积钱扩建铺子而节衣缩食的苦样子，她不能让少恒把用血汗挣来的钱花到这上边。我自己来想办法吧……

来，量量手腕的粗细。少恒拿出了一截线绳。为了保证手镯做出来合适，他通常要客户们留下个尺寸。

记住把手镯子做得再松大一些。量完了尺寸碧兰又说。

松大了戴上会不爽气。

按我说的做！她用了大户太太的口气。

少恒点了点头，心里有些疑惑：干吗要做这么重这么大的手镯？我当初不是已送过她一对小巧精致的银手镯吗？那是我用心用意做的，戴上会很好看的呀？！

记住把我的银子收好！碧兰瞥一眼身后又来的两个客户，用目光捏了一下少恒的脸颊，提醒他记住看清包银纸上写的约会时间，而后扭身出门。她返回时的脚步迈得有些缓慢，她开始去想究竟到哪里弄银子以满足吕道景对银饰的不尽需求，吕道景，你这个披了男人皮的东西，你咋着会偏偏有这个怪癖？

3

冬季的第一场大风把明德府的后花园变成了一个喧闹的世界：树枝在风中摇摆的呼呼声，藤条在风中扑地的噼啪声，干枯的花茎在风中断折的咔嚓声，间或掺和着一两声花盆被风摔到地上的乒乓响，使这个人迹罕至的地方竟有些热闹非常。

夜，在这喧闹中正一步一步地向深处沉。

正是这些热闹的声音，把来自花园一角花工们堆放杂物的小屋里的快乐呻吟和粗重喘息遮盖住了。

碧兰舒畅地偎在少恒的怀里。

冷风开始从门缝窗隙里伸出爪子，小心地触摸着他们刚刚平静下来的滚烫的身子。

碧兰打了个寒战。

冷？少恒把搂她的双臂紧了紧。

没。碧兰把脸更紧地贴在他的胸脯上。

穿吧，小心冻病。他开始给她穿衣。

这是你让打的那两个耳坠。他在黑暗中从口袋里掏出两个耳坠放到她的手心上。你能摸出它是什么形状吗？是葡萄，每边是三粒小巧的葡萄，你戴上准定漂亮！

他期望听到她一声快活的夸赞，可是没有，他听到的只是一声轻轻的叹息。

咋，不好？他有些不安。

好，真好！我摸着就觉得好！她夸道，但他却能听出她的夸奖里少了快乐。

你要不喜欢我把它毁了重打！

我真的喜欢！

那我走了？

把衣扣扣好！

好了。

我看看！

好了。

走吧，翻墙时小心。

她看着他轻轻拉开门闪出去，看着他消失在风声呼啸的黑暗里。

她又叹了口气。打这两个耳坠的用银，是碧兰所能拿出的最后一点银子了。

如果没有银饰交给吕道景，他会不会把这事说出去？

她感到有一股寒气向胸口扑来。又打了寒战。

这次真得快想办法了！

可是老天爷，究竟去哪里能弄来银子？

她边想边站起身向门外走，由于没有留意地面，她的脚绊住了门槛，她"扑通"一声摔趴在了门外。

呼啸着的夜风看见她倒在了地上，趁机跑过来，把一大股沙土扔到了她的身上。

她身子猛一哆嗦……

4

吕府里的一切都有规矩，吃饭也是这样，吃饭的规矩有三：一是应时而开，到了吃饭时间，厨子站在当院喊：饭好了！全家人就都得立时出来坐到饭桌前，谁要晚到，便要挨吕敬仁那凛凛一瞪，这一瞪足叫你减一半饭量。二是座位有定，全家人在饭桌前都有固定位置，谁也不能乱坐，吕敬仁坐上位，夫人坐右侧，长子吕道景和长媳碧兰坐左侧，下位坐小儿子和小儿媳。三是吃饭时除了吕敬仁询问什么之外，其余人一律不准说话。碧兰刚进吕府时，对这种吃饭规矩很不适应，总觉得好像有什么东西压在头上，差不多每顿都吃不饱，几年之后才算习惯。

今晚的饭是麦仁汤，馍和菜摆好全家人动筷时，婆婆不小心碰翻了碗，麦仁汤顺桌而淌，滴到了老人腿上，婆婆受了点烫伤，于是全家人停了吃饭，由碧兰和新娶的弟媳把老人搀回了她的房间，在服侍婆婆往床上躺时，碧兰眼睛突然一亮：婆婆床头的柜门半开半关，里边散乱地摆了许多银块。啊，天，从里边拿一块不就解了我的急了？而且这散放的样子，她也不会察觉！她被自己的这个想法吓了一跳：这不是偷吗？可不偷怎么办？要是没有银饰给吕道景，万一他恼了把自己同少恒的事说给他父母不就完了？再说，吕府家大业大，几块银子对他们算得了什么？从用途上说，我偷银子还是为了他们的儿子，这叫羊毛出在羊身上，儿子向我要银饰，我自然该从他老子处拿银子……

碧兰在那一刻下定了决心之后，就在饭后去照料婆婆的当儿选择着动手的时机。她预先准备了一张包银子的纸——她过去听人说偷东西最忌留下印迹。不大时辰，机会竟来了，她搀婆婆进了茅厕后方记起忘了带手纸，于是碧兰说我去拿就返回到婆婆房中，她拿好手纸之后，把预先准备好的那张包银子的纸摊到手上，让手指隔着纸去柜中捏了一块银子，而后就势一包塞进了衣兜。她心如鹿撞一样回到茅厕递上手纸，谢天谢地，婆婆包括那些仆人，谁也没发现她的神态有变。第二天她去看望婆婆时，婆婆待她一如往常，显然压根儿就没发现那银块丢失，她嘘了一口气。

这一块银子救了她一段日子的急，但一块银子不可能做出许多银饰，她必须继续弄到银子。

不过有了第一次成功，碧兰心里也有了底，她不慌不忙地寻找时机。俗话说家贼难防，碧兰作为一个长媳，进入婆婆房中的机会总是有的，在婆婆去玄妙观朝拜那天，她又从婆婆床头的柜子里拿出了一块银子。

她做这事时心里当然充满恐惧，不过一当她朝富恒银饰铺走时，那恐惧就会被忘得干干净净，充满她心中的，就全是欢喜。

这日子真好，老天爷，就让俺这样过下去……

丑

0

吕敬仁冷脸坐在内宅大堂的黑木扶手椅里，目光冰柱一般戳到面前的地上。

他在生气。今儿个几乎没有一件事让他顺心。头晌，叶县知县派人送来一筐广阳大枣，被派的人狗屁不通，不送进内宅，竟抬到了府衙公堂，公堂上那么多眼睛看着我收礼，这不是朝我"明德府"的牌子上泼墨吗？亏他当时急中生智，让衙役回内宅拿来银子，当面按市场价付给了那两个派来的人，这就等于了买。未料到的是，当两个府中衙役抬枣向内宅送时，又不小心绊住了台阶，枣筐子一翻，从筐底滚出百多两银子来，这下真弄得他尴尬无比。他原就估计一个知县绝不会只送一筐枣来，可如今这一暴露，还如何能收？他怒骂了几句叶县知县，又让他派来的人原物抬走。我决不能给我"明德府"的牌子抹黑！再就是后晌，府里的同知在同他谈罢公事之后，忽然嬉笑着说：我发现滨河街有一位绝色姑娘，大人如果想娶二房的话，我去安排。他听罢真想将唾沫吐到对方脸上：你明知道我发过誓不娶妾，偏来说这话，你要真能体谅我，就不会想个别的办法？再一件不顺心的就是刚才，他才下衙到了家，刚坐下歇息，夫人就来告诉他，说昨日后晌，儿子道景头插银簪、银钗，脖挂银项链，耳坠银耳环，手上脚上戴着银镯，还穿了碧兰的花衣裙，在房子里对镜扭摆，让小儿子和小儿媳都看见了。

这个孽子，存心要败坏吕家的声誉！

爹，你找我？道景这时怯怯地随在娘的身后进了屋。他刚才一听娘说爹叫他，就知道事情不好，一定是弟弟或弟媳把昨后晌自己扮女人的事告诉爹了。昨日后晌，碧兰交给他一个十分别致的状如蝈蝈的银发卡，便出门了。也是一时高兴，他把自己的发辫解开，梳成了一个少妇的高髻，把发卡别了上去。正是这个别致的发卡和这个女髻，渐渐把他禁在心里的那股要做女人的欲望又勾了出来。他见那阵子丫鬟们都去了后院，碧兰又不在，便决定放纵自己一回，干脆又拿出了一些银饰，拿出了碧兰衣柜里他平日看着最可心的衣服，一一穿戴上，而后便在镜前左右顾盼自我欣赏起来。他估计这会儿不会有人来，就也没有关窗子。谁料恰这当儿，弟弟和弟媳有事来到前院，隔窗看见了他的举动。当他听见弟媳在窗外发出哧哧的笑声时，吓得脸都白了。弟弟、弟媳没再敲门就走了，他后悔得直捶自己的头，为了对自己放纵那股欲望进行惩罚，他当时就打燃火镰点着纸煤朝小腿上按去。昨日是他自我惩罚最厉害的一回，小腿上被烧得伤口好深好大，以至于今天走路都一瘸一瘸的。

吕敬仁没理会儿子的问话，只是朝妻子挥了一下手，示意她离开。他处理家务事向来不允许第三者在场，更不允许仆人近前，为的是免让家务事外传影响家族声誉。

爹，我在粮厅里做事认真，没出啥差错。道景看着爹那阴沉的脸，想把话题岔开。

我没问你粮厅里的事，我只问你，昨日里又戴银饰装女人了没？吕敬仁的声音低沉怕人。

我……我……我——只是——

"啪!"吕敬仁抡起早就准备在手边的一根棍子,猛朝道景屁股上打去,这一棍打得太狠,棍子一断为三截,有一截弹飞到屋顶跌下来,差点落到祖宗的牌位上,另一截的尖头扎进道景屁股上的肉里,鲜血立时涌了出来。

"哟!"道景只叫了一声又赶忙咬牙止住,因为他知道父亲一向不愿听到儿女们的哭声。

说,为什么偏要戴银饰装女人?

因为——道景害怕地抹了一下眼泪。

说!

戴上银饰,看见自己像个女人,心里美。

美?

就是心里好受,安妥。

放屁!吕敬仁狠拍了一下椅子扶手,差一点把扶手拍断。天呀,你为什么让我生了这么个贱种?普天之下,哪有一个男人偏愿扮成一个女人的?一个男人为什么偏偏喜欢戴女人饰品?这种怪事为什么偏要出在我的家里?这是从哪儿来的一种怪病?也许当初应该给他找大夫看看?——当年最初发现儿子有爱戴女饰爱穿女服的癖好时,妻曾建议找大夫看看,可那时他担心大夫知道这孩子的怪癖后外传,影响吕家名声未允许,总以为长大成了亲就会好的,未料反会越来越严重了。如今找大夫还行吗?可谁敢保证大夫知道了这种稀奇事后不外传?倘若南阳城里的人都知道我养了如此一个儿子,我的脸还往哪里放?

爹,你打死我吧!我也真不想活了,我知道这样做是贱,是丢人,是给你和娘脸上抹灰,可我又忍不住不做,我心里也苦啊,打死我吧……

吕敬仁木木地坐在那儿,许久之后才又开口问道:碧兰这一段对你好吗,你们生气了没?

道景唯恐父亲再细问别的,忙答:碧兰挺好,我俩并没吵过嘴。

吕敬仁叹了一口气,看来日子也就这样过了,只要维持住不让外人知道就行。在他内心里,他是早不把传继家族香火的希望寄在道景和碧兰身上了,他们两个成亲这么多年,还未有一子半女生出,那原因吕敬仁是早猜出了。他知道这要苦了碧兰,可苦就苦你这辈子吧,吕家没有别的办法,倘是道景一直不结婚不更要惹人议论?好在碧兰家是小户,当初所以给道景定这个小户人家的姑娘做媳妇,也是怕婚后有变,大户人家的姑娘遇到道景这样的丈夫,人家能不闹?

爹,为了少惹你和娘生气,我想出去谋生,让碧兰也再找个人家过日子,我改名换姓,不让人知道是你的儿子行吧?

胡扯!吕敬仁沉了声。我堂堂一个当朝知府,让儿子出去流浪,这事万一泄露出去,我这脸往哪搁?我会落个什么名声?

那我悄悄地去一家道观,做尼姑好吗?

放屁!世上没有不透风的墙,那要传开来更糟!你老老实实给我待在家里,还要记住两条,头一条,要学会抑制自己,哪个人都有些不可告人的欲望,要紧的是学会抑制。这世界上每个活着的人其实都抑制着自己的一些欲望,不这样世界就会乱套!第二条,要学会遮掩,不该让外人知道的事,要想法遮掩过去,要学会做事背人,不能让外人知道你在做什么。碧兰你背不过去,可以不背,但家中的其他人和仆人,一定要背,这关系到你的声誉。

我不想要啥子声誉,我只想按自己的心愿快快乐乐活几年,爹,我好歹也是一个人,你既是不让我走,能不能让我按我自己的心愿去活两年,就是我做啥事你都不管,这样只活两年,我也就心甘了。也算我没白来人世走一遭,我就心甘情愿地去死,再也——

混蛋!吕敬仁暴怒地捶着椅子扶手,你不要声誉老子还要哩!你不仅是你自己,你还是知府的儿子,懂吗?是我的儿子!

可老天爷既是让俺这类人活下来,就总也有他的一点道理,能不能——

吕敬仁没再说话,只把冷厉的两眼直瞪住儿子,那目光立时像胶一样地封住了道景的口。

道景战战兢兢地退走了,吕敬仁仍坐在那儿一动不动,许久之后,他才把眼抬起,让目光里的一点无奈像垒窝的燕子一样停在屋梁上……

1

吕敬仁每日下衙之后,倘是没有家事处理,总要到书房里读一阵书。他当然也读《史记》,读《资治通鉴》,读李白、杜甫的诗,但更多的是读兵书,这是因为他总觉得,当官从政其实也是打仗,不过用的不是枪刀剑戟,而是智谋心机罢了。哪个当官的不是常和自己的政敌打仗?不战胜他们企图取而代之的一次次进攻自己不就完了?可要明白他们可能从何处进攻,采用什么样的方式进攻,自己采用何种方法迎敌,预备几套打法为宜,不读兵书能行?再说,一个当官的处理问题怎样做才能令上司满意,怎么办才能让百姓们认可,这也能从兵书上找到答案。所以他搜集了差不多所有的兵书,反复研读。

这日傍晚,他正在书房中读《黄石公三略》,夫人忽然慌慌张张地跑进屋来,进门就喊:不好了,咱家里有贼!

瞧你那副慌张样子,贼不是还没进这书房嘛!坐下来,慢慢说，哪里有贼？吕敬仁仍坐在原处，手照旧捧着书。

我床头柜子里，我昨日清清楚楚记得放进去十锭官银，是预备在老家扩买坟地的，今早去拿时，竟少了一锭，这八成是那些仆人干的，胆大的东西们，竟在家里偷开了，要搜，要立马搜他们的身子和住处！

冷静一点，他瞪了一眼妻子。第一，一个贼藏的东西，十个人也难搜着；第二，公开搜仆人的身子，难免把家中有贼的事泄出去，那我们吕家脸上就好看了？我们的声誉——

那你说咋办？

装作不知。钱柜的门原来咋样还让它咋样，里边要再放些银块，你仍如往常一样做事，只是留心观察！贼还会来的，一个贼只要在一处地方得了手，他一般是会再来一次的。

好吧。

记住，即使发现了哪个仆人是贼，也不要当场捉他，那样终不免要闹得沸沸扬扬，要悄悄地辞退，明白？

十三天之后的一个黄昏，吕敬仁在书房正读《唐太宗李卫公问对》，夫人又慌慌地进来，脸色煞白地叫：你知道是谁偷的银子？

谁？

碧兰！天啊，不缺她吃不缺她穿，她怎么会干起了这个？！

没有惊动她吧？

没。

记住，照旧假装不知道被偷，柜子门仍照原样关着，银子还照原样放，我们要弄清楚她偷了银子干啥，是攒体己钱还是接济她的家庭，注意看紧她的行踪。

谁来看？我？

难道还要再告诉第三个人？

好吧。

那天晚上剩下的时间，吕敬仁没有再看成兵书，他坐在书桌前久久地琢磨：碧兰为什么要偷银子？他本能地觉出：她不是因为急等钱用。

夫人用半月的时间证实了他这个判断。夫人报告他结果是在一个子夜，夫人刚从一个现场回来，夫人气喘吁吁地扯掉他手上的《六韬》说：噢，明白了，她偷了银子给富恒银饰铺的小银匠打首饰，打好的首饰她拿回来假惺惺送给道景，用这来糊弄住咱道景的眼睛，她可和小银匠在一起鬼混。今夜里小银匠来了，两个人就在花园里的那棵芭蕉树下，你不知道他们两个的那份胆大啊，你不知道不要脸的碧兰那个浪哟，我就站在近处看着他们，那个小银匠弄一下还要问她一声美不美，她就哼哼着说像驾云飞。他们这会儿还在那里哩，还不会完，要不要喊上人去捉？捉奸捉双啊！他们——

好了。吕敬仁平静地打断夫人的话。你该去睡觉了，天这样黑，你保准眼看花了。

不，我看得真真切切——

那就把你看见的烂到肚里，彻底忘掉。我们老了，有些事要学会忘掉。睡吧，天已经不早，我们该睡了！吕敬仁"啪"一声合上了书……

2

明德府的日子仍如往常那样平静，好像一切都没有发生。

大约是七八天之后的一个早上，正在吃饭的吕敬仁忽然想起似的对妻子说：哦，对了，开封的刘知府听说咱南阳的银饰出名，昨日派人送来了点银子，要让银匠给打点首饰。你今日记着差人去富恒银饰铺请个银匠来,让他就在咱府内做,我们也好随时查验一下做得好坏,这毕竟是受人之托,不能马虎。顺便,也给孩子们每人做点饰物。他边说边用筷子指点了下两个儿媳。

老夫人听罢就急忙点头。

小儿媳闻言面露喜色,碧兰更是高兴,她知道,去富恒银饰铺请银匠,请来的只会是少恒,这下好了,白天也可以时时看得见他。令她高兴的另一个原因,就是公公答应给自己也做首饰,有了首饰,丈夫那边就可以应付,起码近些日子再不用提心吊胆地去弄银子了。

那天上午,老夫人果然差人把小银匠郑少恒请了来。看见少恒挑着银匠担子进了府门,碧兰高兴得真想扑上前去。但她没敢,只是强装出一副漠然之态,直到少恒在一间偏房摆好工具开始做活时,她才拉上弟媳,去他身边站了一阵。

那少恒在吕府干了两天。那两天的中饭和晚饭,少恒都是在吕府吃的。这也是手艺人的规矩,在谁家做活就在谁家吃饭。碧兰注意到,让少恒吃的饭菜与全家人吃的饭菜完全一样,老夫人显然没把少恒与一般的雇工同样看待,亲自下厨指点着仆人们给少恒端什么,有时还亲自盛好喊碧兰和弟媳给少恒端送去。

头一天的后晌,吕道景忽然把碧兰叫到卧房,郑重其事地交代:这两日你和郑少恒可不要有什么来往,要多多小心,千万别让爹和娘看出什么!碧兰望着吕道景那少有的忧心忡忡的神情,淡淡一笑说:把心放到你肚里吧,我不是傻子。

吕敬仁对少恒做的饰物很满意,少恒临走的时候,吕敬仁在一番夸赞之后,除了正常的工钱外,还赏了一些碎银。

这之后,每隔些日子,明德府总要把少恒请进府里几天,有时是替信阳知府的太太做饰物,有时是替安阳知府的小姐们做饰物,有时是给河南巡抚的女眷们做饰物。少恒也很高兴有这些活做,做这些活的工钱高是一方面,重要的是它表明,富恒银饰铺的影响在扩大,声望在提高。不过做这些活也格外累人,因为总想精上加精,唯恐知府老爷挑出毛病,所以一天下来,累得简直动都不想动。那晚少恒做罢活挑担回去,腿一软差一点趴倒在街上。当时少恒有些惊奇地咬咬牙站住骂自己:嗬,没想到你一身力气,竟经不住这点累……

寅

0

老银匠看见碧兰把一个纸团扔到儿子脚边,就知道那准是一个纸条,约会儿子夜里出去。这样的纸条儿子已积了一沓,夜里,他时常撞见儿子把那沓纸条捧到鼻子前吸闻。

老银匠叹了口气,看着碧兰远去的身影,无声地把头摇摇。这一对冤孽,要来往到啥时候?天下能有不透风的墙?再说,眼下天又这样冷!

今儿个落雪粒子,来的顾客少——做银饰也有淡季。冬季天冷,女人孩子的颈、手腕、脚腕甚至耳朵,都很少裸露,戴了银饰也没人看到,所以来做的人也少,是淡季。早饭后来的两个顾客走后,铺子里再无外人,老银匠这时瞥见儿子正小心地把那个纸团打开,先是看看笑笑,接下来便把纸条放到嘴边去亲。

老银匠停下锉银饰毛刺的锉子,低了声问:又是叫你去?

嗯。少恒咧嘴朝父亲一笑,他知道什么都瞒不过父亲的眼睛。天这样冷!

没事，在她家花园的一间小房子里，那儿暖和。

可你没看你那脸，又黄又瘦！

少恒垂下了眼。他近日确实觉得身上没劲，走路腿直打飘发软。

又咳嗽！

咳、咳、咳……仿佛为了给爹的话做证明，少恒爆发了一阵长长的咳嗽。

再好的东西也不能多吃，猪肉饺子可好，让你吃十碗试试，还不撑得你肚子疼得打滚！

爹。

弄那个东西没有完的时候，你有多少精血？

爹！

别看那东西小，能盛着哩！多少男人把自己的血和骨头全倒进去了，多少男人在这上边丧了命！

爹，求求你！

知道精水是啥吗？那是人身上最金贵的东西，人吃十碗面条也积不起一小勺勺，可你倒好，由着性子扔！

爹，给你说，我们这几次见面都没弄。

骗我这个老憨人呗！一男一女黑灯瞎火地到一起——

真的！是她不让。

嗯？

她心疼我，她看我身子虚，像有病的样子，要我歇歇，说天长日久哩，以后身子好了，再由着我。

那还约你见面做啥？

她说想我想得慌，我们见面只是抱抱亲亲，再说我也想她。

可你的身子究竟是咋着回事？真像是有了病。

头疼，我就是觉得头疼，还有些发晕，咳嗽是断断续续的，我估摸是重伤风。不过俺们这几回见面都没脱过衣服,我还常睡到她的怀里,真不知咋着就伤风了。

你去乐生堂让刘大夫号号脉吧。

我再顶些日子试试,我不想喝那中药汤子!

老银匠叹了口气,低下头重新干活。那天晚上睡觉时他觉着儿子的咳嗽有些加重。他带着几分不安沉入睡乡,酣睡中他梦见有一团乌黑的云向他飘来。云团中藏着一只黑色的怪鸟,怪鸟挺着尖利的爪子。云团越飘越近,眼看就要到达头顶,怪鸟突然钻出云团啸叫着向他伸过爪来,抓走了他怀中抱着的一只小鸡……

他被吓醒了。

1

老银匠发现儿子的身体越来越弱,而且精神也开始变得烦躁不安,常是坐一会儿就站起来,站一会儿又坐下去,一件活儿要做很长的时间。

老人有些着慌,领他去了几趟乐生堂药铺,大夫对这种病的病因也说不明白,开些药吃了,也不见有多大效力。

碧兰还是隔些天来一回,她显然也看出少恒的病在加重,已不再约他出去相会,只在纸条上写些:多保重!亲你!想你!这类的话。逢到没有顾客时,她会不顾老银匠在场,扑上去抱住少恒边亲他的脸边红了眼问:你这究竟是咋着了?老天,为什么会让你得病?差不多每次走时,她都要从兜里掏出点碎银塞到老银匠手里说:老伯,留下给少恒看病!

看着少恒那个瘦弱的样子,碧兰就心疼得一心想买点东西给他补补身子。也是巧,有天晚上,婆婆把碧兰叫到自己屋里叮嘱做衣服的事时,刚好公公吕敬仁手拿着满满一盒人参进来对婆婆交代：这是托人从东北买来的上等人参，是强身壮体的好东西，保存起来，日后慢慢炖鸡来吃。婆婆接过那盒人参，就放到了床头存银子的小柜里。碧兰当时心中一喜：这小柜里的银子我都偷了，我何不找机会偷偷拿出几棵人参来给少恒补补身子？那满满一盒，偷拿几个他们未必就会知道！

第二天，碧兰果然找了一个机会，悄悄进到婆婆屋里偷拿了四棵人参。当晚，她便带了这四棵人参和从街上买到的一只鸡，闪进了富恒银饰铺。她用半只鸡和半棵参亲自给少恒炖了两碗鸡汤，又亲自端到床前喂少恒喝了下去。老银匠见碧兰这样，也感动得眼圈有些发红。那晚上碧兰临走时给老银匠交代：老伯，我把剩下的人参放在案板上的小罐里，过两天我再拿只鸡来。老银匠听罢连说好吧好吧。

许是少恒病得久了，这人参鸡汤的大补作用并没显示出来，第三棵人参熬的鸡汤还没喝完，他的病就迅速转重了。那是一个傍晚，老银匠刚喂儿子喝罢鸡汤不久，少恒就咳嗽得厉害了，而且脸越来越苍白，下床小解时竟扑通栽倒在了床前。老银匠那刻急忙把儿子抱放到床上，掐住人中穴喊了一阵，少恒被喊醒之后，直说胸口疼喘气难受。老银匠忙跑去请大夫，大夫号了脉后立即开药，并嘱病人身边不能离人，病势有转危重的可能。

那一夜老银匠就坐在儿子床边守护，望着儿子那在昏昏烛光下毫无血色的脸颊，老人百思不得其解，怎么好端端壮实实的一个儿子，就忽然病成了这样？难道真是因为他和碧兰做那事太勤以致伤了身子？他们两个的每次约会老银匠都知道，一般是十来天一回，最密也隔有三四天，以少恒这个年纪，这个次数并不算太多，应该能够吃得住。老银匠是过来人，对做这事的次数是否太密心中有底，怎么我的儿子就会弄到这个地步呢？老天爷你要真是认为这事不端要责罚,那就责罚我吧,是我当初没拦住他们,是我没早给少恒娶媳妇使得他迷上了碧兰。你责罚我吧,让我死也行,我就这一个儿子,我们郑家的香火和郑家的银饰手艺,都靠他往下传了,别碰他,让他赶紧好起来吧……

半夜的时候,老银匠遵大夫嘱咐,给少恒又灌了一次药,看着儿子平躺下喘气困难的样子,老人干脆让儿子半躺在自己怀里。天将亮那阵,老人因为困极而睡了过去。刚睡着不久,他便又看见这些天老飘荡在他梦里的那团黑云。那黑云慢慢向他的头顶移近,那个黑色的怪物又在那团黑云里现出了身子,只见它啸叫了一声,猛向他扑来,伸出尖利的爪子向他的怀中一抓。他惊叫了一声,从梦中醒来,就在那刻,他感觉到儿子的身体悸动了一下,忙低头去看,他以为自己的举动惊了儿子,这一看不禁骇呆了:少恒已经咽气死去,只是两眼大睁。

苍天——你不公啊,我就这一个儿子……老人放声号哭,哭声惊来了左右街邻,人们这才把少恒的尸体从老人怀里拉开。

碧兰是第二天深夜穿一身黑衣裹一条大头巾踉跄着扑进富恒银饰铺的,那一刻屋里只有老银匠在为儿子守灵,碧兰扑倒在棺材前哀哀哭泣,可怜她不敢放声,只把哭声在嗓子眼闸住,闸得太多就憋得在棺材前乱滚。看她那模样,老银匠怕她哭坏了身子,蹒跚着过去相劝,让她天亮前回去了。

郑少恒的棺材是在第三天正午时分入土的。老银匠给儿子买了最上等的棺木,请了最好的响器班子,糊了最全的纸扎。老人把原先积攒起来预备扩建铺子的银子几乎全花在了儿子的葬礼上,攒钱还有啥用?还翻修铺子干啥?

棺材被土埋住的时候,突然刮来一阵不大不小的风,风带来了一团黑云,黑云把原先亮着的太阳陡然弄熄,使正在铲土堆坟的人们打个冷噤。老银匠那刻抬头望天，猛觉得那团黑云的大小形状与他这些天梦见的那团黑云有点相似。

他仿佛听到那云里响起了一阵笑声。

他摇了摇头，他怀疑自己的耳朵有了毛病……

2

埋葬罢少恒几天后的一个晚上，碧兰又来了，她抹着眼泪从怀里掏出一块银子，放到桌上哽咽着说：老伯，这块银子你过日子用，从今往后，你就把我看成你的儿媳，我来养活你，我隔些天来看你一回。

老银匠没有说话，只摇了摇头。他如今对人世上的事已不感兴趣，他只想着早死了去和儿子做伴。

碧兰见老人还没吃晚饭，就动手烧火为他做吃的。

好在临近过年，街邻们给老人送来些吃的就放在案板上，有菜包子、豆包子，有濯净洗好的鸡，有一块猪肉。碧兰想起早先给少恒拿来补身子的人参还有一棵，放在小罐里，就剁了半只鸡，切了半棵人参，给老人炖了两碗人参鸡汤，又把两个包子馏热，一齐端到了老人床前的小桌上。

你回吧，天不早了。老人叹口气对碧兰说。碧兰也怕别人发现自己在这里，不敢久留，说了几句老伯快吃老伯保重的话，就匆匆出门走了。老银匠没有食欲，眼望着那鸡汤和包子的热气一点点飘走，到底也没动。

天亮的时候，家里的那只灰猫跳上桌子，偷舔碗里的鸡汤，拥被坐在床上的老银匠看见，漠然地未加理会。未料不大时辰，舔汤的灰猫竟突然在桌上打起了滚，发出了异常粗嘎类乎痛楚的叫，这反常的叫声最后引起了老人注意，他惊诧地看定那猫：你这是咋着了？舔了几口汤就难受成这样？难道这汤里还能有毒不成？灰猫那阵的叫声越见痛楚，身子也滚动得越加厉害，最后干脆把盛鸡汤的碗撞到了地上。汤碗落地的响声唤来了坐卧在门外的黑狗，那黑狗过来，见有鸡汤洒在那儿，不由分说就又舔又嚼起来。不想半刻之后，那黑狗竟也在地上翻滚哀叫起来。老银匠惊得立时把眼瞪大：这汤是怎么了？难道真是有毒？

他为自己的想法打了个哆嗦。

他很快地穿衣走到灶前，昨晚碧兰炖鸡汤他在看着，她用的也就是几样东西，缸里的水、一棵葱、几勺盐、一块姜、半只鸡、半棵人参。水、葱、盐、姜是家里原来就有的东西，不会有啥，值得起疑的就只有邻居送来的鸡和碧兰送来的人参了。仿佛为了推倒自己脑中的判断，他拿起那半只鸡和那半棵人参，快步出门向一家药铺走去，他要让药师看看这两样东西上沾没沾什么毒物。药铺里的药师把那两样东西拿进铺子里做了一番验看后说：鸡肉无毒；人参在砒霜里浸过，但毒量不大，吃一次不会致人死命，但连续用……

老银匠被骇呆在了那儿。药师下边的话他没有去听，他恍然记起许久之前的那个春天的上午，碧兰让少恒代买砒霜的事。啊，这个女人，原来早在那时她就安下了歹心！他看见有一只拿了抹布的手把一块蒙了水汽的玻璃一下一下擦干净，原先隐在那玻璃后边的儿子的死因现在一清二楚：他是在喝了那有毒的人参鸡汤之后慢慢中毒死的！

碧兰，好一个手毒心狠的女人！你勾引了我的儿子，最后还要把他毒死，是怕他泄露你的淫行？是又勾上了别的男人？

你毒死罢我的儿子，还想接下来再毒死我！

哈哈哈。老人突然发出一阵令人毛骨悚然的笑声。

老天爷的眼总算还没全瞎,他让一只猫来告诉了我儿子的死因!

老银匠那天回到铺子里后,关了门,出奇平静地摸出一块银子,而后在工具台前坐下,拿起了久已不拿的银灯,开始吹气化银……

3

老银匠在铺子里把自己关了几天。几天后的一个傍黑掌灯时分,老人才拿了一件纸裹的东西出了铺门,径向明德府走去。吕家人那阵都已吃过了饭,有仆人听老银匠说是来给大少奶奶送银饰的,就给他指了碧兰的住处。

碧兰那时正独坐在卧房里,无精无神地翻看着一本什么书,丈夫道景又如先前那样去了书房赏玩自己的饰物藏品。她猛见老银匠推门进来,吃了一惊,忙叫:老伯,你怎——

老银匠笑笑说:我在收拾少恒留下的东西时,见他打制了一个带有挂饰的银项圈压在枕下。纸包上写明是给你打的,我就给你送来了。边说边就反手关上门落了闩,很像是怕外人看见似的。之后就将手上那东西的裹纸撕开,露出了个银晃晃光闪闪有着精美银流苏的银项圈,朝碧兰递过去。碧兰颤颤地伸手接过,一时眼圈又有些红了。她把项圈凑到烛光下去看,霎时也被它的精美震住,只见项圈周身被细细的银链缠着,既似项链,又似项圈,项圈上挂流苏的地方,刻有碧兰两字还錾有许多朵盛开的牡丹。

你戴上试试吧,要是合适,也不枉了他一番心意。

碧兰眼中的泪珠已是盈盈欲滴了。

来,你坐下,我给你戴上试试。老银匠从碧兰手里拿过项圈,从中间按开接头的卡扣,朝碧兰的脖子里戴去,只听"咔"的一声,卡扣在碧兰的颈后合上了。

有些紧。碧兰说。

那你扯一下就松了。

碧兰于是抬手去扯,不想越扯越紧。

老伯,快,更紧了。

那你再扯一下。

碧兰又扯了一下。手便无力地落下来了。

老伯,我喘不过气了,快,替我松——

呵呵呵。老银匠突然发出一声冷得可怕的笑:就是为了让你喘不过气来,我才特意打制了这个越扯越紧的东西。贱货,今儿个就是你的死期!

碧兰的双眼无限惊恐地瞪大:老……伯……我……勒紧的项圈已使她发不出清楚的音了,她想去扯断项圈,手却无力抬起来,她扑倒在了地上。

我为我的儿子报仇来了,他生生死在你的手里!

……为……啥……

你还问为啥?你这个狠毒女人!老银匠猛朝碧兰的头上踢了一下。

……让……我……生……下……她的话音像燃尽了油的灯一样从唇间骤然熄灭,只见她的身子猛一抽搐,随后便一动不动。她抽搐前所做的最后一个动作,是用手撕撩开自己的上衣,把她怀孕已五月左右的高隆着的腹部袒露了出来……

老银匠趔趄着靠到了墙上。他看见碧兰的眼珠已越来越高地凸起,他抖着手拉开门闩,踉跄着向外走。明德府的守门人在昏黄的门灯光里没有看出老银匠神态的异样,放他出了门。他进了富恒银饰铺子,只哆嗦着双唇喊了句:恒儿,爹把你的仇报了!便从怀里摸出一个小瓶,仰头向口中倒去。片刻之后,也七窍出血软在了地上……

卯

第二天头晌,一个想打银饰的人推开了富恒银饰铺的门,他发现老银匠盖着被子死在自己的床上,忙喊来了左右邻居。人们都说老银匠这是受不了儿子死后的孤独,去找儿子了。大伙凑了点钱,将他草草埋掉。

三天后,从吕府里传出消息说,长媳碧兰因为小产流血过多去世。碧兰的葬礼十分隆重,许多年后见过那场葬礼的人还在称赞那葬礼的排场。知府老爷亲自扶着长子道景护棺到墓地,很多人看见知府老爷不住地拭泪。事后,人们都感叹碧兰这短短一生活得值得,生前享尽荣华富贵,死后又是不尽的风光排场,做女人活到这步田地,也该满意了,人早晚还不是个死?

这之后,吕家又传出消息说,长子吕道景为忠贞于碧兰,发誓不再娶。一时又感动得城中不少妇女流泪。那年的秋末,城里的一些绅士有感于吕家又出忠贞之子,遂派人用银粉把吕家大门前的"明德府"三字又刷了一遍。

第二年春天的一个黄昏,明德府突然爆发了一场激烈的吵闹,吵闹的起因无人知道,但明德府的邻人们听见一向说话不起高腔的吕道景声音最高且伴有哭调,那场吵闹直持续到深夜,吵闹中有些字句断续地飞到院墙外头:……捂……老天……名誉……人参……家……翌日清晨,有人在碧兰的坟墓旁,发现了已经死去的身着女人衣裙的吕道景,碧兰的坟墓四周摆了一圈女人的饰物。吕道景的手里攥着一张宣纸,宣纸上用毛笔写着一行大字:老天,你造出人是为了什么?

明德府的收尸人在匆忙中没有注意到那张纸从吕道景僵硬的手中飘落在地，更没有发现那张纸被一个放羊的小伙捡了去。放羊的小伙只是因为好奇才把那宣纸卷成一卷，塞进了他那个保存吸烟火纸的竹筒，他当时根本没想到他这是保存了一个故事和一段历史。几十年后，当他给他的曾孙子讲古时，从竹筒里掏出了那张发黄变脆的宣纸，尽管宣纸上的字此时已被磨损得模模糊糊，可他的曾孙子还是眼一亮，本能地知道这张纸的后边会有一些好听的事情。于是，就开始了一番时断时续颇为艰难的寻觅。他的曾孙子最后站在了那片扔满鸡毛、碎纸、烂菜叶和用过的避孕套的废墟上，手里捏着那张宣纸，捏着八十多年前那个人写下的那句诘问，朝时间的两头眯眼望去……

世 事

每个人一生中都有些重要的能永远记住的年份,四婶说她不会忘记的是一九四八年,没有那一年她就不会成为我的四婶而会是另外一种身份!

四婶的名字叫莜儿,原本是南阳城里人。

四十一年前那个仲秋的半后晌,十八岁的莜儿从南阳城烙花街的任家大门里慌慌走出时,无片云遮掩的秋阳把全城照得有红有黄,卧龙岗脊上的武侯祠大殿殿顶辉光耀眼,白河滩里缓移慢走的河水碎银一样晃荡,一大群长尾雀排成黄瓜花一样的队形从城市上空掠过,最后飘然散落到梅溪岸边的柳树梢上。

莜儿出门走了几百步后脸还羞得通红,鬓边上的淡蓝色血管还在频频跳动,哦,天哪,任浩的爹和妈总不会听到那声音?真没想到,平日看上去那么文雅的任浩,亲起人来会有那么大的响动,而且推起人来会有那么大的蛮力!十几分钟前莜儿的身子已经被任浩推得快挨到床帮,他要是再坚持小小一会儿,莜儿就准备放弃抵抗。何必呢?两人早就相爱,这爱两家老人已经同意,而且明日就要一起启程去郑州任浩他大伯办的那所女子中学任教,而且娘和爹已经明确告诉她:南阳这边兵荒马乱打仗在即,办婚事不宜,到郑州后由任浩他伯为你们主持婚礼。身子早晚也是他的,何必再坚持?何况经任浩的那阵长吻,莜儿浑身也被弄得火烧火燎，心跳得仿佛要生生撞出胸外，舌尖尖直想伸出来舔点什么，腿软得几乎都站立不住，可面子上总不能让他太顺吧？再说是白天，尽管窗帘拉了，屋里总还不是太黑，院里不时有他爹妈的脚步响，怎么能好意思？推呀，再推一下！使劲把我推倒就行，但就在那一刻，任浩停了！他突然控制住自己，停下后还红着脸嗫嚅着说一句："原谅我，我太冲动了……"

她边想边顺烙花街向西直走，西斜的秋阳把她两腮的酒窝全都斟满，还让她身后拖一个袅娜苗条的影子，那影子随了她双腿的移动一晃一晃。她注意到街边有人停下望她，她知道他们的目光在干什么，她的漂亮太抓人眼！为此娘很少允许她单独外出，偶一出门娘总要上前摸摸她的衣服纽扣是否扣好，再三地嘱咐她小心！莜儿没理会那些烫人的目光，只是望着西天渐坠渐低的秋阳在想：明天的这个时候也许已经快到许昌，后天的这个时辰大概已经坐在郑州女中的宿舍里了。哦，就要离开爹和娘，离开爹娘办的那个治文刻字店，离开梅溪河和武侯祠，离开这熟悉的街道和城市，去到另外一个地方！那是一座陌生的大城，在那里将和任浩举行婚礼，将度过想了多少回却终不知该是什么样子的蜜月，蜜月后难道会像隔壁的秀萌嫂那样，怀上一个孩子，肚子好高好高么？难道——

"哐"一声锣响。这突然的响声把她的遐想截断，她猛地停步抬眼，见两个国民党兵正拥着一个敲锣的向这边晃来。"净街了——"一声嘶哑的喊在街筒里荡出很远。莜儿的双眸惊怯一转，慌忙拐到一条小巷里。

治文刻字店坐落在西关北街，店不大，三间房的铺面，店后是两间住屋和一间厨房。但在宛城，这店的名声可不小，政府公章、要人私印、厂家商标、印刷厂的冷僻字，都是由这小店刻出的。莜儿家祖辈子做这刻字生意，据说当年宋徽宗赵佶的玉玺、明朝时南阳府台衙门的大印，都出自莜儿的祖爷们之手。莜儿的爹和娘不仅从老辈人手里承继了店产，也承继了一手好字和刻工精细、交货及时的店风，所以很得顾客信任，生意便也兴隆，家境接近中等。也因此，莜儿得以读完了南阳师范，把一些学问装进了肚里。

　　莜儿脸罩红晕带点轻喘走进店门时，爹和娘正坐在刻台前刻字，前几天从乡下来的舅舅山义正相帮着用弯刀削着青冈木印坯。听见莜儿的脚步声，做娘的立即就扔下刻刀迎上来问："莜儿，任浩定下你们什么时候动身？""明儿八点，任浩准时把马车引到门前，钱凤玲和陆子安同我俩一块走，通行证已经办好了。"莜儿边答边往刻字台前走，在娘的刻台前坐了，拿过刻刀问爹："有活么？"爹慢腾腾扭头，揉一下眼说："刚才卧龙酒厂老板来定了方形章，让刻上'愁中勿弃醉后方得'，说往商标上加盖的，你刻刻试试。""娃儿明日就走，你还舍得累她？！"做娘的背后抱怨。这当儿莜儿已拿过一个长方形青冈木印坯，麻利地用皮筋把它在刻台上固定好，将额发向后一抿，便低头刻了起来。她从小跟爹娘学习刻字，篆、隶、魏、宋、草各样字体都已很有功夫，刻起来得心应手。她双眼瞪大，嘴角斜撇，牙齿轻咬，手腕微动，不大工夫，"愁中勿弃"四个字便在刀下显了出来。就在她抿紧双唇审视那四个字要不要再修时，一辆美式吉普"嘎"一声停在了店门前，那个平日常借刻章名义来盯着莜儿看的绥靖区上校参谋郑怀祖从车上走下。莜儿只瞥了一眼那车就低下头去，在心里暗叫一句：讨厌！她听见那姓郑的在和爹娘搭话问候，但她假装全神刻字并不抬头，直到娘不安地喊了一声："莜儿，郑参谋给你送来一张戏票,请你晚上去看戏。"她才抬头扭脸,看一眼那姓郑的参谋,装作刚发现的样子问候一句:"你好!"方瞥一下对方手上那张粉红色的戏票,礼貌地摇头轻声说:"谢谢郑参谋的盛情,我今日身子不适,晚上不能看戏!"她晓得不能硬着回绝,这姓郑的据说很得他的上司信任。"噢,噢,那就罢了。"那姓郑的当时急忙微笑着开口,"小姐既是玉体欠安,就请好好休息,我明日上午十点再来看你,如果需要就医,可用车把你送到仲景国医院去。"莜儿当时脆脆地应了一声:"好的!"而后目送着他走出店门,当他的车启动时她忍不住轻笑了一声:"明日十点你休想再来缠我!那个时辰,我早坐马车奔出南阳城了!"

莜儿见车走远扭过身子时无意中瞥见,舅舅山义正凝神看着自己,眼中仿佛闪过一丝突然发现了什么的欢喜。不过,她那时刻没有在意,只是又急忙俯身,去刻那"醉后方得"四字。

"哐!"这时候街上又响了一锣。多少年后四婶回忆这天的事时说,这一锣响得不同寻常又尖又厉,让她的心止不住地抖了许久,那锣声仿佛在向她预告什么东西。

晚饭后莜儿开始整理包袱和提箱。要带的东西真多:教学用的书和文具、自己的内衣外衣、给任浩他大伯带的礼物、结婚用的东西。她在摇曳的油灯下仔细挑着、叠着、装着。在装那些结婚用品时,她颊露红晕眼浮甜蜜,这是她亲手绣的枕套,这是托人从洛阳捎来的床单,这是西院月儿嫂帮做的绣鞋,这是从城里有名的栖凤楼绸缎庄买来的被面……就在她将要装完的当儿,门口响来了舅舅山义的咳声,她急忙放下手中的东西,迎上去给舅舅开门搬椅:"你坐!舅!"她声音甜甜地叫。她从小就喜欢舅舅,每次舅舅来家,她都可以得到糖人、花生、拨浪鼓一类的礼物，所以很愿为舅舅做事，譬如买烟、端水、铺床什么的。舅舅平日也爱笑闹，见了莜儿总能用笑话把她逗得咯咯直乐。但莜儿注意到舅舅今晚的神色有些异样，进屋先默看着她收拾的行李，而后望定她的脸似乎要说什么，可嘴唇动了好久竟又无话出来。莜儿猜想舅舅是为她明天的离家难过，于是就笑着说："舅舅，只要学校一放假，我就再回来看你。"舅舅没理会她的安慰，顿了半晌，却突然开口问："莜儿，舅舅想求你办点事，行吧？""这还用问？"莜儿嗔怪地笑了，"是要在郑州买什么东西？烟锅？烟嘴？二锅头？皮坎肩？""不，"舅舅缓缓地摇头，"舅舅想让你暂时不去郑州，先留在南阳。""为啥？"莜儿意外地将眼瞪大。舅舅的声音忽然变缓变低："舅舅这几天看出郑怀祖对你有意，很希望你能与他——""舅舅！"莜儿慌忙止住舅舅的话，脸羞得通红，"你可不能瞎说！我已经与任浩订婚，马上就要结婚了，娘没给你说么？"舅舅又把头摇摇，说："莜儿，你误解了，我只是想让你与他周旋一段日子！""为啥？"莜儿满脸的惊诧。

"别问，莜儿！"舅舅轻轻用手摩挲着她的头发，"你只需要告诉舅舅，你愿不愿暂时不去郑州？""我——"莜儿差一点就要说出"不愿"两字，但看到舅舅眼中的期待，又把那两字吞进了肚里，轻轻改成了"已经同任浩说好走的，该——"舅舅温和地打断了她的话："我晚点亲自送你去郑州，你告诉任浩，要不了多久，你就会和他团聚，舅舅知道这样做会使你们为难，会让你们扫兴……"舅舅那歉疚的话音让她听了难受，她想起了舅舅平日待她的好处，她的心开始变软，原有的决心被一股回忆的温水一点一点漂走，一刹之后，她猛扑到舅舅怀里说："舅，别说了，我答应！"话说完她觉出自己的眼角涌出了泪。

决定是在一瞬间做出的！

她当时以为，她仅仅是放弃了和任浩一块儿去郑州的机会，舅舅会很快送她去和任浩相聚，婚礼只是推迟几天。为了舅舅，她愿意。

许多年后，她才知道她那刻的决定放弃的究竟是什么东西！

莜儿记得，舅舅当时听了她的回答后，紧紧搂住她的肩头说："莜儿，舅舅谢谢你，也许将来，会有更多的人要感谢你！"她当时没去留意舅舅的话，只是在偎到舅舅的怀里时发现舅舅腰里别着一个冰冷坚硬的东西。"舅舅，这是什么东西？"她边说边撩开了舅舅的衣襟，在衣襟撩开的瞬间莜儿的眼珠惊住不动，"枪？！"

舅舅急忙伸手捂了她的嘴，压低了声音叮嘱："莜儿，什么也别问！"

莜儿骇然地将头点点。

第二天早上八点，任浩家雇的带篷马车准时停在了治文刻字店前，穿一袭长衫英俊潇洒的任浩跳下来喊莜儿上车，莜儿那时按照舅舅的嘱咐，正头缠一条毛巾躺在床上。任浩奔进房中时，舅舅上前轻声说明："莜儿头疼得厉害，大夫说必须静养，近几日走不成了。"莜儿的爹和娘默站一旁，经过舅舅半夜时间的说服，他们勉强同意了莜儿舅的安排，不过眉心之间都有一丝担忧。"怎么样，能坚持着走吗？"任浩慌慌上前抓住了莜儿的手问，"车已经来了，上车后你躺我怀里就行！"莜儿的嘴张了张，却无声音，只有手在一个劲儿地哆嗦。舅舅嘱过她：除了爹娘，不能对任何人说出真情。

"莜儿这个样子上路不行！"舅舅上前拍了拍任浩的肩说，"路太远，万一病情转重咋办？我看你们还是先走，让她在家歇几天！"

"不，我怎能把她扔下？她要走不成，我就也推迟几天再走！"任浩望定莜儿，目光中全是忧虑。莜儿急忙闭上了眼睛，她担心在任浩那掺爱带忧的话语中，自己忍不住会在眼神中露出什么。

"不必了，小浩，"舅舅的话语中满溢着关切，"既是车已雇好，通行证也已办了，东西也已装了，你就先走吧！我不久刚好要去郑州谈桩生意，待莜儿病一好，我保证一直把她送到你面前。再说，你先去郑州，在那里把房间、用具准备好，她去时，也就少受些苦累，怎么样？"任浩听罢，低头想一刹，觉着这样也行，就上前捏紧莜儿的手腕说："也好。那我先走，到那里把诸事安排好，等着迎接你和舅舅。"莜儿只微点了一下头，仍不敢说话，怕声音会露出所做的假来。直到门外的马车响远之后，她才扯掉头上的毛巾，跃起身，扑到窗前，痴痴地盯着空寂的街路……

舅舅给莜儿交代要做的事情十分简单，就是和那个姓郑的参谋一起闲走闲聊，摸摸他的心绪和对时局的态度，下一步再由舅舅决定怎么办。莜儿在师范读书时虽不问政治，但此时也已隐约明白舅舅的身份并猜到了他的意图，不过她没有多问，为了让舅舅高兴，她愿意按舅舅说的去办，只是她心里始终想的却是：什么时候去郑州和任浩团聚？

任浩他们的马车走后不久，那个叫郑怀祖的参谋开的吉普车又停在了店前。按照舅舅的事先嘱咐，莜儿假装热情地迎上前去，为对方让座端茶。那郑怀祖见莜儿比往日待他热情，自然高兴，就问："小姐身上的不适是否已去？愿不愿让我用车送你去仲景国医院看病？"莜儿便又按舅舅教她的话讲："谢谢郑参谋关心，我昨日只是有些伤风，歇过一夜已经好了，今日不过是觉着闷。"郑怀祖一听这话，立即就说："小姐既是在家觉着闷，我们干脆一起去武侯祠逛逛！"莜儿装作思考一阵，便把头点点："也好。"其实，这都是按舅舅教她的做来。

当下，莜儿就随郑怀祖坐车走了。眼见那吉普车驰远，莜儿爹娘的脸上就浮出担心来。莜儿舅舅却轻松一笑，说："我自会保护莜儿。"说罢，出门叫一辆三轮车，就也向卧龙岗奔去。那时因为南阳的东北西三面都已有解放军，城中国民党十三绥靖区的部队处于临战状态，武侯祠四周和院内都筑有工事，祠内基本上没有游人。四十一年后已成为我四婶的莜儿对那天的事情还记得很清楚：郑怀祖把车在空阔的祠门前停了，先跳下车，而后回身拉开车门去牵她的手，她怯怯地把手缩回，郑怀祖一笑，倒也没有坚持。随后他们并肩向祠门走去，沿着岗坡，拾级而上。他们在祠门前看一刹那"千古人龙"的匾额，就入祠内，先在刻着"汉昭烈皇帝三顾处"的石碑坊前小站一会儿，便向大拜殿走去。大拜殿内的诸葛武侯塑像，纶巾羽扇，俨然如生，身两旁的儿子诸葛瞻和孙子诸葛尚默然相侍。莜儿当时注意到，郑怀祖那刻未去看那三尊塑像，只把目光盯在殿前的那副对联上："立品于莘野渭滨之间，表读出师，两朝勋业惊司马；结庐在紫峰白水以侧，曲吟梁父，千载风云起卧龙。"她就在心中暗想：难道这武夫还能读懂那对联么？及至看到大殿北侧长廊下岳飞草书的碑刻"还我河山"时，见郑怀祖又在那碑前停立，她想起舅舅的嘱咐，便上前有意搭话："郑参谋，这字刻得如何？"郑怀祖双手抱于胸前，颔首说道："可用八字概括，'龙飞蛇腾，犀利洒脱'。"她自幼习字、刻字，知道这是评价书法的行话，不觉又问："郑参谋对书法还有点研究？"他轻轻摇头，叹道："哪谈得上研究，自离南开大学从军以后，研究的都是打仗，哪有时间去研究书法？我是在想，岳飞当初写这字时，一定是含了满腔悲愤，所以笔如剑锋，力透纸背。其实武穆先生差矣，金国将士也是华夏后裔，与中原将士乃是同根，何必你杀我我杀你，征战不休，让山河黎民受苦……"她略略有些惊异，倒不是为他的这番话，而是未料到他还是南开大学的学生!

接下来,两人又看八角尖顶的诸葛草庐,流角飞檐的宁远楼。待从宁远楼下来,走到三顾堂前时,他说:坐下稍歇一会儿吧。两人在阶前坐下,她用手帕擦汗,他则眼望东南蜿蜒而过的白河,低声叹了一句:"扶持汉室倾心力,成败由天岂自由?"她听了禁不住接口:"这是明朝河南巡抚陈珂的诗吧?"他笑了问:"你也读过?"她羞羞答:"我还记得最后两句,'终古英灵含永恨,临风有泪欲零眸'。""哦,你也喜欢这首诗?"他欢喜地抓住她的手,她一惊,欲抽不能,只好任他握着。他一边抚着她的手背一边说道:"我从第一次见你,就觉你可能是我的知音,看来我的判断没错,我们果然能说到一处。我晓得你有些怕我,其实不必,还不就是因我身上的这套军衣,脱下它,我不也是一个普通人?告诉你,我当初是在国军同日本作战的前线来到军中的,未料到赶走日本人之后,自己人又打了起来。打就打吧,中国总需一人来统一才是。不想勉力扶持,战况竟越来越糟,如今这南阳快成孤城一座,我心中糟乱,只想排遣,恰遇你这纯洁才女,真乃我之大幸!"说着,抬起她的手就要上嘴去吻,她慌慌把手缩回……

那天傍晚莜儿回家后,把与郑怀祖同游时他说的话给舅舅学说一遍,舅舅蹙眉半响后说道:"看来,对他的了解和判断没错……"

自这次接触后,郑怀祖来家里更勤了,渐渐地,舅舅便同他搭上了话。一开始他们就在店堂里聊,后来他们挪到后边的住屋里聊,再后来他们就一块儿坐车出去聊,莜儿没关心他们聊些什么,更没关心他们这样聊的结果,她只是迫切地想知道舅舅什么时候送自己去郑州同任浩相会。这中间,她注意到舅舅每次同郑怀祖聊完之后,总要在一张薄纸上写些字,而后卷成一卷,塞进一预先掏空了的私章印坯内,再把印坯的尾部用木片嵌好刻平如未掏一样,接着让莜儿在印坯上随便刻上一个名字,第二天,便有一个人来店内从舅舅的手里把那枚私章取走。莜儿觉得舅舅这些神神秘秘的举动很好玩,但舅舅做这些事时却不苟言笑一派肃穆。

这之间,莜儿天天想着任浩,夜夜做着和任浩相聚的梦,任浩此时也已来了两封信催她去郑州。她渐渐变得焦虑起来,一半是因为对任浩的相思,一半是因为街邻中的流言。人们见莜儿同郑怀祖接触,便流传她是他的"姘头",任浩的爹妈还很不高兴地来家里责问她为何变心。清白受到怀疑却不能辩解,莜儿只好委屈地趴在床上流泪。每当这时,舅舅总要上前沉沉地说:"莜儿,别难受,我将来会替你向人们解释清楚!"

大约是一月后的一个中午,舅舅兴冲冲地从外走进莜儿的睡屋,先是在她的头上轻拍了一下,而后声音中带着抑制不住的欢喜说:"莜儿,他们已决定放弃南阳向南逃窜,南阳城就要不战而克,变成我们解放军的天下了!"这是舅舅第一次向莜儿公开自己的身份。"你已经为人民立了功。"舅舅又含笑拍了一下她的头,"将来,人民是会感谢你的!""我?"她惊异地望着舅舅。"是的,你帮助解放军获得了许多重要情报,包括刚才的这个消息!"莜儿被舅舅说得脸泛红晕,她虽不太关心时事,但心中也早盼望着解放军能来,知道自己已替解放军做了事,心中也有些兴奋。"我这会儿要赶紧出城,把他们弃城南逃的时间和路线送出去,你再帮舅舅去办一件事,这事办完,舅舅就不要你再帮忙,就可以送你去郑州了!""啥事?"她望定舅舅问。"你去绥靖区司令部找到郑怀祖,告诉他:出城后由白河南岸小树林中往东,我在那里接应!他便懂了,他已经决定到我们这边来!""行。"莜儿颔首,这桩事儿不难办,她答得十分干脆。

舅舅又用手拍拍她的头,便出门走了。一刻之后,莜儿将乌发绾好,换了件带紫花的旗袍,给娘交代一句:我出去一阵。便向门外走,在门口,一股风呼地吹来,旗袍襟翻起恰好挂住了门框上的一个小钉,差点把旗袍撕裂,她扯了半晌才把钉子从旗袍纤维中扯出,许多年后她忆起这件小事时说,那可能是家庭对她的一种挽留,或者是命运在进行劝阻。

绥靖区大院莜儿去过几次,都是郑怀祖邀她去看电影,所以路熟。没有多久,她便到了大院门口,她注意到门前的岗哨比往日多了,她有些紧张,但还是大着胆子上前向哨兵说了要见郑怀祖。一个哨兵拿起电话,一刹后向她挥手说:"郑参谋请你进去!"

大院中的军人很多,她尽量不使自己的脸上露出害怕。她平稳而徐缓地走到郑怀祖的宿舍门口,郑怀祖在门外迎她。两人相视一笑后进屋,莜儿一进屋便开口把舅舅要她转达的话说了。她原想说完就走,但郑怀祖温和地笑着摇头:"你不能立刻就走,这会让人起疑,好像你就是来告诉我什么事似的,你稍坐一刹,就像你往日来时一样。"莜儿只好坐下接过他递来的一杯茶,心不在焉地喝着。这时郑怀祖又温和地开口:"莜儿,你舅舅告诉我了,你在郑州有一个未婚夫在等你,我心中自然有些难受,但我仍然庆幸认识你,我苦恼的心曾因为你得到很大安慰,而且因为你我才认识了你的舅舅,我方有了走另一条路的可能……"

莜儿歉疚地笑笑,她觉出自己的心中有些感动,她没想到这个自己过去厌烦的高大汉子,胸腔里还包着这么一颗需要安慰的心。

他们大约聊了有半个小时,而后郑怀祖起身示意:现在你可以走了。莜儿刚要拉门,外边忽然传来一阵杂乱急促的脚步声,而且那响声越来越近,郑怀祖刚对莜儿做了一个停步的手势,门便"嗵"的一声被撞开，四五个人出现在门外，两支枪口直对屋里，莜儿吓得尖叫一声，慌忙躲到了郑怀祖身后。"干什么，处长？"郑怀祖声音平静地对为首的一个人问。"刚才，"那处长阴沉的目光对着郑怀祖扫来，"有两个男子违犯闭城的禁令要出城，被哨兵阻拦后企图越城而走，我哨兵追击将其击毙，从他们身上搜出一枚私章，章子中间藏有一张纸，纸上写着我军各部弃城南撤的时间和路线，而且我认出，这纸上的字迹是你郑怀祖的！我想听听你的解释！"说罢，将手中的纸展开，在郑怀祖面前一晃。莜儿一眼看出，那纸正是舅舅刚才拿着的那张，心中咯噔一下一缩，舅舅他？

"处长，"郑怀祖此时平静地开腔，"既然你认出了，我就不再隐瞒，这是我的笔迹，你可以随便处置！"

那处长极慢地笑了一下，说："怀祖，我真没想到！能告诉我你是为了什么吗？女人？是为你身边的这位小姐？嗯，她长得是很漂亮！结识多久了？她是他们放的钓饵吧？"

"别扯到女人身上去！"莜儿听到郑怀祖声调平稳地说，"我只是想放弃现在这种生活，换一换——"

"好了！"那处长低沉地打断了郑怀祖的话，"看在你过去的分上，我不就地处置你！这笔账待我们撤到襄阳后再算！"说毕扭头对身后的人挥了一下手："押上辎重车，一块儿撤！"

"处长！"郑怀祖语气中第一次有了冲动，"我求你放这个姑娘走，她是无辜的！"

那处长阴鸷的目光在莜儿的身上扫了一下，从牙缝里迸出一句："这世界真正无辜的人很少！"……

四十一年后已成为我四婶的莜儿还记得，她和郑怀祖被押上的那辆马车，是二更时分启动的，出东城门，从校场过白河，顺南阳—新野—襄阳的沙土公路，向南走。辕马过河时连叫了三声，像是在和它熟悉的古城告别。

莜儿当时睁大泪眼望着黑黢黢灰蒙蒙的南阳城，耳边仿佛真切地听到娘呼喊她的声音。她知道爹娘见自己现在还不回家，一定会急得满街喊找。爹和娘根本想不到她此刻被反绑双手放在马车上向南走！这一去要到哪里？什么样的结局等在前边？爹和娘会急成啥样？任浩在郑州该怎样焦急？噢，全是因为舅舅！要不是舅舅中间打岔，自己如今早坐在郑州女中的新房里，和丈夫任浩在一起！舅舅，舅舅，你——

她突然记起舅舅已经死了！被他们生生打死了！哦，舅舅，那么好的舅舅竟然被打死！这些狼心狗肺的东西！在那一刹那，她又记起舅舅每次来家时给她带的那些吃食和玩具，她的心一酸，禁不住又嘤嘤哭起来。

"哭什么？"负责看押他们的一个兵在黑暗中恶狠狠地呵斥。

"想开点，莜儿！"耳边传来郑怀祖一声轻轻的耳语。

莜儿强抑制住哽咽，默看着在马车西边走着的那些黑影子似的步兵，遥远的什么地方，响着零乱的枪声。夜在马车的颠簸中向深处走，风变得冷冽刺人，身穿旗袍的莜儿禁不住打个寒噤。紧挨着莜儿坐的郑怀祖觉到了她的身子在抖，于是便沉沉地向负责看押他们的人说道："弟兄们，这姑娘穿得太薄，求你们帮一下忙，把我的上衣脱了给她穿上，大家都有姐姐妹妹，发点善心，如何？"他说罢，两个兵嘟嘟囔囔地站起，给他把手上的绳解掉脱下上衣再绑好，然后把衣服披在了昏昏沉沉的莜儿身上。

被紧张、惊吓、痛苦、悲伤折磨得精疲力竭的莜儿，就在零乱的马蹄和枪刺相撞声中，渐渐沉入不安定的睡乡。

不知道过了多长时间，车停了，她还没有从昏沉中完全醒来，一只耳朵突然被郑怀祖的嘴堵住，随即一阵极低的声音渗入她的耳膜："你要求小便，让他们松开你手上的绳，然后你向路边田野里跑，跑得越远越好，我来拦他们，别怕！"说罢，先叫了一声："弟兄们，松松手让我撒泡尿！"

她的身子一个激灵：逃跑？对！逃跑！

这时前后的马车上都有人下去小解，呼呼啦啦响，整个南撤的队伍在小憩。于是便听见莜儿说了声："我要小便！"

一个兵把手上的枪往车帮上靠，骂了一声："妈的！"过来解莜儿手上的绳。绳子解开，她在暗中舒了一下臂，觉出血在迅速地向两个手腕上流，与此同时感到失去的力气在体内凝聚。她活动了一下双脚，而后开始下车，下车时因为紧张她的双手和两脚乱抖，她迅速控制住自己，她知道这是一个重要的机会，不能因为紧张让它失去。

她下了公路，装作要避开男人的目光向路边刚长出麦苗的地里走。许多年后她说："我应该向公路另一边的地里走，那样的话，也许就不会发生以后的事！人对自己的未来其实一点也不知晓！"

她走出离公路十几米时听到公路上先有人喊了一声："行了！天黑，没人看见你，别走得太远！"随后是郑怀祖的声音："兄弟，人家是个姑娘，害羞！我说莜儿，你要快一点！"

莜儿知道郑怀祖这句话意，撒腿便跑。

"站住！"她听到一声高叫，但随即又听到一声拳头打到人身上的闷响，跟着一声"哎哟"，接下来便是尖厉的枪声，子弹仿佛不是朝她打的，她没敢回头看身后发生了什么，只是没命地奔跑。她觉出两耳呼呼作响，脸膛憋得要爆，地在脚下飞快地后移，身后的枪声变得十分密集……

她只是跑、跑、跑，喘息压倒了四周的一切声响，直到双腿再也不能挪动,"扑通"一声栽倒在一条地墒沟里。

她不知已跑出多远,只知四周除了黑暗便是静寂,也许是因为天太黑,或者是因为她不是一个重要人犯,要不就是他们不愿因此影响南撤的速度,反正身后没有人的脚步和马蹄叩地声,更没有枪声。

只有时断时续的蝈蝈叫声送进耳里。

于是她知道自己的逃跑已经成功,一阵巨大的欢喜从心底涌了上来!哦,老天!

她大口地呼吸着冷冽的夜气,用衣袖揩着脸上和脖上的汗水,轻揉着跑掉了鞋子的左脚。待最初的那阵欢喜过后,不安又攫住了她的心:现在自己停的是什么地方,下一步该往哪里走?她仰头看了一下天,天全被麦秸灰烬一样的云遮住,没有一颗星星。

她决定继续朝远离公路的方向走,离公路越远越好!她那阵还不知道,她那时离我家所在的村子已经不远,她正在向决定她后半生命运的那个地方靠拢。

那一年我还没出生,要不然我多愿给她一个提醒!

我奶奶那天早晨像往常一样起得很早给全家做饭。她一边扣着大襟布衫的扣子一边拎起灶房口的柴筐,慢腾腾地向院门外的柴垛走,她要先抱柴。那时候天刚蒙蒙亮,四周却还看不甚清楚,她的眼睛又不太好,她只是凭对柴垛的熟络准确地走到了垛跟前。她把柴筐在脚前放下刚要伸手去柴垛上扯柴时,忽听垛脚下"哗啦"一声,闪出个黑影子来。奶奶惊了一个趔趄,慌问:"是谁?"那黑影先是做出一个要跑的架势,待听到这声苍老的发问,才又立住脚颤颤地答:"大娘,是我,一个外乡姑娘。"我奶奶一听是个姑娘,惊和慌就都没了,便问:"姑娘,你叫啥名?是做啥子的?怎么一大早钻到柴垛下?""俺叫莜儿,跑到这里的缘由一句两句说不清。大娘,你老人家能不能给我点水喝?"

　　清早的天光一刹一变,两人这样几句话说下来,天就亮开了。我奶奶这时看清了眼前站着的姑娘浑身都是汗和土,头发蓬乱,鞋掉一只,上身的黄军服和下身的旗袍都刮破了许多口子,心中就生了怜悯,就说:"行呀,行呀,快随我到屋里去!"说着,匆匆地在垛上扯了柴,就领着跑了半夜的莜儿向灶房走去。到了灶屋,一看见水缸,莜儿就跑过去抓起水瓢要舀水喝,夜里奔跑时不停地出汗,嗓子干得像能点燃。我奶奶温和地拉住她说:"闺女,热身子喝凉水会激出毛病,你先忍一忍,我这就给你烧水,几把柴就好!"接着奶奶就添水点火。不大时辰,水开了,奶奶又朝水里打了一个鸡蛋,用手指捏了一点红糖撒上,这就成了鸡蛋茶。莜儿渴极,只说了一声谢谢,就低头喝,一连喝了三碗。三碗鸡蛋茶喝过,渴止住了,我奶奶又从馍筐里摸出两个苞谷面窝头递给她,昨晚没有吃饭的莜儿又一口气把它们吞完。当莜儿喝和吃的时候,奶奶一边拉着风匣烧水一边笑微微地看她。那阵子,奶奶还没带任何其他心思,只是出于对一个落难姑娘的关怀和怜惜。

　　饭做好的时候,全家人就都已起床,最先发现灶房里的莜儿的,是二婶。二婶端个瓦盆去灶房里舀水洗脸,冷不防瞥见上身穿国民党军装的莜儿,吃了一惊,忙用目光望定奶奶,奶奶朝她使了个别惊动姑娘的眼色。那阵子吃饱喝足的莜儿已斜靠在灶门口的墙上打起了盹,精神上的紧张和半夜的奔跑已使她体力消耗净尽,她太需要休息!奶奶跟二婶出来到院里,把遇见莜儿的情况跟她说了一遍,二婶边听边招手把已起了床的我妈妈和三婶叫了过来。我奶奶共养了四个儿子,当时已娶了三房媳妇,分别是我妈妈、二婶和三婶。三个媳妇和她们的婆婆站在院里低声议论着这个陌生的姑娘，我妈妈和三婶还轻步走进灶房打量了已经倚墙睡着的莜儿一阵。村里人那时都知道十五里外的公路上在过队伍，于是她们四个便估计这个穿军装的女人是从队伍上逃跑的人，妈妈说她可能是个被男人抛弃的姨太太，二婶说她许是死了丈夫的军官老婆，三婶说八成是不愿再干下去的军队妓女。不管对她的身份做的估计怎样不同，四个人却共同认为：这女人的身条和貌相都怪漂亮。正当她们站那里议论时，我尚未婚娶的四叔睡眼惺忪地从他的睡屋里走出来，现在已经弄不清是他的三个嫂嫂中哪个同他开了一句玩笑，说："喂，老四，你媳妇来了，你还不快去看看！"据说我四叔当时并未理会这句玩笑，顾自趿拉着鞋向茅房里走，倒是我奶奶被这句玩笑一下子提醒。许多年后我妈妈回忆说：当时你奶奶一听这话，身子一个激灵，轻拍了一下双手低叫，对呀，对呀！就把她说给老四多好！找上门的媳妇，又不花钱，上哪里找！

　　奶奶那时正为四叔找媳妇发愁。爷爷死后，家境越发不如从前，而且大儿、二儿、三儿正闹着分家，根本拿不出几担麦子或苞谷再去为小儿定媳妇，如今有了这个念头后，自然不肯丢掉，而且立刻着手去落实。奶奶是农村中那种有心计的女人，什么事只要定下办都能办得汤水不露。

　　奶奶先去灶房喊醒打盹的莜儿，说："闺女，你既是累了，就干脆去屋里床上好好歇歇！"莜儿从短暂的睡梦中惊醒后急忙摇头："谢谢大娘，我不能歇，我还要赶路，我要回南阳老家！"奶奶说："大白天的你一个女人家走路可不保险，如今到处都有土匪、散兵，叫他们碰上那还了得？你先在这里歇上一天赶明日我让我的儿子送你回去！"莜儿一听也是，自己一个人走路万一碰到国民党南逃的散兵可就麻烦了，于是就又说了一声谢谢大娘，便随我奶奶去了睡屋,在我奶奶的床上睡了。因为太累,倒下便睡死,根本不知道我奶奶在做着什么准备。

奶奶先把我四叔叫到跟前,说:"我想把刚才这个姑娘说给你做媳妇,你看咋样?人你也见了,长得周周正正,水水灵灵,欠缺的就是是不是个黄花闺女,可明给你讲,妈也无力无钱给你娶个黄花女了,过了这个村可没有这个店!说起来这也算是你的福气,媳妇自己跑进院里!"

我四叔那年已经二十六岁,正是盼望女人的年纪,他已经趁莜儿往睡屋走时偷看了几眼,心早已动了,如今听奶奶一说,便急忙点头:"妈安排吧,我听你的!"

奶奶接着把我妈妈和二婶、三婶叫来说:"你们帮帮我的忙,把老四的房子收拾收拾,今黑里就让他和那姑娘把事情办了,免得夜长梦多,这种事得和办那种抢亲的事儿一样,越快越好!"接下去奶奶就和三个儿媳一起打扫房间,整理床铺,三婶还草草地用红纸剪了个"囍"字贴在了窗上。房子整理好,奶奶便催四叔去村中剃头铺里把头剃剃,又让我妈妈去厨房炒菜……

一切准备好的时候,日头已经偏了西,奶奶又从二婶那里要了一件新褂子,从三婶那里要了一条新裤子,从我妈妈那里要了一双鞋面上绣了芍药花的新布鞋,然后抱着这些东西去了睡屋,叫醒仍在酣睡着的莜儿,说:"闺女,起来吃点饭,吃了再睡。"莜儿从床上坐起时奶奶又说:"来,把你身上的衣服换换,你那身衣服穿上太扎人眼,再说也已经脏了烂了。"莜儿见状,又是连声道谢,她根本不知道奶奶此时对她的关心已经变质,一个有关她的阴谋正在她的身边进行!

莜儿高高兴兴地换了衣服,这身衣服一穿,俨然一个乡下新媳妇的样子,奶奶在一旁看着,眉眼中就禁不住露出了笑意。

随后便是吃饭，我妈妈和二婶、三婶陪着莜儿喝了半碗黄酒，三个人不停地给莜儿夹菜，把莜儿感动得眼眶发红，哽了声说："你们一家的恩情我永不会忘记！"许多年后四婶回忆起那个下午的时候还懊悔地直摇脑袋，她说她吃饭时曾注意到奶奶从院外领了几个邻居去另一间屋子，那里屋随即传出猜拳喝酒的声音，还听到有几个人笑着说：老四，恭贺新婚！四弟，你这真是姻缘前世定！四哥，小弟向你贺喜！……但她却一点也没起疑，一点也没有想到这会和自己有关系！

直到天黑下之后，奶奶过来把她领到已经布置好的新房里，她看到窗上的那新"囍"字时还没有引起警惕，还笑着问奶奶："大娘，这是谁的新房？"奶奶到这时才开始说明："闺女，大娘我看你一个人孤零零从军队上跑出来，也怪可怜，就想给你办桩好事找个依靠，刚好我家老四还没成亲，你们今夜就结成一家算了。俺家老四啥样庄稼活都会做，人也老实，你跟了他不会亏着！"莜儿这时才惊住，才如梦方醒，才气愤至极地叫："你们怎敢这样？我不同意！快放我走！放我走！"……

奶奶没有同她说下去，奶奶大约早已料到了她会有这种反应，所以一直把这场谈话拖到天色黑定，奶奶只是动作很快地从新房里出来，并随手把房门带上。莜儿扑到门边要去拉房门时，门开了，不过这回站在门外的不是奶奶而是头皮剃得发青的四叔，四叔面孔通红地搡开要奔出门槛的莜儿，闪身进屋并飞快地插上了门，随后屋里的灯就灭了。据很多年后东西两院的邻居们回忆，那晚上四叔的新房里一片响声，噼里啪啦，吭吭哧哧，嘶嘶嘎嘎，乒乒乓乓，哧哧啦啦，咯咯吱吱，声音直响到小半夜时分，最后是以一阵抑得极低的女人的哭声结束的。随后便一切归于静寂。

从此，莜儿便成了我的四婶。

我是四年之后出生的，我不知道四婶那夜的心境，但我可以断定，她那晚一定会在心里呼喊任浩，也许还喊她的舅舅！

四婶整整两天不吃不喝，一直躺在床上哭，直哭得嗓子哑得一点点声音也没有。第三天我妈妈和二婶、三婶一块进屋去劝，她们无意中在床上那个家织白布缝成的床单子上发现了新婚床上常有的血迹，三个人同时一愣，方知道自己当初对莜儿身份的估计有误。她们把这个发现告诉奶奶时，奶奶没想别的，只眉开眼笑地说道："呵，没想到还是黄花闺女！"

四婶后来告诉我，她那天早上就想到了死。她说那阵子我四叔在床上睡得像猪一样呼噜呼噜一动不动，她从墙上取下一把生锈了的镰刀在四叔头上比试了两回。她说她真想先把四叔砍死再割断自己的喉管，但后来想想还在南阳苦盼自己的爹娘，想到还在郑州等着自己的任浩，想到若自己一死，她当初不去郑州的真相就永远无人知晓，才又把镰刀扔了。不，不死！一定要见见爹娘和任浩他们，一定要把事情说清楚，一定要让这个光头老四偿还这笔债！

第四天她就开始试着逃跑，但奶奶看她看得很紧，一见她向院门走就喊人，她一喊我妈妈和二婶、三婶就会奔过来拉她劝她，说如今既已成婚跑了还有啥意思？到哪里还不是做穷人的老婆？

那时候土改工作队已经迅速开来，随着国民党的南逃这里已经解放。有一天两个土改工作队员来我家闲坐，她扑过去哭着诉说她是怎样从国民党南逃的军队中跑出来的，恳求土改队员送她回南阳城里。未料那两个队员一听说她从国民党军队中跑出来，反而提高了警惕，严肃地问她：你这些话谁能做证明？她便呆在那里。舅舅已死，郑怀祖不知是否还活在世上，谁能证明她的身份？

她只有等待！她焦躁地等待着可以脱身的机会！

就在这等待中,她怀了孕。她怀着极大的仇恨和厌恶看着自己一天天鼓起来的肚子。哦,天哪,我怎么能怀他的孩子?她跳,她叫,用手擂自己的肚子!我奶奶起初见她肚子已高乐得嘴都合不住,此时看她一心要流了孩子又被骇得心惊肉跳,苦劝不行,最后奶奶就拉了四叔"扑通"一声朝她跪了恳求:"别毁了孩子,看在老天爷的分上,我们求你了!"

"老天爷?!"她横眉立目冷笑道,"老天爷从来没有公平过!"她依旧生法要把孩子弄掉,但老天爷仿佛执意同她别扭,孩子照旧在肚里长着,她各种法子使尽之后,长叹一声倒在了床上。

她得到了最好的照顾。这时她才发现奶奶和四叔竟也有可亲的一面。那阵子父亲四个兄弟已经分家,奶奶跟着四叔过,她被奶奶和四叔捧在了掌心里,唯恐她在生活上有一点不满意的地方。奶奶和四叔顿顿吃红薯干稀糊,却让她吃白面条花卷馍煎鸡蛋。四叔每天给她洗脚擦身。老人知道她有爱干净的习惯,家里的一应活计全不用她插一点点手。更令她吃惊的是,当她怀孕近七个月的有天傍晚,四叔突然带了笑讷讷地说:"莜儿,你不是早想回南阳老家看看么,我和娘说了,你离家这么长时间,该让你回去看看了,再说,咱们的孩子也不能没有外爷外婆,过去不让走,也实在是怕你一走不回了。"当时她的心猛跳了一阵,她强抑住心中的激动冷冷地说:"现在我还怎么回去?怎能走得动?""我用独轮小车推你去,一百六十里地,两天就能行!"四叔扬了扬自己那双肌肉结实的胳膊。莜儿当时虽眼看着我四叔,目光却已望到了南阳。爹、娘,我就要回去了,回去了!任浩,你还在郑州么?一到南阳,我就要流产!流产!流掉这个野种!只要一到家,我就要叫爹娘把这个光头老四赶走!就叫他滚……

奶奶用白面烙了八张油饼,煮了十二个鸡蛋,用瓦罐盛了一罐清明节从柳树上扯下的柳枝熬的清茶,送儿子和儿媳上了路。奶奶忧心忡忡地目送着他们走远,让儿媳此时回娘家的决定是她亲自做出的,为的是让这桩婚姻得到娘家的认可,好长治久安,要不然早晚会有麻烦。她虽然知道凭儿媳的肚子她娘家已不好再干涉,但总又有一丝说不清的担心和不安。

莜儿身坐独轮车的左边,右边是四叔预备送给岳父岳母的两样礼物:十几斤芝麻、十几斤绿豆。在独轮车那单调的"吱呀"声中,莜儿踏上了梦中想了无数遍的归途。蓝天、白云、土路、田畴,分了土地的农人,弯腰拉犁的老牛。莜儿对眼前掠过的东西视而不见,只看见娘欢笑着扑到眼前,只看见南阳城烙花街上鳞次栉比的房屋,只看见爹站在刻字店门口向她招手……

土路在慢慢后移,太阳在缓缓升高,身后推车的四叔的喘息在渐渐变粗,莜儿的脖颈能感觉出他呼出的股股热气。那喘息声最后粗得终于使莜儿听起来有些不忍,她扭过头没好气地说:"累了你不会停停歇歇?!""嘿嘿,歇歇怕两天还赶不到。"四叔笑着喘息。"歇!"她在车上叫。"那好。"四叔闻言急忙在路边停下独轮车,扶她下来。她伸了伸腿和胳膊,转过身时,汗水淋漓的四叔已把一个剥了壳的鸡蛋卷在一张油饼里递到了她的手上。她慢慢腾腾地用她那珠贝似的牙齿咬着嚼着咽着,一张刚刚吃完,四叔就又卷好一张递了过去。"你怎么不吃?"当莜儿把第二张卷鸡蛋的油饼吃完去瓦罐里舀水喝时,乜一眼蹲在一旁抽烟的四叔问。"吃,这就吃!"四叔笑着磕去烟灰,从车后的一个蓝布兜里掏出两个红薯面窝头便啃了起来,莜儿见状一愣,没好气地又问:"你怎么不吃油饼?""嘿嘿,"四叔很歉疚地笑了,"那是预备给你吃的,我这壮身子吃那好东西做啥?"一句话说得莜儿鼻子竟有点酸起来。四叔吞完两个窝头,"咕咚咕咚"又喝一气水,便又扶莜儿在车上坐好,"吱吱呀呀"地推了走。

整整走了两天,南阳城才出现在眼里。当车轮滚过白河上那座年代久远的木桥,走进南阳城区时,莜儿止不住流下了眼泪。南阳,我回来了,回来了!知道吗?当初为你的解放我也出过一份力气!车进西关北街时,她一眼就看到自家门前竖挂着的大招牌:"治文刻字店"。爹、娘,我回来了!车刚一在门口停下,她就三步并作两步向店内奔。进到店内一看,那副破败景象令她一震:往日干净整洁的刻台上积满灰尘,一只猫正懒洋洋地卧在上边酣睡。爹!娘!她大声喊,这才从后边她当初的睡屋里传出一声沙哑的应答:"谁呀?"她跑过去,看见爹正伛偻着身子蹲在墙角用刀削一段刻木。"你是——莜儿?!"爹看了许久才惊叫一声,认出了她,颤颤地将她抱住。父女俩一阵唏嘘之后,莜儿才又问:"爹,我娘呢?"爹闻声身子一震,默然良久,才说:"你失踪之后,你娘天天哭,不吃不喝,没有多久,就得下病。后来街道上人说你是国民党上校的太太,随军南逃了,说我和你娘是国民党军队遗属,你娘又一气,就去了……""哦?!"莜儿倒吸了一口冷气,惊得嘴张开半天,才发出一声哭叫,"娘哎——"

就在莜儿的哭诉声终于停下之后,四叔提着那两袋芝麻和绿豆轻手轻脚地走进店中,怯怯地朝莜儿爹喊了一声:"爹,这点土产你老收下。""这、这是——"莜儿爹有些意外地看着这个壮汉。"滚!滚!滚出去!"莜儿这一刻把娘的屈死、爹受的冤枉、家庭的衰败责任全归在了四叔身上,把气、恼、恨全泼向了四叔,上前"啪啪啪"连打了他几个耳光,吓得四叔诺诺连声,急忙退到了街上。

"爹,我这就去找街道上的领导,我要向他们说明,我不但不是国民党上校的太太,还是南阳解放的功臣!"莜儿高声叫。

"孩子，小点声！"莜儿爹急忙向女儿摆手，"如今我们是有问题的人家，说话不能高腔大嗓！"

"我不管，我这就去！"莜儿转身要走时，爹又急忙拉住她，讲："你人不熟，贸然去街道办事处说，怕人家不信，任浩现在市里当文教副主任，你最好先去找——"

任浩？！莜儿看着爹爹，觉出心脏一阵猛跳，脸色变红。

"解放军进城后，张榜找读书人，任浩又从郑州回来，当了文教副主任……"

噢！任浩！你回到了南阳竟不去找我！也难怪，他怎么能知道我在哪里？莜儿边想边重又进屋，找了一根宽布带把凸起的肚子紧紧缠起来。今晚见了任浩后，明天我就去把这个该死的野种流掉！随后，她又从木柜里找出一身自己过去的衣裳，换下了身上那套农村媳妇的裤褂，过去的衣服虽略小了一些，但穿上身却又使她显出了城里女人的洒脱漂亮。她径直向任家院子走去，那时天已黑透，街道上亮起几盏路灯，昏黄的灯光使她又想起了很久之前那个太阳西斜的后晌。任浩，你还记得那天后晌你的举动吗？她走进任家院子还未进屋门，就听到了任浩那熟悉的极富感染力的笑声，她的身子被那笑声冲得一颤。她站在门口喊了一声，她估计任浩会惊喜地向她奔来，而后她就会流泪向他倾诉。然而没有。任浩转过身的一刹就认出了她，不过他只是略有些意外地说了声："是你？！"随即便将脸上原有的笑容倏然收起，冷淡地问："什么时候回来的？""刚到。"莜儿那原本急剧跳动的心被这冰冷的问话激得一停。"怎么？上校军官太太不当了？遭了遗弃？"任浩的嘴角出现一个讥讽的笑纹。一股委屈掺着怒气涌上莜儿的喉咙，使她差不多变成了吼："我从来没有当过哪个军官的太太！""哈哈，能骗住我吗？"任浩笑了，"你以为我什么都不知道？你怎么假装有病不跟我去郑州，怎么跟那个上校参谋郑怀祖同出同进，怎么在他们放弃南阳的那个下午走进绥靖区大院，这些我都听人说了！别再来做戏了，说吧，你来找我有什么事？""你——"巨大的委屈和痛苦反使莜儿把话哽住，这当儿，一个穿着时髦的少妇很随便地走进屋子，把手上的挎包往桌上一扔，便在椅子上坐了，撒娇似的朝任浩叫："哎呀，累死我了，给我倒杯水！"任浩在把水杯朝那少妇手上递时，说："我来介绍一下，这位是我爱人，呶，这位是当年绥靖区上校参谋的太太！"莜儿没听到任浩那挖苦的话音，只是直盯着那女人，这不是当初要搭马车同去郑州的钱凤玲吗？爱人？噢，爱人！"莜儿！"钱凤玲刚刚认出了她，戒备地站起身来，语气尖刻地问，"你来这里干什么？后悔了么？没有想到南阳会这么快就到了共产党解放军的手中吧？""放屁！"莜儿把全部的气恨都聚在了这两个粗字上，喊出这两个字后，身子因为激动竟抖了许久。不用解释了！莜儿猛地转身，飞快地奔出门外。待走到街上，她突然觉出两腿软得厉害，她一步一步挪回家时，爹和老四还坐在那里等，她一头扑到床上，放声哭起来。她边哭边在心里叫：我一定要让世人知道我当初的清白和功劳！明天去找街道干部，把一切都说出来让他们听听！

　　莜儿根本没想到，第二天早晨，烙花街上的街道干部会先来找她！她听爹在战战兢兢地招呼："王主任，你快坐。"便急忙穿衣出来，一个中年妇女和一个挎枪的年轻人正面孔威严地坐在爹的对面。当莜儿知道那女的是街道主任，男的是治安股长后，一种要畅诉委屈的冲动使得她眼泪流了出来，她边哭边说，把自己经历的一切都讲了，从舅舅劝她缓去郑州到与郑怀祖交往，从去告诉郑怀祖事情到被押南撤。原以为这一来自己的冤屈会被雪清,未料到对方不动声色地听完后竟说:"你讲的这些事谁能做证?"莜儿一愣:"我舅舅已死,郑怀祖生死不明,现在知道情况的只有我爹了,就是他,也知道得不多——""没有证明人我们怎样信你?你爹证明等于没证,你爹要说是你解放了南阳,别人信吗?现在你们的不少邻居倒是可以证明你常同那个上校参谋来往!"那女主任声音硬得怕人,"好了,咱们不兜圈子了,你老实交代吧,你这次回南阳的真实目的是什么?"王主任的眉毛一竖,竟有几分凶气,男股长则把怀中的枪竖了竖。"什么真实目的?"莜儿呆了。"我告诉你,你过去同那个上校鬼混的事我们可是一清二楚,别看我们南阳解放不久,但你们当初逃走时潜伏下来的和后来派来的特务我们可已经抓了不少,你要是想借探亲名义乔装改扮身份回来刺探情报当特务,下场可不会太好!走吧,跟我们到街道办事处,去那里好好交代,什么时候交代清楚了再回来!""不,不,王主任,"莜儿爹慌慌叫道,"这孩子回来是看我,确不是来做什么坏事……"莜儿则一句话没说,只把充血的双眼直瞪着那中年女人。

"走吧!"治安股长起身,持枪向莜儿一挥。

"不,不能,她是我老婆,是好人!我是贫农!"一直蹲在门外的四叔此刻奔进来,急忙去胸口的内衣袋里掏出来时在乡政府开的证明和通行证。那女主任默默看了两遍证件后,才松了一口气,说:"既是这样,那就算了!不过我告诉你莜儿,你的过去我们知道,你回来探亲只许老老实实,不许乱说乱动!"

莜儿依旧一句话没说,只是双眸将一股一股的火喷出来。

那天晚饭后,莜儿爹把四叔拉到一边嘱咐:"你快把莜儿领回去吧,你们回去好好过日子,住这里早晚还会出麻烦!"当呆了似的莜儿机械地被爹扶坐在独轮车上车轮开始转动时,莜儿仍然一声不吭,连向爹告别都没有。她只是直直盯着遥远的天边。

那晚天上有扁扁的一片月牙。

那以后的日子四婶就在浑浑噩噩中打发。许多年后四婶说,她当时所以没死,只是因为她想出气,找谁出气,她弄不清,就是气,总想毁点什么东西心里才舒服。

四婶回家几个月后,生下一个男孩,奶奶给他取名叫大有。胖墩墩的大有让奶奶和四叔高兴得嘴都合不拢,四婶却无半点喜悦,她常常冷淡甚至有些仇恨地瞅着睡在一旁的婴儿。那时她一遍又一遍地在心里想象着她本可以走的另一条路:同任浩在郑州结婚……同任浩同出同进南阳文教局……自己的孩子会躺在窗明几净的房间中……

大有长到三个月时,便在面相上显出极像四叔,这使四婶非但对孩子亲热不起来,反而一见孩子就会勾起她对失去的任浩的记忆,勾起她对往事的回想,这孩子本该像任浩的!也因此,她特别见不得四叔和奶奶笑,一见他们笑她就想干点什么事来使他们难受。可是偏偏,四叔因为得了儿子,奶奶因为有了孙子,两个人一抱起大有就忍不住要笑,四婶只要一见他们笑就要骂就要吵,就要扔碗摇桌子。奶奶和四叔因为四婶给他们带来了大有,把她当神一样敬待,无论她怎么骂怎么吵,他们从不回嘴,不管她怎么扔东西砸家具,他们一概不气不恼照样笑。这种宽容反而刺激得四婶愈发狂,使得她决心要做点什么让这娘儿俩难受。办法终于找到了。那天,大有在奶奶和四叔怀里咿咿呀呀又笑又叫玩了半晌,后来因为奶奶和四叔要下田栽红薯秧,把他交到了四婶怀里,大有一到他妈怀里就哇哇大哭。四婶先是心不在焉地哄他一阵,见他仍哭不止,便气恼地把他扔到床上,这一来那大有哭叫得更凶。一怒之下,四婶拉过被子朝大有头上捂了上去,大有的哭声果然就渐渐小了。一个时辰之后,奶奶和四叔从田里回来,掀开被子一看,先是目瞪口呆,继而号啕大哭起来。当时坐在一边眯眼回想过去的四婶,看到奶奶和四叔满脸是泪悲痛欲绝的样子,第一次觉出心里舒服许多。在我妈和二婶、三婶与其他邻居们慌慌张张来帮奶奶和四叔埋葬那个可怜的大有时,我四婶歪在一张椅子上安安宁宁酣酣畅畅地睡了。据四叔后来讲,四婶那一觉整整睡了两天一夜,醒来之后,她什么都没问。

就是自那以后,四婶不再独自一人坐那里默想什么了,她自愿地跟四叔一块下地干活。偶尔也跟四叔说几句话。我长大以后从二婶和三婶的悄声议论中还碰巧听到,自那以后,到了夜里,四婶不再拒绝四叔上床,有时四叔担心惹她不高兴,小心地在床边睡下,一动不敢动,这时,总是四婶先伸过手来轻轻摸他的脊背。

一年之后,四婶又生下一个闺女,奶奶给孙女取名枝儿。我和枝儿前后落地,枝儿管我喊哥,据我妈讲我也就比枝儿早来世上一袋烟工夫,我俩是同一个接生婆接的。枝儿自生下后,一直是奶奶照料,只是在喂奶时,她才能回到四婶的怀抱,不论白天还是黑夜,奶奶始终不让枝儿离开自己的眼睛,她怕再出事!

两年之后,四婶又生下了一个儿子,奶奶给他取名青水;又过一年,一个叫花儿的闺女降生;再过一年,四婶又生了一个女儿,名叫小小。至此,四婶成了一群孩子的母亲。

四婶的身子开始变得丰腴粗壮,她渐渐像我妈妈和二婶、三婶一样,上穿大襟褂子,下穿大裆裤子,头发绾成一个髻,用一个黑发网罩着,光脚穿一双方口布鞋,锄地、割麦、收谷、拾柴,什么活都干。每到傍晚,她也像别的女人一样站在门口高腔喊娃们吃饭,大声吆喝猪羊进圈。她已将过去的生活渐渐淡忘,偶尔在下雨落雪不干活的日子,她为了哄孩子们玩,会顺手从墙角摸一个红薯过来,用镰刀飞快地削制成一枚圆章,并在上边刻上青水、小小的名字,而后蘸上枝儿上学用的蓝墨水,在纸上盖出一个印来。那时,孩子们望着那精巧的圆印和工整的字体,会惊奇地看着妈妈欢叫:"妈妈,你真行呀!"只是在这时,四婶才会突然停下手,坐那里默想一阵子。

我就见过四婶用红薯刻成的那种印章,幼时的我常用这种印章在赤裸的圆鼓鼓的肚皮上盖满蓝墨水印儿。

四婶从不回南阳,但对于孤身生活的老父,她还常常挂心,只是看望和照料老人的任务全交给四叔去完成。四叔在这方面真是一个不错的女婿,对岳父的照料可谓十分周到,每年天冷前,都要送去一车木柴供老人烤火;春上,总要将节省下的白面给老人送上一袋;秋天新粮下来,总要先给岳父送去一些绿豆、芝麻、苞谷尝鲜;逢年过节,猪肉、羊腿、黄酒几样,总是先给岳父送够。那老人见乡下女婿如此待自己,也十分满意,老人心里原本存有的"门不当,户不对"的想法就不多,此时更是丢个干净,还常常给四婶写信称赞四叔,让女儿注意照料好丈夫。

一九六六年初冬,四婶忽然接她父亲电报,说病重住了医院。读完电文,四叔便慌慌拉了板车,让四婶和枝儿坐上,匆匆往南阳城赶。到南阳城一看,只见满街的大字报,满街的红卫兵。他们正在人群中挤着寻找医院时,忽见迎面来了一支游街队伍,一伙红卫兵押着一个头戴白色高帽弓腰伛背的瘦削男人,四婶定睛一看,不觉一惊,竟是任浩!虽多年没见,但任浩那副面相是忘不了的。任浩的身后,跟着他的爱人钱凤玲,钱凤玲的脖子上也挂了一个纸板,上边写着"走资派的铁杆保皇婆"。四婶当时惊愣在那儿,未料世事还会这样发展!

四婶在医院护理她父亲的第四天早上,听到了任浩妻子钱凤玲喝药自杀的消息，这消息又使她呆了半晌，随后她让四叔和枝儿照看老人，自己直奔任浩家。到了任家大院，只见院里围满了红卫兵，院中间放一个苇席卷起的筒，钱凤玲的尸体就卷在那席筒里，头和脚在席筒两头露着，十几只苍蝇在钱凤玲头上、脚上嘤嘤嗡嗡起落不停；任浩双手抱头蹲在院子一角；两个孩子在那里哀哀呜咽。四婶只看一眼，就打了个寒战，浑身骤起一层鸡皮疙瘩，她分明觉得，躺在那席筒里的，其实就是自己。

她那天临离开任家院子时，把身上仅有的十二块三毛钱全塞到了任浩的大儿子手上，那个沉浸在悲哀中的孩子，惊异地望着这个不认识的乡下阿姨，许久没有回过神来……

四婶的父亲病好后，四叔把他接到乡下。老人在女儿女婿和外孙们的照料下，在乡下安安稳稳舒舒畅畅活了八年，而后寿终正寝。临死前，老人把一个一直带在身边的布包交给四婶，四婶打开一看，竟是当初治文刻字店里那几把精致的刻刀和一本所刻印章留底簿。四婶看着那包东西，默坐了许久，随后便把它往墙洞里塞起。

听我妈妈说，四婶自第二次从南阳回来后，对四叔变得越发亲近起来。过去有时过节包饺子，四叔舍不得吃，总是噙了烟袋笑眯眯坐一旁看四婶和儿女们狼吞虎咽，而后再去喝汤啃窝头；后来，每次包了饺子，四婶总要给四叔先盛一碗，逼他当面吃完。

一九八〇年，乡间允许耍手艺做生意，乡民们开始各显神通，干起了挣钱的行当，能养貂的养貂，会养鸡的养鸡，擅做酒菜的开馆子。四叔见别人开始发家，自己除了种庄稼又不会别的，心中又羡又急，只有连连叹气。这景况四婶看在眼里，忽地心中一动：我会刻章的手艺，何不也试试挣钱？说办就办，四婶从墙缝里找出父亲遗下的刻刀，用十几元钱买来一些青冈木段，便在门前悬一布幌，上写"治文刻字店"，自己戴了眼镜，坐在桌前刻起来。起初人们不信这农家小户会干这个，生意萧条，只有几个村人来求刻私章。四婶的功夫还在，精心刻好，村人们见印托样式设计别致，字迹刻得漂亮，便连连称奇，传开了，四乡八村的人便都来求印。这时，四婶一边自己干，一边教四叔削印木，教青水和小小练写字练刀工。到去年我从部队探亲回乡时，四婶的刻字店已很有样子，正计划向柳镇上挪。

探家期间有天中午，我去找四婶也想让她给刻方印，四婶拿出那本印章留底簿说："你翻翻这个，看中哪种样式哪种字体，婶就给你刻哪种。"我在翻那本簿子时，无意中看见其中夹着一张纸张发黄的剪报，展开看时，竟是毛泽东一九四八年十一月五日为新华社写的那则有关南阳解放的新闻电讯《中原我军占领南阳》："在人民解放军伟大的胜利的攻势下，南阳守敌王凌云于四日下午弃城南逃，我军当即占领南阳……"

紫　雾

世上事难说难解处太多，譬如这柳镇丘洞的喷雾，就很有些怪。

柳镇西有一石丘，方圆二百来平米。柳镇位于南阳盆地中心偏南，四周平川，独这石丘突兀，就已见怪。更怪的是丘上还有一洞，投石入内，从不闻落底声；洞壁光滑生苔，从无人下去过。洞内终年吐一缕白雾，无风时，升腾如柱，高可凌空；有风时雾柱弯而不断，或成三角，或成方框，或成圆环；下雨下雪时，雨点雪花，在离雾柱一两米处，全自动消失，干活人想避雨雪，只需往雾柱旁一站，雨点雪花就绝不沾身。这还不是其最怪处，最怪的是丘洞有时会突然喷出一团发光耀眼的紫雾，且在喷的同时发一闷重声响，似喊似叹，令人心惊。每逢这时，柳镇人就有些发慌，喷出紫雾的当晚，镇上肯定要出祸殃，或人伤人亡，或人疯人痴，或见血见泪，或见火见水。

多年来镇上的诸多祸事，都是在丘洞喷出紫雾后发生的。别的不说，单是镇上周家和龚家的那几桩事，哪一桩不是如此？

周家和龚家是北街对门的街坊。

周家传至周龙坤他爹这代，已很是破败。周龙坤长成半大小伙时，书自然是读不起，就给一家茶馆挑水。挑水这活儿要说挺重，一天几十担水，井在镇外，往返折合几十里路，但龙坤身壮，且天性爱唱爱闹，依旧活得快活，常常站在井台上，抹一把汗，亮开嗓子唱柳镇男人们常唱的《娶媳妇》："小伙子今年一十八，嘴上的胡子快黑了。媒人媒人啊你听着，给说个媳妇来家吧！媳妇进门你不要慌，先要磕头拜花堂。拜完花堂你不要急，轻轻拉她进洞房。进了洞房你不要忙，接下来还要闹新房……"

他十九岁那年，龚家开鞭炮烟花作坊发了，要雇伙计，每月给六升苞谷、八升高粱。周龙坤觉得干这比挑水强，就进了龚家作坊。

龚家几代都做鞭炮烟花，不过只勉强糊口，直到龚老海这一代，才慢慢兴旺起来。那时候刚好北京城里热闹，一会儿这个当总统，一会儿那个坐金殿，换一个头头传一道令：放鞭炮烟花庆祝！所以邓州和柳镇地界，就鞭炮不断响，烟花不停亮。这一来帮了龚老海，他的鞭炮烟花作坊便日趋红火，雇人多时能达七个，一天能做五百响鞭炮二十几挂、大小烟花十几筒。不久，龚老海就盖起了一溜七间带前廊的大瓦屋。

那瓦屋坐东朝西，屋基是请邓州城里的阴阳师定的。据说那阴阳师在龚家住了三天，三天夜里阴阳师都看见一对白老鼠在龚家院中的一块空地上又跳又叫，于是就把房基定在了那片空地上。定好后阴阳师对龚老海说：住这屋准定家发财旺，只是人丁上怕要女多男少。龚老海想了两天才下决心：盖！只要不绝种就行！那瓦屋盖得可是排场，四个角全用青石板砌成，四面墙上的青砖都是一尺见方，房子进深有三丈，一色的杉木檩条柞木梁。房子盖好，领头的瓦工夸下口：包住五百年！这话还真不假，七八十年过去，如今那房子仍是砖没走缝、檩没变形，在柳镇一直是最为气派的。

龚老海当年把这七间房子留下两间一家人住，其余五间当了作坊。宽大敞亮的作坊里整天忙忙活活。裁纸的哧哧啦啦，糊烟花泥筒的噗噗唧唧，试放鞭炮的噼噼啪啪，闹得半条街都不得安宁。龚老海跟他爹学到了祖传绝招，因此他家的鞭炮质量可靠，哑炮特少，响炮脆响，最小的也像枪子叫，倘在院子里放，带一点瓮声，能震得人耳朵疼。他家的烟花品种繁多，燃着后有的梨花、桃花交叉喷，有的既涌"黄金"又涌"白银"，也有的先喷火树一丛再喷青竹一竿，还有的喷出的珠花一会儿像牛一会儿像人。所以龚家作坊吸引的买主越来越多，南起襄樊，北到宛城，东达信阳，西至商洛，都有鞭炮烟花贩子远来购货。

周龙坤进了龚家，龚老海分派他卷炮筒。鞭炮制作一共有七道工序：配药、裁纸、卷筒、装药、试放、编挂、包装。龙坤分在这道工序里，就和裁纸的人紧挨着干活。那裁纸的就是龚老海的闺女絮儿。絮儿也已十六七岁，长得很是耐看，眼睛黑明瓦亮，鼻子葱白，小嘴，两根粗辫子耷拉到腰上，高挑个，模样在镇上是数得着的。这絮儿爱嬉闹、爱说话、爱唱歌，她只要一到姑娘群里，不是胳肢这个一指头，就是捶打那个一拳，再不就是两片薄嘴唇不停地同女伴们逗着笑，有时还压低嗓子唱几句《娶媳妇》："帐子掀开沉住气，要把被褥铺仔细。床头摆好鸳鸯枕，慢慢抻开红绫被……"把姑娘们羞得咯咯咯地闭不拢嘴。她平日被爹逼着在作坊里裁纸，身边雇的人都是四五十岁的男的，很少跟她搭话，她便总觉着闷。周龙坤一去，她自然高兴，因为两家住对门，她和他自小就熟，知道他也爱闹、爱说、爱唱，和自己对脾气。

周龙坤学卷炮筒学了七天，七天后他就可以单独干了。那时候卷炮筒没有机器，就是一条长凳，卷筒的人坐在长凳上，手中拿着一根光溜溜的小木棒，俯着在凳上卷，做多大的鞭炮，就用多粗的木棒，纸筒卷好，用糨糊粘罢，抽出木棒，一个炮筒就算做好。干这活不重，所以龙坤常常边干活边和絮儿扯东扯西，扯到高兴处，两人就一齐哧哧地笑。龚老海因为专管装药，在隔壁的屋里干活，也就听不见絮儿和龙坤的嬉闹。

龙坤虽然调皮，可手艺上也不马虎，卷炮筒越来越熟，最后熟到不用眼看也能卷得又瓷实又整齐又快速，这样就能腾出眼睛看着絮儿和她闲扯。那絮儿是站在一条木案前裁纸的。因纸分两种，一种粗纸，一种彩纸，分别摆开了，而且因鞭炮大小不同，裁的纸宽度不一样，也要分别摆开，所以她不能坐，总是在木案前来回走动，扭动着纤长柔软的身子。周龙坤手上卷着炮筒，嘴上同絮儿说着话，眼睛随着絮儿那凹凸有致的身子来回转，这样转着转着就转出了毛病。偶有一日，他把目光盯牢絮儿那圆突突的臀上，絮儿回首，二人眸子一碰，当啷一声就迸出了火星。

两人这样地相处下去，就越来越热。絮儿说，她想用指甲花染染指甲，龙坤听后就跑到河堤上，到处去掐指甲花。絮儿说，她真想捉一只斑鸠来养着，龙坤就到处爬树找鸟窝。絮儿说，我太想吃个野甜瓜，龙坤就跑到田埂上，把那些野瓜秧翻了个遍。絮儿对龙坤也越来越心疼。龙坤家饭食差，他又正是贪吃的年纪，总是不到晌午就叫肚子饿，絮儿就常常揣个白馍在兜里，趁没人时塞给他，让他三口两口吃下去；龙坤十冬腊月没袜子，光脚穿双旧棉靴，絮儿看见，就偷偷拆了自己的一条衬裤，给龙坤做了双棉袜子；龙坤冬天手上老裂口，絮儿就在家里给他偷偷割来一块腊猪油。在作坊里，絮儿裁纸裁累了，龙坤就说：我来试试这裁纸刀！龙坤卷炮筒卷得腰有些疼，絮儿便上前讲：我卷一阵你看看！如此一来二去，两人就离不开了。龚老海整日忙着照顾作坊，依旧未留意絮儿和龙坤的关系。

到了次年夏天，有天傍黑收工时，龚老海买来的一车鞭炮纸运到，龙坤去扛，扛时因怕汗湿布衫，就光了脊梁。纸扛完，龙坤自然浑身是汗，肩头上还粘些纸屑，絮儿看见，就有些心疼，那会儿屋里刚好没人，就上前用自己的手帕给他擦肩背上的汗和纸屑。擦着擦着，一股柔情泛起，就耐不住用手抚摩起龙坤那又黑又宽的肩来，而且笑着捏捏他的胸肌，低声说：肉真瓷实！她这一抚一捏，龙坤先是身子一个激灵，跟着就猛地转身，一下子把她揽到怀里，一只手不由分说就撩开了絮儿的衣衫摸了上去。这个界限一过，两个人此后就越发热了，热着热着就更加胆大，有天后晌，和他俩同屋干活的另外两个卷炮工出去有事，屋里只剩下了他们，两人就又忍不住了。他们掩上门，不敢插闩，怕插上引起别人疑心，门一掩上就又抱在了一起。站那里抱着亲还嫌不够，龙坤胆大包天，还敢把絮儿平放在裁纸的木案上，他倒不是想干出格的事，而是图摸絮儿的身子方便。絮儿后来给会掐指算命的老五奶奶说，她一仰躺在裁纸的木案上，就看见屋梁正中爬出两只白老鼠，两只白老鼠各叫一声，就又缩回了头。她当时觉着怪，可嘴被龙坤的唇堵着，说不出话。不过半袋烟工夫，忽然门被推开，龚老海一下子走了进来。也是活该出事，龚老海平日这个时候根本不进这个屋的，偏偏他那天想起要来看看炮筒还有多少，门猛一被推开，絮儿就一下子坐起身来，要是周龙坤当时脑子灵醒，两手赶紧缩回，然后编个借口，比如说絮儿晕了什么的，差不多也可以糊弄过去，因为龚老海刚推开门，猛一下还不能看清屋里的东西，可偏偏龙坤那一阵被吓呆，身子一动不动，一只手还放在絮儿的两条大腿中间。这下完了，龚老海一看清这个场面，就"嗷"的一声冲了过来，抡拳就照龙坤的脸上、胸上、背上、腰上捶打。那龚老海卷鞭炮出身，力气大得吓人，周龙坤哪经得起他打？再说龙坤也不敢还手，他心里早就把龚老海当成了岳父。不一会儿，龙坤便被打得在地上乱滚。絮儿一开始被骇愣在那里，坐在裁纸案上一动不动，龙坤在地上滚动才使她醒过劲来，她一下子跳下木案，朝地上的龙坤扑去，用身子护住他，然后回过头来哭着说："爹，不怨他，是我自己愿意的。求你别打他，我愿嫁给他！"龚老海骂一声："贱东西！"扑上前又要打，可絮儿死死趴在龙坤身上，龚老海脚踢不成拳捣不成，没法，就喊来了絮儿的哥哥，硬把絮儿扯开。接着又打，边打边叫："你个穷小子，敢动我的闺女！老子叫你知道我的厉害！"周龙坤在地上滚着哀求："龚大伯……我和絮儿是真好……求你了……你要答应我娶她……我一辈子给你当牛做马……"周龙坤越说这话，龚老海打得就越狠，他哪能看得起姓周的那穷家破业？被哥拉住的絮儿一开始只是哭，慢慢就咬起了牙，后来趁她哥不注意，猛挣开手，上前抓了裁纸刀，一下子冲到龚老海跟前叫："爹，你要再敢动手打，可要小心我的刀！"龚老海惊愣了，絮儿她哥也惊愣了，这当儿，絮儿一手扯起龙坤，一手拿着刀，护着他出了门。

　　那场事后，周龙坤在家躺了半月才能动。他爹他娘觉着这是输理的事，也不敢去龚家论什么理。龙坤伤好之后，不能再去龚家干活，只好仍给茶馆挑水。不久，龚老海就找来媒婆，给絮儿找了婆家，男方是西街的郑家儿子。郑家开着一个造纸作坊，家业与龚家不相上下，龚老海颇满意，自此他从郑家买鞭炮纸就更便宜方便。那郑家儿子小絮儿三岁，长得也颇周正，只是左脚和左手都多长了一个指头。絮儿听说后死活不从，可龚老海那时已不让絮儿出门，她也只能哭哭罢了。周龙坤听到这个消息倒十分平静，依旧挑着水桶在街上晃晃着走。只是偶尔地，有人看见他挑了水在街上止步，低头去看石板缝的蚂蚁，双眸久久不动。

一月之后的一个正午，几个在镇西石丘旁拾柴的孩子，忽见那丘洞里喷出一团紫雾，同时传出似喊似叹的响声，这几个孩子吓得没命地向镇上奔去。人们闻声纷纷出门看那紫雾。几个老人面雾作揖。独有会掐指算命的老五奶奶脱下上身的外衣，拿一柳条，往自己的身上抽打，竟抽二十下方住手，身上竟是血痕露出。有人问其故，只答："不可说！"

那天半夜时分，镇上人猛被一阵哭声和喊叫惊醒，几个爱探底细的人就去寻那哭声和喊叫的出处，径寻到龚家作坊，从窗外往里一看，只见周龙坤被悬吊在房梁上，龚老海正咬牙瞪眼站在他面前，絮儿站在一旁，她的娘、哥哥把她死死拉住，龚老海咬牙切齿叫道："这个狗东西！竟想来拐跑我的闺女！老子要让你知道龚家门槛的高低！"叫罢从墙角拉过一个卷炮筒的长凳，放在周龙坤的脚下，被悬吊腾空的龙坤一见长凳，就把两脚踏了上去。这当儿，龚老海上前三下两下扯掉了龙坤的鞋袜，又回头拿过絮儿平日裁纸的那把刀，猛地一下剁在龙坤右脚上。刀落的同时，龙坤惨叫一声，右脚狂抖着乱晃，把大串大串的血珠甩到刷了白灰的墙上……两个脚趾被砍下，先是带了白色的骨茬静躺在凳上，转眼间就被鲜血涌着而不停地动弹起来。絮儿见状，"啊"一声晕倒，她娘忙掐住了她的人中。龚老海不去理女儿，却慢腾腾地对儿子老大说："给他包住放下来！"那龚家老大便找来块白布，扎住了周龙坤流血的脚，然后把他放下地，一放下周龙坤就躺倒了。龚老海走到条凳前，抓起周龙坤的那两个脚指头，"啪"一下扔给了卧在门后的狗。那狗先是闻了闻，跟着伸爪扒了扒，最后舌头一卷吞进了嘴，咯嘣咯嘣嚼吃了。周龙坤眼瞪着那狗，牙咬着，手抠进地……龚老海朝龙坤挥了挥手叫："给我爬出去！下次再敢迈我的门槛老子再剁你仨指头！"周龙坤听罢嘴一动，"咯嘣"一下把两颗大牙咬碎了,他一边吐着碎牙一边往外爬……

后来镇上人才知道,那天夜里龙坤摸进龚家,窗下轻轻叫应絮儿,絮儿刚翻过窗子扑进龙坤怀里,正寻路准备一同逃走,不想一对白老鼠突然从墙缝里钻出,叽叽吱吱叫起来,叫声又大又急,龚老海就是被这白老鼠的叫声惊醒的……

周龙坤在被砍掉脚趾的第三天夜里,就拄一根木棍跑出了柳镇,一去好多年。听说一开始在四乡里讨饭,后来在白河上拉纤,后来进了别廷芳的民团,后来又在伏牛山里当了共产党,直到一九四八年柳镇解放,他才领着一个女人和一个叫周士高的儿子回来。

周龙坤因为右脚上少两个指头,走路自然不稳,一摇一晃,加上出去的年头太多,所以那天傍黑他挂一把盒子枪回到柳镇街上时,没有人知道他是谁,最后还是龚老海"哦"了一声,认出了他。周龙坤只看了龚老海一眼,就扭过身,领着老婆孩子进了自家的屋门。那时镇上人就估计,周家和龚家还有些事要生出来。果然,没多久,就开始搞土改、划成分、分浮财。周龙坤那时当了柳镇的主任,整日满脸肃穆地召人开会、抄家,镇上的富户见了他就身子发抖。抄龚家作坊是在一个上午,周龙坤搬出龚家的一把太师椅,跷腿眯眼坐在门口,阳光温温地洒在他的身上。他双手悠闲地把玩着那把二十响的盒子枪,静看着手下人抄。光作坊里存下的鞭炮和烟花就搬出几十箱,周龙坤当时面色阴沉地下令:放!于是人们就把鞭炮一挂一挂扯开,绑在街边的树上;把一筒一筒的烟花,在街面上摆成行,然后几十个人一齐点火,噼噼啪啪、咻咻啦啦,直放到傍晚才勉强放完。街上到处是鞭炮纸屑和烟花泥筒,全镇都笼罩在一股呛人的硝味之中。龚老海心疼得抱头蹲在那里呜呜大哭,但周龙坤却阴着脸说这叫"庆祝"!周龙坤自从重回柳镇后就一直阴着脸,谁也没见他再笑过。

接下来,周龙坤把龚老海定成资本家,并且给他戴上高帽子在会上斗争了三回。后来县上来人,又把龚老海改定成小业主,但同意把龚家大院没收,另外在镇边拨给他们三间草屋住。龚家搬完家的那天夜里,周龙坤让龚老海留下,然后又派人把絮儿从西街找了来。絮儿那时已给郑家生了三个孩子,人变得又黄又瘦。她进屋后只看了周龙坤一眼,就低下了头,那时候周龙坤已经把手下人支走,插上了门。他慢腾腾地在床沿上坐下,跷起右脚,低沉地朝龚老海说:"来!麻烦你把我的鞋袜脱了!"龚老海站着不动。"听见了没有?"他朝龚老海吼,边吼边掏出枪,朝龚老海脚前地上"啪"地扣了一响,子弹哧一声钻进了地里,龚老海吓得一哆嗦,膝头一软,就跪下了。这时周龙坤就把双脚伸到龚老海面前,让他脱鞋袜。龚老海抖抖索索地刚要伸手,一直站在一旁的絮儿走过来说:"周主任,我给你脱!"周龙坤用手把她一拨拉,叫:"用不着你!"龚老海跪着脱下周龙坤的鞋袜,周龙坤指着右脚上那两个断趾,说:"龚老海,你当初不是讲过,我要再迈过你的门槛,你就要剁我仨指头吗?剁吧!我现在已经进到你屋里并且坐到了床沿上,你怎么不剁呀?剁吧,剁两刀我看看,我记得你剁指头的刀法很好!"龚老海脸色煞白,一直跪着,一声没吭。周龙坤又猛地伸手把絮儿揽在了怀里,说:"龚老海,你不是不让我挨你的闺女吗?我今天就偏要挨一下试试,你抬头看着!"他边说边把絮儿抱放在腿上,三下两下就撕开了絮儿的褂子。絮儿拼命地想挣开,边挣边哭叫:"放开我,畜生!"无奈周龙坤的力气大,她怎么也挣不开。"龚老海,你看着!我要亲她了!"周龙坤说罢就伸头往絮儿怀里钻,不防絮儿猛地张嘴咬掉了他的半个耳朵,疼得他"哇"一声把她松开了。絮儿跳下地,发疯似的去开门,周龙坤一手捂着耳朵一手拿枪瞄准了絮儿的后背,絮儿把门打开时枪响了,不过枪子还是"哧"一声钻进了地。

从那以后,周龙坤开始在龚家作坊里办公。只是后来他慢慢不再挎枪。又过了一些年,镇上时兴办工厂,周龙坤大约是因为自己做过鞭炮,就想起要办一个鞭炮烟花工厂,就安在原先的龚家作坊里,他兼任厂长,用的人还是龚家作坊的那些人。龚老海和他的儿子龚家老大一开始不愿干,说他们愿意种田。但周龙坤只让人传一句话:"干不干是对革命的态度问题,不干就要在全镇大会上说清楚!"龚老海最怕大会批判,只得乖乖地和儿子来了。工厂取名叫东方红鞭炮烟花厂。因为有龚家父子在,工厂开始时办得还挺赚钱。那时私人买鞭炮烟花的很少,买主大都是公家的单位,什么报喜了、欢呼了、万岁了、专政了,镇上各个公家单位都要放鞭炮烟花,买时自然也都舍得花钱。厂子能赚钱,想到厂里干活的人也就多。周龙坤捷足先登,让他的儿子周士高进厂当了会计。

周士高当会计,最大的困难是不会打算盘,周龙坤便决心让儿子学会打算盘。柳镇算盘打得最好的是龚家老大。周龙坤把龚家老大找来,命令他每天下工后教士高打一阵算盘。龚家老大自此天天进士高的记账屋教他。一段日子过后,倒是年轻的士高有些过意不去,说:"龚大叔,你干一天活,怪累的,先回去歇歇,我吃了饭去你家里学。"龚家老大也就点头答应。从那以后,每天吃了晚饭,士高就胳膊下夹个算盘去龚家。就是在这时,士高认识了龚家老大的大女儿素素。

素素生性腼腆,学只上到初中。素素家平日难得有客人来,邻居们都怕和她家打交道会惹出麻烦,如今士高来到,素素便喜出望外,十分热情。当爹给士高讲时,她就在一旁纳鞋底。士高的指头笨，算珠往往拨错，素素看见就抿嘴笑，酒窝里显出一丝着急；有时忍不住，就轻步上前告诉他：要用指头肚拨。素素很小就跟爹学会了打算盘，而且打得很熟，做士高的老师是没问题的。有时士高去龚家，若龚家老大刚好在垫羊圈或干别的什么，素素就过来教他。两个人就着一盏油灯，头挨头趴在桌上，一个说一个听，一个念数一个拨珠。心地单纯的素素办什么事都很认真仔细，教士高学算盘自然也是这样，这种那种口诀，这样那样打法，都细细讲解，反复示范。

　　士高跟着素素学算盘，一个诚心学，一个诚心教，慢慢就有些感情生出。一日晚饭后，士高去时，素素家的人走亲戚家还没回来，只有她一人在。那晚素素教士高如何拨珠拨得快，她先在算盘上哗哗好快地拨一阵示范，而后让士高练，士高却怎么也拨不快。素素就又拨一阵让他看，他看一阵就有些奇怪地上前捉了素素的手说："你这手上戴有什么东西吧？"素素便掩了口笑，士高把素素那又白又嫩的手放在掌中看，开始双眸平静且带了笑意，渐渐目光中就增了热力，而且脸迅速充血变红，身子略略发抖，呼吸开始变粗……单纯的素素没有注意到这些变化，只是低低笑着任他捉了自己的手看。突然之间，他猛一下把素素的手指放进了自己嘴里，急切地用舌头在上边舔。素素被骇得脸一下红透，想缩回手已缩不回来。士高的呼吸越来越粗，舔的范围也越来越大，跟着就又亲起人家的手脖、小胳膊，最后一下子抱住人家的腰，硬把嘴贴到素素的脸上。素素一声没吭，只是想挣开，挣着挣着身子一抖，骨头突然变软，一下子又贴回了士高身上。起先只是士高抱着素素的腰，后来素素就也抱紧了士高的腰，两个人越抱越紧，险些把煤油灯碰翻，直到屋后响起龚老海的脚步声，两个人才急忙分开，揉揉红极了的脸，趴那里装着打算盘。

两个人这样的亲热以后还有过几回,可惜好景不长,待士高学会了算盘之后,周龙坤就再不让他去龚家了。但恋人会面自有办法,素素常常借口找爹找爷跑到厂里,进去就直奔士高的记账屋,士高那时就睡在记账屋里。周龙坤看见素素进厂找士高,曾把儿子叫去骂一顿,说:"以后再见你和她来往,小心我砸断你的腿!"有天傍黑,紧挨龚家大院住的老五奶奶无意中看见周龙坤站在街边暗影里,一直望着素素悄步走进厂门进了士高的记账屋。老五奶奶因听到过周龙坤骂儿子的话,当时就很为士高和素素担心,以为周龙坤这下肯定要上前堵了门,把两个年轻人当面教训一顿。不料周龙坤突然从暗影里闪出,哼着小曲向厂子里走去,屋里的士高和素素听见这哼唱声,立刻就把灯吹灭了。这灯一灭,周龙坤走过记账屋时就叹一口气,高声说:"这孩子,走了也不把门关上。"边说边探手拉上门,也不向屋里看,"啪"一声就用铁锁把门锁上,随即就走出了厂门。老五奶奶在院墙外看得糊里糊涂,不知周龙坤这是想等一会儿再来抓,还是他压根就没看见素素进那屋。老五奶奶平日颇喜欢士高和素素,因此就担心他们出不了门,便在小半夜时从工厂的边门进去,径直走到记账屋的后窗户,心想要是他们想翻窗户出来,她还可以在外边帮帮忙。龚家大屋当初盖时窗户安得离地面很高,人若从窗里往外爬可是艰难。老五奶奶隔着窗户听了一阵,只听得屋里士高平日睡的那张床咯吱咯吱乱响,士高像牛一样地喘息,素素低声呻唤着疼……过了一阵忽又听见周龙坤哼着小曲走到大门进厂里来,老五奶奶闪到暗处,看见周龙坤哼着小曲走到记账屋门口,"叭"一下开了门上的锁,开完后又高声嘟囔:"这孩子怎么这时候还不回来?"嘟囔完就喊着士高的名字走出了厂门。这时记账屋门轻轻一响,素素就闪了出来。后来士高就顺顺利利送她回了家。那一晚老五奶奶看得糊里糊涂，像钻进了漫天大雾。

又过了一段日子，见素素的脸上现出蝴蝶斑，腰身渐渐粗起来了，又见好事的女人们在她背后咬耳朵挤眼睛，老五奶奶的担心就更重了。

那是一个下午，镇中的十几头驴在莫名其妙地一齐大叫一阵之后，人们发现，镇西的那个丘洞里，又突然腾起一团紫雾。那团紫雾冲出洞口之后，缓缓旋转上升，至数十丈高方"砰"的一声散开，融入空中，在那紫雾旋转上升时，洞里发出一声闷响，宛如人的叹息。老年人见此景状，就变了脸色，知道柳镇又有祸事要出，纷纷跑到老五奶奶处讨主意。老五奶奶并不开口，只慢慢脱了上衣，拿一根柳条，直向自己身上乱抽，竟抽二十下后，方住手，这时她的脖上、肩上血痕暴起。有两个老头仍不走，只问五奶奶会出什么祸事，五奶奶最后张口只说一句："早闩门，早上床！"不少人家遵了这个嘱，早早安歇。

这天半夜，老五奶奶被一阵哭声惊醒，出门寻声，寻到鞭炮烟花厂。隔窗一看，那哭着的竟是士高。士高他爹静坐在太师椅上，两边坐着士高另外两个远房叔叔。士高说："我要娶素素！"周龙坤一边用手摸着他右脚上的两个断趾处，一边冷冷答了两个字："不行！"士高大吼："不答应我就死！"周龙坤点烟吸了一口，冷冷地说："死吧！"士高于是就从口袋里摸出一小瓶农药，周龙坤冷眼看着没吭一声。士高拧开盖看了半响不敢往嘴里边送，最后勉勉强强举起瓶，见爹还不拦，就猛一下扔掉药瓶哭开了。周龙坤换了软和声调说："哭什么？我又不是不给你说媳妇！咱柳镇的姑娘，除了龚家的你随便挑，挑上哪个我都给你娶，花多少钱我也愿意！素素算什么？娶谁也不能娶她！就这样定了。回去吧，你娘还在屋里等你！"

士高抽着鼻子走出屋不大时辰,龚老海和他儿子走了进来,龚家老大一进屋就"嗵"的一声朝周龙坤跪下,说:"周主任!周厂长!素素和你家士高有了孩子,这是丢人现眼的事呀!我已经教训了素素,不管怨谁,事情已经出了,现在只有一个法子能遮众人眼睛,求你同意让他俩结婚吧!权当让素素给你当个使唤丫头,只是给她一个做人的名声……求你了!"周龙坤指着他右脚上的两个断指头说:"这可要问问它!"回手又指着龚家老大的鼻子说:"你要胆敢把你闺女肚里的东西硬赖到我儿子头上,我可是不会饶你!"说罢就笑看着龚老海,从嘴角喷出一股慊意来。那龚老海当时两眼挤得只剩一条缝半句没吭,只是手在抖动,上前踢了一脚跪在地上的儿子,转身就走。龚老海和儿子刚刚走出厂门,周龙坤就笑开了,笑声又长又尖……

老五奶奶回屋,不大工夫,就又听街上有人嚷:"跳河了!跳河了!……"于是又出屋,街上已有不少看热闹的人,原来是龚家老大拉着一头牛,牛背上趴着浑身透湿的素素,牛一边走素素一边哇哇向下吐水。牛后边跟着素素妈和龚老海,素素妈走一步哭一声:"我的乖乖呀!……"

七天后,龚老海让东街头好打兔子的光棍汉侯老二把素素领走了。侯老二那年三十八岁,脖子上有一痣,痣上长毛,发黄,好长。素素进侯家三天,生下一个死孩子,侯老二拿起猎枪,朝天放了三响。

素素嫁给侯老二不到俩月,周龙坤便托媒人给士高说了媳妇。而且不久就举行了盛大的婚礼酒宴,酒席摆到七十多桌,柳镇除了龚家很少有人不到场送贺礼的。新娘子长得倒也漂亮,新房里的摆设自然排场,只是那士高却再也没笑过。直到两年之后,那媳妇生下一白胖小子,士高抱起儿子时,脸上才露了一丝苦笑。

士高将儿子起名为周素，常常抱了他坐在记账屋发呆。

　　日子无声无息地流着，周素在慢慢长高，他的弟弟、妹妹们也一个一个相继来到世上。周士高照样默默地在鞭炮烟花工厂当着会计，偶有空闲，便坐在账桌前，无休无止地拨着算盘。已经显出老相的周龙坤，也依旧兼着东方红鞭炮烟花工厂的厂长，常常双手叉腰，很威风地指挥这儿指挥那儿。只是这时厂子越办越糟，工人们大都不按时上班，上了班也不真心干活，干了活出的产品质量也不能保证，鞭炮中的瞎炮越来越多，烟花中的彩花愈来愈少。不过，这景况倒并不影响周家的日子，周家一家照样穿得周周正正、支支棱棱，周家的厨房依旧整日煎炒卤炸，香飘四街。

　　谁也没想到日子还会再变，忽然之间，上边来了公文，先是说要给地主、富农摘帽子，像龚老海这种小业主以后不再算什么问题；接着又说要民主选举领导，镇上人哗一下起来，把周龙坤的主任和厂长统统选掉，说他贪占了大伙的钱，是地道的官僚主义者；最后连周士高的会计也一下罢免了，周家突然间又变成了平头百姓。周龙坤惊愤成疾，吐两口血，一下子卧病在床。

　　这之后不久，上边又传下话来：允许百姓经商办厂。这次老龚家高兴了，龚老海拄杖上街，抖一头白发连连叫："这下好，这下好！"没过多少日子，龚老海和他的儿子、孙子、孙女们，就操持着要重办鞭炮烟花工厂。恰好，这时东方红鞭炮烟花厂要找人承包，条件是每年向镇上交钱五千元。一般人都嫌这个数目太大，不敢伸头。最后龚老海一捋白须，拐杖一举，叫："我家包！"

　　几日之后，龚老海一家就又搬进了厂，那几间大屋，经粉刷又和新的一样，东方红厂又变成了龚家大院。龚老海和他大儿子做鞭炮烟花出名，包装纸上只要一打"柳镇龚记"几个字，四乡的人都愿买。加上这年头人们手上有些余钱，遇上红白喜事、年节生日，就都要讲些排场，鞭炮烟花放得特多，所以龚老海的厂子很快就兴隆起来。没有三年，老龚家就又发了，买了裁纸机、卷筒机、大汽车、电视机、大沙发，开了批发部、零售部，银行里还存有几万块。可相反，与龚家对门的周家却日趋败落。周龙坤下台后身子不断有病，周士高除了当会计别的都不懂，周素兄妹几个全在上学，只靠周素娘做点田里活，钱只有出的没有进的，慢慢原先的那点家底就空了。到最后，上高中的周素连学杂费都无法交出，周素娘只得四处登门告借。

家境的这种迅速变化，给了年轻的周素很大刺激。这周素改了周家男人又黑又高又粗的门风，长得秀气白净，一副读书人的身坯。五岁时老五奶奶曾给他算过一次命，五奶奶掐罢生辰八字，先批四句："一生做事少商量，难靠祖宗做主张。独马单枪空出做，早年晚岁硬无强。"而后言道："此命为人性荣，心无所亏，做事有始有终。池塘鸳鸯好寻食，易聚易散，骨肉六亲不得力。财帛风云，操心费力才极早限奋寒窗；胸藏大志，原业破尽才极中限重立家。且过四十船顺风，五十之后方安稳。末限滔滔事业兴，妻宫硬配，子女伴鸳送终。寿元七十，卒于五月。"老五奶奶的这些话日后是否都能应验，不得而知，但其中的"奋寒窗"和"胸藏大志"两句，已经言中。周素在校读书确实肯下苦功，早有将来成就一番事业留名身后的夙愿，而且暗暗为自己定下两条路：其一，搞新技术研究，经大学生、研究生、研究员这条路，出一批新技术研究成果，让自己的名字载入中国科学发展的史册；其二，搞实业，经创办家庭作坊、小型农产品加工厂、大型跨省跨国农产品综合利用公司，跻身中国和世界著名实业家的行列。这两条路的选定虽然带有幻想成分，但他却在努力做着准备，课余时间，常读有关这两个方面的书。但万没料到，一场高烧，极轻易地就把第一条路堵死了。那是高考临近的一天下午，他帮娘往地里拉粪。他原想借此让脑子休息休息，未料出汗太多，又过早用冷水擦身，第二天就发烧病倒。两日后高考开始他拖着病体走进考场，只做两题便又晕倒，他从昏迷中醒来时，两门课已经考完了。

周素高考不中，家里又无钱再供他复习重考，他倒没有怪这怨那，遂决定走第二条路。他病好后只歇了一天，就开始四下里跑着借钱，想先买一台榨棉籽油的机器，开个油坊。由此积累资金，再实行原来的计划。未料因他爷爷周龙坤当官时失了人缘，加上眼下他家太穷，没有还钱保证，并无一家愿借给他钱。几天空跑之后，脸气得就有些发青。恰好这时，龚老海的重孙女小枫来找他，问他愿不愿到她家的鞭炮烟花厂里当画封工。小枫和周素是同级不同班的高中同学，那年也没考上大学。她在学校时知道周素也颇爱美术，闲时常画画，人呀、兽呀、花呀、鸟呀，几笔就能勾出来，很受美术课老师的称赞，而眼下她家的厂里正需要一个会画画的人，所以便来问他。这年头人讲衣裳，卖东西则讲包装，过去龚家卖的鞭炮烟花，至多是表面裹一层彩纸罢了，如今有些不行。所以龚老海想找一个会画画的人，为他设计包装纸。周素一听，先是一愣：大志不成反要去当雇工？但转念一想，这倒也是实行原来计划的路子，先当雇工挣钱，而后再买榨油机开油坊！大丈夫能屈能伸！于是就问："干一月多少工钱？"小枫说他们家雇的人，头一年都是一月八十。周素听罢一捶腿，说："行！"

卧病在床的周龙坤，一听说孙子要去老龚家当雇工，当时连咳一分钟，吐一口带血的痰，硬撑起身指着周素骂："杂种！饿死也不准去他家干活！我们和他们势不两立！老子当初就受他家的剥削，现在他还想再剥削我们？他想得倒美！"可周素只冷冷看了爷爷一眼，说了句："我的事你少管！"便转身走了。周龙坤一口气倒憋回去，脸青紫，胸鼓起好高，慌得周士高急忙去捶他的背。

小枫回去给她爷爷龚家老大说周素愿到厂里当画封工，龚家老大当时就眼一瞪，叫："不行！咱就是雇条狗也不雇他周家的人！"倒是龚老海听罢，发白的眉梢抖了一下，"嗯"一声，顿一顿拐杖，说："叫他来！"

周素到工厂干活的那天上午，冬阳高照，和暖异常，龚老海穿一身簇新的羊皮里子棉衣棉裤，足蹬一双旧式翻毛皮鞋，端坐在当年周龙坤常坐的那张黑漆斑驳的太师椅上，召见周素。龚老海戴上老花镜，把周素上上下下打量了一阵，两只拳头莫名其妙地攥了又攥，这才开口说："凡到我家厂里干活的人，都要听招呼！你眼下到厂里来，先做画工，设计些包装封纸，日后也可能会叫你干点别的，不论是啥事，只要叫你干的，你就要干！这是我们的规矩！你要愿守这些规矩，就签合同，不愿，这会儿还可以走！"周素听罢，微微含笑点头，答："愿！"

从此以后，周素每天就去龚家大院上班，画各种各样的鞭炮烟花封底。他干活的那间房子，恰好就是当年他爷爷周龙坤卷炮筒的那间。龚老海已不再亲手干活，常拄拐杖在厂里转，对儿子、孙子、重孙子、重孙女和雇工们指点指点。周素去后，他不再在厂里转，而是搬来那张太师椅，坐在画封屋里，看着周素干，而且让小枫跟着周素学，周素画一张什么样的，也让小枫画一张什么样的，逼着小枫学周素的手艺。那小枫到底是高中毕业，聪明机灵，跟周素学画学得很快，周素因为和她是同学，也很愿教她。两人在一起画画，当然就要说些学校的旧事，说着说着高兴起来，就要笑一阵。每当这时，在一旁坐着打盹的龚老海，总要咳嗽一声。对此周素倒没感到什么，小枫可就不满意了，那姑娘伶牙俐齿，啥话都敢说出来，她常常扭头朝龚老海叫："太爷爷，你咳什么？你不能坐到别处去吗？！"龚老海听了重孙女的话，却也不生气，只说："别屋里都有一股炮药味，我坐这屋里好受。"

周素虽不知道周龚两家过去那些事的详情，但从爷爷、爹爹和街上人的嘴里，也大略地晓得两家积有旧怨，因此在他来龚家干活之后，就很想借机缓和一下关系。他每每见到龚老海，都是很亲热地唤他"太爷爷"。有天后晌，当规定的画活干完之后，周素看着坐在椅上闭目养神的龚老海，就很尊敬地说："太爷爷，我给你画一张像，做个纪念如何？"龚老海当时微微点头："好！"周素便细心地画开了，他想借此和这位老人把关系融洽起来。接连用了几日的工余时间，周素把画像画成了，画像上的龚老海显得富态、威严，栩栩如生，周素自己很觉满意。给龚老海一看，龚老海也连连称赞："画得好！画得像！我会永久保存留作纪念。"但第二日上班，周素意外发现龚老海的太师椅旁有一堆纸灰，纸灰中有一未燃尽的纸角，却正是他给龚老海画像的那张纸，不觉一愣，是烧了那张画还是相同的纸？他疑疑惑惑地不好去问。

半年日子过去，小枫已经学会了画，两人在一起干得更快了。不想有天后晌，龚老海和龚家老大突然把周素叫去说："这画封的活让小枫一人干，从今天起你负责装卸汽车和试放产品。"周素听后虽是一愣，可也立即点头说行，这倒不全是因为龚老海当初说过"叫干啥就干啥"的话，实是因为周素也想借此机会熟悉一下这个家庭工厂全面的管理情况，为自己以后办厂打下基础。只是小枫有些不满，站出来抗议："他在这里画得好好的，为何叫他走？"龚老海就温和地对重孙女解释："厂里的活都要人去干，再说，给他换工作也同时月加二十块钱！"

自此，每日前晌，周素便把包装好的产品一箱一箱地往汽车上装；后晌，又把汽车拉回来的各种炮纸、配火药的原料、做烟花筒的黏土、机器用油等，一一卸下扛进库房；傍黑时，试放各种新做的鞭炮烟花。那时龚家新添了好多过去没有的品种，都是龚老海和龚家老大亲手试做成的。比方鞭炮中，就新添了滚地雷、空中啸、三连珠、摔炮、拉炮、坐力炮。烟花中添的花样就更多，满天红、蝴蝶飞、降落伞、九朵菊、爬地狗、上天鸟，足有十几种。每做一样，每出一批，都要抽出一个两个试放一下。这两样活周素倒是都能干得。装车卸车，累是累了一点，但干完之后，则可坐下看书。只有一点周素觉得奇怪：每当他浑身淌汗地扛起东西往仓库走时，龚老海总搬个太师椅坐在附近，面带笑意，双唇不知何故老舒服地哑着。对于试放鞭炮烟花，周素更觉得有趣，每次他在厂院里试放时，镇上的孩子都要围上来看，遇上好听、好看的，就都拍手，反之，又一同叫唤。可他不知，干这活常常带险，往日这试放的活儿都是由最有经验的龚家老大干的，龚老海从不让他家的孙儿孙女们沾手。

有天头晌，老五奶奶迈着她那三寸小脚，去龚家大院串门，恰好看见龚老海正坐在屋里亲手给一筒烟花装药，就走进去看。龚老海这些年已经不轻易动手做了，除了是做过去从没有的新东西。老五奶奶看见龚老海的双手老在哆嗦，不时把药洒了，而且牙齿不停地磕碰，于是就说："老海，看来你真老了。""是呀，是呀。"龚老海急忙点头。两人在拉呱时，老五奶奶就看见一对白老鼠从屋梁上探出头来，叽叽吱吱乱叫，老五奶奶听得很烦躁，龚老海挥胳膊吓了它们两回，也没有把它们吓跑。老五奶奶抬头看了那对白鼠一眼，身子莫名其妙地一抖，立时站起身说："老海，你忙,俺走了!"走时脚步匆匆,全不似刚才来时一样。

那天吃了午饭不久,人们正在歇响,一个粗重撼人的响声突然从镇西传来,众人抬头看时,只见一团耀眼的紫雾已从丘洞那儿升上天空。老人们自然又是一阵紧张。老五奶奶还是如往常一样,立即脱了上衣,拿一根柳枝向自己身上抽去。竟抽二十下方住手,肩上背上于是又有新的伤痕绽出。年轻人看见,就都笑说:"神经病!"

龚家鞭炮烟花工厂因为不实行歇响制度,吃了午饭就忙,加上厂院里机器轰响,也就没人知道丘洞喷紫雾的事情,人心仍旧安定,工作依然照常。

傍黑时分,周素开始在厂院里像往常一样试放鞭炮烟花。起初,几挂鞭炮和几筒烟花试放得都很好,站在远处看热闹的孩子们直拍手笑。最末一筒烟花是龚老海亲手递给周素的,周素接过后,像刚才试放其他烟花一样,把它平放在地,而后侧身半蹲那里,做好跑开的架势,这才伸出手上燃着的香烟头去点那筒烟花的药引。一般烟花的药引都燃得很慢,从点着到引燃火药放花有足够的时间让点火人跑开,可万没料到,周素刚把香烟头伸到药引上,那烟花筒一动,就突然射出一支烟花箭,直向他的右眼射来,亏他年轻灵便,头飞快扭了一下,那火箭才没射到眼珠,只射到了眼角上,疼得周素大叫一声,双手捂住脸。他的叫声未落,那花筒"呼"一下放出好强好亮的白炽火花,呈扇形全喷在了周素身上,而且那花筒还绕着他的身子滚了一圈,把他全身的每个地方都喷上了火,周素叫着在地上滚了几滚。第一个扑上去扶他的是站在附近看试放的小枫。周素的脖子、两只捂脸的手、背和脚脖,凡衣服未遮的地方,都被烧起了疱,全身的衣服也都被烧满了洞洞,小枫一看就吓哭了,龚家一家人也都慌张地围上来。

倒是龚老海脑子没乱，让他家的汽车司机把车开过来，指挥儿孙们把周素抬到车上，送往镇医院。

周龙坤听说孙子受伤，从病床上挣起身子，让儿子、儿媳搀着来到龚家大院，对龚家老大叫起来："为啥把我的孙子弄伤？老子非到法院告你们不可！"最后是龚老海上前冷冷地说："你的孙子在我这里受了工伤，我们给他治伤就是，你闹什么？你们要打官司可以，不过要先看看这张合同！"说着就递上一张纸，周龙坤看完那张合同，愣了，原来周素签的那张合同上已经写明："做鞭炮烟花时有危险，我自愿到厂里工作，若有工伤，厂方负责医疗费，本人不怨厂方。"周龙坤只得气哼哼地走了。

周素受伤之后，到医院里照料他的，只有小枫。龚老海和龚家老大反对说："医院里有护士，反正花多少钱咱家出就是，不必再去看护。"但小枫杏眼一瞪，叫："他是我的同学，又是我动员他来咱厂的，如今他伤了，我不去看护，把良心放哪里？"龚老海和龚家老大就只好随她。周家这边，周龙坤不准任何人去探望孙子，而且躺在床上一个劲儿地骂："这个小杂种！我当初不让他去龚家干活，他贱着总要去，去。好！让他伤去！死了才好！"连周素娘去看儿子，也是偷偷去的。

周素住院，开头几天下不来床，纱布又把眼也缠了，拉屎撒尿怎么办？镇医院的护士极讲卫生，能把便壶给你端到床前就算不错，哪还敢奢望更多？侍候周素拉屎撒尿的只有小枫。小枫姑娘还真行，把尿壶往周素的被窝里一塞，就去解他的裤带。一开始周素羞得很，死也不让，但他自己两手背上有伤又动不成，憋得只好尿在裤子里。后来是小枫哭着求他："把我看成你的妹妹不就行了？"感动得周素双眼噙泪，这才算答应让她帮忙。最后纱布解开时，看见周素的眼角和颈上都留了疤，小枫就又禁不住扑在他的身上哭了,边哭边说:"全怨我!全怨我!要不是我去找你来厂里,你也不会落这些疤!"周素当时心里虽也难受,可还是硬撑住,拍着小枫的肩宽慰:"没啥,没啥,不就是一些疤嘛!"可说着说着,忍不住就也掉下两串泪来。两人这么一哭,心倏忽间就显得更近了。一天晚上,周素娘来看儿子,一见儿子的疤痕,就哭着说:"天爷呀,你这个样子,以后还有哪家闺女愿跟你过日子……"周素娘哭诉未完,一旁的小枫竟猛扑到她怀里叫:"婶子,要是你不嫌弃,我就做你的儿媳妇!"这一下把周素母子惊得一怔,噤了声,睁大眼,最后还是周素开口说:"小枫,不能瞎说!这可是一生的大事,你不能因为可怜我就这样说。"小枫听了,就噘起嘴,连连跺脚,叫:"谁可怜你了!谁可怜你了!在学校时我得空就找你说话,你都一点也不明白吗?半点也不懂吗?"这一说周素又愣在那里了。

周素出院前,龚老海拄杖去看过一回,他进门时周素和小枫正头挨头看一本书,他咳了两声,周素和小枫才抬起头,两人眼中就漾着一股幸福。龚老海从医院回去的当晚,就把龚家老大和小枫的爹找来,威严地告诉他们:"要尽快给小枫说个婆家!"当儿、孙听完出门之后,不知何故龚老海蓦然抬手打了自己两个耳光,耳光打得很响,嘴角竟渗出一缕血丝。

周素出院后,小枫找了她太爷爷、爷爷和爹一再要求,说周素刚出院身体不好,应该到画封屋干活。龚老海很痛快地点头应允。小枫、周素两人在一间屋干活倒是高兴,一幅画你画一笔我画一笔,又说又笑,龚老海不在屋里坐时,还可以抱吻一下。每当小枫那丰满健壮的身子偎在周素的怀里,周素的双手在她那光洁如缎的肌肤上游动时,就总是呢喃着发誓:"我这辈子一定要让你幸福!要让你当一个大实业家的夫人!"但他们没欢喜上一个月,龚家老大有天突然把小枫叫到记账屋说:"给你找了个对象,是镇上税务所陈所长的儿子,你——"小枫没听完就跺起脚叫:"我找对象用不着你们操心!我已经找好了!就是周素,我要和他结——"龚家老大没容她说完,就朝她抡起了巴掌。几个耳光打过,小枫要跟周素的消息就在镇上传开了。镇上人便有些奇怪:为何龚家女子代代都要和周家男子缠在一起?后来就有人请教老五奶奶,老五奶奶盘坐蒲团,双手抚膝说出端详:龚、周两家的屋宅同在一条黄龙身上,龚在龙头,周在龙尾,龙头有俯有仰,龙尾时抬时落,故周、龚两家交相富穷,昨龚富周穷,今周富龚穷,不时变化。且龙身上蓄血下蓄精,血气易育女,精气易育男,所以龚家男儿少女儿多,周家女儿少男儿多,龙身一动,血与精合,龚家女儿自然要找周家男儿相配……

小枫挨了爷爷的耳光,自然不服,就又哭又闹,龚家老大盛怒之下,就把她关起来了。一开始是劝,让小枫她妈、她奶奶来劝她忘了周素,小枫不干。接着就把小枫她姑奶和姑姑,也就是絮儿和素素叫回来,让她们给小枫讲周龚两家的世仇,不知那两人是怎么讲的,反正讲着讲着三人就都放声大哭,哭后小枫仍没变心。没办法,龚家老大就又开始打。最后倒是龚老海进屋喝住儿子:"有话慢慢说,动手干什么?"接着对小枫语调极温和地说:"如今婚姻自由,谁也不能干涉,你既是选中了周素,我们作为老辈,当然也同意。只是他既然要做我们龚家的女婿,就要为咱们龚家厂子多出些力。从明天起,他还是要从画封屋出来,管着装卸车和试放,你说行吧?"满脸是泪的小枫这时就咬了咬牙,说:"行!"龚老海当时用手轻拍着重孙女的后背,双眼慢慢地眯起。

几天后,周素就又干起了原来的行当:装卸车和试放。因知晓龚家老人已同意小枫和自己相爱,周素的心里就装满了欢欣、甜蜜，干起活来十分精神有劲，而且他已决心帮助龚家办好这个鞭炮烟花工厂。他看出龚家经营厂子的办法，基本上还是家庭作坊式的，必须来一番改造才能更快地发展。他结合自己平时读的企业管理方面的书和最近有意学习的鞭炮烟花制造知识，打算向龚老海和龚家老大提出四个方面的建议。其一是关于产品品种，要分三类：一类是供中下层社会的人们喜庆、祭祀用的，以价廉质稳为原则；一类是供上流社会和大型社团纪念、消遣用的，以价昂物华为原则；再一类是供出口用的，以量少质优扬名为原则。其二是关于产品包装，要分艳丽和华贵两种，包装纸要设计后交印刷厂成批印制。其三是关于工人潜力的利用和工艺水平的提高。其四是关于车间的设置和安全生产。他甚至想得更远，想待这个厂积累雄厚的资金之后，劝他们进行跨行业经营，兴办农产品综合加工利用公司，对南阳盆地各类农产品的一级、二级、三级利用都能进行解决，他可以以女婿的身份出任某一个加工厂的经理。如果继续成功的话，还可以再投资办其他企业，譬如南阳盆地地下的石油开发、伏牛山水晶石石墨石的挖掘等。那时，龚家庞大的母公司，会对南阳盆地和整个中原的振兴起举足轻重的作用。周素作为这一切的设计者，也许会青史留名。每当他装完卸完汽车坐那里冥想这一切时，就禁不住兴奋得满脸通红。而且，当他在脑海里设计那遥远的将来时，一组连续的画面总不时地在眼前闪现——一座精致的青砖小楼，围着不高不低的院墙，楼前有绿树，楼后有花圃，院门铁栅式，他驾着一辆白色轿车缓缓驶抵楼前，车轮沙沙，轻轻一按喇叭：嘀嘀。怀抱婴儿的小枫立即从楼里奔出，"叫爸爸！叫爸爸！"那婴儿挓挲着粉红的小手向他扑来，他伸开双臂，将小枫和那婴儿一齐揽在怀里……常常是龚家老大叫他干活的喊声，把他从想象中惊醒。

自从周素重新负责装卸车和试放之后，龚老海也开始每天都亲手做鞭炮、烟花了。因为他做的都是新品种，所以周素每天傍黑都要进行试放。每次试放前，小枫总要特意跑到周素身边低声嘱他："小心些！"对此，周素总是一笑："没啥！"不过他心里对试放这活也越来越怵，因为不知何故，几乎每天傍黑试放，都要出点险情，不是鞭炮提前爆响，而且响得厉害，险些把他的手炸伤，就是烟花提前喷火，差点把他的眼烧瞎。但他又想，既是试放，发生这些事也属正常。一日傍黑，试放一种"半天雷"，炮身粗短，重如一只半大红薯。他把炮在地上放好要去点时，站在一旁的小枫突然扔过来一节竹棍，叫："把火绳绑在竹棍上！"周素依言做了，刚把竹棍上的火绳挨着药引，那"半天雷"就蓦然炸响，声如炸雷，将原地崩出一个坑来，倘若不用竹棍，周素的一只胳膊怕要被炸飞。围观试放的人皆被惊住，许久之后才发一声感叹：这炮真响！龚老海拄杖缓缓走来，看一眼地上那坑，而后转身对周素含笑说："看来这炮药装得有些多，让你受惊了！你干这活确实不易，每月给你再加三十元工钱！"周素听罢，心中一热，很有些感激，说："谢谢太爷爷，年轻人干这种带点险的事，没啥！"小枫一直默站一旁，待龚老海走远、围观的人散尽之后，她才疾步走到周素面前，低而恳切地说："你回去吧！不要再在这厂里做工啦！"周素当时一愣，问："为什么？""别问为什么，你只管算清账回去吧！""是不是怕我再出危险？放心吧！这是鞭炮烟花厂，又不是地雷、炸弹厂，试放还能出多大危险？再说，你在这里，我——"周素还没说完，小枫又猛地上前抓了他的手摇着，用几乎恳求的声音说："你走吧，走吧，去别处挣钱实现你的计划吧，别在这里了！""你呀！"周素轻抚着小枫的脸颊，依旧轻松地笑着说，"我不仅不能离开这个厂，我还要设法使这个厂更快地发展起来，我要为你创造一个根本不曾想过的将来——"小枫听到这里，脚狠狠一跺，猛地转身跑开了。在她的脸颊离开他的手的那一瞬间，他觉得手指触到了一滴水，他想看清那是不是她的泪，可惜，天太黑。

几天之后的一个傍晚，周素在试放烟花时，又出了一件更险的事：他刚把一筒表面看去十分平常的烟花点着，只听"哧"的一声，亏他反应快，听出不对头，呼一下就转身趴下了，他刚趴下，烟花筒就轰然爆炸，筒上的干泥块子像弹片一样带着刺耳的啸声乱飞，周素要不是趴得快，离那么近，只要有一片泥块打在胸口，也完全可以把他打死。这件事发生时，小枫就站在记账屋门口，她脸色发青，既没上前扶周素也没惊叫。是龚老海拄杖跑到周素跟前扶起了他，一连声地说："真是意外！真是意外！看来以后的烟花药不能这样配了。请你原谅！请你原谅！从今日起，每月给你再加二十块！"周素当时笑着掸土说："不用，不用，一点意外，没啥，没啥。"

就在出这件事的那天夜里，小枫一挽鬓发走进记账屋，语气平静地对龚老海和龚家老大讲："太爷爷，爷爷，这些日子我细想了想，我不愿跟姓周的结婚了。他们家太穷，我不愿再去过苦日子。再说，他身上的那些疤，也太难看！我还是愿去你们当初说的陈家。""真想开了？"龚老海有些出乎意料，语调中仿佛抑着欢喜。"真的！"小枫平静地颔首。"那好，那好，既然想开了，就按你想开的办！"似乎有一缕笑意很快消失在龚老海额上那丛密集的皱纹里。"太爷爷，我有两个要求，想求你答应。"小枫接着又说，"一个是这婚事既然家里同意我也同意，要办就早点办，也免得姓周的再来搅我的心；一个是我同姓周的总算也好过一场，我知道他爱画画，求太爷爷还让他到画封屋里干活。"龚老海听罢立刻就答:"好,这两条我都应允!头一条,明天就找人择定喜日子!第二条,从明日起你不必再去干活,只管在家做嫁妆,画封屋里的活让姓周的去干,不让他再装车和试放了,而且他的工资也不变。"小枫当时又说:"我这里有一封给姓周的绝交信,烦你转交给他,我不想再见他了!"龚老海伸手接过,说:"行!"

第二天,龚老海在对周素交代完让他仍回画封屋干活之后,掏出了小枫的那张纸条,和颜悦色地说:"小枫让捎给你的。"周素急忙接过,脸红红地去画封屋拆开看,只看一眼,就眉扬起、脸煞白,揉揉眼,又看一遍,再看一遍,仍是她的字,还是那句话:"我不愿再见到你!"他蒙住、怔住、呆住:怎么变得这样快?!他直立许久,才又一拳砸到墙上,咬牙低叫:"水性杨花的女人!"他踢开画封屋里的一条凳子,猛地向门外走,原想立刻去找小枫责问,而后到记账屋结清账目,从此永远离开龚家这个厂。但脚迈门槛时又蓦地停止:你有何权责问?走,离开龚家可以,可再上哪里去挣这每月一百多块钱?而没有钱,又拿什么去办榨油坊?没有油坊积累资金,又怎能去办农产品综合加工利用公司?又用什么去办跨行业的诸多企业?大实业家,青史留名,盆地勃兴,岂不都成一句空话?他又缓缓收脚,从牙缝徐徐吐出一口气,重重跌坐在凳上,良久,猛地伸手提起画笔,饱蘸红色颜料,在一张白纸上挥写一字"忍"!笔锋力透纸背!他写完掷笔在桌时,看见龚老海悄无声息地走进门,径在那张太师椅上坐下,双眼微微眯起。

自此,周素再不出画封屋,更少言语,只闷头画封,按时上下班,脸,也就慢慢瘦了下来。

小枫也从此再没出过闺房,说是她整天在忙着做嫁妆。喜日子看定在二十天之后,陈家也很高兴结这门有钱的亲家,巴不得立刻就把媳妇娶到。喜日到来的前一天头晌,老五奶奶去看小枫的嫁妆,进屋就惊呼一声:"嚄!"那嫁妆真是气派:光缎子被就有十床,黑呢子衣服整四套,皮鞋深勒浅勒七八双,毛毯、线毯四五床,大花床单有四条,针织线衣有十套,黑漆箱子有三对,大小柜子六七个,更加上那些新派东西,什么电视机、收录机、洗衣机、自行车……老五奶奶看着,摸着,感叹着:"天爷呀,想当初老子来柳镇,我老娘只给我一个缺了仨齿的枣木梳,外加十个洗衣服的干皂荚,看看你们今天多有福!"老五奶奶感叹罢,走到小枫身边,抬手在她头上正绕三下反绕三下,而后开始她常对那些要做新娘的姑娘说的话:"正绕三,反绕三,你的命里有金砖;大金砖,小金砖,抱砖不如抱住汉;汉有高,汉有低,高低都能撒种哩;种有儿,种有女,有儿有女有福气——"老五奶奶刚说到这里,一对白老鼠突然蹿上房梁,叽叽吱吱一阵乱叫,惊得老五奶奶一呆,忘了下边的词,而且眼皮也跳了起来。她仰脸向屋顶,双眸微闭片刻后,捉住小枫那又冰又凉的手,匆匆说了几句恭喜话,便出门走了。小枫当时坐在那些嫁妆旁,两眼怔怔没吭声,只眉梢一动,闪出一丝似讽非讽的笑来。

  随着小枫喜日子的临近,周素的心也一日比一日疼得更甚。这些天,他曾不断地回忆检点自己,想找出究竟在哪些地方伤了小枫的心,遍想不出之后,就越发地恨起突然变心的小枫来。这种恨在心里发酵之后,迫切地想找一个发泄口,他几个晚上在龚家大院逡巡,想找小枫痛骂一顿,无奈小枫不出门。每天夜里一躺下,那幅咬噬他心的画面就总要出现:一张漆成粉红的新婚床上,小枫正缓慢而优雅地脱着衣裳,那陈姓新郎,正迫不及待地扑向小枫。他的牙被这幅画面折磨得咯咯乱响。喜期到来的头一天前晌收工时,他深一脚浅一脚地向记账屋走,他想找龚老海或龚家老大请几天假,他担心自己在这院里再待下去,看到小枫的那些嫁妆,看到陈家来迎亲的人,会有不理智的行为。龚老海听完他要请假的要求之后,慢慢一捋胡须,微眯眯眼说:"明日是我家大喜的日子,也是这家最忙的时候,因此所有工人都不准请假,谁若擅自不来,扣发本月工资,且解除雇用合同!你作为小枫的同学,更不能请假不到。我还有两件事请你办:一件,我专为小枫的出门做了一挂两千响的长鞭,想请你后晌画一幅漂亮的封纸包上,明早迎娶的彩车来到时当众启封燃放;另一件,想请你晚饭后为小枫捆扎嫁妆,以便于明天送亲的人抬。你办事心细且是小枫的同学,我信得过你!当然,我也不会让你白白加班,今晚给你加班费五十元!"周素听罢,气煞,原想转身就走,但脑里的那个事业规划,又迫使他抑下这冲动,硬把那个"忍"字再塞胸中,罢,就给你干。他勉强点一下头,走出门,刚迈出门槛不远,屋里突然传出龚老海一声大笑,笑声长而闷,尾音上挑,夹两次咳,透出无比的畅快。周素被那笑惊得几乎止步,他从未听龚老海这么笑过。

后晌,秋阳发红,缓缓在西天运行,遥远处伏牛山的山脊在天边成一黑浪,渐渐与斜阳接近。柳镇因了这龚家的喜事,笼在一股欢喜宁静的气氛中。就在这时,忽有闷重的两记响声传进镇上,那响声出奇地大,惊得镇中的牛、马、猪、羊、狗、鸡、鹅、鸭一齐大叫,众人仰头循声看时,只见一巨大的紫云团从镇西丘洞升起,云团紫得发亮,仿佛还夹有火光。紫云团在几百米高空弥漫开,几乎把柳镇的上空遮住。年轻人只觉新奇,齐跑往丘洞边看,老年人则一个个十分惊慌。老五奶奶见状,仍如往常,脱下上衣,拿一柳条,直往自己身上抽,不过这次是抽了三十下方住手。

晚上，柳镇街上异常冷清，因了后响的那大团紫雾，不少人家早已吃过饭闩上门，街上只有一些年轻人在那里游晃。仅有龚家大院仍灯光明亮，人声喧嚷，一派喜象。龚老海虽也听说丘洞冒了紫雾，但他相信一喜冲三邪，祸不会降到龚家头上。周素下午为两千响长鞭画一对戏水鸳鸯的画封，晚上，龚老海朝他指了指龚家大屋最边上的一间，说："小枫的嫁妆都在那间库房里，走，我告诉你怎样捆扎！"周素机械地随他进了那屋，一看见那五光十色的陪嫁东西，一股火就蹿到了脸上。他的目光每触到一件嫁妆，眼前就现出一幅幻影：那是个梳妆台，小枫正坐台前梳理她那漆黑闪光的长发，粉嫩的脖颈一晃一晃，姓陈的新郎正一脸喜色地把发卡夹在小枫头上。那是一个双人沙发，小枫正偎在姓陈的怀里笑闹……一幅幅幻影越来越紧地揪着他的心。"还可以吧，这些嫁妆？"龚老海的一声问话把他从痛楚中暂时拖出，他扭头看一眼对方，想弄清龚老海是否注意到了自己的失态，但这一眼让周素发现了龚老海望自己的眼神有些奇怪：仿佛是一种玩弄什么东西后的舒坦！

周素咬牙从脑里赶走幻影，机械地按照龚老海的交代捆扎着那些嫁妆。后来龚老海笑着咂了下嘴唇，说："你慢慢干吧。"就转身走了。周素于是就又进了那一幅幅折磨他的幻影中。差不多将一半嫁妆捆扎完之后，周素出去小解，路过记账屋门口时，忽听门缝里传出龚家老大的一句抱怨："怎叫周素去捆嫁妆？他能捆好？"接下来是龚老海压低了的声音："是我专门叫他来捆扎的，专门！懂吗？"周素闻言倏然一愣：专门？为什么专门？"哗啦"一声，脑里裂出一道缝，两个黑色的大字出现在脑海：折磨！啊，懂了！怪不得你看我时是那种眼神！哈哈，折磨，几乎在那个判断闪现的同时，一股强烈的气恨由心底涌起，迅速膨胀，这气恨使他的身子开始哆嗦,他感觉到身上的血管全都暴起,由心脏向外输出的血流在加急,手指被一种莫名的亢奋弄得不住抖动,一个强烈的愿望在心中翻滚:毁坏一点什么!当他重又走进放嫁妆的库房时,便朝最先碰到脚的一个放皮鞋的纸盒猛地踢去,纸盒飞起撞到墙上,又碰落到墙角的一个缸旁,发出"哐"的一响。这一声把周素的目光一下引到墙角的缸上,那里并排放着七口大缸,上边一律贴着红纸条:"火药,严禁烟火!"缸上一律加盖着石板。他的双眼在那排缸上凝定,足有十分钟没动,随之一个从未有过的念头跳到眼前:娘的!点了这些火药!毁了这些嫁妆!毁了这龚家大屋!毁了这一切!你们折磨我,我也要让你们知道知道我的厉害!这个念头的生出,顿时让他体验到了一种报复的快意。他的眼球开始变红:娘的,干!

这个念头一经固定,他便放慢了捆扎速度,他要故意拖延时间!他捆捆解解,解解捆捆,其间龚老海来看过两次,后来他大概打熬不住,便让看门的老头来陪着周素,自己先去睡了。周素依旧磨蹭,直磨蹭到那看门老头也哈欠连天,嘟囔着:"你干完自己关上门回吧,我去睡了。"周素这才无声地冷冷一笑。他先轻步出门,见龚家大院悄无声息,全都睡了,这才快步进屋迅速拆开那挂两千响长鞭,把那张画有戏水鸳鸯的红封纸撕碎扔下,并搬开一口火药缸上的石板盖子,把长鞭的一半放入缸内,另一半耷拉在缸外,而后从库房的另一个木柜里拿出一把鞭炮药引,三股三股地连接起来,变成一根导火线。他根据平时试放鞭炮烟花时的经验,把导火线接得很长,计算好在自己返回家中二十分钟之后,这些药引才能燃完起爆。当一切安顿好后,他擦燃火柴点着药引,便悄步走出了龚家大门。

已近午夜,街上更加空旷冷清,一两声狗叫从镇外传来,慢慢消失在幽暗的街道两旁。当周素就要迈过街道时,一股夜风裹着一些纸屑陡然吹过,使他的身子一个激灵,心里也顿时咯噔一声,紧张炽热的脑子霎时有些清醒:你这是在蓄意杀人!这个意识出现的同时,他打了个寒噤。立刻,小枫和她弟弟、妹妹以及龚家其他一些人的面影在他眼前一一晃过,你怎能害死这些无辜的人?不,不能!一条条断腿、一只只断臂在他眼前乱飞,鲜红的血分明地沾满了那些瓦砾,他的心抽搐了一下,身子不由自主地转了回去,一股巨大的拉力扯着他的双腿。他不敢再犹豫,加快步子跑回库房,那药引正呲呲燃着缩短,差不多快近四分之一了。他急忙抬脚想去踩灭,他的右脚刚落到药引上,高度绷紧的神经突然感到背后有脚步声。糟糕!龚家来人了!只要龚家人看到这个场面,发一声喊,片刻之后就会引来无数麻烦,那时如何张嘴去辩?他觉出一股冷汗顺着脊背下窜,他惶恐地扭头一看,原来是小枫站在门口,他望着小枫那张苍白的脸,舌头竟僵在口中,他只担心她会发现他脚下的药引,发现药引连着鞭炮和火药缸。还好,小枫没往别处看,只望定他的眼平静地说:"你该回去了!""哦,哦。"周素微弱含糊地应道。"回去睡吧!"她又催。周素于是只好移步向门口走,一出门槛就加快了步子,他估计小枫发现那药引后会发出一声惊呼,然而没有,但愿她不向地上看!

当周素又走出龚家大门来到街上时,神经的松弛使他瘫软地蹲在了地上。夜更深,风愈冷,一两声猫头鹰的叫声从暗黑的夜空飘过,应和着从谁家窗隙门缝漏出的鼾声。周素身子软得只想就躺在这街上睡去,但他不能!他侧耳倾听龚家大院的声息,待院中又是一片寂静后,他又急忙站起了身,他要重回那间库房,要把那些药引拆掉,把那挂鞭炮封好,把火药缸盖上。

看门人睡得很死,周素又顺利进了院子,悄步向库房走。离库房还有十几步时,浑身的汗毛突然一竖,鼻子闻到了一股药引正燃时所飘出的轻微硝味。是的,是硝味!进厂这么多日子,已使他对这种味道十分熟悉。糟了!一定是自己刚才未把燃着的药引全部踩灭,致使它这会儿又燃了起来!天呀,已过了这么长时间,药引要燃也快燃完了!想到这里,他不再怕脚重弄出声响,三步两步跑到门边,隔门缝一看,果然,那药引正嗞嗞燃着,已近鞭炮,快到缸沿。他猛地推门想冲进去掐灭药引,但门一推他才发现:屋门竟被锁住!毁啦,小枫大约怕我偷她的嫁妆,把门锁上了!现在要砸锁开门去掐药引已经来不及,不容犹豫,也不敢迟疑,爆炸马上就要发生,周素猛然张嘴大喊:"快呀——快跑呀!库房着火了——!"这粗哑瘆人的声响陡然升上夜空,迅速向四下蔓延开去,那喊声失控失真,连周素自己也辨不出那是自己的声音。喊声迅速把镇上所有的狗儿惊醒,吠叫连天,更添一种急迫。周素没管别的,只连声大喊,边喊边猛力挨个擂着龚家的屋门,"快呀——着火了——!"

最先跑出睡屋门的是龚老海,他知道鞭炮烟花厂失火的厉害,赤脚、赤膊,只拿一根拐杖,出门就喊:"快跑!"

出来了,龚家的人全都只穿着内衣跑出来了。最后一个出来的是小枫,只有她穿得整齐,她是被她爹拉着跑出来的。

"快向街上跑!"周素仍在声嘶力竭地喊。他的喊声刚落,就听"啪"的一声,鞭炮响了。周素知道,药引已经全部燃完,那挂长鞭已开始响了,很快,火药缸就会爆炸。他推着搡着龚家的人向大门外的街上跑。当他最后把小枫推到街上时,只听"轰隆"一声,地面猛地一下摇动,龚家那七间大瓦屋连同他们后来又盖的六七间房子全都坍塌,连院墙都塌了,整个院子顷刻间变成了平地。那响声真是可怕,柳镇所有房子的墙都在那响声中晃了晃,街上好多人家的窗户玻璃都被震碎，所有的动物一起喊叫，上千只老鼠被惊得窜至街上，镇中古榆上的铁钟被震得叮当乱响。在房子倒塌的同时，大火烧起来了，火头猛烈鲜红，舔热了半个天空。原在街边树上睡了的麻雀，被这响声震迷，箭一般地向那火堆上扑去。

龚家一家人都呆呆立在那里，一个个腿都在抖，龚老海被他儿子龚家老大挽着，满脸淌汗，身子在颤。那会儿全镇的人都在向龚家人站的地方跑，跑近后却都蓦地止步，默不作声，只惊骇地看。最先跑到龚家人身边的是周素的爷爷、奶奶、爹、娘、弟、妹，他们离得最近。周龙坤是让儿子周士高从病床上搀出来的，这会儿望着龚家大院的那副惨景，也双目瞪大发着愣。人群中一片寂静，谁也不知道该说什么，人们都只盯着在倒下去的房基上燃着的大火。大火中，不时响起鞭炮的爆声，不断有烟花从破砖烂瓦中喷出五彩的火花。

是龚老海最先把眼睛从燃烧的屋基上转开，他先是逐个看了一眼自家的一家人，最后把眼望定脸色发青、双目发直呆立在那里的周素，哑声说："是你把我们喊醒，你救了我们全家！这救命大恩龚家当世代相报，眼下，你先受我们全家一个头！"说罢，"嗵"的一声，就先双膝跪了地，他的那些儿孙除了小枫，也都跟着"哗啦"一下，全朝着周素跪了。周素两眼发直地看着面前跪下的龚家一家。那时候四周围来的那些镇上的人，包括周龙坤、周士高和周素娘，都无声地立在那里，发着愣。周素站着站着，腿就开始哆嗦，眼里也汪出了泪，慢慢就听他说："起来！你们起来！该跪下的是我！"说着，扑通一下，便在龚老海面前跪下了。四周人都不明缘由地瞪起眼来，周龙坤、周士高和周素娘都慌慌地向前挤了挤。这时候周素就开始说，说他如何发怒，如何安排，如何点火，如何去踩又没踩灭药引，直把龚老海惊得一张没牙的嘴全部张开，龚老海仍旧跪在那里，带了白苔的舌头在口腔里晃动，又一层黏稠油亮的汗珠从额上的皱纹中渗出。周龙坤、周士高和周素娘都被周素的这番话钉在原地，只能抬手把胸口捂住。人群中鸦雀无声。就在这当儿，只见一直未跪的小枫噔噔走到周素身边，用脚猛在他的腰上踢了一下，叫："起来！你跪什么？没你的事！那导火线你早把它踩灭了！后来是我又点上的！我点上后又把门锁上了！要不是你喊，我们龚家这会儿就舒服了！你喊什么？你这个混蛋！我早就盼着这天！自从我答应去陈家当儿媳妇时我就在盼！就是你不连那导火线我也要连的！我的决心早下定了！下定了！太爷爷，这会儿你知道我为什么要把嫁妆放到库房了吧？你明白了吗？"小枫又猛地转向龚老海喊。

龚老海的眼睛已经瞪得不能再大，脖子梗得很直，下巴一晃一晃，双膝仍在那里跪着，只是身子在慢慢向下萎缩。周龙坤大约是受不了这接连的惊吓，身子发软地歪在了周士高身上。四周的人依然噤声无言，只有坍塌下去的龚家大屋里，不时爆出鞭炮声，不断有烟花喷出来。就在那火光中，人们注意到，有一对白鼠在碎砖烂瓦间跑，它们并不离开那到处是火的地基，只在那上边又跳又叫，像是快活极了。

老五奶奶站在人群里，双眼微闭，嘴角挂一缕笑意。

又一串鞭炮从瓦砾中炸响，声极脆。

又一筒烟花从废墟中喷起，五彩的……

汉家女

日影在一点一点地移。待检的新兵排了队,准备工作已经做好。于是,接兵的副连长宗立山便伏在桌前,带一缕困意缓缓地翻着一摞体检表。这时,一个农家姑娘走进来,拍了拍他的肩。他以为又是哪个待检新兵的姐姐来提什么要求,就起了身,随她走。他被领进体检站旁边的一间空屋里,一迈过门槛,姑娘便把门无声地关了。

"找我什么事?"他的声音颇矜持。

"听着!"姑娘喘着粗气,"俺要当兵!俺晓得你们要接六个女兵。你不要摇头。俺家无权无钱,不能送你们东西,也不能请你们吃饭。可你必须把俺接去,你们既然能把公社张副书记的那个近视眼姑娘接走,就一定也能把俺接走!俺不想在家拾柴、烧锅、挖地了,俺吃够黑馍了!你现在就要答应把俺接走!你只要敢说个不字,俺立时就张口大喊,说你对俺动手动脚。俺晓得,你们当兵的总唱'不准调戏妇女'。你看咋着办?是把俺接走还是不要名声?!"

副连长的那点矜持早被吓跑,眼瞪得极大;白嫩的脸一会儿红、一会儿青、一会儿又白;两脚也不由自主地收拢,竟成了立正姿势。屋里静极,远处的狗叫从玻璃缝里钻进来,一声一声的。不知道过了多久,他才张了口,微弱嘶哑地问:"你,叫……什么,名?"

"小名三女子,大名汉家女!"

这幕情景,发生在豫西南榆林公社的新兵体检站。时间是十六年前。

汉家女就这样当了兵。

刷痰盂、擦地板、揉棉球,给病号送饭,放下拖布抓扫帚,还总一溜烟儿地追着队长问:"有啥活?"老队长慈爱地笑笑:"没了,歇歇。""累不着,送三天病号饭,顶不上在家锄半晌地。吃的又是白馍。"

人勤快了还是惹人喜欢。当兵第三年,她提了护士。领到的工资多了,除了给娘寄,也买件花衬衣,悄悄地在宿舍里穿上,对着镜子照。少了太阳晒,脸也就慢慢地白。早先平平的胸,也一天一天高起来,原先密且黑的发,黑亮得愈加厉害。于是,过去不大理会她的那些年轻军官,目光就常常要往她身上移,个别胆大的,还常常走上前极亲切地问一句:"汉护士,挺忙?""挺忙。"她嘟起丰润的唇,冷冷地答。于是,那军官就只好讪讪地走开去。老队长见状,曾蔼然地对她说:"家女,中意的,可以和人家在一块儿谈谈。"但她总是执拗地摇头。

却不料突然有一天,家女红了脸,找到老队长:"队长,俺找了。""找了什么?"队长一时摸不着头脑。"是三营的,叫宗立山。"老队长于是明白了,于是就含了笑说:"好!"

蜜月是在三营部度的。新婚之夜,客人们走后,家女推开丈夫伸过来的手,脸红红地说:"讲实话,你当初在体检站把没把俺当坏姑娘?""没,没有!"丈夫慌忙摇头。家女这才把脸藏到丈夫的怀里,低而庄重地声明:"除了你,没有一个男的挨过俺的身子!"

蜜月的日子过得真妙,但谁也料不到,就在蜜月的最后十天,家女会受个处分：行政警告！

处分来得有些太容易！那是一个早饭后，她在屋里打毛裤，听到隔壁七连长的妻子在哭，于是忙赶过去。一问才明白：有两个女儿的七连长妻，还想再要一个儿子，就偷偷地怀了孕。风声走漏到团里，团里今天要派计划生育干事来"看看"她，怀了已经三个半月，一看自然要露马脚。女的于是就慌，就急，就哭；哭她的命苦，哭她家在农村，没男孩就没劳力。不一会儿就把家女诉得心有些软，哭得心有些酸。于是，家女便把手一挥："没事！这个干事刚从师里调来，不认识你，也不认识我。你去我家坐着，我来应付他！"

她在蜜月里穿的是便衣，就那么往七连长家一坐。待那干事来时，她便迎上去，开口就说："你是不是怀疑俺怀了孕来检查？你看俺像不像怀孕的？！"边说边拍着下腹，一只手还装着去解衣服。那干事见状，慌慌地摆手："没怀就算，没怀就算！"急急地退出屋去。这事儿自然很快就露了馅，第三天，她就得了个行政警告。

家女当时对这个处分倒没怎么在乎，笑着对女伴说："俺也是好心。"一年之后，她丈夫调师里当参谋，她也提了护士长。料不到，后来调级时上级规定，受过处分的不调。要在平时，家女也许就罢了，可当时，她本打算和丈夫一块儿转业回河南宛城。这一级不调，一到地方，亏就要永远吃下去。她于是就吵，就闹，但级别到底没调。一怒之下，她下了决心：先让丈夫转业回宛城，自己把级别争到手了再走。

也真是巧，就在她决定不转业的两个月之后，上边突然来了命令：全师去滇南参战！

那晚的月亮真圆。丈夫刚从宛城回来看她，一家三口正围桌吃饭，邻居刘参谋的妻子变脸失色地冲进来："听说了没？部队要去打仗了!"家女听到这话,惊得好久都没把口中的筷子拔下。丈夫急急地催她:"还不快去问清楚!要是真的,就要求留守,我已经转业到地方,你一个人带个孩子咋去打仗?!"她愣了一霎,就拉了儿子星星的手,慢慢地向医院走。

见了院长,她刚说一句:"院长,俺星他爸转业了,星儿又正学汉语拼音,离不开我……"院长就打断了她的话:"我这会儿可没心听你说儿子学拼音,马上去通知你们科的人来开会。部队要打仗,你得把孩子交给他爸带回宛城去!"她顿时无语,就又拉了孩子回去。

进屋看到丈夫那询问的目光,她就叹了一口气:"罢了,该咱轮上,就去吧。这会儿要求照顾,说不出口,日后脸也没地方搁……"稍顿,又望着丈夫说:"我去了之后,有一条你要记住,你到地方工作,女的多,要少跟人家缠缠扯扯。给你说,俺的身子是你的,你的身子也是俺的,你要是敢跟哪个女的胡来,老子回来非拿刀跟你拼了不可!"

部队上了阵地不久,就爆发了一场挺激烈的战斗。伤员们不断地送进师医院,断腿的、气胸的、没胳膊的,啥样的都有。这情景先是骇得家女瞪大了眼,紧接着,伤员还没哭,她倒先呜呜地哭起来,边哭边护理,边护理边骂:"日他妈,人心就这么狠哟!把好好的人打成这样,天理难容呀!让他们也不得好死!"一开始她在骂敌人,后来,见伤员越来越多,她便骂走了口:"不是自己的娃,不知道心疼是不是?人都伤成这了,还不快点抬下来!日他妈!……"这些骂声刚好被来看伤员的一个副政委听到,副政委气了个脸孔煞白,立时就朝她训起来:"你在胡骂什么?!你还知不知道这是战场?听着!马上给我写检讨!不然,小心处置你!"她被这顿训斥吓得有些呆。但当天晚上,她一边写着检查,一边挺不满地嘟囔:"哼!为几句话,就训这么厉害?"

这场激战结束不久,后方就送来了不少慰问品,其中有一批男式背心和裤头。那天中午,男同志们排队领背心和裤头,家女竟也毫不犹豫地挤进了队。男同志们见状,就笑,问道:"你来干啥?"她理直气壮地答:"领背心和裤头!""这是发给男兵的,你能穿吗?"男兵们笑声更高。"凭什么只发给男兵?你没看那背心上印着'献给南疆卫士'吗?咋?就你们是卫士,老子不是?!我不能穿,晚点我儿子长大了给他穿!"领上东西回宿舍,几个女伴埋怨她不该去。她听后就很生气:"咋?背心裤头,在商店里买得三四块钱哩。凭啥只让他们男的沾光,不许咱沾?"女伴们直被她驳得哑口无言……

这之后,部队又打了一场恶仗。后方的亲属们便有些慌,接到前边亲人的信,也怀疑是别人模仿笔迹代写的。院领导就让每人都对着录音机向亲人说番话,再把磁带寄回去。

大家都觉得这主意好,于是就轮流在院部的那台录音机前,向亲人说了一磁带的话。轮到家女录音时,她把录音机拎到附近一个防炮洞里,谁也不让听到。助理员觉得好奇,收齐录音带准备去寄之前,悄悄地把家女的磁带放进录音机里听。这一听,使他又好笑又难受了几天。原来,那磁带上录的是:

星儿爸、星儿,你们可好?星儿胖了没?长高了多少?想我不想?平日闹人不闹?汉语拼音学得咋样?会不会拼出爸妈的名字?夜里睡觉前没吃糖吧?牙没有再疼吗?夜里撒尿知道喊爸爸拉开灯吧?这一段时间尿床了没有?早饭你爸都让你吃些啥?给你订牛奶了没?晌午饭能不能吃下一个馍?我去年给你买的那双皮鞋还能穿吧?

你的裤头穿上小不小了？勒不勒屁股？你要觉着小了，就让你爸再给买一个！平日上街时要小心汽车！头发记着一个月理一回，理成平头就行！别玩弹弓，小心崩了眼睛！写字时看画书时记着头抬高一点！妈在这里很好，就是想你，（带了哭音）想得很！妈恨不得这会儿就回去看你，可是不行，仗还没打完，待一打完妈就回去看你。你好好在家，听爸爸的话。好了，星儿，你出去玩吧，妈和你爸说几句话。星儿爸，下边的话你一个人听，让星儿出去。（停顿）星儿爸，你说心里话，想我不？你要是不想我你可是坏了良心！我可是想你！除了刚来那几天和打仗紧张时不想你，剩下的日子哪个夜里都想，每个月的下旬想得特别厉害。告诉你，不知道是因为这里气候的关系，还是因为我护理伤员太累了，反正这两三个月的例假总是往后推，已经推到下旬了，而且量少了，有时候颜色也不大对劲。不过你不要挂心，我会吃药的。我守着医院，没事的。你最近的身体咋样？胃病犯了没有？记着少吃辣椒，少吸烟，书也少看点，把身体养好！彩电买了没有？告诉你，我们这里吃饭不要钱，我的工资基本上都攒着，回去时差不多够买个电冰箱。日他妈，咱们以后也洋气洋气，过它几天排场日子。你现在就开始为我在宛城联系工作单位。我想部队一撤回去就转业，咱不要那一级了。我这会儿想开了，人家好多人的命都留在这里了，咱还去要啥级别？日他妈，亏就亏一点，只要咱一家人在一起就行了。最后还有一件事。我原想不说的，想想还是说给你。就是你现在宛城宿舍的隔壁，那家的女人好像不地道，两眼总在往你身上瞅。她男的在外地工作，你记着要少跟她说话，晚上不要去她家串门。我再说一遍，你要是胆敢跟哪个女人胡来，老子回去非拿刀杀了你们不可！你要把我这话记到心里……

仗，接二连三地打，医院也就紧紧张张地忙。家女身为护士长，自然忙得更厉害。看着那些血肉模糊的伤员，她常常流着泪给他们洗脚、擦身、喂饭、端大小便。有些伤员一点不能动，牙都不能刷，嘴老觉着没味。她就用棉球蘸了盐水，一颗牙一颗牙地给他们擦。累极了，她就倚墙坐在地上，垂了头睡。室内的伤员见状，便都涌出了泪，哽咽着喊一声："护士长，地下湿，快回去睡！"她吃力地睁开眼，笑笑，挣起身，晃晃地又去忙。听说医院要评功，十几个拄拐的伤员，就撞进院长的屋里叫："不给汉护士长记功，我们反了！"

一个报社记者听说她精心护理伤员的事迹，以为可抓住一个大典型，便兴冲冲地找她采访："护士长，你先谈谈来前线有些什么感想？"她默思片刻，极郑重地答："这地方拾柴可真方便！"记者有些发呆："什么拾柴？""你看，这满山的树和草，都能当柴烧锅。可在俺河南老家，拾一筐柴真不容易。俺小时候常拾不满筐，总挨娘的打。要是这儿离俺老家近，俺真想在这里拾两车柴！"

危重伤员转走后，家女好不容易得个空闲，便到附近镇上买东西。才进大街，忽听邮局门口有人在哭。原来，一个战士的妈妈从后方给他寄来五斤熟花生米，包裹单早收到了，来邮局领几次都回说没有。今日那战士无意中发现，邮局女职工的孩子拎着玩的一个布袋，正是妈妈寄花生米的包裹袋。于是那战士就来论理，就委屈地蹲在那里抽泣。家女一听，这还了得！三下两下拨开众人，冲着那女职工就骂开了："好你个没脸的东西！人家在前边打仗，老妈妈几千里寄点花生米，你还把它吃下去，你还有没有良心？你不怕吃下去烂了肠子烂了肺？不怕再不会生孩子？！……"

　　街上人越围越多，丢花生的战士早走了，她却从邮局吵到镇政府，东西也忘了买，回到宿舍还生了半天闷气。直到傍晚，院长通知女兵们收拾一下，准备第二天参加誓师会，给即将出击的突击队员敬酒时，她才算把这事丢开。

　　那天傍晚，破例地雨止雾消。于是，天就很蓝，西天霞映过来，树叶便很红。一个女伴就讲，天哟，这些日子咱们只顾忙，身子总没擦，内衣也没换，身上都有味儿了。明日给出征的突击队员们敬酒，叫人家心里骂：都是些脏女人！咱们是不是弄点水洗洗？于是，便分工，哪几个抬水，哪几个烧水，哪几个用雨衣遮门窗。水烧好后，天也就黑了。一人一桶，轮流到木板房里洗。

　　家女是最后一个洗的。进了屋脱了衣服，她就在那里看自己的身子，估量着是胖了还是瘦了。自从那次丈夫附了她耳说：我特别喜欢你的丰满！她便暗暗地希望自己胖上去。刚洗了几把，忽觉一丝风吹来，抬头一看，发现窗户上遮着的雨衣被掀了一条缝，缝里露出了一双眼睛。好个狗东西！家女只觉得气涌上心，呼地拿起旁边的一件雨衣穿上，猛地拉开门冲了出去。窗外那男的刚要扭头跑开，被她赶上，抓住耳朵，啪啪打了两个耳光。男的慌慌地挣脱逃走，但家女已认出：是七连二班长！狗东西！家女怕招人来，不敢高声骂，只好跺了脚在心里恨恨地咒："狗东西，叫鹰叼了你的眼！"熄灯前，她按惯例到病房巡视一周，回来开宿舍门时，忽见门底下塞着一封信，展开一看，竟是七连那个二班长写来的——

　　汉护士长：
　　　　求您原谅我！我本是去医院同老乡告别的，从那个房前过时,听到屋里有撩水声,便鬼迷心窍地把雨衣掀了个缝。我求您宽恕我,千万不要报告我们连长。我参加了出击拔点的突击队,明天喝罢出征酒就出发。您知道,突击队员能活着回来的很少。倘您报告了连长,那我死后,上级肯定不会再给我追记功了。一个无功的阵亡者,又落个坏名声,父母是很难得到政府照顾的,日子咋过呢?求您看在两个老人的分上,宽恕我吧!我当时也知道不该偷看您洗澡,可想想自己长到十九岁,临死还没见过女的身子是啥样,看一下也不枉活了一场,就忍不住了……

家女看着那张信纸,身子一动不动,怔怔地坐在那里。

第二天开誓师会敬出征酒时,她手抖着,捧了一杯酒走到二班长身边,默默地把酒递到他的脸前。二班长惴惴地接过杯,手也在抖,一口喝下之后,就垂下了头。她低低地说了一句:"散会后去我那里一趟!"二班长恐惧地抬起头,眼中露出了哀求。但这时她已转身,去给另外的战士敬酒。

会散了之后,二班长战战兢兢地推开了家女的宿舍门,他不知道怎样的惩罚要落到头上,但又不敢不来。

他进屋后,家女关上门,慢慢地朝他身边走。他慌慌地向后蹭着脚,以为巴掌立刻就要落到自己的脸上。却不料,家女突然伸臂把他揽到自己怀里,用颤抖的声音说:"昨晚,我不该打你。现在,你可以亲我、抱我,来!"他在一瞬间的惊怔之后,忙惶恐地挣脱着自己的身子。这时,家女那带了泪水的脸已贴在了他的脸上。"嗵"的一声,二班长朝她跪了下去……

那场出击作战过后,天气愈见热了,阵地上烂裆的战士也就更多。家女和另外一位男兵坐一辆救护车,去给前沿送治烂裆的药物。那几天战场比较平静,原本没有危险的,可她坐的车竟在一个山道转弯处翻了。车在山坡上滚了三下,家女的头撞在了岩石上。

她死了。死在去前沿的路上,没有什么壮举,没有追记什么功。

女伴们收拾她的遗物时,发现了一封没写完的信。十二个女伴含泪传阅着——

星儿爸:身子可好?

你上封信说,给我联系转业单位时,需要向人家领导送点礼。也巧,昨天我去师机关办事时,见管理科正在分发后方慰问来的"大重九"烟。这烟一般只送给师首长和最前沿的战士吸,很少分到我们医院里。我趁他们没留意,就偷偷拿了两条。反正我也在前线,慰问前线的东西我偷拿一点没啥了不得的。过两天我把烟捎回去,你拿上送给人家领导。听说这是好烟,会吸烟的人都喜欢。

下一步,还要打大仗,我们医院要上前沿开设救护所。我在想,万一我有个意外,对你可有一个要求:不要给星儿找后妈,有后妈的儿子太可怜。我一想到星儿有个后妈,心里就怕得慌。哪怕等到星儿能独立生活时你再找也行。当然,我这只是说说,前线至今还没有死过一个女兵,领导不会让我们去很危险的地方。

另外,有一件事我想告诉你,半月前,我亲吻过另外一个男人,因为……

信没完。女伴们看过之后,一致决定:为了维护家女姐的声誉,为了小星儿和星儿爸,把这封信毁了。当那封信被火柴点着的时候,十二个已经结婚和将要结婚的女伴发誓:"谁要对外人泄露一句,让她的丈夫和孩子不得好死!"

屠 户

那只蛾儿还在飞,不落、不停,就那样绕着肉案扇着翅,声不大,嘤嘤的。

风极小,树叶一下一下地摇。挂在肉钩上的半片猪,在轻轻地晃。案上的两个猪头,不动,眼瞪着街路。日头在向西天坠,砍肉刀被照得有些黄。一辆牛车从街路上过,牛蹄缓缓地移。空气中含着金家肉锅的香,却也掺了曹家鱼摊的腥。十字街口,又飘过来瞎老四讨钱讨吃的梆子响:梆、梆、梆……

珠儿站在肉案后,把眼睛又扭向了南街口,没有,还是没有。可是,该到了,两个老人该到了!

"珠儿,来二斤肉!"一声响响的喊,使珠儿一惊,扭过了脸。

"不会小点声!死喊啥?"珠儿瞪了来人一眼,"瘦的?肥的?剔骨的?没剔骨的?"

"嘿嘿,半肥半瘦的,我二姨来了,剁馅。"小伙子咧了嘴,笑笑,目光却聚在珠儿高高的胸上,不动。

珠儿拎起刀,利索地去挂着的那片猪上咔一下,扔上秤:"看见了没?秤高一点,让你捡便宜,拿走!"说罢,扔了刀,刀尖扎在肉案上,刀把颤三下,才停住。

"算了吧,谁不知你珠儿的手,准少半两!"小伙子笑着去掏钱。

"放屁！老子是八路军，买卖公平，不信，去那边公平秤上称！"珠儿把找的零钱扔过去。

"中，算我占便宜。"小伙子点头去接肉，却趁势把珠儿那白白的腕子捏住。

"滚！"珠儿啪地打掉对方的手。小伙子就笑笑地转了身，边唱边往远处走："小珠儿，胖嘟嘟，拎了刀，去杀猪，浑身弄得血糊糊……"

在榆林街，谁都知道珠儿会杀猪。一头猪被拉进院，不管是个大的，还是个小的，只要爹的身子不适，杀不成，珠儿便挽了袖，走上去，给猪拴了腿，绑在一扇门板上，拎了锃亮的杀猪刀，哧一声扎进猪脖子，而后用脚踢过猪血盆，血就一股一股地往盆里注。那猪自然要没命地叫，珠儿却笑笑，端过娘烧好的烫猪水，往猪的身上泼。接下去，就是刮毛、开膛、掏内脏。不一时，珠儿便把猪砍成两大半，扛到门前的肉案上，吸一口气，闭住嘴，用力把肉挂在肉钩上。

珠儿小时胆子也小，每回见爹杀猪，一听猪叫，就吓得捂起耳朵向娘的怀里钻，一边还扯了嗓子叫："娘，娘，让爹放了它！放了它！"娘就笑，就拍了她的头说："俺女子不怕，俺女子不怕，它是猪！"珠儿因为怕，猪肉便也不吃。日子在过，珠儿在长，加上整日地见，珠儿的胆子也就一点一点地大，先是看见爹杀猪，不再往娘的怀里钻，只站在远处看。后来，看见爹给出过血的猪用气筒打足气，猪身子变得圆圆的，她觉得怪，就走上前仔细地瞧。再后来，爹把猪开了膛，要用竹筐盛内脏，而娘正在做饭，就喊："珠儿，拿筐！"珠儿就把筐拉过来，爹把猪的肝扔进筐，啪，一滴血溅上珠儿的手，珠儿身子一抖，慌慌地去衣服上擦。珠儿的胆子一天一天地大，爹杀的猪却一日一日地少，有时杀猪刀挂在墙上，竟有了些锈。珠儿于是就问："爹，为啥不杀猪？""不让杀。"爹总闷闷地答。渐渐地，娘做的饭珠儿就有些吃够了，总是苞谷糁、红薯面、炒萝卜，没有一点肉。一日，爹坐下吸烟，拉珠儿到膝前，含了笑问："珠儿，长大想干啥？""杀猪！"珠儿答得好脆。爹一怔："为啥？""想吃肉！"珠儿说罢，看到爹脸上的笑一点一点地少，蓦地爹把她搂到怀里，声有些抖："珠儿，别杀猪，去读书！"接着，一滴水啪地落到她脸上，流进了她的嘴，她伸舌尖儿一舔，咸咸的。

珠儿读了六年书。那天，十三岁的珠儿从学校回来就哭，娘慌慌地问："咋了？"珠儿不答，只是哭。问急了，珠儿就抹一把泪，连声叫："我不去读书，不去读书！""为啥？"爹也有些慌。"他们说我是杀猪家的女子，谁也不和我一桌坐，说我脏！"老两口听罢，无了话，有些怔。从那以后，珠儿就真的不去上学。老两口就这一个女儿，视为掌上明珠，见劝了几次无用，便也不好太委屈她，就默允她退了学。娘对爹说："算了，就这一个丫头，读多了书，跟个识字人一走，咱老了靠谁？还不如就让她在家给你当个帮手，晚点招个女婿，把咱这个户头撑起来。"爹就磕了几下烟锅，说："也中，就让她学学杀猪和卖肉！"

珠儿心灵，日子没过多少，就把爹的手艺学了过来。但只要爹身子好，并不用她操刀杀猪，只要她在门口的肉案前卖肉。太阳在走，月亮在来，珠儿就在肉案前走向她的黄金时代，身子高多了，脸蛋丰腴了，胸脯子把衣服撑起来，肤色在遮肉案的篷布下渐渐地白，一双眼珠儿极亮、极黑、极水灵，让人看了有些呆。加上她的刀法好，买肉人说了斤两，她一刀下去，扔到秤盘里，也就只差个高低，所以小镇上去她案前买肉的人就多，她家的生意就红火。这就惹得街上另外几个卖肉的有些气,那些人就小声骂:"日他妈,都是贱种!为了看一眼人家的脸,就去买人家的肉,贱!……"珠儿听不见这骂,自然也不去管它,依旧响响地喊:"哎——,新鲜猪肉,才杀刚卖,大量供应,要肥给肥,要瘦给瘦……"照样地叫:"哎——,不坑不哄,八路军的政策,公平买卖……"

常常是半条街都能听到珠儿那脆脆的喊。

但已有好长时间,人们再没听到珠儿喊、珠儿叫,只见她如今日这样,默默地割肉,默默地收钱,案前无了人,就扔下刀,站那里,不动,眸子向街,散漫地看。

那只蛾儿还在飞,不落、不停,就那样绕着肉案扇着翅,声不大,嘤嘤的。

风更小,树叶已停了摇。对面二婶胡辣汤锅的烟,袅袅地飘。

珠儿站在肉案后,把眼睛又扭向了南街口,没有,还是没人。可五百多里路,坐汽车这时该到了!

"同志,割肉。"一声礼貌的叫,使珠儿回了头,"二斤半,要瘦的!"

珠儿拎刀、砍肉、过秤、收钱,然后目送着对方走。

眸子一跳、一闪,转瞬间又暗。

"同志,割肉!"董一宝头一次来时也这样叫。珠儿当时正在弯腰砍排骨,听到叫,抬了头,见一个当兵的推个车子停在案前,车后绑了两个筐,于是就明白:是个上士。西山下住了一营兵,珠儿晓得,每个连都有一个上士,上士和班长一样大,任务就是买肉、买菜、记账目。这是大主顾,珠儿很快地直起腰,笑一笑:"割多少?""四十二。""好哩——"珠儿欢欢的一声叫,手起刀落，就砍下了一块肉："看好了吧？秤砣放在四十二斤上，哟，多一点！算了，你们当兵的辛苦，一两半两不切了，拿走吧！"对方就说一声"谢谢"，把肉放进筐里，骑上车子走了。

人家还没走出南街口，珠儿就开始笑，咯咯咯地竟笑弯了腰，直到娘出来拍一下她的头："疯笑啥？"她才直起身，附在娘的耳边说："刚才来的那个兵是个憨瓜，我把秤砣摆在三十八上，说是四十二，他竟没有看出来，少给了他四斤肉，走时他还说'谢谢'！"娘听了，眉就有些皱："一回少给人家这么多？""咋，怕啥？他们是公家的人，钱多！"珠儿声音硬硬的。她平日就是这么做，逢着公家伙食单位的人来买肉，她总能变着法儿少给些。

这事儿办过，珠儿自然就忘了。却不料，半后响，珠儿正收拾一堆猪蹄，一辆自行车咔地支在她的案前，跟着就响起一句喊："同志，有事！"声音瓮瓮的。珠儿一怔，回了头：嘀！又是那个兵！"咋了，还买肉？"眉眼间就露了一种心计得逞的笑。"不买！"话音中夹了气，怒冲冲的，"你上午少给了俺四斤肉！""胡说！"珠儿的柳叶眉立时就凶凶地竖起来，"凭啥坏俺个体户的名声？为啥当时不去公平秤上称？你前晌看没看秤？你算什么兵？"这一连串的反问把上士弄得有些蒙，声音顿时就降下来："我上午把肉买回去，厨房值班员一称，少四斤，人家就怀疑我在中途把肉送给了熟人，我刚当上士，你说这糟不糟？"听上去火气已无，就只剩下一些委屈，有那么一霎，珠儿的心就被这话弄得有些软，眼也就不敢再去看那张憨厚的脸，但她到底还是心一硬："你糟不糟我管不着！"说罢，就转了身，挺响地去摔那些猪蹄。这时，就听那上士突然说："来，再割四斤！"珠儿就回过头，咔一刀，挂到秤上，声硬硬的："看清！别又说俺坑你！"那上士交了钱，拎了肉转身就去推车子，珠儿就赌气地叫："要不要报销的条?""不要!自己的钱!"上士的话音挺冲。珠儿一听,先一愣,随即就抓过对方刚交来的钱,啪一下扔出去:"拿走!""不要!"上士说着推了车子要走。"站住!"珠儿的心火升起来,呼地拎起一把刀,跑出肉案把车拦住。"你,干啥?"上士被珠儿的凶劲吓住。"把你的钱拿走!""为什么?""拿走!"珠儿并不多说,只拿杏眼吓人似的瞪了他。他于是只好转回身,捡了钱。"珠儿——"娘在屋里看见珠儿拎刀的凶样,慌慌地跑出来,"你咋这样拿刀吓人家?""少管!"珠儿叫一句,不回头,只用眼看上士慢慢地走。当晚,娘做了珠儿平日最爱吃的芝麻叶面条,珠儿吃两口,却一推碗说:"难吃!"便去屋里睡。娘跟进来,去摸她的额,担了心问:"是不是有病?"珠儿一拍床,连叫几声:"瞌睡!瞌睡!瞌睡!"娘不敢再问,就悄悄退出来,对老伴使个别出声的眼色。

第二天,珠儿立在肉案前,又看见那上士骑车驮了两只筐,显然是要买肉,但却并不往她的肉案走,于是就喊:"当兵的,过来!"那上士就尴尴尬尬地走过来。"咋了?怕俺坑你?去别处割?来,要多少,俺割了你自己称!"上士脸就有些红。就说出自己要割的斤数,珠儿就一刀下去,称好后,再让他亲自过秤。上士却把肉往筐中一放,说声"谢谢",付钱,推走。

这以后,上士就天天来买肉,或买多,或买少,或买肝,或买肺,一天一回。回数多了,珠儿和他自然就熟。一熟,当然就说、就笑,就扯些家常。于是,珠儿就知道他叫董一宝,家住信阳北边的董家堤,离这儿有五百多里,就晓得他家还有老父和老母,他是三年前入伍的。

有了这个老主顾,每天都能卖出几十斤肉,珠儿当然欢喜。于是,便稍稍地给些照顾。比如,猪肝、猪蹄一向买家多,但珠儿总是先尽一宝要。有一阵,小镇上猪肉供应紧张,珠儿便把一宝要买的肉预先留下。

得了这些照顾，一宝自然也就感激。没法用东西回报，一宝就用力气。每次装完肉之后，他或是拿过扫帚，帮珠儿扫一下案前案后，或帮助把肉案上的什物摆整齐，往肉钩上挂挂肉，收拾一下猪杂碎。珠儿娘看见了，就悄悄地在珠儿面前夸几句："看看人家这当兵的，心眼多好！"珠儿听了就笑笑。但笑着笑着，就把心里的一种什么东西笑出来了。有一回，当娘又这么夸那个勤快的一宝时，珠儿心里就忽然觉着了一丝儿甜、一阵儿颤，颊上还现出两片儿红。这以后，娘再酱猪肝、猪肚、猪耳时，珠儿就悄悄在盘里留一块，一宝来后，珠儿就将娘支走，自己把一宝叫到紧挨肉案的屋里说："俺娘酱了点肉，我觉着挺难吃，你帮着尝一下，看有没有点味。"一宝诚诚地说："行，拿来我尝。"珠儿于是就端出盘，一宝吃几口，品一品后，憨厚的脸上就浮了笑："好好！这味道好着哩！"珠儿就说："味道好，你就把它吃下去，反正你手已经捏了，也不好放。"一宝便全吃下去。看着一宝香香吞吃的样子，珠儿心里就甜，眼珠儿就亮，身子就软。

接下来，珠儿夜里就多梦、失眠、睡不好。往常珠儿累了一天，总是一上床就呼呼入睡，有时娘来掖被她都不晓，而且也很少梦见什么，而这时却常常睡不着，一宝的脸总在她眼前晃，想赶也赶不开，好不容易入睡了，又总是梦见他。白天，只要一见一宝来，她就觉着想说、想笑，一宝一走，她干啥都觉得心绪全无。一宝哪天要是有事让别人来代买肉，她心里就有一股无名火，不好朝着别人发，她就全倾给了娘，为一点点事就能把娘吵得晕头转向。娘便只好悄悄地向珠儿爹诉怨："这憨女子是吃了枪药还是咋的？"爹就反过来又抱怨娘："都是你给她惯的脾气！"于是老两口就都住嘴，各忙各的。

事情发展下去，就到了那个上午。那天，珠儿爹一大早就到镇东的村庄里去收买活猪，家里因前一天收的活猪少，只杀了一头。珠儿娘看看家里没了别的事，就对珠儿说："我去看看你姨，今日是个空。"珠儿便说："去吧。"那日的天有些怪，早上挺蓝，只有几块云在游，但饭后不久，几块云就膨胀、变大，慢慢地竟把天遮住。这时候珠儿还没怎么在意，只一心盯着街口，盼一宝快来。不想很快就从街筒里滚过一阵风，极凉，且风转瞬间变大，呼一下，就把珠儿肉案上的篷布刮走。近处几个摆货摊的人，也都一声惊呼，慌慌地去捡被刮掉的遮阳布，不能来帮珠儿的忙。很快，雨点就也赶来，啪啪地打在肉案上。珠儿有些慌，门前的东西要收拾，后院也晒了一些衣、被要往屋里拿，然而一个人，顾这顾不了那。也巧，一宝这时骑了车赶到，不用说，他支了车就跑过来帮忙，待两人把该往屋里拿的东西都拿完之后，衣服都已经湿透。雨点此时变得更大，砸着屋瓦，响声竟有些震耳。珠儿一边捋着湿发一边说："今天亏了有你！"一宝就笑笑："没啥，这点事！"话说完，两人就都打了个冷战，一身湿衣，当然凉。于是珠儿就说："来！你把我爹的干衣服先换上暖和暖和。"说着，就去柜里找了爹的一件蓝褂和一条黑裤，扔到了一宝手上。一宝脸有些红，说："换啥，我的身子壮！"珠儿就凶凶地把杏眼瞪起："你是不是想得病？换上！"一宝大约也确实耐不了那冷，就说："也中，待俺换下把湿衣拧拧，走时再换了军装回去。"

　　珠儿便走进里屋换衣，几下把衣服换好，就出了里屋门。这时，一宝按说是该换好衣了，却不想他因怕把珠儿爹的衣服弄湿，先很过细地擦了一通身子，结果珠儿出现在里屋门口时，一宝上身还在赤裸着。珠儿一眼看见一宝那隆着肌肉的结实的胸脯，乌眸儿顿时有些发直，呼吸也转瞬开始变急，接下去，一股火倏然间在珠儿眼里烧,随之,就见珠儿猛地向一宝怀里扑去,双手一下子抱住了他的腰。一宝被这突然的变故吓呆,一边挣着身子,一边讷讷地叫:"你干啥?干啥?"但很快,珠儿的唇就堵了他的嘴,他的低叫声一停,挣着的手也蓦然间无了力。珠儿死死地抱住他,他的心在狂跳,眼恐惧地隔门缝向大雨滂沱的街上看,腿却不由自主地随珠儿向里屋移。终于,他迈进了里屋门槛,听到了里屋门咣一下关住,跟着,风雨声就一下子变得极小、极远了……

当风雨又可以把它们的声音送进两人的耳朵时,一宝突然间捂脸哭了。珠儿慌慌地掰开他的手,心疼地问:"咋了?身子不好受?""我要受处分了。"一宝竟有些哽咽。"谁敢处分?"珠儿的眉又凶凶地竖起来,"我们是自愿!咋了?婚姻法上写了,自由恋爱,自由结婚,我们马上结婚,谁敢处分我去找他!""你不懂,不懂!部队有规定,战士不准在驻地附近找对象,这事要让人知道了,非处分我不可!"一宝说着就去穿衣。"别怕!大不了让你复员。你一复员,就留俺家,你管账,我卖肉,爹杀猪,娘做饭,日子过得肯定好!""嗨,哪能那么简单!"一宝叹口气,呆立一会儿,就要留下车子,换上湿衣背了肉走。珠儿说:"不能等等?我去给你做碗荷包蛋!"一宝摇摇头:"不敢再耽搁,这时候要再晚回去,更让人怀疑。"珠儿拗不过,上前亲亲他,帮他把肉筐放肩上,便倚了门框,心疼地看他冒了雨走。

一宝第二日来时,两眼布满了血丝,脸也苍白得厉害。他刚在案前站下,珠儿就扭头向屋里喊:"娘,你来照看一会儿案子,我进屋去跟这个当兵的结算账目,他两天的肉钱没给。"娘应一声,就出来。珠儿立时便使眼色,让一宝跟她进屋。珠儿爹在后院杀猪,屋里没别人,一进里屋,珠儿便又扑到他怀里,疼爱地抚他的脸:"眼咋这么红?"珠儿温热的身子和暖心的话,也立刻使一宝动了情,他把珠儿紧揽在怀里,声音哑着说:"我想了一夜,觉着咱俩这事瞒下去不行,没有不透风的墙,早晚领导会知道,那时,怕会处分得更重。所以,我想先向领导汇报,当然,不说别的,只说我俩已悄悄订婚,任领导处分。我估计,可能会给我一个严重警告,宣布我填的入党志愿书作废,让我中途退役。如果这样,你和你爹娘要是愿意,我退役后就留下……""愿意!愿意!"一宝话还没说完,珠儿已欢喜地低叫了两声,又用唇堵了他的嘴。直到听了娘在外边催:"珠儿,账还没结完?"珠儿才松开了他,应一声:"快了!"又转过身急急地向一宝交代:"你今儿回去就向领导说,看他们咋处分。明儿我等你的话!"……

珠儿第二日含了笑在肉案后等待。她只要一听到确实消息,就要向爹娘摊牌:我找了个撑门户的人!

却不料,一宝一天没来!

第三天,一宝照旧没到。

珠儿的心躁极、焦极、怕极:总不会被当官的关起来?

第四日早饭后,珠儿牙一咬,下了狠心:去营房里找!倘真是当官的把他关起来,就跟他们吵,跟他们闹,跟他们拼了!不想她刚找了借口要出门,一宝却突然骑车子来了。

珠儿望定他,双眸中有惊,有喜,有气。

那只蛾儿还在飞,不落、不停,就那样绕着肉案扇着翅,声不大,嘤嘤的。

日头在挺快地坠,已近了金保伯的屋脊。斜对门老山叔养的鸡,在街边聚一堆,正准备着上宿。菱嫂的货摊已开始收,她那六岁的儿子趁她不注意,拿了一包瓜子跑开去,菱嫂于是就高声骂:"日你妈,光知道吃,败家子!"十字街口的瞎老四,大约钱讨得不多，所以就很响地敲着梆子唱："……人本是从土里长，土长粮，粮养人，人爱土，土是娘，可俺因为看不见，不能弯腰侍奉娘，娘就让俺饿得慌，众位发个善心肠，给个钱，买碗汤……"

珠儿站在肉案后，把眼睛又扭向南街口。没有，还是没有。可是，该到了，两个老人该到了！

"小珠子，给爷称个猪头！"一声苍老嘶哑的喊，使珠儿扭过了脸。

"九埂爷，又要自己酱猪头？"珠儿边说边拿秤。

"自己酱的吃着好。你爹呢？又在杀？"老人颤颤地掏着钱。

"嗯，后晌杀一头。九埂爷，你慢走！"

珠儿又把眼睛移向南街口。

"你咋才来？！"珠儿当时的声音极高，把一宝吓得一跳。于是两人一齐慌慌地四顾，还好，人们都在忙，还没人注意到。只有娘听见走出来，嗔怪地说："珠儿，做生意人，咋这样高腔大嗓的？"珠儿一听，抿嘴一笑，便装了气恼叫："娘，你不知道。这人两天前买个猪头，钱拖到这会儿没交，走！进屋跟我结账！娘，你照看肉案！"

一宝随珠儿一走进里屋，珠儿就转身挥拳向他胸脯砸起来，边砸边含了委屈叫："你为啥才来？为啥才来？看把我惊的、吓的、焦的！"捶一阵之后，又扑到他胸上，抚着、亲着，心疼地问："打疼了吗？"一宝轻轻地摇头，手抖抖地抚着她的头发。"领导咋说？给啥处分？"珠儿仰了脸问。一宝不语，只是抚着珠儿的黑发。"究竟咋说？"珠儿又在他胸脯上捶一下。"部队要去打仗了！"一宝突然说出了一句。"啥？"珠儿的眼蓦地瞪大。"打仗！去南方。大前天我从这里回去时，部队刚接到了命令，我这几天没来,就是因为部队正做出发准备。""哦?"珠儿的身子一颤,"那你快把咱们的事说出去,让领导处分你,让你中途退役!"一宝头极缓地摇着:"这事现在不能说了,现在说出去,别人以为我是在找借口,不想去前线,临战怯逃。""不管咋着,打仗要死人的,我不准你去!不准你去!"珠儿伸手紧紧抓住一宝的领扣,眼中涌出了泪。"傻珠儿,"他抬手,手抖抖地为她擦着泪,"如果我真的为这事被留下来,不去打仗,怕别人晚点就会指着你说:珠儿的男人是个逃兵,打仗时生着法子不去,胆小鬼!那时你会受不了的。我日后也无脸去人前,还咋帮你在街前站着卖肉?再说,打仗并不一定就死,一九七九年那仗,不是那么多人都回来了?还有,战场上立功、提干比平日容易,只要能打仗不怕死就行,我已经要求不当上士,去一排当班长,我要是在战场上立了功,当了排长,回来时就可以正大光明地娶你。部队有规定,排以上干部可以在驻地附近找对象,珠儿,你说,这多好!""呜……"珠儿突然低声哭起来。一宝见状,发慌,一边用手给她擦泪,一边说:"别哭,小心娘听见!"珠儿把哭声压低。一宝于是就又交代:"我走了后,不能直接给你写信,怕信一到,街坊邻居就会猜测、议论,坏你的名声,你也不要直接给我写信,免得战友们发现。我有一个老乡叫罗同,领导已确定让他在营房留守,我给你的信让他转给你,你给我的信也让他寄给我。好了,我该走了。今天我是最后一次来买肉,以后换成了另外一个战士。"珠儿猛地抓紧他的手:"走前啥时再来看我?"声音中带了哀求。一宝的身子抖一下,低低地答:"我找个晚上悄悄来。"说罢,两人紧紧搂抱一霎,分开,珠儿用湿手巾擦擦眼,假装着大声说一句:"以后欠账,记着按时还!"接着,出门,给一宝割肉,而后倚了肉案,恋恋地看一宝走远……

四天之后的那个夜,天无月,星也不多,在镇外的枯河道里,他告诉她:部队明天中午会餐,可能在晚上走。珠儿不语,只紧紧地抱着他。身下铺着他的衣,河道里土的硬和草的茸,透过那薄薄的衣,能让他们感觉着。风一股一股地在河道里过,镇子里有狗在一声一声地吠,女人喊娃睡觉声在不时地响。但两人什么也没听见,只听到对方的心跳、呼吸。渐渐地,风开始凉,镇子里的声音在平息,该分开了。他先松开了手,无言地拿过身后的挂包,从中掏出一个塑料袋,说:"这是一身衣服,给你买的,不知道尺寸是不是合适。拿住,做个纪念。"她无言地接过,停一霎,便去脱自己刚穿好的上衣,直把最贴身的背心脱下来,说:"我这几天心乱,忘了给你买个东西带上,这个背心可能小,来,你看能不能穿上,能穿上,就穿去,不能穿,就带上,想我了,摸摸它。"他顺从地脱去上衣,穿上她的背心,背心小,有些勒人,但他说:"挺好!"两人拉手上了河堤,他送她到街边,两人又在黑暗中抱。他感到他的脸上沾了她的泪,就抬手去擦她的脸,擦不干,停一下,就松开手,转了身要走。走几步,又被珠儿从背后抱住,脚停下,一霎,他用力掰开她的手急步向远远的暗处走。珠儿瞪了眼望,直到看不见才突然蹲下,发出一阵抑低了的泣。泣声惊动了一条狗;狗挺响地叫,珠儿这才惊起,慌慌地向街里走……

第二天早晨一起身,珠儿就穿上了一宝给买的衣。他显然不是会买衣服的人,衣服又宽又长,颜色也是深蓝的,但珠儿照样极珍爱地穿上。娘看见,就诧异:"啥时买的衣?""前几天。""咋买这么大的?""大了穿上美气,咋了?我喜欢!"娘于是不敢再问,只好笑笑摇头:"倔丫头,穿衣也不跟人家一个样!"

早饭后不久,接替一宝的新上士就来买肉。珠儿问:"要多少?""七十五。""会餐?""你怎么知道?""猜的。"珠儿边说边挥起刀,肉割好,过秤,收钱,开票。新上士刚上任显然也小心,就把珠儿秤好的肉又搬到那边的公平秤上称,称罢却吃惊地叫:"九十斤!给多了?""少啰唆!那公平秤坏了,俺家的秤准,快拿走!"那新上士点点头,就放上车子,说声"谢谢",骑了走。

珠儿定定站在肉案前,神情有些呆,两滴晶亮的水,在她的眼角晃、晃、晃,终于,极快地滚下来……

那只蛾儿累了,落在肉案上,不哼、不动。不过,只一霎,就又扇了翅,飞起来,围着肉案转,声不大,嘤嘤的。

对门的风箱开始响,炊烟升起来,燃过的麦秸灰便又在天上极慢地飘。西街的秋子嫂又跟男人在吵架,骂声很响地传过来:"……日你个先人哟,老子当你的老婆有啥好?坐月子吃的都是煮萝卜,红糖你都舍不得买三斤!娃子给你生了一个又一个,你啥时夸过我一句话?日你八辈祖宗!……"

珠儿把眼睛又扭向南街口。没有,还是没有。可是,该到了!两个老人该到了!总不会是车在路上出了事?

"珠儿孙女哟,给奶奶割点肉。"一声亲亲的呼唤,使珠儿扭过了脸。

"四奶,割多少?"珠儿恭敬地问。

"三两。牙不好,又是一个人,多了吃不了。"四奶蔼然地说,眼却看着手中的一张纸。

"手里拿的啥,四奶?"

"信。孙子来的,"四奶的脸上全是笑,"一封信!"

"一封信!"那日珠儿正在肉案前呆站,一宝的老乡罗同突然在肉案外边低低地说。

珠儿闻声扭头，一惊，一喜，慌慌地接过信，急急地进屋去读，刚读完信末"想你、想你、想你"那六个字，心中的甜蜜正在弥漫，却突然觉着胃里一阵难受，不好，要吐，几步跑到后院墙根，哇一下吐了。

"珠儿，咋了？"爹和娘看见，极心疼地问。

珠儿摇头："不知道，这几天总恶心。"喝一口娘递过来的水，噘着嘴。

"快跟你娘一块去刘家诊所看看。"爹催，娘就扶了珠儿去。在诊所要了止呕的药，回来吃了几天，效果却近于无。珠儿总是觉着想呕、想吐。爹和娘于是就越加地慌，要不是那天早上的那盘藕，不知老两口还会怎样地慌下去。

那日早上，娘凉拌了一盘藕，放了姜，放了蒜，放了香油，当然也放了醋。珠儿娘拌好后特意先尝尝：咸酸适度。不想珠儿坐在饭桌前，只吃了一口藕，就叫"咋不放醋"，边说边就站起身，拿过醋瓶便往盘里倒。结果，珠儿爹和娘再去扪藕吃时，却几乎同时一伸舌头，叫："嗬，酸成这了！"但珠儿当时却说："我吃着正好！"珠儿爹当然没从这话里听出什么，只是慈爱地一笑："胡吃！"但娘却身子一抖，从珠儿的爱吃酸一下子想到她这些天总吐，想到她这个月"红的"还一直没来。珠儿娘就这一个女儿，平日对女儿照顾得也就极细，她知道珠儿"来红"的日期，一逢那几天，她啥活都不让珠儿干，就连珠儿的内衣裤也不让她洗。这个月"红的"本在前十几天就该来的，但珠儿娘在替女儿整理床铺和衣物时，却一点也没有发现"来红"的痕迹。往常，粗心的珠儿"来红"时，总要在换下的衣裤和床单上留下一点一滴，这次却一直没见。珠儿娘原以为是因为珠儿卖肉累着了，推迟了来的日期，但把珠儿的想吃酸和呕吐连在一起想，一个可怕的推测把珠儿娘的心都吓抖了。她立时就觉着一股冷气从脚底升起,直向背爬去。她并没立刻向珠儿爹说出自己的猜测,她还要再证实。饭后,她把女儿叫到里屋,不由分说地掀了女儿的上衣,把手放到了珠儿的腹部,她的手立时哆嗦一下。

"娘,你干啥?想吐又不是因为肚子疼,是胃里难受。"珠儿那乌黑的眸子诧异地闪。

"说!"娘的声音第一次变得这样严厉,"这是谁的孩子?"

"啥孩子?"珠儿震惊地瞪大眼,但转瞬之后,她就一下子明白,双手慌慌地去护她的腹,她蓦然间懂得了自己身体变化的含意,脸也一下子没了血色。

"啪!"娘猛地扬手打了她一掌,她跌坐在床沿,怔怔地望着娘,从小到现在,这是娘打她的第一掌。

"你为啥要办这丢人的事?为啥?为啥?"娘摇着她的身子,但突然间,娘停住手,双掌捂了自己的脸,开始呜呜地哭,边哭边诉,"天啊!这事一出,你憨女子日后还咋活?我和你爹的脸往哪里搁?咱家的清白名声还要不要?天啊,我为啥要养你这个闺女……"

珠儿眼呆呆地望着娘,她什么也没说,什么也没讲,她只是觉得脑子木。她双手护着腹,紧紧地……

整整一天,珠儿娘都没敢把这事向丈夫说,她怕、她怯,但她不能不说。这件事在家里太大、太大。吃晚饭前,她关了屋门,吞吞吐吐地、结结巴巴地开始向丈夫说,但只说了一半,珠儿爹的脸就被气得发紫,只听他吼叫一声:"贱女子噢!"就握起拳没命地向里屋的珠儿冲去,珠儿娘急急地去扯丈夫,但没扯住,就在丈夫的拳头抡起时,珠儿娘凄厉地低叫一声:"她身子重,打不得哟!"珠儿爹的身子一抖,拳头在快触到女儿的身子时骤然停住。

珠儿紧缩在床角,双手捂着腹,眼如受惊的鹿一样瞪大,身子在瑟瑟地抖。

"你这个当娘的是咋当的?咋当的?!"珠儿爹猛地转过身朝妻子吼,紧跟着,就扬起巴掌朝妻子的脸上打,啪!啪!啪!一缕血丝从珠儿娘的嘴角极快地渗出,但她却一下没躲、一声没吭,一任丈夫打、打。珠儿爹突然住手,几步跑到外屋拿一把杀猪刀在手,又跑进来朝女儿低吼:"说!男的是谁?老子非去拼了他不可!说!"

"不怨他!"珠儿极低地答。

"说!他是谁?"爹手上的刀在颤,脖子上的筋在跳。

"是个当兵的。"

"住哪?是不是在镇西那个营房里?叫啥名?"爹的眼红极。

"去云南打仗了!"

珠儿爹一愣,切齿道:"这个狗东西!"手中的刀随之落地,无处发泄的气恼转向了自己,只见他猛地扬手打起自己的嘴巴,啪、啪。珠儿娘慌慌地上前拉住丈夫的手,抽噎着说:"光生气没用,得想个主意。"

珠儿爹蓦然双手抱头缩下身,呜咽着叫一声:"想啥主意?啥主意呀?!"……

珠儿被这猝然而至的事情吓得有些呆。她从没想到,爱上一宝,原来还会带来这么可怕的后果。她十九岁生日过完不久,还根本没有要做妈妈的心理准备。她尝到了"怕"的滋味,在这之前,爹娘的宠爱,使她从来不知道"怕"对于人竟是这样厉害。她曾想立刻给一宝写信,告诉他她怀了孩子的事,让他知道她现在有多怕、多苦!但她最终还是把这念头打消,他在前边已经够险，不能再给他添一分"害怕"，不，不。

十几天之后的一个下午，娘低声告诉珠儿：你爹在八十里外的一个小镇医院找到一个熟人，答应悄悄给你做手术，咱娘儿俩明儿个坐车去。珠儿当时木木地点头，她已经晓得，这个孩子无论如何不能生下来，西街的疯玉兰，就是因为没结婚生了孩子，受不了人们的冷眼，疯了的。娘说完进屋不久，肉案外突然响起一声低低的呼唤："珠儿。"珠儿抬头，呆滞的眸突然一亮：案外站着一宝的老乡罗同。"有信？"珠儿蹙紧的眉一下展开。"有……一封。""快给我！"珠儿迫不及待地伸手抓过，根本没去注意罗同那颤颤的声、噙泪的眼、抖抖的手，甚至连罗同那声"多保重"也没听见，就把信装进了衣兜，转身喊："娘，你来！我进屋喝点水。"娘刚出门，她就进了屋，急切地撕信，贪婪地去读——

我亲爱的珠儿：

天亮之后，我就要带突击队去夺敌人占领我们的一枚山头了。这样的进攻战斗，突击队员能活下来的一向很少，因此，我必须做好死的准备，把有些话给你说说。我走了之后，你要记着把我给你的信都烧掉，不留任何痕迹。你在外人眼里还是个姑娘，你还要生活。我曾想过把我不久前得到的一枚军功章寄给你，做个纪念。后来想想，不能寄，你以后还要成家，万一这东西叫你以后的丈夫看到，会引起一些猜疑。

我现在十分后悔，后悔认识你太晚，后悔当初胆太小，和你在一起的时间太少。我在想，假若早认识你，假若和你在一起的时间多些，说不定我们会有一个孩子，孩子！这样，我虽死了，但我们董家还有一个后代。你晓得，我爹妈就我一个儿子，我一死，我们董家就彻底绝了。一想到两个老人会孤独无望地生活在那三间老屋里，我心里就怕，就抖。我真后悔！几十年之后，人们可能就会忘记，世上曾经有过董一宝这家人。当然，我这话有些自私，只想到了自家，没想到你，你会原谅我的这些瞎想吧？

　　天亮出发前，我要把你的那件背心穿上，那样，就是中弹倒下，我也是和你在一起的。只是不知以后整理我遗体的那些战友，会对我穿女式背心做些啥样的猜测。不多写了，珠儿，这算作一份遗书，先存我一个好友手里，我若能回来，他自然不会寄出，如果你真看到了这封信，那就证明我真走了。你不要哭，不要让爹和娘看见你哭……

"一宝——"珠儿只痛楚地嘶叫一声，就软软地倒在了地……
　　她醒来时，已经躺在了床上。娘默默地坐在床沿："是不是总觉得晕？"娘恨爱交织地问。她以为女儿的倒地是因为头晕。
　　珠儿不答，只默默地看着屋顶。脸，平静得很。
　　第二天早饭做好，珠儿一反这段时间总等娘喊吃饭的习惯，先坐到桌前，并且不是皱了眉只吃几口，而是咬牙吃了两大碗。娘见了就说："今儿要坐车去医院，多吃点好。"然而，待娘把随身带的竹篮挎好，说："珠儿，咱去坐车吧。"珠儿却突然开口："不去！"声音硬硬的。
　　"为啥不去？"娘吃惊了，"昨日你不是答应了去？""昨日是昨日，今日不去了！"珠儿的声音冷静至极。"为啥不去？"一直蹲在一边抽烟的珠儿爹，猛地站起，低吼道。"就是不去！"珠儿的声音冷极、硬极。"你……"气极的珠儿爹向珠儿冲去,但就在这时,珠儿闪电般地伸手抓过一把锃亮的杀猪刀,一下子把刀刃放在了自己脖子里。

珠儿爹骇然地止了步。

"你们要再逼一句,我就扎进去!"珠儿的声音极冷厉。

"你!你?你?"两个老人被吓呆,一时竟都瞪大眼、屏住气,站定在那里。

屋里静极。

锃亮的刀刃在珠儿的脖子上晃晃的。

"珠儿,娘求你了,你能不能说说你为啥又不去了?"娘的话带了哭音……

"他死了!"珠儿平静地说。

"谁?"两个老人都没明白。

"在云南打仗的人!"

"哦?"娘一声轻叫。

"是立功之后又战死的!"

"哦?"爹的嘴角一颤。

"他家里只有年老的爹和妈,日后要绝了!"

娘的眼瞪大。

"这样的人应该留个根!"

静寂填满屋里。

远处的十字街口,瞎老四的梆子又在敲。

"叫留不叫?"珠儿的刀尖又挨到了脖子上那莹白的皮肤。

两个老人站那里,不动,不吭。

"再问一句,叫留不叫?"珠儿的刀尖刺破了皮肤,一股血立时把她那洁白的脖子染红。

"叫留！叫留！我的珠儿！"娘惊慌至极地喊道，同时转了身没命地摇着丈夫的胳膊。

珠儿爹双手捂着脸，呻吟似的说道："留吧……"

那只蛾儿还在飞，不落、不停，就那样绕着肉案扇着翅，声不大，嘤嘤的。

日头已经沉下去，暮色开始浓，街上一点一点地暗下来。珠儿紧盯着南街口，可是，没有，两个老人还没到！莫非是出事了？

"珠儿呐，还有猪蹄没？"一声响响的叫，使珠儿扭过了头。

"有，七婶，要几个？做汤喝？"

"嗨，你七婶有那福气？！给儿媳妇买的！人家坐月子，有功劳，想吃啥都得给人家买到！"七婶絮絮地说着，话中就露出了几分气，"要四个。"

"七婶得的是孙子还是孙女？"

"是个带把的！"……

"是个带把的！"那晚，当珠儿终于从疼痛的苦海中一下一下挣出来时，爹从远处请来的那个接生婆，望了她笑笑地说。珠儿原本是想在脸上浮个笑的，却不料先出现在脸上的，竟是两串泪。几百天的痛苦反应，几百天的隐居生活，几百天的提心吊胆，现在总算有了结果，有了结果！

当珠儿第一次抱着自己的孩子喂奶时，心在痛楚地叫：一宝，这就是你的儿子！你的后代！你们董家不会绝了！不会绝了！……

这个孩子的出世，使笼罩在这个家庭的气氛有些变了。珠儿会笑了，尽管她有时还会对着孩子流泪；珠儿娘笑了，看着这个胖胖的外孙，她抑不住心中的欢喜。只有珠儿爹仍然不笑，而且在珠儿娘几次把外孙抱给他看时，他都扭过了脸。但有一天，当珠儿和娘都去后院晾晒尿布时，那老人慢慢地踱进里屋，俯下身仔细地看着躺在床上的外孙。那小家伙见有人来，便瞪了乌亮的眼，挥着白胖的手，噢噢地轻叫着，于是，珠儿爹那满是皱纹的脸，就极快地俯下去，在外孙的脸上贴一下。待他抬起头时，皱纹里夹着的就全是笑了。珠儿刚好这时进了后门，默默地看着这一幕。老人发现女儿，有些尴尬地止了笑，咳一声，说一句："我怕他滚下床。"便慌慌地走了。

一日，晚饭后，珠儿娘对珠儿说："该给娃子起个名了，不能老'小胖、小胖'地叫。"珠儿就说："中。"豫西南地区的风俗，孩子的名一向是由爷或外爷起的，但珠儿怕爹不愿起，就说："娘。你看起个啥名好？"珠儿娘想想，就说："这娃子身子结实，就叫他董大柱吧。"不想珠儿爹却突然生气地打断老伴的话："女人家见识！啥柱不柱的？人家爹是当兵的，死在战场上，是卫国的人，叫他'继卫'多好！"珠儿娘就撇撇嘴，说："哟，就你起的名字好！"珠儿就笑笑："按爹起的叫！"

小继卫在长，珠儿的身子也在恢复。月子里，猪蹄汤、猪肝汤珠儿是常喝的，除此之外，爹还常用猪耳朵、猪肚去街上给她换鸡、换鱼吃。满月之后，珠儿更显得白而丰满。由于珠儿身子好，奶水当然就足。小继卫一噙住奶头，就是喝水似的尽情把肚儿喝圆。尽管小继卫挺能吃，但奶水却还喝不完。时常地，珠儿要把奶水挤下地。而且就因为这奶水，还差一点暴露了小继卫存在的秘密。

那是小继卫满月的二十天之后，这时，因为珠儿的身形已大致恢复到了做姑娘时的样子，爹和娘便改了当初遮人耳目的种种借口，准许她到门外的肉案前卖肉，自然，是在孩子睡了之后。那一日也巧，天稍稍有些热，珠儿卖了一阵子肉，便脱去了外衣。

这一脱不打紧,她那两个圆圆的奶子就从衣下露出来,而且每个奶头上边的衣服都被奶水浸湿了一块。珠儿当时没在意,是一个来割肉的姑娘发现的,那姑娘诧异地叫:"珠儿姐,你胸脯子上的衣服咋了?"珠儿一惊,竟一时说不出话。幸而珠儿娘这时出来,急忙朝珠儿喝道:"看你那个邋遢样,喝水把衣服都弄湿了,还不快回去换换!"珠儿便慌慌地向屋里走去。所幸的是,发现这个情况的也是个姑娘,她还不会去做过多的联想。待那姑娘走后,娘吓出一脸汗,进屋对珠儿低叫:"天爷呀!你咋这么大意?!"

这之后,又有一次,因为小继卫的哭声,差点把他存在的秘密泄露。过去,为了防止别人听到他的哭声,珠儿爹把窗户用土坯堵了,在里屋门上挂了棉门帘。加之左邻是钉鞋的九叔,双耳全聋,右邻是个人来人往的马车店,还没有谁留意到小继卫的哭声。但随了小继卫哭声的响亮,右邻到底留意到了。那日,马车店主来珠儿家割肉,就用颇带几分奇怪的口气向珠儿爹说:"我这两天咋总恍惚听到你们家有小孩的哭声。"珠儿爹当时吓得差点把手中拎的一个猪头扔地上,还好,他到底想出了一个搪塞的主意:"是呀,我那个外甥女前几天抱着孩子来这里,说要给孩子看看病。"那店主知道珠儿爹是本分人,倒也没想别的,只是随口"哦"一声,就提了肉,转身走。珠儿爹这才带了一脸的恐慌进屋,摸着外孙的脸蛋说:"老天!你为啥要哭那么响?"停一霎,老人转向珠儿,脸浮了歉疚,讷讷地说:"不敢让他再在这里住了。"

珠儿咬了牙,点点头,极轻地。几乎在这同时,泪涌出眼,在脸上流。是的,小继卫已经五个月,该回他的老家了!

小继卫那远在信阳的爷爷、奶奶,在他刚生下不久曾在罗同的引领下,在一个夜里来悄悄看过一回孙子,以后多次托罗同来

249

问：啥时候来抱？珠儿一直没有说个准话。就在珠儿爹说了那话的当天，珠儿向继卫的爷、奶发了信。

两位老人回信说，今日来抱。

那只蛾儿还在飞，不落、不停，就那样绕着肉案扇着翅，声不大，嘤嘤的。

街灯开始亮，光微微。珠儿两眼紧盯着南街口，蓦然间，她的身子一抖：来了，来了！那两个老人，一前一后，提了包、挎了篮，慢慢地向这边移着步。

哦，继卫，你爷爷、奶奶接你来了！

五碗黄酒，摆在那个黑漆斑驳的木桌上，热气袅袅地飘。

珠儿怀抱着小继卫，坐在桌子的一头。胖胖的小继卫一手攥了妈妈的衣角，闭眼、伸腿、微微张嘴，香香地睡。

四位老人分坐在小桌的两边，垂了眼，默望着那酒、那桌、那桌上斑驳的漆。

电灯泡不大，黄黄地亮着。

风又变微，后院里的树叶一下一下地摇。远处的十字街口，隐约传过来瞎老四的梆子敲。

屋里，静极。一只蛾儿在屋角飞。

"喝，老哥！"穿黑褂子的继卫的爷，双手捧起一碗酒，递到了继卫的外爷手里。

"喝，老姐！"穿蓝大襟衣的继卫的奶，双手捧起一碗酒，递到了继卫的外婆手里。

"喝，闺女！"继卫的爷和奶两双手捧了一碗酒，颤颤地递向珠儿的手。

四个老人端碗，无言，仰脖，喝下去。

"让小卫爹替我喝了。"珠儿低低地说罢,倾碗,让酒缓缓地向地上洒。洒毕,放下碗,整理一下小继卫身上的襁褓带,俯首在熟睡的小继卫脸上亲一雯,而后,缓缓地站起。

四个老人默默地起身,离座。

珠儿把小继卫捧在手上,手在抖,身在颤,无言地向继卫奶怀里递过去。

扑通!小继卫的爷和奶,突然间双膝落地,当爷的发出一声苍老低哑的叫:"你们使俺董家一门香火不绝,俺们跪下了!"

珠儿、珠儿爹和珠儿娘,身子几乎同时一抖,便也扑通一下,朝脚下那黑色的地,跪下了膝。

那只蛾儿还在屋角飞……

泉 涸

南阳盆地的盆底南沿，有一镇，曰：柳林。出镇街南口，沿公路前行约三百米，可见路右有一块地，面积不大，五亩许。由北而来的小龙河分汊两股，将地缠绕成桑叶状，而后又在南端合流，潇潇洒洒地继续走。地中间，凸石一块，形若鹅，石上，有一隙，溢清水，量不大，然终年不断，且水温与井水相同，可浇田，被名之为地乳泉。乳泉一侧，坐一半塌砖屋，发黑的门楣上端，还可依稀辨出一些字：土地庙、乾隆三年、周家阖族等。这块地，就是我家如今的责任田，早先的祖产：桑叶田。

我哥哥就落草在这块田里。

二十六年前。秋。一日午后，蝉鸣热烈，日头旺极，只有三片小小的碎云在半空中晃，天闷得很，风小得只勉强能摇动庄稼叶子，我娘不顾我爹"你还要不要命"的警告，为多挣几个工分，挎上我家那个用柳条编成的圆筐，挺着高隆的肚子走进了桑叶田里的绿豆秧中。绿豆叶被太阳晒得发烫，一簇簇黑色的绿豆角在细微的热风中呻吟，盼望着我娘快把它们摘进筐里的阴影中凉快。我娘卷起她那宽大的黑粗布裤脚，小心地蹲在两垄豆秧中间的地上，一边缓缓地向前挪着脚步，一边用两手麻利地摘着豆角。发烫的豆叶摩擦着我娘那赤裸的脚脖，当她起身弯腰想把已盛了一半豆角的筐子向前再挪几步时，一阵剧疼突然抓住了她，我娘只来得及把手中的豆角撒到地上，便仰身倒下了。她的头在一蓬绿豆秧上不停地摆动，那些尚未成熟的青色豆角被她的头压断碾碎，迸出绿色的汁液；地上拳头大小的土块，被她因为疼痛而不停扭动的身体轧成了粉末。她的口中发出了骇人的叫声，那叫声在午后空旷的地里并不能传出很远，但还是把也在不远处摘绿豆的三奶奶惊了一跳，她扔下手中的豆角，扭动着两只被包成拳头大小的金莲，向我娘奔了过来。

你们可不知道，当三奶奶跑到跟前时，土埂那小子已经钻了出来，他还不会哭，可脑门上已经沾了一片绿豆叶子，屁股沟里也夹进了不少土，那一大片绿豆秧子都被土埂娘的血染成了红的。三奶奶手上一时也没带剪刀，咋去把脐带弄断？急得三奶奶团团转，后来只好用牙咬，三奶奶就是用她右边的那四颗牙把脐带咬断的。后来七秃子被三奶奶喊了来，让他抱了土埂娘往回走，没走几步，土埂娘就醒了过来，她看了一眼三奶奶手中的土埂，轻轻开了口，你们猜她说些啥？她说：三婶，麻烦您老把我摘的绿豆角拿到队里称称，我估摸着能挣一个半工分……

我哥长到六岁的那年夏天，有一日傍晚，他光屁股跑到三奶奶家门前玩，三奶奶扯了一下他的小鸡鸡，张开她那只剩右边当初咬过脐带的四颗牙的嘴，说：土埂，晓得吧？你小子就是在桑叶田里生出的，刚生下来屁股沟里就塞满了土！门前的几个大人听后哈哈大笑，我哥的那张小脸顿时就有些红了，他飞快地跑回家扯了娘的手问：孩子是不是都生在地里？不是。娘有些奇怪，摇了摇头说：在家里。那三奶奶为啥说我生在桑叶田里？娘笑笑：你就是生在桑叶田里。哥照娘的腿上就是一拳，委屈至极地哭着叫道：为啥不把我生在家里，让他们说我屁股里都是土？娘被问得无言以对。

我哥九岁那年，一日，我和他一起去桑叶田的田埂上割草，恰好碰到了七秃子。七秃子当时边往地上撒尿边对我哥笑着说：土埂，你小子长得真快呀！知道吧？你当初就是在这个地方生出的。他说着用手指了一下脚旁边的一小片苞谷地。那年这儿种的是绿豆，你生下来就沾了一身土！他的话音未落，只见我哥猛地扑上前，抢起镰刀就朝七秃子的腿上砍去。七秃子提着裤子呀了一声，急忙弯腰，紫红的血已经顺着他的手指缝流了出来。妈的，凭啥动手？七秃子吃惊地叫。俺不是在地里生的！不是的！哥噙着眼泪吼。

大团的浓烟腾跃、翻卷，火，伸出它蓝色的舌尖，轻巧地舔着地面上的东西，把树、草、棚，统统吞进了肚里。

人们在四散奔逃、哭叫。

好多好多年前，黄河中游曾发生过一场大火。就是那场大火，造成了一直栖居在黄河岸边的部分人群的迁徙。关于那场大火的缘由，据我们周家祖传下来的说法，是因为一头野牛的发怒——

那头野牛个大、毛黑、腿粗，平日总围着我们周姓部落的营地转悠，而且不时地还要昂着头高叫：哞——！常把女人们惊得一跳。于是，男人们经一番计议，决定将它杀掉。就在那个太阳极毒的下午，几十个男子手握棍棒，围了它，一顿乱打，要了它的命，而后将它抬回营地。按惯例，猎物抬回，要用石刀砍成块分给众人烧烤吃掉，但那次，大家一致说要吃烤全牛。于是女人们便开始架柴生火。当火生好，十几个女人晃动着被太阳晒得发黑的双乳，一齐嗨哟着把那野牛抬放到火堆上时，那牛竟突发一声怪叫，陡地翻身站起，跳出火堆，先在营地里跑一圈，用身上带的火将所有的窝棚一一点着，这才向旁边易燃的桦树林里跑。在冲进树林前，它又把一个手提尖底水瓶的姑娘撞倒，它撞她撞得很轻，仅仅使她昏倒，还特意低头看她一眼，而后高叫一声，才又向树林里跑。人们先是被野牛的死而复生惊呆，后看到四处浓烟滚滚，才意识到应该逃跑。一个胸前飘着浓密黑毛的汉子，因为听到了野牛最后的那声高叫，看到了那个昏倒在地的提水姑娘，便在逃走前跑去抱起了她。他虽然只耽误了这一点点时间，但火和烟已把他和跑走的人完全隔开，他不得不抱了姑娘慌不择路地向西南方逃。

他抱了姑娘在前边跑，火头夹了浓烟在后边追，一直把他追到嵩山口上。

火头虽已在嵩山南麓停住，可他和那已渐渐苏醒的姑娘耳边仍响着大火那令人恐怖的噼啪声，于是两人拉了手，继续没命地逃。

翻过伏牛山，爬过白河岸，当他们趔趔趄趄、跟跟跄跄跑到被一条小河缠成桑叶状的黑土地上时，疲劳把他们的最后一点气力夺走，他们一齐晕倒了……

我哥哥十岁那年开始上学。是在一年级的下学期，春天。有一日，学校可能是要搞什么活动，老师让学生们带一顿午饭到学校里吃。哥回来说了这事之后，娘就去土瓮里舀了一瓢用最大、最白的红薯干碾成的面，又泡了一把晒干了的红薯叶，剁碎，切了半棵葱，然后又擀了一匙炒熟的芝麻兑上，给他包了四个红薯面菜包。我那时已经能用鼻子准确地分辨出食物的好坏，我闻出那包子比平日娘让我吃的红薯面饼子好吃，于是就哭着伸手朝娘要。娘就不高兴地瞪我一眼，说：你哥是去读书，吃点好的；你小五在家玩,还贪嘴?我当时并不同娘理论,只是不依,只哭着问:我比哥小,凭啥不让我吃?后来娘把包子递给我哥时,我就又去扯了哥的衣襟哭。哥没说话,便伸手摸出一个包子递我,我抓过就吃,我哥还没迈出院门的榆木门槛,我已把那个包子完全吞进了肚里。那时我就想,我大了也要去读书,好让娘给我做这种红薯面包子吃!

那天傍晚,哥放学回来的时候,我急忙迎了上去,我怀着一个模糊的期望:哥最好能剩下一个包子。可我没敢开口问,我看出哥的脸色不好,且左鼻孔里还挂着一截鼻涕,我跟在哥的身后进了屋,只见哥重重地把书包朝娘的怀里扔去。娘吃了一惊,问:咋了?咋了?!哥暴怒地反问:你说,七星和杨文为啥吃白馍?娘赔着小心答:人家吃卡片粮,咱是种田的……咱为啥要种田?哥截断了娘的话问。娘很是一怔,嗫嚅着答:咱咋能不种,祖辈都种田,那桑叶田还是祖上传下来的。哥跺了一下脚,转身跑出了屋,我看见他眼中含着泪。

娘不放心地叫我:小五,去看看你哥。我于是就追了出去。半路上,碰到同哥一班上学的四木,四木拉住我,很郑重地说:小五,你哥今儿个把七星、杨文打了。为啥?嗨,今晌午吃干粮时,你哥把包子拿出来,刚要吃,七星和杨文手攥着白馍走过去,指了你哥手上的包子说:看,像狗屎,黑狗屎!连说两句,我听得清清的。你哥那会儿脸一红,抓起包子就朝他俩脸上砸去,七星脸上挨一个,杨文挨两个,杨文的鼻子被砸出血,血一直流到下巴上,七星的眼让包子馅迷住,叫同学吹了半晌,后来老师把你哥叫去,熊了一顿。

我撇下四木去追哥,直追到桑叶田边,我看见他直直地站在田埂上,默望着田里的豌豆。那年桑叶田里种的全是豌豆,豌豆秧已开始爬蔓，绿色的叶片在晚风中摇动得厉害，几朵早开的豌豆花在风中飘落着不大的花瓣。

当那汉子和那姑娘从昏迷中相继醒过来时，第一个共同的感觉就是饿。然而这地方是平地，只有遍地荒草，并无长野果的树，野果自然吃不到。剩下的办法就是猎兽，可惜他们既无猎兽的工具，也无猎兽的力气。怎么办？求生的强烈愿望，逼迫他们在那黑色的黏土地上耐心地爬着找。但是，没有可吃的东西，在他们就要彻底陷入绝望时，忽然，两人一齐发现，在他们的头前不远处的草丛里，有一只黑鹅在蹒跚着走。猎获过动物的汉子一喜：只要抓住那只黑鹅，就可立时充饥，于是便拼力起身去追。汉子在前、姑娘在后，踉踉跄跄、跌跌撞撞，两人紧赶慢赶，到底缩短了与鹅的距离，追到一丛藤叶间时，两人猛地朝黑鹅扑去，但抱在怀中的却是一块似鹅的石头，石上有隙，溢着清水。两人呆住，半晌，沮丧地刚要回头，却蓦地发现石头四周有一大片叶呈伞形的藤蔓植物，那植物的藤蔓紧爬在地，蔓上结着一个个状如拳头的东西。汉子小心地摘下一个，用手捏开，看见内中有红色的浆液和白色的籽流出落地，伸出舌尖一舔，味甜而微酸。他们互相看看，不知道这种土里长出的东西是否可吃，但饥饿给了那汉子最后的勇气，他先开口吃，一个接一个地吃下去，却并无意外发生，女的见了，便也吃，一顿饱吃之后，都觉得身上又有了力气，于是便笑，便喜。这片黑土地上长着的这种东西，迟滞了他们继续漫无目的远走的脚步，他们不知道离开这块土地后，还能不能找到这种充饥的东西，于是就在这里停了下来。渴了，就喝泉水；饿了，就吃那圆圆的东西；不渴不饿时，两人就在草丛中嬉戏，做些人类本性要他们做的事情。但随着时日的延长，被他们起名为"菜瓜"的那种圆东西日渐减少,一种要挨饿的恐慌,使他们想到了要再次迁徙。可惜这时,一个新的情况出现:那姑娘腹部已经隆起,走路已变得十分艰难。那汉子在苦恼时无意中发现,在他们最初吃瓜掉籽的地方,又长出了新的瓜秧,瓜秧上又结出了拳头般的瓜来。这个发现使他一愣,但转瞬之后,他便从这个发现中得到了启示,只见他很快地将手中刚摘到的几个菜瓜捏开,把那些白色的种子全撒向了那黑色的土地。

当初冬的第一场冷风刮过来时,那汉子从新长出的瓜秧上摘下了瓜,一堆。

我们遇上了一块救命的宝地!那汉子欢喜地扶起他那腹部高隆的女人,向着那黑色的土地,虔诚地跪了下去。

额头触地!

那汉子和那女人,就是我们周家的先辈。

我哥读到高一时,大姐、二姐就已相继出嫁了。爹的喘病厉害,平日家里的活路,原是靠两个姐姐干的,她们一走,这空缺自然要哥哥来填。于是,娘就对哥说:埂儿,学咱不上了,识字终究也当不了饭吃,回来干活吧,要不,分给咱种的桑叶田就要荒了。哥听了这话,一声不吭,不过,两天后的黄昏,哥从学校背回了他的铺盖,悄无声息地把书包塞到了床底。第二日,哥开始干活。也就是从这天起,哥说话愈加少了。

一日,是星期天,我没上学,便帮哥去桑叶田锄麦。那日云淡,天怪蓝,几只叫天子在半空里窜,把叫声撒得到处都是。青麦苗顶着露珠,在地上排得甚是齐整。一开始,哥的情绪还好,还破例地开口问了我几句学习的情况,嘱我要好好学。我俩边说边锄,速度还挺快。不久,忽见镇上的七星和杨文,各骑了一辆崭新的自行车,从桑叶田边的公路上过,蹬车的样子极是悠闲、潇洒,而且边走边唱:"记住我的情,记住我的爱,今生今世咱们不分开……"哥闻声,直起身,拄了锄柄,双眼直盯着他们看,待他们的身影完全消失时,哥忽然扭过身,挥锄在地上猛砍起来,不管是草是麦苗,一律砍掉。我惊得目瞪口呆,哥直把三垄麦苗砍掉丈把远,才一下子扔掉锄,双手捂脸蹲了下去。我知道哥的脾气不好,不敢开口说什么,只默站在那里。半响,哥起身,发红的眼看了一下那些连根锄掉的麦苗,又蹒跚着向地乳泉边走,他从泉边提桶水来,开始一窝一窝重栽那些麦苗,栽得极是小心、仔细,栽完,他又一窝一窝地浇了二遍水,才又开始抡锄,一言不发地和我一起锄地。

那日回家,我也没把这事告诉娘。晚饭后,照娘原来的安排,我又和哥一起用平板车向地里拉粪。哥架车把拉,我在一旁推,那晚有月,路看得清,我们连拉了三车,到第四车时,哥的呼吸如娘拉风箱做饭一样,哧啦哧啦,而且很急,我便对哥说:我来拉,你推。哥不应,照样在前边弓了腰拉着车走。好容易拉到地边,两人站那里喘,喘息稍定,哥忽然扭过头,朝我低沉地喝道:闪开!我刚从车边闪开身,只见他猛地把车往小龙河边推,轰隆一声,把粪全倒在了小河沟里。我惊住:咋了,哥?哥默然一霎,咬牙答了三个字:饿死它!声狠而低。

他划了火,点着烟,蹲那里吸。不远处的地乳泉水,依旧在流,淙淙、汩汩,不紧不慢的。

当我的第六十三代祖爷在桑叶田的菜瓜滋养下来到世上时,柳林这地场从北方迁来的人已经不少。人们学着我祖上的样儿,纷纷在桑叶田四周空旷的田野里划定一块地,种起了菜瓜。"始种瓜，继种薯，此地人于是日多。"我们的族志上这样写。

桑叶田用它在数万年间积聚起来的地力，默然养育着我们周家的人。但它也有不高兴的时候，就在我六十三代祖爷执掌家政的第二年，不知何故，桑叶田里种的红薯只长出百十个，其余皆为空秧。族人大惊。六十三代祖爷慌忙请来巫师，巫师沿桑叶田边徐行一周，而后在地乳泉边站定，默然良久，开口：汝等在田里只取不供，土地爷何能不怒？六十三代祖爷闻言，当即跪地，恳询用何供品方能令土地爷息怒。巫师只答三字：吃、穿、住！

于是，祖爷即令族人在地乳泉边，盖窝棚一座，棚内垒一台，台上插牌，牌上画一人，为土地老爷。而后选十五有月之夜，在祖爷的带领下，族人手捧瓜、薯、布、帛，齐来窝棚前，跪下，叩头三个，献上供品，接着，便由巫师领着唱：

> 土是爹，地是娘，
> 有了爹娘有儿郎，
> 儿郎应该敬爹娘，
> 敬上瓜，敬上薯，
> 敬上布，敬上帛，
> 敬上庙屋整一座，
> 从此不缺你吃喝。
> 盼你不记儿郎过，
> 瓜长大，薯长多，
> 不让儿郎肚饿着……

祭歌唱完，祖爷就令族人在庙门前挖坑，把祭品全部埋了，交给土地老爷。

此祭礼行过，似真有效，翌年，桑叶田所种瓜薯，皆获丰收。族人传，那年，"瓜大者，七斤；薯多者，窝五"。

至今，每年的正月十五和八月十五之夜，我的爹娘总还要带上馍，端上菜，拿上几尺白布，悄悄地到那座半塌的砖砌土地庙前，挖了坑将东西埋下，而且埋前不仅叩头，还要嘎哑着嗓子低声唱：土是爹，地是娘，有了爹娘有儿郎……

我哥有一根暗红色的竹笛，说是学校的一个同学送他的。那笛儿不长，声音却挺亮，哥闲时吹起来，悠悠扬扬的，煞是好听。冬天，桑叶田里的活干完之后，他常在肋下夹了那竹笛，去镇上的茶馆里，掏一毛钱泡盅茶，坐那里喝。喝一阵后，茶客中有相熟的，若说一句：土埂，吹个调儿。我哥便慢慢地从那笛袋中抽出笛，用舌头舔一下笛膜，就开始吹。吹的多是一些徐缓轻柔的调子，颇合那些茶客品听音乐的心境。有一次我去喊他吃饭，瞥见几个姑娘也站在茶馆前看哥哥吹笛，内中竟有镇政府文书的那个漂亮闺女青儿，而且听得极认真，当时心里就很为哥哥生了几分骄傲。后来，我又渐渐发现，那青儿常找机会同我哥哥说话，并且说话时，黑眼珠儿一闪一闪，腮上还显出几分红来，我当时隐约觉得，可能要发生点什么事儿。果然，不久之后，那青儿就常跟在哥的身后来我家串门。每逢她来时，娘就欢喜得合不拢嘴，端水让枣的，哥也把整日罩在脸上的那层冷淡扔开，露出高兴的笑来。

有一晚，我放学回来迟了，忽听镇外的水塘边响起了哥哥的笛声，便抬腿走了过去，近时才发现，那青儿也坐在哥的身边，且把头靠在哥的肩上。我没敢过去打搅，只站在暗处看，片刻之后，一曲终了，猛见青儿身子软软地倒在了哥的怀里，哥的身子一动，仿佛是吃了一惊，但随即便把她抱紧了，而且两人的嘴，在往一起凑，我看得脸热心跳，急忙转身走了。那之后，青儿来找我哥的次数就越加多,娘也笑得更勤,爹的喘病似乎也有些轻了,一种极欢乐的气氛罩了全家。

有一天的黄昏,一家人正吃晚饭,突听院门处响起一声喊:土埂,你出来!语气挺横,全家人往外一看,是镇政府的文书、青儿的爸。爹和娘当时就急忙起身带了笑去迎,但那文书又只喊:土埂,你出来!我哥放下饭碗,走出去。那文书只把凶凶的眼对准我哥,待我哥刚一走近,竟猛地挥掌朝我哥脸上打来,啪!声音极响。我哥一个踉跄,站稳后,立时有血从嘴角渗出。我爹和娘被吓呆。这当儿,只听那文书骂:狗小子!竟敢勾引我的女儿!你也不撒泡尿照照你那副模样,一个种田的,一身土腥味,一头高粱花子,也敢妄想!再看见你同我的女儿在一起,腿给你打断!骂罢,转身就走,身子一摇一晃,迈步极是气派。娘含了泪去拉我哥,他甩开娘的手,不说一句话,只定定站在原地,许久之后,才挪步向院门外走。娘见状,示意我跟在哥的身后。

哥出了门,径直往桑叶田里去,进了田,就见他呼地扑在地上,挥起拳,朝那刚犁起的松软的黑土上捶,噗、噗、噗,直捶得土粒乱飞,好一阵,才停下。我不敢上前劝,只站在那里默看,那晚无月,夜很快把哥的身子吞了,映入我眼中的只有那座半塌的土地庙的黑影。天,无风,四周静极,只有地乳泉的响声:汩汩、淙淙。

贵公子谦,现在我处,知尔思子心切,特告。倘想领其回家,极易,只需将桑叶田地契交来人即可。当然,若欲留地契,也罢,只是明日晨,恭请至槐树林观谦之尸。谨致大安。大牙顿首。

我的九十七代祖爷手捧着这张黄色信纸，腿在不停地抖。

其时，已是傍晚，阖族人围在祖爷身边，听他拿主意。

一阵晚风带着极浓的凉意，从院子里吹过，让每个人身上都打了一个寒噤。

前一天的下午，我九十七代祖爷的大儿——十二岁的周尚谦，在出门玩耍时失踪。全族人随之出外寻找，均不见，现在方知下落：他被土匪卢大牙绑走作为人质，来换取桑叶田的地契。

祖爷心中明白，以打家劫舍、四方流窜为生的卢大牙，并不是真要这块地，这其实是镇上景五的主意。景五早就看中了桑叶田，几次托人来游说，要买走这块风水宝地做他家的陵园。但祖爷一直拒绝。定是景五同卢大牙串通，想以此法转手从卢大牙那里弄走桑叶田。

祖爷的双腿依然在抖。他晓得卢大牙心狠手黑，说话算数。一头是长子的性命，一头是祖传的桑叶田产，要哪个，舍哪头？

快拿主意！卢大牙的黑衣信使不耐烦地催促。

祖爷牙一咬，眉一蹙，停了双腿的抖动，转对黑衣信使开口：请转告卢大人，桑叶田乃祖产，实不敢相赠，吾子贱体，听凭大人处置！

黑衣信使一怔。族人震惊。我的九十七代祖奶立时放了悲声：儿呀……

祖爷待那信使走远，就转对族人叫：备棺材！

次日晨，祖爷率族人抬棺前往镇外槐树林，果见长子周尚谦被悬吊在一棵槐树上。树干上写：念尔舍子保地，今还一具整尸！

正午，周尚谦下葬桑叶田边，坟土堆好，我的九十七代祖爷慢慢地在坟前跪下，呜咽着与长子告别：尚谦儿，非是为父心狠，实因这桑叶田乃我家世代粟蔬之仓廪，不敢拿来换尔性命，乞求宽恕……

　　族志上载：……九十七代祖爷，舍长子谦以保田……

　　事情来得颇为意外。那日，哥去桑叶田掰苞谷，半路，遇镇上的瘸子江宝，见他拎一鼓鼓囊囊的提兜儿，很欢喜地往镇上走，就顺口问，提的啥？纽扣。江宝含笑答。纽扣？哥带几分好奇地停步。买这么多纽扣干啥？嗨，我去温州我姑家，他们那里家家做纽扣，价钱比咱这里便宜好多，我就买些回来送人，这总共才花几块钱，你看！江宝说着，打开提兜儿，拿出一包一包的扣子。这是大衣扣，这是裤子扣，这是衬衫扣，这是裙子扣，这是圆形扣，这是菱形扣，这是棍形扣，这是枣形扣，这是黑色扣，这是白色扣，这是青色扣，这是红色扣……哥的眼睛直直地盯着那些扣，直到江宝走远，他还立在原处。

　　那日下午，他掰苞谷时一直心不在焉，收工时，娘在他掰过的那几垄苞谷秆上，竟找出二十几穗未掰的苞谷，娘心疼地骂：土埂，你的眼珠叫鸡啄了？

　　第三日早饭时，哥对爹和娘说，我要去趟温州！温州？温州在哪儿？去干啥？娘惊问。看看。哥淡淡地答。地里活多忙，你瞎跑啥？哥不再开口，只顺手提一个麻袋，上了路。六天之后，哥扛回了半麻袋各种各样的纽扣。爹和娘看见，惊呼：你疯了？！买这么多扣子干啥？哥不开口，只默默抱一块门板放在街边，把那些扣子摆上，卖。赶集人看见，就拥上来。哥就难得地含了笑叫：机制纽扣，品种齐全，质量第一，价廉物美，买百送七。于是人们就挑、就买，实际价钱，比在温州贵一倍半。

　　从此，每隔二十天，哥就跑一趟温州。他一边摆摊自卖，一边把进回来的扣子批发给那些乡间货郎担。几月之后，他便用赚得的一千二百元钱买了一间临街的铺面。从此,我和小妹买学习用具时再不用犯难,家里买化肥农药时再不用借钱,爹可以很气派地出入诊所去治他的气喘病,娘炒菜时可以大胆地向锅里边倒油。农忙,哥还可雇几个街上的青年,去桑叶田里帮忙干。

桑叶田里的活路,哥基本上不再插手,只是偶尔地去田里走走。哥一心在纽扣上,他还想大干。一日,我听见他向镇上的信贷员恳求:贷我几千块钱,我想买两台做纽扣的车床。

那信贷员神气活现地吐着烟圈,嘴角轻轻地一撇:我去哪里弄钱?

我的一百零八代祖爷得肺痨死去,终年三十一岁。他装棺时一直双目圆睁,任怎么揉搓也不合上眼皮,因为他放心不下我的祖奶和那一群儿女。

我的一百零八代祖奶名叫芦花,那年二十七岁。芦花奶当时是这柳林镇上很秀气的媳妇。她在埋葬了我的祖爷之后,接管了桑叶田。她鞋尖上白色的孝布尚未除下,就挎起筐子,去桑叶田里摘棉,她想凭借自己的力量,把那群孩子养大。

她没有发现,有一双精明的眼睛,一直在跟着她的身影移动;更没有想到,有一个针对她的密谋正在进行。

镇上的富户窦凤龙,早就看中了桑叶田这块旱涝保收的宝地,只是欲夺不能,现在来了良机。他想出一个精妙的主意:让他的儿子想法接近我的芦花奶,先把她的心夺来!

窦凤龙之子长得颇为俊气,而且通一点文墨,穿长衫,会背"月移花影动,疑是玉人来",是风月场中的老手,懂得怎样去勾引女人。

他巧妙地制造着各种各样接近我芦花奶的机会。尽管我芦花

265

奶懂得三从四德，晓得守贞守节，知道非礼勿动，很是端庄、庄重，但她毕竟是一个二十七岁失了丈夫的少妇，几经他的有意招惹，春心就也渐渐摇动。终于，在一个月黑星稀之夜，我的芦花奶在安顿了几个孩子睡下之后，两腿哆嗦着走近了后院的小门，在那里犹豫动摇了许久，最后战战兢兢地伸手拉开了门闩，放进了那个守候在外的黑影。

在最宜于提出要求的那个时刻，姓窦的声音极甜地开口：嫁给我吧，我俩永不分手！芦花奶在幸福的眩晕中柔柔答道：可是，还有孩子……孩子怕啥？带去，我养活他们！真的？那还有假！当然，为防我老父嫌人口太多，我们得想一个办法。啥法？我想想，对了，你只要把桑叶田带过去，我想我老父就不会再说啥。能行？当然！……

当这里的密谋正在进行的时候，另一番密谋也已开始。

我的第一百零八代祖爷的弟弟，也就是我芦花奶的小叔子，一直在暗暗监视着他的嫂嫂。任何一个寡妇的生活，不可能不受族人的监视，这点恰被我的芦花奶忘掉。

三天之后的半夜时分，当姓窦的刚刚上了我芦花奶的床，门就突然被四五个族人撞开。不敢分辩，也根本用不着分辩，姓窦的只有跪下求饶，我的芦花奶这时却还想着救她的情人，呜咽着恳求：这事不怨他，你们处置我！

说！你爹当初是怎样教你的？几根粗大的棍棒放在姓窦的头上，芦花奶的小叔子阴沉地发出命令。我说……我爹让我得了桑叶田后……就休了芦花……姓窦的未说完，我的芦花奶已被惊呆。

灌酒！又一道命令发出。一个时辰之后，窦凤龙那被灌醉了的儿子，被两个黑影抬至镇街口的井边，扔了下去，井水发出咕咚一声，随后便归于寂静。

第二日，晨起，一则消息在镇上传开：窦家长子酒醉落井，丢命。

我们周家的族谱上，在第一百零八代这一页上，一反惯例，没有奶奶的姓氏。

那晚，半片月亮正升，忽见一块黑云移来，一碗饭未吃完，那黑云竟迅速膨大，遮了天。片刻之后，第一排雨点就开始把地上的浮土砸得乱飞。原以为这是阵雨，一会儿就停，未料雨点竟愈密、愈响、愈急。我爹这时就咳喘了一阵，说：该把桑叶田的水沟弄通，免得遍地流水冲走肥土。娘听见，就喊哥：土埂，去地里看看！

我得到铺子里看漏不漏雨！哥一边答，一边啪一声打开他的自动折叠伞，走了。

我自己去，自己去！爹咳喘着披好蓑衣，拿起铁锹，挤进门外的风雨里。娘朝我肩上搭一块塑料布，说：去，跟你爹做个伴！我就拿了电筒，跟出去。

雨点在苞谷、红薯、绿豆的叶面上敲出啪啪的声响，闪电不时制造着更深的黑暗，我紧张地捏紧手电，让爹借了那光亮疏通田间的水沟。几条水沟疏通后，挺凉的雨水已从塑料布缝里把我的衣服湿透，我便催爹快回。爹喘了一阵，说：中！我就拉了他的手往回走。快走出地边时，爹忽然停步，说：什么东西挂住了我的蓑衣？我把手电回过来朝他身后一照，立时惊恐地叫：妈呀！一急向爹怀里扑。爹一边惊问：咋？一边夺了手电去照，随即便听他说：别怕，一只鹅！我这才又敢扭脸去看，果然是一只浑身透湿的黑鹅，用嘴紧咬着爹的蓑衣不放。这鹅八成是回家晚了，让雨弄迷了路！爹对我说罢，就又扭头对鹅说：走，先跟我们回家!

到家,娘和小妹听说我们从地里领回一只鹅,便都披了衣来看。灯光下,只见那鹅身个挺大,一身沾了水珠的羽毛漆黑铮亮,它不吭不哼,只抬了头直看着爹,双眼里仿佛含着不安。爹说:都去睡吧,它八成是被这猛雨吓蒙了,歇一夜就会好。

第二天起床后,我和妹妹首先想起黑鹅,急忙去找,只见它静卧在爹的床腿边,两眼并无睡意,仍如昨夜一样,眸中仿佛露一丝不安。爹从口中拔了烟袋,喘一阵,说:小五,去,拿点东西,让它吃饱了走。我便起身进厨房,倒了半碗剩饭,还将一块馍泡进去,端到它的面前,它吃了几口,就又扭过头,直看着爹。爹见状,说:你们把它抱到院门外,让它回自己的家吧。我于是便把它抱到门外,放到了地上。它抬起颈,环顾了一眼四周,而后抖了一下羽毛,竟又移脚要向我们院里走。我和小妹见了,忙拦在门口,叫:走吧,回你家去!黑鹅站那里望着我们,良久,才摇摇晃晃向一旁的柴堆走去,无声地卧在柴堆旁边。哥回来吃早饭时,那鹅看见,竟忽然惊叫着飞快地跑进堂屋爹的身后,身子在抖。爹觉得奇怪,就说:别怕,你既是不识回家的路,就先在我们这儿住了,等你的主人来找吧。

哥看一眼那鹅,笑笑,说:这鹅!

几天时间过去,并未见人来寻这鹅回去,我们也就习惯了它的存在。娘和小妹喂鸡时,总也要给它放上点吃食。它似乎跟爹的感情最好,平日总跟在爹的身后,爹若去桑叶田干活,它便也默默地跟了爹去地里,收工时,它又默默地跟回,而且夜里,不管我们怎么干涉,它总要卧在爹的床头。大约是见哥的次数少,它每次看见哥回来,总要惶惶地向爹身后躲,哥见了,就笑:这鹅胆量小!

桑叶田一分为三,一人一份,如何？二爷眼瞪着大爷,商议着,而那语气,却分明带了几分威胁。可是桑叶田传给长子,这是祖宗先例,怕不好违吧？大爷也答得绵里藏针。慢慢商量,慢慢商量,三爷在一旁打着圆场。

我们周家传到一百二十六代,老祖奶奶先后生出三个爷来。按惯例,桑叶田传给长子,其余的田产分给二子、三子。可我那二爷是排场里混出来的人,知道种桑叶田需要花的气力最少,有桑叶田就有饭吃,这宝地若全让大哥占去,实在有些于心不甘,所以便提出：把桑叶田一分为三。大爷当然不同意。三爷虽也极想要桑叶田,但他是精明人,知道在这事上出面争执会遭人讥笑,便只暗中撺掇二哥,本人却并不出头。

大爷不松口,二爷不罢休,事情闹得就有些僵。最后二爷便决定来硬的,去老婆的娘家叫来了几个弟兄,不由分说地到桑叶田里强行用锹掘出两条沟,把田分成了三块,并在其中的一块地头插了木牌,写上了自己的名字。大爷见状,自然是咽不下这口气,何况他还占着祖宗有训这条理,于是便也去老婆的娘家叫来了一帮人,要将老二掘出的那两条沟平了。一方挖了,一方要平,形势就到了剑拔弩张的程度,两班人马在桑叶田里横眉冷对,这时三爷出面调停。他把大哥拉到一边,说：二哥有违祖训,你也真该教训教训他了！再把二哥叫到一边,讲：其实要论打,大哥能是你的敌手？如此一调停,两下的火气自然不会变小,僵持到黄昏,两班人马到底开始动手了,武器主要是铁锹、棍棒,你来我往,只打得尘土飞扬、鲜血遍地、肉渣乱飞。镇上人皆围在桑叶田四周看,却都不敢上前劝止,械斗时谁劝谁倒霉,打红了眼的人乱抢武器,碰着谁是谁。械斗和今日战场肉搏颇有些相近,一旦开始，便只有置对方于死地方能罢手。大战到子夜时方歇，双方参战的人员几乎全部倒在桑叶田里，可谓势均力敌。大爷的铁锹戳进了二爷的胸口，把二爷的半瓣心脏剜出，二爷的锹尖戳进大爷的肚子，把肠子捣得乱七八糟，弟兄俩同归于尽，两人暗红色的血汇在一处，一起向桑叶田那黑色的土粒里渗。

三爷这时悲痛欲绝地出面，含泪掩埋了两位哥哥，并在坟前呜咽着告慰兄长：你们放心去吧，小弟一定撑好这个家。接着，他便名正言顺地把桑叶田录在了自己名下。

三爷经历了这场械斗，临死时特意留下遗嘱重申：桑叶田归长子所有！后代若无子，则归招夫入赘的长女所有。他人若有心图谋，族人当共诛。

那日下午，哥从铺子里回来，很郑重地向娘交代，晚上有几个客人要来家吃饭，并给了娘四十块钱让她上街买菜买肉。自从哥做生意之后，请客吃饭在家已是常事。由于爹有病，哥这时实际上已成了一家之主，他的话，娘一般都默默照着去办。傍黑时分，娘刚把八个凉盘做出，哥已领着几个客人向院门前走来，娘见状急忙招呼爹：快把桌子摆好！娘的话音刚落，就听门外突然响起了黑鹅的叫声，叫声惊惶、急迫，一声比一声凄厉，仿佛有什么东西在抓它。爹停了摆桌子的手，急喊我：小五，出去看看黑鹅！我奔出院门，看见并无什么人蓄意伤害黑鹅，它只是抬颈看着哥和他领来的那几个客人，一边向后倒退着脚步一边惶惶地叫。我上前喝止它，它竟叫得更急。几个客人看见黑鹅这种叫法，都觉好笑，说着玩话：是不是不欢迎呀？哥颇有些生气，沉声对我说：小五，把它赶远点！我便拿个小棍去赶，它却怪，不向远处走，只执拗地绕着柴垛转，而且边转边叫。一直到客人们开始喝酒的时候，它仍然在叫。那时天已渐渐黑定，它的叫声让我听了，不知怎的竟无端地生出一丝恐惧来。后来爹听见它总叫，便咳喘着走了出来，黑鹅看见爹，边叫边快步跑过去，用羽毛蹭着他的腿，仿佛是乞求保护的样子。爹看看四周，弯腰安慰地摸摸鹅的颈说：别怕，没东西敢来害你，有我哪！黑鹅这才将叫声一点一点减小，直到完全停下。爹把它抱进屋，放在自己的床腿旁，它才不甚安心地卧了。那阵儿，堂屋当间的酒桌上，哥正在殷勤地让酒：王主任，您海量，这三杯酒还在话下？喝！喝个样让刘厂长他们看看！……爹默默坐在黑鹅身旁吸烟，静听着酒桌上的动静。每回哥请客，爹总是帮娘把东西收拾好，便默坐在他的床头，并不出去应酬。他大约是觉着家事既已交给我哥执掌，就该放手由他去干。

几个客人到很晚才散，一个个喝得摇摇晃晃，临出门时，相继地拍着我哥的肩说：放心，土埂！那晚哥特别高兴，客人们走后，我破天荒地听他哼起了歌子，娘小声地猜测着对我说：是不是又能卖出一批扣子？

乞土地老爷宽恕，天明，桑叶田契将送去农业社里，这非孩儿不愿侍奉，实是潮流所致，盼您明鉴……

一九五五年那个有一钩新月的夏夜，周家的一百二十八代家长——也就是我的爷爷，领着我那有一双小脚的奶奶和二十一岁身强力壮的我爹，以及刚过门不久、穿一件黑斜纹大襟褂子的我娘，还有两个姑姑，一齐跪倒在桑叶田中地乳泉旁那个半塌的土地庙前，低低地述说着。土地庙内的祭台上，摆着用头遍麦面蒸的像碗一样大的供馍；堆着煮熟的最大的十穗苞谷和蒸熟的十个大红薯；还放着两只大碗，大碗里分盛着绿豆、芝麻，绿豆、芝麻中间插着长长的棒香,棒香把袅袅的烟雾,一缕一缕洒向那地气氤氲、月色迷蒙的夜空。四周,蟋蟀、雨狗等虫儿们把自己的叫声掺进我爷爷那不安而愧疚的申述中。一两只萤火虫划过来,照出了我爷爷奶奶那虔诚的跪姿。地乳泉安详而自在地流着,淙淙、汨汨。当我爷爷的申述快要结束的时候,只听背后的地里嘎地响了一声,全家人的身子都禁不住一抖,我奶奶悄悄向爷爷俯过身去,低低地说:像是鹅叫。去!爷爷用跪着的右脚尖朝奶奶的屁股上悄悄踢了一下,低而严厉地说:哪来的鹅?爷爷又带领家人向祭台磕了三个头,这才缓缓起身。我那个最小的姑姑站起身时嘟囔了一句:我的膝盖疼了。话音未落,黑暗中我的爷爷已伸过手朝她的胳膊上狠狠拧了一下。我小姑疼得嘴角咧了咧,可没敢哭。

这之后,我爷爷领着全家,绕着桑叶田的地边缓步走了一圈,绕行中,在正北、正南、正东、正西、东北、东南、西北、西南八个方向上,爷又依次带着家人面朝田中的土地庙方向各磕了一个头。这番礼节行完,爷才带着全家蹒跚着向家里走。

第二天早上,我爷爷手哆嗦着从一个黑漆木匣里掏出桑叶田的地契,在瘦骨嶙峋的胸口上贴了贴,慢慢地向门外走去。在门口的那棵榆树上,他解下三头黑牛的缰绳,拉着向镇中的农业社院子里走。我爹手中拿根木棍,在后边赶着牛,不时敲着牛的胯骨。我爷爷刚走进农业社院子,社长就欢喜地站起来,笑着说:看!老中农到底觉悟了!当我爷爷手抖颤着把桑叶田的地契交到社长手上时,社长从桌上拿过来一朵巨大的纸做的红花,亲自佩戴在我爷爷的缀着布扣的粗布衬衣上。我爷爷立时掉了两串黄黄的眼泪,泪珠子把大红花的花心砸湿了一片。社长握着爷爷那被锄头磨出了厚茧的手说:你激动,我也激动……

我哥请客后的第三天中午，娘正在案上擀绿豆面条，爹坐在灶前一边咳喘一边添柴，哥兴冲冲地走进门，顺手在正择菜的小妹头上敲了一下，欢喜地说：成了！

啥成了？一家人一齐住手，一齐把目光对住哥问。哥并不急着回答，从口袋里抽出烟，递一支给爹，爹接过从灶下抽出一截秫秸抖抖地去点，这边哥早用气体打火机点上吸了一口，一口烟喷出，才又接着说：镇上的纸箱厂建新厂房，要买地皮，上边规定，买的地若是村民的责任田，买方除了向国家付地皮钱之外，还要向村民每亩付八百元的补偿费，村民的责任田被征之后，镇上将优先发给经商营业许可证，但所征的必须是已不宜于耕种的地。我现在正想买两台做纽扣的车床，急需用钱，要能让纸箱厂把桑叶田征去，就……

你……？！爹的咳喘倏然间停止，双眼震惊地瞪大，眸子上浸出一层浑黄。

因此，前天晚上，我把纸箱厂的领导和镇政府征地审批办公室的人请了来。现在，事情已经办妥。纸箱厂很愿意买咱的桑叶田，他们特别喜欢我们桑叶田中间的地乳泉，他们打算将来把泉圈在厂办公室院子中间。征地审批办公室的人也已同意批准，还特意写明：桑叶田已不宜于耕种。事情……

杂种！爹声音嘶哑地吼道，但只吼出这两个字，就爆发了一阵剧烈的咳嗽。

你还没有把地种够？哥冷冷地反问。一年到头，忙忙碌碌，犁、耙、种、浇、锄、收，不就是夏季得三四千斤麦，秋季收五千来斤苞谷红薯，这值多少钱？麦两毛来钱一斤，苞谷一毛多钱一斤，两季加起来，不就是两千来块钱？再扣去化肥、农药、农具的钱,能落多少?我们周家为什么非种田不可?

你?!爹张开嘴,一时仿佛找不着词句,只任喉结在那里急剧地抖动。

眼下我这小本生意,一月的盈利也在四五百块,倘若能再买两台车床,连做带售加批发,两月下来,就能顶你在桑叶田干上一年!而且……

杂种!!爹到底又吼出了一句。

不卖当然可以!哥冷笑着站起身子。不过我要说明:从今往后,我生意忙,无时间再去干田里的事,弟、妹上学,娘得去我铺子里帮忙,地里的活你自己干吧!而且今后,买化肥农药的钱,我可是拿不出了!哥说罢,猛地转身,昂首出门。

土埂——娘慌慌地喊。

杂种!!你生了个杂种!!爹猛地朝娘脸上打了个耳光。

嘎——院里,仿佛是黑鹅叫了一声……

一堆白色的纸球在队长的掌心中攥着。

我爹的双眼直盯着队长的那只手。

抓阄!

听说要分责任田,队上每户人家都找过老队长要求:把桑叶田分给俺家吧!

谁都知道,桑叶田旱涝保收。

老队长最后想出这个主意:抓阄。谁抓住写有"桑叶田"三字的纸球,地就分给谁。

我爹最初听到这个消息时,曾愣了好久。但随后,就见他拿一捆火纸,在院子里点上,先跪下连磕三个头,喃喃地说:桑叶田是我家祖产,愿祖宗、神灵保佑我能抓到那个纸球!而后,就把右手伸到那火纸燃起的烟火上烤，边烤边翻动着手掌祈祷：有灵有气你就附上来！附上来！附上来！以后我断不了你们的香火，断不了！断不了！附上来！……

队长把那些纸球放在了桌上。

我爹的眼珠已有些发红，塞在棉袄袖筒里的右手抖得厉害。能行吗？能行吗？能行吗？他觉着心脏跳得太重，撞得胸口的肉都在疼。

抓吧！队长的话音刚落，几十个人呼的一下站起来，挤向桌子。我爹本想第一个站起来跑过去，但因为太激动，脚绊住了别人坐的椅子，扑通一声摔倒在地，在倒地的一刹那，他绝望地喊了一声：我要先抓！人们此刻都已抓球在手，正小心翼翼、聚精会神地展看，没有人顾到我爹的喊。

桌上只剩下了两个纸球，老队长一齐拿起向我爹走来，说：剩下的这两个，一个归你，一个归我，你挑一个。不，不，不！应该重抓，重抓！我要先抓！先抓！我爹很快地摇着头，摆着手，但队长执意把那两个纸球伸到了他的面前，他不得不绝望地伸出手捏住了其中一个，随即就不抱任何希望地一边叫着应该重抓！重抓！一边展开了那纸球，在纸球展开的那一瞬间，爹口中的叫声陡然停止，眼珠一下子涨大，跟着就听他狂呼了一声：我抓到了！抓到了！话音未落，倏的一声，他手攥着那纸片又向地上倒去。

凉水拥挤着顺着爹额上的皱纹往下跑。老队长把三碗凉水向我爹的额头上泼完之后，爹的身子才动了一下，他挣扎着坐起来说的第一句话是：我抓住了！……

爹在床上整整躺了三个月。

爹与哥争执后的第二天,他的喘病就加重了,有时,就到了不得不请医生坐在床头的地步。那些天,我们只顾操心爹的病,谁也没再想到黑鹅,待到爹的病稍稍好转问到黑鹅时,我们才注意到:黑鹅不见了。反正不是咱家的,它走就走吧。娘对我和小妹说。

由于爹卧病在床,家里的一切由哥执掌,所以哥那原来的计划,就也照常进行了。爹卧床一月后,当我们把能收的秋庄稼勉强收完时,就开始有汽车向桑叶田里拉石灰、钢筋和砖头。一个半月之后,两台做纽扣的小型车床和电动机,运到了哥的铺子里。

娘照哥的安排,在铺子里零售纽扣,身上穿着哥给她买的城里老太太常穿的那种咖啡色衣裤。一个名叫陆茵的高中毕业的镇上姑娘,自愿上门受雇,和哥各包一台车床制作有机玻璃纽扣。每天傍晚,我和小妹放学回来,总要先到铺子里,看一阵哥和陆茵姐在车床上的灵巧操作,而后替娘照顾柜台,让娘回家做饭。

三个月之后,当爹从哥给他买的各类药物和营养品中重新获得了下床的力气时,便蹒跚着拄杖出门,径直向桑叶田里走,我看见,忙跟了上去。桑叶田已经完全变样。绕着地边,砌起了一人来高的红砖院墙,朝公路的方向,开了一个大门,门边挂一木牌,上写:纸箱厂基建工地。走进院门,只见遍地是木材、水泥预制件和砖头,早先松软的黑土,现已印满了汽车、拖拉机的轮胎印子,变成了坚硬的场地;原来的那些田埂、水沟多已被毁,只能偶尔地看到一截半截;旧有的那个土地庙已被拆除,只能在原址依稀辨出祭台的位置。唯一没变的,是那石隙中流出的地乳泉,泉水依旧汩汩响着,爹双手拄杖立在泉边,双眼呆望着泉水,渐渐地,就有两滴老泪从他的眼角缓缓滴下。我移目泉水,大约是夕阳的作用,我觉得那泉水似乎有些发红。泉边,已搭起了两间工棚,有几个建筑工人在棚子里听录音机,录音机里的一个男声在叫:占领、占领,不要留情!占领、占领,不要宽容!占领、占领,不要心疼……

回吧。我见爹立着的双腿已开始哆嗦,慌忙上前扶住。他摇摇晃晃地跟着我走,临出桑叶田时,他吃力地弯腰,抓起一把土,紧紧攥住,许久,才又松开手,任土粒顺指缝下流。出了围墙,到岔路口,他说要去哥的铺子,我劝止不住,只好随他走,我知道,一去就又要爆发一场争吵。

爹进铺子的时候,娘看见,忙过来扶他,但他甩开娘的手,径直向铺后的小车间里走,推开车间门,他的嘴猛地张开,仿佛要吼出什么,可良久并无声音出来,他似乎一下子被那两台车床的响声惊住。他睁大眼睛看着车床,看着哥的两手在车床上灵巧地飞动,看着一粒粒圆形的白色纽扣,从车床上流下。他的嘴慢慢合上,正忙着的哥只是抬头对爹一笑,便又低头去忙他的了。许久之后,爹慢慢向前移步,弯腰从车床下满盛纽扣的塑料筐里,抓起一把,惊奇地看着……

半月之后的一个夜里,一场罕见的大暴雨袭击了柳林镇。我们一家再不需要担心田里的水沟不通,都安心地躺在床上,静听着屋外的风雨声。忽然娘喊:你们听,黑鹅叫!全家人一齐抬头侧起耳朵,果然,从风雨声中,辨出了我们听熟了的黑鹅的叫声:嘎——嘎——嘎——,但那声音里已没有惊慌,倒像是透出了几分痛快。

我后来就在风雨声中恍恍惚惚入睡,没有去听爹和娘关于那鹅怎么又会迷路的议论。可那晚我的睡眠很不安宁,老做梦,总是梦见自己手捧一块大烧饼,急急往家走,而黑暗中老有一只黑手伸过来,一会儿把那饼掰走一块,一会儿掰走一块,急得我几次从梦中醒来。

第二日,晨起,雨已住,哥从铺子里回来,说:昨夜,桑叶田地乳泉旁的两间工棚在暴风雨中塌了,十几个建筑工人被砸伤。据一个未伤的工人讲,雨下大时,他忽然记起有一条裤子还晾在棚外,便顶了件雨布出去收,出门后,在风雨中,他猛地瞥见平日缓缓流淌的地乳泉,那刻正呼呼涌出几米高的水柱,那凶猛的泉水和着地上的雨水猛烈地冲击着工棚的后墙,他还没来得及喊一声,那工棚就一下子塌了。工棚刚塌,那泉水忽又小了,到了今天早晨,泉已完全干掉,滴水不流。

真的?爹、娘、小妹和我,一齐惊住。

暮霭

我有一个姑姑。

那时候我们还是富户。

爷爷在宛城开了一家染坊,日染二十来匹白布,生意也算兴隆。据说每隔三天,我爷爷就能用他那双被蓝靛染得看不出眉目的手,从钱箱里数出一沓票子。因此我姑姑十五岁时,就能很气派地提着花布书包,走进当时宛城唯一的一所师范学校,坐在木桌前读一本本很厚的书。

我姑姑读到十七岁时,据说已经变得十分漂亮,惹得不少男子常去我家染坊。漂亮的程度我说不大清,因为我见到姑姑时,她已满脸皱纹纵横,不过我能从两个表姐的身上模糊地想象出姑姑当年的姿色。

十七岁的姑娘本就容易引人注目。何况我姑姑还那么漂亮,所以不论她走到哪里,总有些目光抓在身上。对此,她开始自然是有些得意,故意地把胸挺得很高,目不斜视地在人群里走,而后猛地放眼一转,看究竟有多少男人在朝自己望。在好多望她的目光中,有两束最强,这就是驻在学校附近那个"国军"团部的刘参谋。刘参谋脸黑,但身材魁梧,黄军装一穿,腰间再把手枪一佩,就有一副标准的军人派头。刘参谋年纪不大,那时也就是二十七八，唇留半月式短胡，黑黑的面孔上肌肉饱满，下颌如铲，是个易让女人感兴趣的角色。他平日若从烟花街过，上前拉他的女人得用十数，但他从来都是把眼一瞪，兀自往前走。

刘参谋一开始是常站在校门外看我姑姑进出，用目光把我姑姑送来送去；后来就借故到学校里来，有时说是找老师借书，有时说是看个朋友，门房并不敢拦阻，只哈腰点头让他进去，他进去就站在教室门口，把坐那里读书的我姑姑仔仔细细看个够。再后来就是送花，每日晨起，把一束花送交门房，让门房给我姑姑。我姑姑那时正是傲的时候，当然看不起粗鲁的武夫，花自然不要，而且有时，还扔花在地，笑着用脚踩。

有一次我姑姑正踩那花时，刘参谋走过来，当时老师和同学们都担着心，怕闹出事，但刘参谋没火，他只是低了头，默看那地上的花，待我姑姑抬起脚走后，他慢慢地弯腰，将地上的残花拾起，凑到鼻前，闻了很久。

这以后，刘参谋再没到学校来。

我姑姑当时拒绝刘参谋的示爱，除了看不起武夫之外，还有一个原因，就是她那时心里已爱上了另一人。那人是姑姑的同班同学，叫梁炯，比姑姑大三岁。那梁炯生得眉清目秀，浑身透着一股英气，而且写得一手好字，学校礼堂里挂的那些条幅，多是出自他的笔。当刘参谋送花时，姑姑和梁炯的关系已进到了交颈接吻的地步。这种情况下，姑姑自然无心再理什么参谋。

一日夜，有雾，弦月迷蒙，姑姑和那梁炯在宛河边幽会。河边草丛里的微微虫唱伴着两人的柔声絮语，一阵长吻之后，梁炯贴着我姑姑的耳朵说：我吻得真有些醉。我姑姑就柔笑着拍了一下他的背，嗔道：醉了你就跳水！梁炯就说：好！于是便往河边去，姑姑见状，就又笑着扯了他的手，向他的怀里扑。当两人终于觉得应该分手时，梁炯说：别让人看见，你先走！姑姑于是就说：明晚见！说罢，便先回了家。

第二日，晨起，忽听街上传来一阵哭声，姑姑就诧异地跑上街去，远远看见那哭着的竟是梁炯的父母，愈惊奇，待一问，方知昨晚梁炯淹死在宛河里。姑姑听罢这消息，一阵晕，手抓住墙缝，才算没倒下去。

姑姑一连两天没吃饭，卧床不起，第三日发起高烧，高烧时不断说着胡话：跳水……跳水……醉了……你就去跳水……

姑姑不久就师范毕业，进了宛城女中，教授国文。

女中里也有男教师。内中有个叫尤涛的，长得也是一表人才，纤纤长长的身个，方方正正的面孔，戴一副玳瑁眼镜，而且会打羽毛球，举止十分潇洒。尤涛和姑姑一样，也教国文，两人在一个组里办公，免不了常讨论问题，话说得多了，友谊就渐渐产生，友谊发展下去，愈深愈浓，就有点接近爱情，何况两人又正当这种年纪。慢慢地，二人就一起去剧院看戏。那时宛城剧院请不来常香玉的豫剧团，都是一些本城剧社演的《秦香莲》，戏虽不好，但姑姑和尤涛却觉得非常有趣，二人常为演员的演出鼓掌，笑。后来两人就拉了手，后来就又不去看戏，坐在屋里，亲。据说是在一个星期六，傍晚，姑姑上罢课没回染坊家里，而是留在尤涛的宿舍，两人一块儿吃了饭，饭后，又一起坐在床沿，搂一起，吻。一阵令两人身子抖动的长吻之后，尤涛附在姑姑的耳边说：我这身上像着了火，不信你摸摸！姑姑就笑着说：着火了就烧死你！尤涛听罢，叫：你既是这么狠心，我就烧死自己！说罢，就伸手去摸火柴，姑姑就又柔笑着啪一下打了他的手，片刻之后，两人的唇，便又胶在一起。姑姑那晚回家时已是八九点钟。她带着甜蜜的笑意进入梦乡。午夜时分，她忽然被人们的喊叫声惊醒，抬头一看，只见窗纸被火映红，街上全是人们的脚步声和救火的喊叫声。姑姑披衣服趿鞋走到门外，一看失火的地方，好像就起在女中院内，就一阵心慌，跌跌撞撞地向学校跑，待进了校门一看，火烧的竟就是尤涛的宿舍房。她没命地喊着尤涛向火前扑，被救火的人们扯住，火灭后，尤涛的遗体被找出，早已经面目全非，姑姑只看一眼，就晕了过去。

  姑姑又大病一场，整整三个月，没去学校教课。几乎每天晚上，爷爷奶奶都要被姑姑梦中的叫声惊醒，她叫得含混不清，只能模糊地听出两个字：火……我……我……火……

  姑姑的病好以后，又开始教书。她这时的身子，经过这两场折磨，自然显出了些纤瘦，但同时，却又平添了一种病态的美。眼，越显得大，且含了忧；脸，愈显得白，且带了愁；腰，更显得细，见出柔。男人们的目光，照例地常往她身上扫，但却再无人敢同她套近乎，有时甚至同她说话，也带了几分惊恐，就那么三言两语，赶快走。那两个和姑姑相爱的男人的暴死，使小城里的男人都知道，我姑姑是一个不祥之物。

  一日，我姑姑讲完课往家走，经过林四奶的相面铺时，拐了进去。林四奶看见我姑姑，手一拍，叫：嗬，你可是稀客！你们当先生的，屈尊来到俺的小铺，可是俺的荣幸！四奶，求你给我看看。姑姑软了声说。四奶听罢，就肃起脸，正了眼，闭了嘴，两嘴角放平，双掌在膝上摩挲一阵，而后双腿一弯，坐在蒲团上，向姑姑看。姑姑感觉到两束光在面孔上晃，那光又冷又热又冰人又烫人，而且还带了刺，刺得她只想把面颊揉几下，止住疼和痒，但她没敢动,她期望得到一个答案。半晌之后,四奶缓缓舒出一口气,缓声问:姑娘,你是想听真话还是想听假话?姑姑当时一愣:怎么讲?

是这样,姑娘。四奶奶平和地笑笑,有些人来相面,是想图个吉利,只愿听吉利话,有一句不吉利的话出口,他便显出不高兴。对这样的人,我有时就只能给他说点假话,让他欢喜。姑姑听罢,就急忙申明:我愿听真话,你不论看出了什么,都只管给我说!

好!四奶奶又微笑:有这句话我就不避讳了。你虽生就了一双樱桃小嘴,但这小嘴两边,可都各带了一点回纹。你不必摸,你摸不出,对了镜你也看不到。这回纹藏金,所以你出语虽轻,可音中夹重,直捣人心,尤其男人,常经不了你几句轻言!所以,姑娘,日后说话当留心!

姑姑当时身子一震,蓦然记起当初对梁炯和尤涛说的那些话,禁不住心往下沉。

你眉心上凹下斜,凹里窝凶,这凶需灭,凶不灭家不宁,可要灭这凶,不但一般女人不行,就是文弱男子也不中,非武人不可!

武人?姑姑一惊。

对!武人身上带有杀、煞二气,正可克凶……

姑姑听罢,既胆战心惊又将信将疑,蹒蹒跚跚回到家中。

是年,她已二十岁。

在那时的宛城,未嫁女中她已是高龄。我爷奶就有些慌,四处去找媒婆,想尽早嫁她出门心净。

就在这时,"国军"团部的刘参谋,同媒婆靳七妈一起前来求婚。

那是一个星期日,天阴,且有风,姑姑本来就无心绪,这种天气更不出去,便在自己的闺房中坐了,拉过那个椭圆形水银镜,默看镜中的自己。一两颗清泪慢慢就从眼角滚出,往衣襟上坠。

染坊里的大锅,咕嘟嘟响,传进闺房,便越令姑姑心烦、神伤,一两缕蒸汽带一股靛味,从门缝里挤进,使她突然起了一念:何不跳进那染布大锅里,从此永得安宁?就在这念头刚萌时,姑姑忽然听见,我爷爷在染坊外大声叫道:刘参谋、靳七妈,你们来了?快屋里坐。

刘参谋?姑姑的心一颤,记起了两三年前那个常送花给自己的军官,而几乎在这同时,她想起了四奶奶的话:非武人不可!姑姑叹口气,长长的。

看来这真是命!

"……这位刘参谋,你们也看见了,长得多英武,而且月俸高,绝不会让姑娘吃苦的……"媒婆靳七妈的话,在外间旋……

当我奶奶欢喜地走进里间,征求姑姑的意见时,姑姑擦干脸上的泪,把头点了点。

不久,就举行了订婚仪式。

一月之后一个春阳和暖的上午,一辆贴有"囍"字的美式军用吉普停在了我爷爷的染坊门前,自然有鞭炮,有喜乐,鞭炮喜乐声中,我那打扮一新的姑姑,由两个伴娘陪着,坐进了吉普。

吉普驶进了军营。

当晚,当所有的宾客走出新房之后,刘参谋,也就是我的姑父,将门插好,转过身,倒一杯威士忌,仰头一饮,而后掷杯在地,发一声长笑:哈哈哈……笑毕,向床边走去。我那羞脸低垂的姑姑,被这声长笑惊呆,任凭他粗鲁地扯去衣服。

第二日清晨，当我姑姑红着脸去换那染了血的褥单时，姑父轻擦了她的手，无言地抚摸着，双眼仿佛有些意外地盯着那褥单上的血迹。

姑父对姑姑很体贴。蜜月过后，奶奶去看姑姑，见姑姑身子胖了不少，双颊上，分明地增了红润，两眼中，明显地含着笑意。

奶奶很欢喜。

姑姑只当了四个月的军官太太。四个月之后，解放大军攻克了郑州、洛阳，挥兵南下，宛城成了又一个进攻目标。守城的中央军人心惶惶，做着逃跑的准备。姑姑也收拾着东西，手忙脚乱地打着包裹。那些天，姑父总吸烟，而且一边吸烟一边看着姑姑，姑姑那时的身子愈加丰满，不论怎么看，都入眼。后来，一个风雨之夜，门前就驶来一辆帆篷卡车，姑父哑声对姑姑说：你坐这车先走，在送到的地方安心住下，我随后就到。姑姑点头，上了车，汽车把她送到一个很远的山村，在那村里，有两间瓦房，送她的人把她和东西安顿到屋里，而后找两个老太婆陪伴她。

十几天之后的一个晚上，浑身是血的姑父步行着来到了瓦屋，姑姑又喜又惊又心疼。姑父抖着手从胸口掏出一张纸片，郑重地交给姑姑，嘶声说：保存好，这就是我的命！姑姑一看，那是一张起义投诚证明，证明上盖着中国人民解放军中原军区政治部的印章。

不久，宛城和它下属的十三个县全部解放。

姑姑和姑父就在这小村住了下来。他们买了一块地，跟村里的人学着种。第二年，我的大表哥就诞生了。姑父种田，姑姑刺绣，表哥坐在摇篮里玩。晚上，棉油灯一点，灯光摇曳，一家三口围在一起，笑了说，说了笑，十分幸福。只是常常地，姑父会陡然止了笑，怔怔地望着姑姑。

后来开始"镇反""肃反""文革"，姑父因为有了那证明，倒也平安。这期间，我的大表姐、二表姐、二表哥相继地诞生，姑姑忙着操心儿女，再也不去翻自己从城里带来的那些书籍。

她完全变成了一个农村家庭主妇。

因为孩子多，经济拮据，油盐酱醋柴事事要操心，姑姑的脾气慢慢开始变坏。常常地，她会无端发火，发起火来就骂姑父，而且借口是随时的：挨刀的，你就挑这点水？狗东西，你把劈柴就放这里？遭瘟的，衣裳就这样扔地上？……

对于姑姑的骂，姑父从来不回嘴，而且从来都是低眉顺眼地听。为这事，村里好多妇女都羡慕：嘿，看人家那丈夫！

日子在缓缓地流，姑姑年岁也在慢慢地增。偶尔有一天，姑姑坐在镜前看，不禁一怔，鬓边竟已发白！她又仔细地看了一眼嘴角和眉心，依旧看不见嘴角上的回纹，那回纹里还藏金？眉心里还有些凹，那凹里还窝着凶？她正坐在镜前发呆，姑父踱过去，手抚姑姑的头，一下一下地揉，姑姑感觉出，姑父的手在抖。

再后来，表哥、表姐就大了，娶儿媳、嫁闺女，姑姑整天忙，忙得头发顾不上梳，就用手指理。两个儿媳娶进、两个闺女嫁出后，姑姑的头发就全变白了，面颊也无了血色。

这个时候，姑父又得了病，肺气肿。

姑姑开始忙得团团转，要安排地里活，要看护姑父，还要照管怀了孕的儿媳妇。她变成了一个地道的农村老太婆，春、夏、秋三季，她早已无了穿袜子的习惯，总是赤脚套一双鞋，到处走，脚脖上沾着灰，黑黑的。夏天，她会像村里的其他老太婆一样，赤了上身，在人群里过，任凭两个松弛的奶子在胸前晃。有时门前的菜园里若丢了菜，姑姑就手拿一把蒲扇，一边扑打着四周的蚊子,一边站那里叉了腰骂:偷菜的吧,你用心听!老子日你个八辈老祖宗……

姑父的病拖了三年整。

三年里,姑姑始终和他睡一起,给他捶背,给他揉胸,给他喂饭,给他掏痰。每当姑姑为他忙活一阵后,他总要抬手揉一下眼。

到底到了那个时限。那是一个傍晚,暮霭在屋檐低垂,一直昏睡在床的姑父,突然喊起了姑姑。姑姑闻声快步走到床前,以为姑父是要什么东西,不想姑父抓了她的手,只管抖,而且喉结在不停地晃,许久,才含混断续地发出声:"……有……件……事……我要……告诉……你……"

"慢慢说。"姑姑想让他平静,宽慰着。

"……梁烔……尤……涛……"

"谁呀?"姑姑一时记不起这两个名字是谁。

"梁……烔……尤……涛……"

姑姑的身子一悸,从脑中一个遥远的地方,找出了那两个恋人的面影。

"现在提他们做啥?"姑姑的心突然莫名其妙地缩紧。

"……他……们……我……"话说到这里,姑父突然爆发了一阵剧烈的咳嗽,伴着一声声长咳,一股又一股血从姑父口中喷出来,当那咳声终于停止、鲜血不喷时,姑父断了气。

姑姑当时没哭,只双眼瞪着姑父,连声叫:"说……说呀!你为什么现在提起他们?为什么?为什么呀?!"

姑父双眼紧闭,神色似乎不安,但在嘴角,却又留一缕笑意。

暮霭已飘进屋里……

登基前夜

　　白昼的亮光像懂事的狗一样,蹑起足一步一步退出了客厅,四下里除了桌上那架自鸣钟轻微的嘀嗒声之外,便只剩下了袁世凯自己的呼吸声了。他仰躺在沙发里一动不动,两眼的目光也全收回到了眶里,任凭夜暗把自己完全裹住。

　　明天,我就真的要当皇帝了?

　　我们袁家的人真有这个福分?

　　祖上积的大德真要成就我了?

　　他侧了耳去听隐约从前院传过来的喧闹声,他知道那是在为明天的登基大典做最后的准备。如果不出意外,十几个钟点以后,我就真的要登基成为洪宪皇帝了。

　　能出什么意外?

　　谁还能阻挡住这件事的进程?

　　那就放心吧。

　　一个侍卫轻步走进来要去开灯,他咳了一声表示"不必",他喜欢在这种夜暗里想问题,黑暗能使他的思路不至于中断,能把事情想得彻底。

　　可这心里为什么总有点不安?

　　是不是事情还有纰漏?

　　南方那帮人的反对难道真能……

"报告，客人来了！"

突兀而起的报告声令他打了个激灵，他坐正身子，应了声：请他进来，灯不必开了。

片刻之后，借着一点微弱天光可见，一个瘦小男子的身影出现在了客厅门口。来人似乎对客厅里不开灯并不意外，径自摸索着走到他对面在沙发上坐下，而后慢腾腾地开口：这个时候能见到你很高兴。

知道我为啥现在叫你来吗？

想听听真话。你的身边很少有人敢向你说真话。

那你就说吧。

说哪方面的？关于明天的事？

对。

你知道我一向说话直来直去，如果我说得不合你的心意，你可不要生气。

说吧，我俩之间还用讲这个？

总统，以敝人之见，明天的事还是以不做为好。我过去曾向你暗示过这一点，今晚我特别想向你明确说一次。

为什么？

以我对世事的一点了解，觉得眼下的潮流是给自由于个人，散权力于平民。各国兴立议会，废君主选总统或行君主立宪，都是这股潮流涌动的结果。如果此时逆流而行，恐会困难多多，弄不好还会有灭顶之灾。

我明日之举，是顺应朝野呼声，怎能说成是逆流而行？

我想总统比我明白，那些呼声是怎么发出来的，发出那些呼声的人数究竟有多少！

你这是什么意思？难道我……

我是说，不管有多少人要你这样做，你都不必这样做；很多人要你这样做，不是出于对你本人的体恤，而是他们自己另有所图。

可现在已是箭在弦上，不得不发了。

仍然可以不发，把弦慢慢放松，让箭落地就行了。

可我不愿松弦。

为何？你现在已经是总统，什么都拥有了，为什么非要再去当那个皇帝不可？

这你就不懂了，当总统和当皇帝并不是一回事情。说一个最明显的例子，当总统最多可以私下娶几个小妾，就这还有可能遭到舆论的谴责；而当了皇帝，三宫六院七十二妃完全是正当的。这是小事，重要的是，当总统要受议会两院的掣肘，你想干的事情，两院不同意，你就很难干成。而当了皇帝，出语即是圣旨，有谁敢违抗，立马斩首。我研究过外国的总统制度，也当了这些天孙文传给我的总统，我知道总统掌握的是相对的受制约的权力，只有皇帝掌握的才是最高的绝对权力。我一定要尝尝掌握绝对权力的滋味！

这对你很重要吗？

当然！你知道我在仕途上走了一辈子，我最后一定要走到极顶，要体验一下完全掌握别人命运和这个国家命运的那种味道，要不然，我这一生就会留下遗憾。我想要圆满！

每个人的一生都不可能圆满，没有一个人能实现自己的所有愿望。

可我能！你不信吗？过了今天晚上，我就要登基，我就要实现自己的最后一个愿望，当上皇帝！

这个我信，可你想过没有，要是灾难在你当了皇帝之后接踵而来怎么办？

是什么样的灾难？你能说得准确一点吗？

我不可能预测得很准确，我只是凭直觉感到，会有很多人对你的行动表示反对，国内可能要起兵。如果这反对的浪头过于巨大，就有可能把你的愿望打烂甚至冲走。

你是指现在南方那些人的反对吧？我不怕！我早晚会把他们压下去的。我既然能从一个平民一步一步走到总统的位置上，我就一定能迈好最后一步！

既是总统这样自信，我就不必再说什么了，我告辞了。

等一等！我刚才给你说的是我的决心，并不是说我心里就没有担忧。我明白我此举是冒着不小的风险的。我想请你帮我分析一下，究竟可能会出现哪几种结局。

第一种结局，你遇到了反对和反抗，主要是舆论的和少部分军人的反对和反抗，但你最终将其平息了，你如愿以偿，平安地做起了皇帝。你个人和国家都未受大的损伤。文人们也可能会给你一些赞颂，赞颂你力挽狂澜，恢复了帝制，史书大约也会为你留下一个较重要的位置。这是最好的一种结局。

第二种结局，你遇到了有组织的武装反抗，你动用了你全部的力量进行压制，但却无力将其完全平息，于是国家便处于长期的内乱之中。你虽然成了皇帝，却无法使自己的权力达于全国。你将长期地为平息内乱耗费精力，你会活得很不痛快，国家和平民也将为此蒙受巨大损失。

第三种结局，你遇到了强大的舆论反对和武装反抗，你尽了一切努力却没能平息下去，最后大军压城，你不得不在威逼下宣布从刚刚登上的皇位上退下来，重新恢复总统制。不过这时国人绝不会再允许你当总统，你在下野后会失去一切权力和被尊敬的地位，将重新去过默默无闻的平民生活。

　　第四种结局，你在强大的军事压力下坚持不妥协，坚守京城，最后城破被俘，从此失去人身自由。你可能会在国家的监狱里度过余生。今后的史书也将不会给你同情，你会落下笑柄和骂名。当然，你也可以避免被俘，不过那就需要你下决心和这个世界告别，采用……

　　住口！你这样信口开河，不怕我治你罪吗？

　　我一开始就……

　　好了，我答应过你不生气的，原谅我没能控制住自己。

　　我该告辞了。

　　再坐一刻。这么说，依你的判断，如果我明天照原计划行事，出现后两种结局的可能性就很大了？

　　我想是这样的。

　　你除了要我终止明天的计划之外，还想给我别的什么建议？

　　我只想重提刚才的那个建议：停止施行明天的计划。

　　我说过，我不想停止。我不想停止的原因，除了刚才讲的那些之外，还有一条忘了告诉你，那就是万一我成功了，我讲的是万一成功了，那我的皇位就可以传下去，儿子、孙子，一代一代地传下去，这权力就不会落到别人手里。倘是当总统，届一满，就要交出去了。我觉得，为了子孙后代，我值得一赌！人生就是赌博，我已下决心要赌了。所以，我只想听你说出另外的建议。

　　好吧，既是这样，你第一条要做的，就是在登基之前，也就是在今晚，迅速地把有可能在今后领头反对你的人，秘密监控或是处死，可以寻找各种理由，务必不能手软。

　　处死？

　　对。第二条，命令你所属的军队，连夜向各军事要塞运动、展开并做好一切迎战准备，尤其要守好长江防线。未来可能置你于死地的军事力量，极可能就是由江南过来的。

哦？

第三条，准备一部分金银细软，连夜密藏于京西山中，以备日后困难时所需。

还需要这个？

第四条，做好撤离京城的一切准备，登基大典之后就可以秘密和某一外国驻京使馆联系，佯说出访，实则为出国避难铺平道路。

啊？！

第五条，把眼下劝进最积极的那几个人掌控好，以便日后在不得已时将他们杀掉以平国人情绪。

你说得可真有点吓人了。

这也是从最坏处考虑。

如果从好处考虑，出现了第一种局面，你说我应该怎么办？

恐怕……

我说的是如果。

你应该励精图治，像过去那些有作为的皇帝那样，把你的臣民带到一个富裕之境里去。你肯定也已经看到，如今的国内，由于长期战乱，民生凋敝，哪个村子都没有几间好房子，到处都有饿死者的尸体，许多人衣衫褴褛，面带菜色；乡村里田地荒芜，城镇中厂坊倒闭。长此下去，真要国将不国了。倘是你能扭转这种局面，国人也许会原谅你的恢复帝制之举，渐渐把一份尊敬给你。

能不能说具体一点，我将怎样治理才能很快扭转眼下的局面？

我没想那么细，但起码有这么几点应该做到：一个是息兵，给百姓们一个平安从事做工和耕作的环境，不要动不动就起兵征伐；凡能用谈判平息的争端，用和平手段解决的事情，就决不要用武力。一个是减轻徭役赋税，给百姓们一个休养生息的机会，宁可官员们暂时苦一点，宁可国库里库存暂时少一点，也不要再给百姓们增加负担。再一个是整顿吏治，决不应再允许贪污和贿赂之风盛行，可严厉处置一批贪污受贿之高官，对其行绞首抄家之罚，以震慑下层官员。回望历史，不管哪一朝代之衰败，皆从吏治腐败始。据我的观察，一旦贪污受贿之风开始盛行，必先使百姓对皇室生出离心，再渐渐生出恨意，发展下去，顺理成章的是揭竿而起造反，使他们生出砸烂旧朝建立新朝之意愿。如果到那时再去挽救，就晚了。另一个是和边地那些人数不多的部族亲善往来，不要强使其进贡朝拜，以免他们因不满而滋扰内地或投靠他国。最后一点，是你个人……

我个人应注意什么事情？

这头一条是……

说吧，不论你说什么我都不会生气，我答应过你的。

先不选妃。虽然皇帝选妃是正常的，但在你登基初期，这件事不宜先做。有一种社会心理不知你注意到没有，这就是天下的男人在内心里对皇帝可以随意拥有很多美女是忌妒、反感、不满的，这种心理平时并不对皇权构成威胁，但在一些特殊的社会不稳定期，比如在你刚刚登基、社会尚未完全接受你的这段日子里，则可能诱发集体的破坏性反抗举动。

我明白。

如果你看中了哪个女人，可以不事声张悄悄把她接进宫中。

好吧。还有什么？

先不给家族中人分封官职。虽然皇室成员做官合乎惯例，但人们内心里是反对一人得道鸡犬升天的，为了避免引起反感，此事可缓一步再做。

说得对。还有吗？

做出亲民举动。

亲民？

亲自察看对民生有大意义的事情，比如治水之工程，比如赈灾之进展，比如学校之建设等等，必要时甚至可以微服私访，以了解真实情况，做出处置，从而让百姓知道你是一个关心他们疾苦的明君。这一点做到了，你就真有可能坐稳龙椅了。

说得好！还有吗？

对各家报刊的主笔施以恩惠。

主笔？

这些人手中的笔可以把你捧上天将你称颂得满身生辉，也可以把你踩在地将你骂得臭不可闻。过去的不少帝王对这些人多是进行打和压，想使他们害怕恐惧从而缄口停笔，我以为这不是上策。最好的办法是怀柔，不时地召见他们，在节日里向他们馈赠礼品，甚至可以赐御宴款待，必要时可以给他们加封有名无实的官职，据我所知，这些人对做官也都存一份向往。

好。

再就是慎言。

慎言？

你一登基，按照过去的说法，就是真龙天子即位，天子不说话则已，说则是金口玉言，就要落实照办。若未加考虑就对某一事发言，办下来说不定就成了笑柄。

当然。

还有一点，就是凡办理有可能给你的形象带来坏影响的事情，切不要留下文字记录；不得已必须留下字迹时，也要在事后立即销毁。最好请人为你设计一个箱子，这箱子里的有关文字记载，只有你一个人才能打开箱子来看，任何别的人都打不开；如果别人于你身后用强力打开，则箱子在打开的同时会立时起火，将其中的纸张全部焚毁。

妙！

还要建立一个秘密监视系统，这个系统只对你一个人报告监视结果。这个系统的要务，是监视你手下直接处理国事的大臣们，看他们做事是否尽心，看他们是否有贪污受贿行为，看他们是否有结党之举，看他们是否有背叛之心。这个系统必须行事机密，不能让被监视者知道自己被监视，否则可能促发事变。

明白。

也可和佛、道两界中人建立联系。可以不定期地到寺庙、道观里去走走看看，顺便送点香火钱。获得这两界中人的好感之后，他们会在法会上为你的平安祈祷。这种祈祷固然帮不上你实际的忙，却也可以为你的治国安邦提供心理和舆论帮助。

有道理。

最后一点，你要经常请一些国学大师一些西学研究权威为你讲课，把国学中一些对治国最重要的东西和西学中对治国有帮助的东西记到脑子里，你毕竟是一个东方大国的君主，你必须拿得出真正有远见的治国方略才行。这就需要你不停地学习东西。

很好。

我要说的就这些了，但愿它们对你有用。

都很有用，真是听君一席话，胜读十年书啊！

但愿上天能给你使用它们的时间。

你是到最后也不相信我会成功呀。

我是很愿相信的，只是理智告诉我……

那就不要说了，给我一次祝福吧。

我祝福你。历史有时会特别关照一个人，甚至会为了这个人宁愿去拐一个弯。但愿这次它为了你，也会格外开恩。

谢谢了。

我想请总统允许我告辞。

好吧。我希望我俩今晚说的这些，会像过去那些谈话一样，成为永远的秘密。

自然。

我还希望你能答应在明天的大典举行之后，留在我身边一段时间，以备我随时请教，职位和俸禄嘛，我会给……

这恐怕不行，先生知道我早就发誓终生不仕，要再谈到钱的事，那就更……

好吧，我尊重你的选择。来人，送客。他站了起来，那人也起身施了一礼，而后像来时一样，快步走出了满是夜色的客厅。

他重又在沙发上坐下，默然望着粘满黑暗的客厅屋顶，许久之后才咳了一声，随之，一个侍从出现在了客厅门口。

他已经出院门了吧？

是的，走的后门。

秘密监视他的行踪！

明白！

一旦发现他和其他官界中人有接触，立刻就……

明白！

点灯吧。

那侍从一挥手，几个人立刻进屋点亮了所有的灯。顷刻之间，满堂明亮，袁世凯也一变为满脸生辉。

告诉她们，我今晚不见任何女人。

明白!

他起身向长长的书案走去,在书案前俯下身,把目光投向了那份摊开的"登基大典程序说明"。

明天,一切就看明天了!……

释　放

　　饶义生第一次拿过父亲行刑用的那把锃亮的砍刀时打了一个真正的寒噤，鸡皮疙瘩顷刻间便密布了全身，他哆嗦着手把砍刀扔在了地上，砍刀落地时的声响像猫叫一样在院子里四下冲撞。父亲饶一坤皱了眉头冷冷地说：你小子连刀都不敢拿，日后还怎能吃得了行刑杀人这碗饭？父亲要他把刀重新捡起扛在肩上，在屋里来回走上三趟——由后墙走到门槛，再由门槛走到后墙。饶义生在父亲威严目光的催促下，不得不把那沉重的砍刀重又捡起，刀刃向上地扛上了肩膀。这是他第一次接受父亲的训练，这一年他刚满九岁。

　　义生接受新一阶段的训练是在一个秋空阴沉的午后。那阵儿他和一个名叫蚌儿的邻居小姑娘正在玩捉迷藏的游戏，听到父亲喊他回家时他并不知道让他干啥，拉上蚌儿的手就往家里跑。进门看见父亲手里拎着一个小小的用竹片编成的笼子，笼子里有三只青色的蝈蝈，其中一只还正放开喉咙在婉转悠扬地鸣唱。义生以为父亲捉来蝈蝈是让他玩的，高兴地跑上前接过了笼子。原本站在院门口迟疑着没有进来的蚌儿，见此情形也含笑迈过了门槛。义生没料到接下来会听到父亲这样的命令：义生，把它们一个一个全都捏死！

　　捏死？！义生惊得往后跳了两步。

对，捏死！饶一坤冷然点头。我逮来它们就为了让你捏死它们。你长大后要干爹干的这个行当，干这个行当就必须敢于杀生！懂吗？捏死它们，最好撕掉它们的头！

我不！义生把蝈蝈笼紧紧抱在怀里。它们活得好好的，凭啥要捏死它们？

傻蛋！你这就是对活物的同情，有了这种同情，你日后就不可能去顺利地行刑，你面对一个活人就不会忍心下刀，你就挣不来钱养家糊口！

反正我不捏死它们！

听话！这是干我们这行的人必过的一关。

我不。

动手！

父亲愠怒地朝他扬起了巴掌。

义生只得打开蝈蝈笼把手伸了进去。欢叫着的蝈蝈根本不知道死期将至，声音依旧欢快热烈。义生手抖着抓住其中一只，闭上眼咬紧牙用力去捏。

当义生满脸是汗地扔掉三具蝈蝈的尸体时，他看见蚌儿双手捂脸奔出了院门。他没有喊也没有追，只是双腿发软地坐在了地上。

这之后义生又在父亲的督促下练了杀鸡、宰羊、砸狗。由于血经常沾上他的双手，他渐渐地变得面对鲜血也能不惊不悚。

接下来饶一坤又用湿泥和秫秸堆成了一个跪着的人，用手仔细地指着泥人的脖颈，告诉义生哪儿是骨头的缝隙，哪儿是喉管的位置，哪儿是动脉血管，告诉他刀从何处进，进多深可达什么要害部位。饶一坤说完又操刀示范，在泥人的脖颈上割下一条又一条刀痕。

这之后饶一坤便教儿子用刀。饶一坤告诉儿子，行刑的刽子手动手时并不像人们想象的那样举刀去砍，而是把刀紧贴在左臂后让利刃向外，在走过人犯的颈后时轻轻一弑就成。饶一坤手把手地教儿子操刀方法，并用湿泥堆成人形让他反复操练。饶义生在父亲的指挥下用那把锃亮的砍刀弑掉了无数个泥人的脖颈。

在饶义生十五岁的那年春天，父亲饶一坤开始领他上刑场实地观看。首次看刑的刑场在城东的沙河滩上，一溜五名男犯和一名女犯齐刷刷地跪在河滩里，义生看见父亲在官府的人宣读完死刑令验明正身之后，刀隐臂后缓步向人犯们走去，眨眼间便把六个人放倒在地上。看见六个脖颈上可怕的断碴和喷涌的血沫，闻着那飘荡而起的浓烈的血腥味，经过训练的义生还是没能忍住恶心而当场哇哇呕吐起来。当他吐完肚里的东西仰起带泪的脸颊时，父亲啪啪啪地打了他三个耳光。饶一坤一边骂儿子没出息一边用腰里的一块抹布去擦拭刀上的血迹。

随着实地观看行刑次数的增加，义生也慢慢做到了见惯不惊。到后来，父亲每次行完刑离开刑场，他总还要上前仔细地查看一下死者颈上的刀口，比试一下进刀的部位。他此时在刑场上的表情也渐如父亲：双眼微眯、一脸的漠然和冷峻。

饶义生经官府批准正式接替父亲做了刽子手是在他十八岁的那年冬天。那个冬天邓州地面的雪下得仿佛没有尽头，就在雪花纷扬的一个正午，在县城西郊那片被白雪铺盖的洼地里，饶义生首次执刀行刑。那天要处决的是三个杀人犯。当人犯跪在雪地上听候宣判时，饶义生脱去棉袄只穿一件短褂，开始按照父亲传下来的程序行动起来：先紧了紧腰上束的黑色宽布带，而后扯过腰上的酒葫芦喝了三口烧酒，之后把带在身上的朱砂掏出，用手指蘸上些在自己的额头和脖子上各点了一下，便嗖地抽出装在皮鞘里的砍刀，隐刀于臂后，眯缝了眼向犯人们大步走去。毕竟是第一次砍杀真人，眼见一个活生生的人顷刻间就要死在自己的刀下，他的手还是在最后一刻软了，结果三颗人头都没有利索地切下，幸亏其父饶一坤早有准备悄步在他身后保驾，眼疾手快地给三个人犯各补了一刀。行刑结束后饶一坤一脚把儿子踹倒在雪地上。你个不能成事的软蛋！饶义生那刻双手捂脸哭着说：爹，我可能不是干这个的料，让我干别的吧，我去当挑夫挣钱也行啊，为啥非要干这个不可？父亲冷冷地骂道：胡说，老子辛辛苦苦教你这么多年，力气白费了？当挑夫能挣来这么多钱？杀人与当挑夫哪个省力？杀人只要把刀一举一落就成，当挑夫百多斤的担子放在肩上，一走几十里，不累？不流汗？你老老实实给我收起干别的的心思，一心一意地给我把这个活干成！……

在父亲彻底回绝了他干别的营生的要求之后，饶义生只有咬紧牙继续上刑场。此后每次上刑场，父亲都要把一个秘诀向他重复一次：不要把人看成一个活物，要看成一根树枝，一棵树早晚都是要死的，砍掉它的一个枝子能有什么妨碍？

饶义生把父亲教的这个秘诀记在心中，再上刑场杀人时就觉得手脖子硬了不少。树早晚都要死，砍个枝子确无妨碍。他就用砍树枝的心劲砍下了一颗又一颗人犯的脑袋。

一年以后，饶义生就完全砍顺了手，上刑场时再不用父亲到场保驾。有一次被杀的人犯一下子增加到十七名，按理要有两人同时行刑。可巧另两名刽子手一人出门在外一人卧病在床。监刑官问义生要不要派人把他父亲饶一坤叫来帮忙，义生摇头说不用。监刑官下令行刑开始后，饶义生双眼微眯执刀过去，唰唰唰十七刀，干净利索地结束了十七个生命。监刑官见状大喜，连连夸奖他手艺不凡。那天行刑结束后，监刑官除了付规定的酬银之外，还另外赏他一双带按扣的棉靴和一件里外全新的棉袄。

到了二十二岁上,饶义生的行刑技艺已经炉火纯青,成了远近闻名的刽子手,一些死刑犯人为了死得痛快无痛苦,临刑前点名要求让饶义生行刑。威震南阳府的大枪匪范千成那年被擒遭处决时,曾以秘藏金银的一处地址换来官府的允诺:同意让饶义生为其行刑。府衙为了得到那处金银的藏址,特意用马车去邓州城把饶义生接到了府城监狱。范千成见到饶义生后,呵呵笑着说:我姓范的平生要吃就吃要喝就喝想杀就杀想干女人就干女人,可谓痛快一世,临死时用巨大的代价请了你来,就是图走得也痛快,盼你不负我范某人!言毕,才将那处藏金银的秘址告诉了狱吏。官府把千余两金银由秘藏处起回之后,方命饶义生动手。饶义生果然未负范千成之望,刀起头落不过是眨眼工夫,范千成人头落地时笑容还留在脸上。这一次行刑的经过在社会上传扬一时,使饶义生的名声越加大了起来。

饶义生的行刑技艺日渐纯熟的同时,也开始走进青春年华里最让人烦躁的路段。一个隐秘的欲望开始像蚕蛹一样每天都在他的心里拱动——渴盼和女性接触。但他干的这个行当不能不让街邻家那些年轻的姑娘心惊胆战,使得她们像信守一个协议似的大都对他不理不睬。他在苦闷中注意到,独有东邻苏家那个少时常和他玩捉迷藏游戏的蚌儿姑娘对他还算客气,见面时依旧柔柔地叫声"义生哥"。这使他很觉温暖,也生了些或许能娶蚌儿为妻的自信。他开始利用各种机会送些发卡、梳子之类的小礼物给蚌儿,蚌儿也常把一些吃食如几个粽子或热红薯悄悄递到他手上。一来二去,他感觉出蚌儿对自己有了情意,就催父亲找媒人到苏家去说亲。未料蚌儿的父母坚决地回绝了媒人的说合,了断了饶义生要结成这门亲事的热望。这使饶义生十分伤心,一连两天躺在床上不愿起来吃饭，最后饶一坤火了，走到床前怒声骂道："没出息的东西，为一个女人值得这样？天下女人多的是，只要手里有钱，还怕弄不来一个？明天爹就想法去给你买！"

饶一坤说到做到，没过几天还真从一个逃荒人家里买来了一个姑娘。那姑娘模样还颇周正，饶义生看了也暗暗喜欢。没过几天，那姑娘就和饶义生草草拜堂成了亲，新婚之夜过罢的那天早晨，当饶义生心满意足地由新房出来时，饶一坤说："咋样，这下明白了吧？人关键是要想办法挣钱，只要有了钱，想要的东西就会有。眼下咱有这个行刑挣钱的方便行当，你就该一心一意地干好它！"饶义生那刻虽没有说什么，但内心里已正式承认父亲说得正确。

自此，饶义生行刑越发认真，在他手里从未出过任何纰漏，官府对他的信任度也越加提高。到最后，凡他动手杀的人，监刑官根本不再上前检验人犯是否已经死定，总是他刀一落下，这边的监刑官就上马走人。

这年的秋天，县府里捉了五个反叛大清朝廷的人犯。据说他们的具体罪名是：主张宪政，致力共和。知县在报请府衙批准之后，决定将这五个人就地正法，行刑人自然被定为饶义生。在行刑日到达的前一天夜里，突然有一对男女敲响了饶家的屋门。那对男女对饶家父子含泪述说：明天要杀的五个人均系正直之士，他们反叛朝廷的目的其实是想为国民谋福。眼下只有你们还能救他们一命，恳请你们千万刀下留下生路……

所谓刀下留下生路，其实就是让饶义生动手时不要真下绝手，而是刀致喉管和动脉处悄然躲开，而只割一个看似吓人的刀口，让血喷涌出来，造成一个人已死定的假象。待监刑官走后，再在收尸时设法止血抢救。这话饶家父子一听就明白，饶义生要做这事凭他的刀法也完全能做成功。但他许久没有应声,他在冷冷地等待,等待他们说出下文。

……我们已经暗中找好了几个手艺很高的治红伤的大夫,我们明天会拉一辆收尸的马车到刑场附近,马车上边用苇席遮住。待你行刑完毕监刑官走了之后,这些大夫会同时跑上去以收尸为借口把那几个人抱上马车止血抢救。我们知道监刑官通常不再检验你杀的人是否已经死定,这会给我们挤出宝贵的时间,也不会给你带来麻烦。倘若成功,我们会永远铭记你的恩德,你们也算为国为民做了一件好事!

就这些?饶义生淡淡地问那一对男女。

是的。那对男女同时点头,我们会永远感激你!

走吧,你们。

你答应了?

明天看情况吧。

那对男女以为饶义生这是已经默允,就又千恩万谢地出了门。待他们出门走后,一直半闭了眼坐那儿抽烟的饶一坤慢条斯理地问:真干……?

他们没说价钱。

不预先说定价钱的事能干?

我想睡了。

单为了得几句感谢可划不来,万一事情败露,以后可去哪里挣钱……

我要睡了。

片刻之后,新房里就传来了饶义生平稳而嘹亮的鼾声。

翌日的刑场不远处果然停着一辆收尸的带篷马车,执刀的饶义生清楚地看见那对男女满怀希望地出现在车旁。他们的附近有几个刑场看客也神色不宁,饶义生猜他们大概就是被请来准备抢救人犯的外科大夫。

那天行刑的过程一如往常,饶义生砍倒五个人犯之后,监刑官看也没看上马就走。这边收尸的人们以为一切照计谋进行,疾跑过来借收尸之名想迅速抢救伤者,但跑近一看,五颗人头差不多都已离了脖颈,根本没有再救的可能。那对男女在短暂的惊愕过后立刻大放悲声,饶义生就在那痛切的哭声中从容不迫地骑上了那匹官府特为他配备的灰色骡子,悠然地踏上了归程。

来年的春天邓州城出了一桩带点粉色的凶杀案件,被捉的凶手是一个美丽的少妇,官府指控她杀了本县知县的侄儿。这少妇不是别人,正是饶义生少时的玩伴——邻居苏家的姑娘蚌儿。生性柔弱为人贤淑的蚌儿所以忽然之间成了"凶手",根由在于她新婚不久的丈夫。她的丈夫倒也是个读书识礼之人,婚后对蚌儿百般关爱。这小伙唯一的毛病是想进入仕途,因此便常去结交些和官府有瓜葛的人,知县的侄儿便是在这种情况下被他极亲热地引进了自家屋里。知县的侄儿头一次进屋就把夹带着意外和惊喜的目光投到了蚌儿身上。边炒菜边温酒的蚌儿以女性的直觉立刻看出这人不是地道的朋友,曾委婉地劝说丈夫不要再和他交往下去。可丈夫正一心指望由此人做桥攀附知县,哪肯听蚌儿的?于是接下来便有事情发生。知县的侄儿先是找机会在言语上对蚌儿百般挑逗,后见蚌儿佯装不懂对他不理不睬,才决定采取强硬手段。在一个细雨飘洒的黄昏,他趁蚌儿的丈夫正同自己的知县叔叔在县衙的后堂谈棋论画的当儿,熟门熟路地踅进了蚌儿的卧房。他是早做好了今日一定要把事情做成的打算,所以一进门就抱住了蚌儿手脚并用起来。蚌儿是那种视贞节比性命还重要的女人,哪里肯依?于是一场搏斗便在不大的空间里展开。搏斗的结果当然是以蚌儿的失败而告结束：蚌儿的嘴里被塞了布团，双手被反剪在背后，浑身的衣服被剥了个精光，赤条条被扔在了床上。接下来胜利者便开始忙碌着占领，忙完一遍意犹未尽，心想这样强迫着做终不如放松着做有味，就对蚌儿说：我松开你的手，抽出你嘴里的布，你配合着让我再高兴一回，我从此就再不来烦你！蚌儿紧闭了眼不吭也不动，知县的侄儿以为这就是默许，于是就依诺而行解除了对蚌儿的强制措施。正当他满心欢喜地起身要重做第二遍的时候，蚌儿突然抓起床头的铜烛台向他的脑袋砸去，知县的侄儿注意力正集中在蚌儿身上，根本没想到蚌儿会有这举动，惊得急忙躲闪，慌乱中头顶刚好碰上了床头的柜子尖角，只听他哼了一声，身子随即便软在了床帮上，一股白色的脑浆缓缓地向床上流淌。邻居们闻声赶来时，吓呆了的蚌儿还赤条条地坐在死尸一旁。这桩凶杀案的真情通过邻居们的口口相传使得满城人都一清二楚，人们的同情当然都在蚌儿一边，不少人还联络起来到县衙门口跪请知县明断是非，但判处蚌儿死刑的命令最终还是由官府下达了。这个判决惹得人们群情激愤。行刑的那天，原定的一个姓常的刽子手愤而拒绝行刑。行刑人愤而罢工，这在过去还没有过，官府在慌急中找到了饶义生，饶义生开口只问了两个字：价钱？

　　酬加一倍。来人应道。

　　一倍不干！饶义生照样悠然吸烟。这原本不是我分内的活。

　　那就两倍！来人急忙又添。

　　去吧，义生，一刀三份钱，值得干了！饶一坤这时在一旁催促。

　　三倍！饶义生身子动也没动，只让价码从牙缝里晃出来。

　　好吧。来人只好退让。

饶义生于是提刀出门,径向刑场走去。被绑缚的蚌儿看见是熟悉的义生向自己走来,忙满怀希望地高呼:义生哥,我冤枉啊——饶义生只微闭了眼平静地走近,蚌儿话未喊完,饶义生的刀已落下,可怜蚌儿那纤美的颈项,眨眼间便如被风吹折的柳枝一样齐刷刷断了。

饶义生的钱财就这样在不断增加,绑在裤带上的钱袋在持续而缓慢地膨胀。

有了钱,饶义生自然要做些有钱人常做的事:喝酒、玩女人。

饶义生喝酒并不去酒馆里喝,而是买了酒拎到家里,让老婆炒了菜,独自一人喝。喝时,还要把那把行刑的砍刀横放到腿上,边摩挲着刀边喝。常常是手摩挲一遍刀,口进去一杯酒,有点饮酒思刀的味儿。饶义生玩女人是到窑子里玩,通常是四天去一回,很准时很规律。逢了他去的日子,窑子里的鸨母会预先挑一个模样好些的姑娘给他留下让他尽兴。他逛窑子的事他的女人起初并不知道,后来渐渐听到了风声。那已怀孕的女人虽然平日对他百依百顺,但对这种事终难容忍,于是便在一个他由窑子里尽兴而返的清晨,开始哭闹着表示抗议。饶义生忙了一夜,那阵子正想倒头酣睡,女人这一闹不由得使他心头火起,于是伸手扯过女人就打,他平日杀惯了人,对人的肉体早不存痛惜之心,所以下手也就没有轻重,只几拳头,便把那女人打得双手捂腹凄厉号哭,而且双腿间已有鲜血流出。通常打架的人一见鲜血,发热的头脑都会骤然冷却下来;可饶义生却恰恰相反,看见了鲜血才有一种事情终于做成的快感,才有一种放心了的感觉。看见妻子双腿间的鲜血越流越多,他满意地哼了一声,仰头向床上一躺便合眼睡去。他的父亲饶一坤闻声从后院赶来时,儿媳正脸色煞白地仰卧在血泊中。老人一时恼极,上前拎一根木棍便向儿子身上打去,边打边骂：你个畜生，你竟敢把她打成这样？！你还是不是人啦？饶义生被父亲打醒已经十分窝火，这会儿听骂他畜生，顿时火冒三丈，便瞪大了眼咬了牙问：我打我的老婆，干你屁事？饶一坤听到儿子这样出口不恭，也越发恼怒，高了声吼：你竟敢这样同你爹说话，你个不懂长幼的东西！饶义生也冷冷叫道：什么长幼不长幼？我只知道人有死活之分！走开，别惹我生气！饶一坤闻言更是气得浑身哆嗦，扬起木棍便向儿子打去，边打边叫：我打死你个畜生！饶义生只挨了父亲一棍，当父亲第二次把木棍抡来时，他顺手一扯就把木棍抓到了手中，啪啪啪折断后又扔回了父亲身上。

——你敢打我？饶一坤暴怒地原地转了一圈想找武器，后来看见了挂在墙上的那把行刑大刀，边伸手去拿边发了狠叫：老子今天非杀了你这个逆种不可！但他这个恫吓儿子的动作晚了一步，饶义生见父亲要去拿刀，本能地先伸手抓过了刀柄。

刀刃在饶一坤面前雪亮地一闪。

咋？想杀了你爹？你个杂种！

那你抓刀干啥？饶义生冷眼瞪住父亲。

有种的你就砍吧，照你爹的脖颈上砍！砍呀，你个王八羔子！

饶义生眯了眼盯住父亲在狂怒中伸过来的脖颈。

你手软了？你个从树枝上蹦下来的野东西，敢动手打你爹了！砍呀，砍了你爹的头让别人看看你的胆量，看看我养了个什么东西，砍呀，你砍哪……

饶义生握刀的手一动，手背上的青筋像爬行的蛇一样一弓。饶一坤在看到儿子手背上的青筋一弓的一瞬间脑子里骤然间清醒了，他知道这个动作意味着什么，他本能地想把伸到儿子胸前的头缩回来，但是晚了，他只感到有一股凉风从耳畔掠过，随后就觉出脖子里一热,他能来得及做的只是把一个无限的惊诧浮现在脸上。当他的头颅像西瓜一样滚落在地的时候,脸上的那点惊诧才刚刚喘息着在两个颊上站定。

太阳像往常一样夹带着大团血红的色彩跃上东天,饶义生也像往日行刑过后那样,用一块抹布缓慢而平静地擦拭着砍刀上的鲜血。晨风如往常一样又轻柔地滑过饶家的房脊,几只鸟在树上依旧叫得婉转清丽,只有饶家的那只狗,在大团浓烈的血腥味的逼迫下,不停地吠着……

病　例

一

你有什么不适？

我害怕。

害怕？

是的。

你害怕什么？

我害怕的东西很多。

能说详细点吗？

比如由郑州去北京，我害怕路上出事，常常在出发的前几天就怕得坐卧不安，我拿不准是坐汽车好还是坐火车好还是坐飞机好。要说坐汽车买票比较方便，又是带卧铺的豪华车。可一想到汽车，我眼前就出现一摊摊的鲜血，就看见两辆汽车相撞后扭缠在一起，就看见浓烟和大火。坐火车要说比较舒服，我有一个朋友的女儿在火车站售票室卖票，我能买到卧铺票，当然不是软卧，软卧我这一级还不给报销。可一想到坐火车，我就想到黄河铁桥，就想到万一火车在过桥时翻了咋办。那么重的火车倘是翻到水里人还能爬出来？而且我总担心掌握道岔的工人粗心或电脑出错，总看见一辆火车的头部与另一辆火车的尾部猛烈相撞，看见毫无防备的在卧铺车厢里睡觉的人们从卧铺上翻滚落地,看见有的人把腰撞断有的人把胸撞陷,看见一个人脑袋正好撞在车厢茶几上,脑瓜子像一个汴京三号西瓜落地一样粉碎了,白色的脑浆顺着车厢板如倾倒的稀饭一样缓慢流淌。坐飞机当然最节省时间,由于眼下飞机票贵,老百姓坐不起,所以买票基本上不用费事。可一想到坐飞机,耳朵里马上就响起了电视台播音员的声音:……空难发生后,当地群众立即前往救援,一百八十七名乘客和十二名机组人员全部罹难……就看见正在燃烧中的飞机残骸,看见救援人员在飞机坠落现场搜集到的烂肉和破布片。我就在这种恐惧害怕中度过动身前的时间,最后不得不选中一种交通工具——我通常选的是火车,我认为火车的窗户比较多,比较大,万一出事故爬出来的可能性还是有的。上火车前,我总要对妻儿反复交代一些家中大事的处置情况,以免自己这次真的回不来了,不至于变成永久秘密;我还把预先写好的对儿子的叮嘱和存款情况锁进抽屉,以便自己真的死了它可以当作遗书。我每一次出远门都痛苦地做好再也回不来的准备。出门时,我从来不忘带上自己的身份证件,为的是便于别人辨认尸体,有时怕证件在事故中被烧,我就把自己的名片在身上的每个口袋里放一张。我总觉得每一个司机都可能是我性命的索取者,都可以轻而易举不经批准地把我从这个世界上消灭。我坐上火车后,总是提心吊胆地看火车驶过桥梁、涵洞和高填方的路基,我在火车上从来没有真正睡熟过一次,我总是在心里恐惧地为自己选定车祸发生后逃跑和跳车的路线。每一次坐上火车,我都要不由自主地想起旧时人们骑马骑毛驴的情景,我总觉得那时人们的生命是掌握在自己手里……

这么说,你主要是长途旅行时害怕发生交通事故。

不,不全是这样,不做长途旅行不坐机动车辆我也照样害怕。

比如出门步行上班，我总怕大街上的汽车、摩托车方向失灵撞上我，怕骑自行车冒失的年轻人碰倒我，怕横拉在街上的那些电线因过度疲劳断开落下击伤我，怕高楼上的那些窗户玻璃万一破碎飞下来扎到我头上，怕人们摆在阳台上的花盆被风吹落砸着我。

如果你坐在家里还害怕吗？

当然怕。坐在家里我主要是怕失火。如今家里的电器多，电线很容易超负荷，超负荷了有时就能烧毁电线造成起火。再说收录机这东西如果听完了忘了拔电源插头，也很容易出事，我们同一栋楼上一家姓王的，就是因为收录机冒烟起火把家产烧了个精光。再就是煤气，这玩意儿太容易出事了，稍有泄漏不是大火就是爆炸，我们单位里一个姓苏的，他母亲烧完水忘了关煤气，结果起火爆炸，弄得那个惨哪，全家人全烧成了一堆一堆的焦炭，你说我能不怕？我只要在家里，一天总要几十遍地检查煤气开关。还有电视机这个东西，一般情况下它不会爆炸，但也确有爆炸的，德化街上一个姓梁的人家，全家人正看电视时电视机忽然爆了，把他女儿的脸炸得血肉模糊，你说我坐在家里就能安宁？

你这种害怕的感觉是不是只在白天才有？到了晚上，比如电灯关了，煤气关了，收录机关了，电视机关了，这时就不再怕了吧？

怕，当然怕，晚上怕得更厉害。晚上主要是怕贼。如今的贼可是本领高强，撬门翻窗又快又无声息，据说他们身上都有万能钥匙，有无声打烂玻璃的工具，有切割钢筋、铁条的装备，而且手里有刀有枪。只要他们进到你屋里，你不乖乖拿出来东西是不行的，有时即使你拿出了东西，他们也会杀人灭口，这太可怕了。我每天晚上一关灯睡觉，就开始留心去听前后阳台上和门前的动静，总觉得有人的脚步声，害得我提心吊胆的睡不安稳。晚上我害怕的另一桩事就是地震,你大概知道,世界上的大多数地震包括唐山地震这样的强震都是在夜间发生的,夜间发生地震你很难跑出屋子。我每天临睡前,总是把一个啤酒瓶倒立在桌子上,为的是预报地震,万一有了地震,我起码早一步知道。唐山那场地震死人几十万,你说人能不怕吗?尤其刮大风下暴雨的夜晚,我总是在心上以为:来了,地震今天夜里就要来了……

你晚上的睡眠很不好吧?

当然。只要一睡觉,我总做些很可怕的梦,我的梦里常常出现一台模样奇怪的机器和一个无头的人,那机器在无头人的驾驶下速度很高,轮子好大,它总是轰轰隆隆着朝我碾过来,我在前边跑,它在后边追,好像非要把我碾碎不可。

你到单位里是不是精神上就好些了?

不,不,到单位里怕的东西更多。我在单位里最怕和某一个领导单独谈话,因为单位里的领导不止一个,而领导中又总是分帮分派的,你和这个领导谈话,其他的领导就可能认为你是在投靠这个领导,说不定日后就会动手整治你。在单位里我还怕和女同事单独聊天,因为别人一见你和女人单独在一起,尽管你聊的只是天气阴晴,别人也会以为你和她是想勾搭成奸,也可能给你编一段桃色新闻出来,弄得你的家庭鸡犬不宁。在单位里我还特别怕分配我写经验材料,这种材料常常需要生编硬造,需要按照上级的要求和希望去想些所谓的观点,再根据这些观点去找例子加以说明,写这样的一份材料常常要掉许多头发,而且越写这样的材料晚上越睡不着觉。

如果到家庭和单位以外的很安全的地方呢,还害怕吗?

怕,当然怕,比如我和朋友去街上的饭店吃饭,那些地方有保安人员,不会有人来伤害我,可一见那些碗筷,我就害怕被传染上乙肝。这年头甲肝不可怕，还能治好；乙肝就不行了，得了它就没有治好的时候，到最后非弄个肝腹水肝硬化肝癌不成。而且最近我听说还有个丙肝病，我真不明白为什么人的病会越来越多了。在我认识的人中，已有三个人死于乙肝了，你说我能不怕？还有就是去理发店理发刮脸，我总怕理发师的剃刀上带有艾滋病毒，万一他给我刮胡子时把我的皮肤刮破一个口子，把艾滋病毒传染给我那不就完了？那我就可能被隔离，连家里人也不愿和我生活在一起了。再就是开会住宾馆，我总怕洗澡时因使用浴盆和便池被传染上性病，如今性病可是猖獗，一旦传染上你对外人有口难辩，别人保准把你看成一个偷偷狎妓的三等嫖客。

你看见什么东西时最容易产生害怕的联想？

不论看见什么东西，我都可能产生害怕的联想。像水，平平常常的水，自来水管里的水，我看见它总是害怕它含有有害成分，总担心它经过工业垃圾的污染，总害怕它里边有我在河水里看见的那些小虫。像面，我们每天吃的白面、麦子面，我总怕其中掺有农药，因为麦子在拔穗扬花时，农民们常喷洒农药，这些农药会不会污染了麦粒从而污染面粉？像街上卖的豆芽，用绿豆泡的豆芽，虽然它又白又长又粗，可我总害怕它是用化肥催泡催发的，豆芽里含有太多的化肥，人吃了自然会伤身体，你说我能不怕？像酒，我害怕它不是它的商标上写的那种酒而是用工业酒精勾兑的，是假酒，这种酒喝了轻则伤胃，重则瞎眼、死人，你说我能不怕？像药，我看见任何一种药都害怕它是假的，都害怕吃了它会死人，这年头假药还少吗？电视上不是播放了一个人卖的假青霉素治死了两个小孩？

你害怕的东西看来都与个人的安全有关。

也不见得，我还常常害怕别的星球来撞地球，那一年《中国青年报》上登载一则消息，说有一个星星偏离轨道直向地球撞来，我害怕得几天吃不下饭。我有时闲坐那里就习惯性地望着天，我真怕有一个星球会迎头砸来。银河系里的星星太多了，如果有一颗星星由于彼此引力的关系，运行轨道出了毛病，刚好碰上了地球，你说后果可怕不可怕？我再就是害怕核武器的意外爆炸。如今世界上的核弹头是太多了，从眼下看来，哪个国家哪个人也不敢随便使用核武器，但意外爆炸并不是不可能发生的。不是说有一年一个国家的统帅部在一次演习时使用错了电报讯号，差一点导致核导弹的发射吗？核弹是一个没有理智和思维的东西，掌管核弹的人也有出差错的时候，万一有一天核弹突然意外地爆炸了——像苏联的切尔诺贝利核电站突然发生事故一样，你说可怕不可怕？

你在什么场合里没有害怕的感觉？

任何场合里我都有害怕的感觉。

在舞场里跳舞时也害怕？

有。我跳舞时害怕别人说我跳得不好，怕人说我跳起来像一头熊；怕人说我企图在舞场里寻找艳遇；怕舞场上边的那些装饰灯掉下来砸着人的头；怕喇叭太响超过八十分贝影响人的寿命；怕在旋转中万一失去平衡摔倒在地引起人们的哄堂大笑；怕电线上万一溅出电火花引起火灾逃出时因拥挤被踩伤，这座城市可是有过舞场失火的先例。

你见到什么人时没有害怕的感觉？

我差不多见到任何人都有害怕的感觉。

任何人？

是的。

见到大街上的一个陌生小伙你也会害怕吗？

我害怕他会是一个小偷或者抢劫犯。这年头有些抢劫犯衣服穿得可是笔挺，而且长得有模有样，从外表上你根本辨不出他是坏人。

如果见到一个姑娘呢？

我害怕她轻蔑地看我，姑娘们看男人时眼光总是很挑剔。我还特别怕在公共汽车上和姑娘们贴身而站，因为公共汽车是不断晃动的，万一由于哪次晃动我的前胸撞上了她的后背，她保不准说我是一个流氓而讹我的钱！

你和你的孩子们在一起也害怕吗？

当然，我害怕孩子们把我和其他做爸爸的男人相比，说我不是一个好爸爸，我怕失去他们的尊敬，我怕我老了之后他们不再搭理我。

你和你妻子在一起呢？

我害怕她不满意我在床上的动作，害怕她嫌我早泄，害怕自己有朝一日阳痿，害怕她偷偷去找别的男人。

好吧，请你去那边屋里稍候。谢谢。

你不要给我多开药，药吃多了我可是怕伤胃！

二

你是他的什么人？

妻子。

我想请你谈谈他平时的情况，好吗？

当然。

他平时的饭量如何？

时好时坏，好时能吃三碗面条，坏时不吃一口，他吃饭全凭他当时的情绪。

他平时的血压稳定吗?

时高时低,高时一般是100—140,低时通常是60—90。

他的家族里有没有过精神病?

没有。他的父、母、兄、妹、祖父、祖母精神都很正常。

他在过去的生活中,精神上受没受过强烈的刺激?比如说大的灾难、失恋什么的?

没有。他从大学毕业后就进入机关工作,生活道路上没有大起大落,我是他第一个也是唯一的恋人。

你们结婚几年了?

十五年。

你们结婚之初他的精神状态是什么样的?

那时还好,后来逐渐发现他常常无端地害怕,不过一开始我只把这认为是过于敏感,过于小心,没有太在意,最近一段日子有些重视起来。

他平时在家中发不发脾气?

他从不发脾气,他只是好唉声叹气。他对我和孩子非常关心,我常常在夜间醒来时发现他坐在那儿看着我和孩子,目光中满是爱怜和担心。我有时对他发脾气,他也从不回嘴,他总是心平气和地对我说:上帝给我们的压力已经太大了,咱们彼此再不要施加压力。

他平时常给你说些什么话?

他对我说得最多的是"小心"两个字。我出门上班时,他嘱我小心;我外出买东西时,他嘱我小心;我做饭时,他嘱我小心;我听录音机时,他也嘱我小心。我做任何事之前,他都要嘱我小心。

他在家中最常做的动作是什么？

检查。他总是仔细检查各种各样的东西。检查电闸，检查电灯开关，检查电线，检查洗衣机，检查电熨斗的插头与插座，检查煤气开关，检查自行车车闸，检查买回来的一切物品的商标是否是真的，检查门锁，检查窗户的插销。

你和他生活在一起有什么感觉？

我最初是十分放心，因为他对一切都检查都操心，所以我就很放心，我吃得放心，睡得放心。可后来他的害怕与忧虑也慢慢传染了我，让我办什么事也小心、胆怯起来，让我也有了一种感觉：好像什么灾祸就藏在不远的地方，随时都会扑过来。

谢谢。我还想问一下你们的儿子，可以吗？

当然。

三

你爱你的爸爸吗？

爱。

你发现你爸爸在家里常常做些什么事？

爸爱读书、读报，他读的书、报很多。

你爸还爱做什么？

爸爱一个人坐那里想什么，常常一坐好长时间，而且总是坐在房子的角落里，如果是傍晚和晚上，他想什么事儿还不开灯，一个人静静地坐在黑暗中。

你爸爸对你好吗？

好，爸从来没对我发过火，更没打过我，爸说让我生在这个世界上已经够苦了，他不能再给我增加痛苦。

你爸还爱对你说什么话？

爸常说我们早晚有一天要搬家。

搬家？他没说要搬到哪里吗？

他说，最好搬离地球，他说地球早晚要出事，出大事，他说地球已经不大适宜人住了。

你觉得你爸爸最近的行动有些什么特别的地方？

爸爸最近常读化学书，而且买来了一些化学实验仪器，爸爸常常化验我们家自来水管里的水，他说他还要化验我们房间里的空气，化验我们吃的食品，他说他日后可能要化验更多的东西。他特别嘱咐我要好好学习化学，他说将来化学可能是最有用的学科。

你爸平时对你说过他最喜欢什么吗？

说过。爸说他最喜欢到田野里散步，最喜欢骑毛驴走路，最喜欢点蜡烛读书。

哦？

……

图书在版编目（CIP）数据

周大新小说/周大新著. -- 北京：作家出版社，2025.5. --（作家小说典藏）. -- ISBN 978-7-5212-3278-3

Ⅰ.Ⅰ247.7

中国国家版本馆 CIP 数据核字第 2025WS8581 号

周大新小说

丛书策划：路英勇　张亚丽
出版统筹：省登宇
作　　者：周大新
封面绘图：（美）古斯塔夫·鲍曼
责任编辑：姬小琴
装帧设计：TT Studio　纸方程·于文妍
责任印制：金志宏
出版发行：作家出版社有限公司
社　　址：北京农展馆南里 10 号　　邮　编：100125
电话传真：86-10-65067186（发行中心）
　　　　　86-10-65004079（总编室）
E-mail:zuojia@zuojia.net.cn
http://www.zuojiachubanshe.com
印　　刷：北京盛通印刷股份有限公司
成品尺寸：142×210
字　　数：234 千
印　　张：10.25
版　　次：2025 年 5 月第 1 版
印　　次：2025 年 5 月第 1 次印刷
ISBN 978-7-5212-3278-3
定　　价：38.00 元

作家版图书，版权所有，侵权必究。
作家版图书，印装错误可随时退换。